2016
中国最佳
随笔

主　编｜王　蒙

分卷主编｜潘凯雄

王必胜

辽宁人民出版社

图书在版编目（CIP）数据

2016中国最佳随笔 / 潘凯雄，王必胜主编 . —沈
阳：辽宁人民出版社，2017.1（2020.6重印）
（太阳鸟文学年选 / 王蒙主编）
ISBN 978-7-205-08792-0

Ⅰ . ①2… Ⅱ . ①潘… ②王… Ⅲ . ①随笔—作品
集—中国—当代 Ⅳ . ①I267.1

中国版本图书馆CIP数据核字（2016）第274612号

出版发行：辽宁人民出版社
　　　　地址：沈阳市和平区十一纬路25号　邮编：110003
　　　　电话：024-23284321（邮　购）　024-23284324（发行部）
　　　　传真：024-23284191（发行部）　024-23284304（办公室）
　　　　http://www.lnpph.com.cn
印　　刷：龙口市新华林文化发展有限公司
幅面尺寸：170mm×240mm
印　　张：16
字　　数：246千字
出版时间：2017年1月第1版
印刷时间：2020年6月第3次印刷
责任编辑：艾明秋　赵维宁
装帧设计：丁末末
责任校对：王恒霖
书　　号：ISBN 978-7-205-08792-0

定　　价：33.00元

或走心、或入脑、或养目

潘凯雄

比之于每年对所谓"最佳"作品的遴选之难，我对这年复一年的虽只有千余字的"序"文写作更感犯怵。因为我所理解的这"序"主要不该是对入选作品的评点或赏析，而应是交代自己选文背后的主要想法或宗旨。这样一来问题也就接踵而至：每年一度的选文在某种意义上其实都是"命题"而为，而这题就是"最佳"二字，尽管我一再声称阅读本来就是一种"见仁见智"的个人行为，自己的选文未必就是"年度最佳"，但事实上自己的潜意识中总是会认为自己的选择就是自己所欣赏的，是一种打上了个人印记的"最佳"。这样的想法与宗旨自然不会随着年头的变化而变化，而这"序"又不可能年年长成一个模样，所谓为写"序"而犯怵就"怵"在此处。

"怵"归"怵"，出版方规定的统一固定格式也不能因个人的"犯怵"而不遵守，于是每年只好硬着头皮想方设法换点花样了。

今年入选的篇什中，有关"阅读"内容的随笔差不多占去了全书三分之一的比重，这当然是本人的刻意为之。之所以如此，一方面固然是因为政府与社会对"全民阅读"的空前重视。关于"全民阅读"已持续几年被写入政府工作报告，从中央到地方有关"全民阅读"的各种招式也可谓玲珑百态；而另一方面相关的活动特别是一些对有关"全民阅读"的论述又多限于一般性的倡导：说读书的必要、论阅读的方法、谈开卷的益处，再具体一点就是热衷于推荐所谓"必读书目"或忠告"啥啥不宜"……如此等等，固然都没问题也很重要，只是如此这类一般性的号召倡议多了，不免会有空泛之嫌，感染力不足。要知道，在当下这个并不稀缺号召与信息的时代里，一般人特别是年轻的朋友对那些空泛的说教是多么的不屑。我更希望看到的是，你与其在那里喋喋不休地絮叨阅读的重要，不如实实在在地和大家一起分享一下你所读过的那些具体的图书以及这些图书给你所带来的无论是好或恶、喜或忧、得或失。正是基于这样的考虑，在今年的选文中，我们不仅有意识地加大了有关阅读内容随笔的比重，而且只选那些有具体阅读所指的随笔。因此，在入选的十余篇涉及阅读的随笔中，有的是回首自己的阅读经历，有的就是集中于一本或一类具体读物（包括影视）的阅读感悟，有的是记录在我们历史上曾经出现过的"非常阅读"，有的只是一点具体的知识与掌故……凡此种种，虽然内容各不相同，表达自成一格，但有一点却是殊途同归：那就是一个"实"字，具体而不空泛，实在而不缥缈，加之采用了随笔这种既随性又讲究的文体，因而读起来或有所得或有所思，或有趣或有味，就是不说教不枯燥。在我看来，关于"全民阅读"、关于建设"书香社会"，我们更需要这样实实在在的、具体的、最好还是带着自己体温的富于感染力的文字。无论您是什么身份：官员、学者、老师或者就是芸芸众生中的普通一员，说阅读就是实实在在地分享阅读，落实到具体的读物上，如此这般，于己于人才是真正的开卷有益。

如果说今年这本"最佳随笔"的编选我们有什么特别的想法，以上所述便是了。至于其他入选篇什之被我们"相中"则大抵延续了以往历年的基本路数：或走心、或入脑、或养目。如果说还有什么特别需要一说的话，那就是我们的挑选范围基本上还是局限于传统的纸介报刊，尽管今年入选的池莉和潘向黎的佳作皆来自非传统报刊，但面对那些正呈风起云涌之势的各种新媒介上的大量随笔佳作，只是区区两篇的入选实在是九牛一毛。如果说每年在编选这"最佳"选本时我们都会有"遗珠之憾"，那现在面对这互联网上民间海量的智慧，这才是遗漏了更大的"珠"。而更令人遗憾的是我们还的确注意到了这块有待开采的富矿，但又深感自己的力不从心，以一己之阅读面对互联网上的海量，实在谈不上比较与选择，除了感到自己的无助与无奈外，别无其他，这或许也是以往种种选本在以后都必须面对的一个新课题。

最后的三层意思是每年完成这篇文字时必须要重复的：首先，一些作家对本书的成稿予以鼎力支持，对此我深表谢意；其二，恕本人孤陋寡闻，少数入选作品之作家一时还未联系上，唯因不忍割爱，故未先征得其同意就冒昧将其大作入选，在深表歉意与请求他们宽恕之时，也请其在见到本书后及时与出版社联系；其三，限于本人学识及阅读量所限，特别是面对各种新媒体的海量，遗珠之大憾是肯定的，敬请广大读者见谅。

是为序。

2016岁末于北京

坐　井

◎李敬泽

这个冬天，它让我想起当年的五国城。世界的极边，庄子的大鱼所居。很冷，冷到了地老天荒。

这片雪原上后来有个女子，叫萧红，她写了一本《呼兰河传》。呼兰河应该就是五国城外的那条河。在那本书里，她很少提到冬天，她喜欢的是夏天、秋天、春天，是生长，不是寂灭。

而在我的记忆中，五国城是永恒的冬天。我一度确信我会死于此地，然后被冻成一个硬邦邦的家伙，不知历了几世几劫，再被挖出来。我知道，在清朝他们就这么干过，当然他们挖出来的不是我，他们本来想挖出徽宗皇帝，结果挖出了一个女人，还有一幅画。清昭梿《啸亭杂录》记载："乾隆中，副都统绰克托筑城，掘得宋徽宗所画鹰轴，用紫檀匣盛，瘗千余年，墨迹如新。"昭梿不曾提到的是，女人的脸上覆盖着透明的冰，而那女人正在冰下笑。但愿那是巧笑倩兮的笑。反正据说好几个家伙在此之后就以种种方法疯了、死掉了。

我已经记不起徽宗皇帝临死前的表情了。在后人的想象中，老头儿应是以泪洗面，他们说他被金人囚禁在深黑的井底，坐井观天，他是哭死、苦死、冻死的。他们才真是井底之蛙啊，在最后的岁月里，官家——在宋朝，我们把皇帝称为官家，他依然是一个健壮的男人，他依然有力量让他的女人怀孕，他仍是我们这个人数日渐减少的被流放的朝廷的王。那日，大雪初霁，他在雪地里走了很远，他走得很快，即使行于积雪，他的步态也绝不黏滞，就像他的字，我一直在临摹他的字，那线条是多么挺拔迅捷，我感觉我已经无法挺到终点，快！他严厉地喝道，要快！你抖什么！你手里又不是刀！现在，他忽然站住了，抬手一指：看！

——白茫茫一片，前方是平缓的坡地，坡地尽头伫立着乌黑的森林，比野猪还黑。猛烈的阳光直射在大片雪地上，而他的眼睛热烈地闪动：

起风了。

现在，我仍然能够记起那一幕，那片阳光照射下覆雪的坡地，寂静如宇宙洪荒，但是，起风了。你其实不知道那是风，你只是看到你的脚踏破贞静的雪，细小的粉尘仓皇地在雪上拂动，奔赴而去，渐渐飞扬，在阳光中旋转，直到腾空而起，如一只威严的、芒羽闪烁的巨鸟。

他沉重的袍襟在风中轻摆，他顽劣地笑了，笑得像汴京街头的一个泼皮：

这风是咱们两个惹起来的。

转过头去，他望着风去的方向，望着南方：

它就一直这么刮下去，千里万里，挟着尘土、草屑，还有无数人的唾沫星子，越来越大，越来越脏，刮到汴梁，过了江，刮到临安，这风撩起了西湖上女子的衣带……

我永远不能忘记他的脸，遥望的、痛楚的、怨愤的、自我怜悯的、狭邪的脸。很久之后，我在酒桌上认识了五国城的一个女子，她丰硕、喧闹，她的酒量远远胜过李清照。此前我已久闻其名，该女子曾以第四野战军横扫千军的气概喝翻了一个团的台湾文人，海峡对岸从此闻风丧落。

现在，女子端一只酒碗，目光灼灼：

干了？

那什么，我怯怯地嗫嚅：

你们可以为他立个塑像。

她一下子虎目圆睁：

立像，为什么？他又不是毛主席！

可他好歹也是一朝天子，他死在这儿，老头儿很可怜，他到死都想着回去。

她笑了：

他回去不回去中国人都活到现在了，来，干了再说！

好吧，她也许是对的。我有时也觉得他是可笑的，你摆出那副姿势给谁看呢？你是天的儿子，在这天边北溟，彻骨的寒凉还不能让你安静下来，你仍不知天地无情、天地无亲，那你就在那里，站着吧。

你是谁？

我是一个说谎者。

那一年，我见到维特根斯坦的一个学生。不是剑桥的，是奥地利山区特拉滕巴赫小学的学生，他已经是一个朴实的工人，健壮、肚子硕大，不是你们所熟知的那种精悍的法西斯，而是稳稳地把握着自己有限世界的劳动者。他喝着啤酒，向我说起此事。当年的维特根斯坦老师，他们根本不知道他是一个哲学家，其实即使知道了，他们也还是不知道哲学家是干什么的，维老师只是一个维也纳富人，有钱，据说非常有钱，人称维半城，人是好人，但有点怪，当然有钱的人都有点怪。这位维老师，他甚至不喜欢女人，甘愿来到这偏僻的山区，教穷人的孩子读书。

他都教了什么？

哦，他抱着啤酒杯艰难地想，终于想起来了：

哈！说谎者！一个人，告诉你，我是一个说谎者。这时，你是信不信呢？你如果信了，他的话就是真的，可如果他的话是真的，他在说这话时就不是说谎者，所以，他要真是一个说谎者，他就不应该说我是一个说谎者！

他一口气说完，捧起啤酒杯咕咚喝了一大口，然后孩子般得意地看着我，似乎等待着老师的表扬。

我想我惊愕的表情已经使他足够满足。他垂下眼，忽然叹了口气，说：

那时我就知道，他这辈子都不会快活，一个人天天想这种事怎么会快活。所以，我只要告诉自己，这杯啤酒是真的，就这么简单！

是的，如何做出一个真的陈述，这是无解的逻辑疑难，维特根斯坦把自己放进了这口井里。而仅仅是在井口窥探这个问题就已经让人感到蚀骨的疲倦。

那一年，维特根斯坦刚从维也纳来到特拉滕巴赫，一周后，他给他的朋友罗素——以后他们会翻脸的——写了一封信："不久以前，我陷入可怕的沮丧之中，而且厌倦生活。但是现在，我略微觉得有希望了。"

事后看来，这封信中只有一点是确切无疑的，维特根斯坦写道：这大概是特拉滕巴赫的学校教师第一次给北京的哲学教授写信。这真是一个逻辑哲学家的谨慎的玩笑，实际上，我确信，这是这个星球上第一次有人从特拉滕巴赫向北京写信。当时罗素正在北京，正在一群洁净的、体面的、在后世的想象中如同诸神的中国人的簇拥下高谈阔论，我注视着他像个粗壮的金兵一样吃掉一枚汁水四溢的烤羊宝，同时谈论着中国文化的特性，那时我忽然想到，很多中国人日后将只是通过另外一个中国人的转述和引用想起他，此人名叫王小波，但我估计，王小波对他此刻关于中国的高论一个字都不能赞同。

还有一个人名叫梁鸿，她现在也被一个维特根斯坦的，也是罗素式的问题困扰着。这个问题就是：

框子里的命题都是假的

这是说谎者悖论的另一种表述。绝顶聪明的曹雪芹对此有过绝妙的概括：假作真时真亦假。

现在，在北京一个嘈杂的集市上——我觉得这就是一个集市，只不过卖的是书。我和梁鸿坐在低矮的沙发上，面对着来来去去的人，由她的新作《神圣家族》谈起，谈到书中的吴镇，城镇化和县域治理，她的故乡，小镇的孤独和荒诞，特拉滕巴赫的孤独或福克纳的荒诞……

我感到她很累，我也很累。这同样是荒诞的：对着一群过客，谈论丧失和衰败。梁鸿是河南人，我甚至在她脸上看到了金人的影子，在1126年，靖康元年，一切取决于跑得快和没跑掉，徽宗皇帝，他和他治下最卑微的农夫一样，没跑掉不是身体不好，是舍不下坛坛罐罐。结果，他失去了故乡，在极北之地，站在萧红和迟子建的地盘上，他站成了一块望乡石，而在他的目光尽头，梁鸿也正在慨叹故乡的沦丧——也许这并不是她的真实意思，但是，鉴于我们大家都认为她应该是这个意思，否则没法聊天，所以，她正在很累地谈论故乡。

梁鸿的故乡、徽宗皇帝的故乡，他们所思的是同一片土地和河流，但却肯定不是同一个故乡，就像走过土地的不会是同一双脚。我们皆为过客。这片中原大地，两千年来被无情的暴力反反复复地清洗，"白茫茫大地真干净"，曹雪芹看到了骨子里，看到了最洁白也看到了最黑暗，一代一代人把脚印留在雪地上，然后，等风再起，等雪再下。

也就是说，如果梁鸿想象一个永恒的故乡，她还必须想象永恒的失落。当你在这片土地上从靖康元年走到2016年，你就知道，无数人的故乡已一去不返。

故乡是你的故乡，是你走过这片土地的那双鞋，凡·高的鞋、海德格尔的鞋、你的鞋，反正不会是他人的鞋。

所以，我很累。正如维特根斯坦很累，他在《逻辑哲学论》里说："幸福者的世界不同于不幸者的世界"，而他在特拉滕巴赫似乎忘记了他的真理，这个大资产阶级知识分子以为自己是托尔斯泰，正如托尔斯泰以为自己是农民，然后他被小资产阶级知识分子的狂热性所支配，结果在特拉滕巴赫待了一年后，小资产阶级的软弱和动摇就暴露无遗，在给罗素的另一封信中，他写道：

"仍然待在特拉滕巴赫，像以往那样，被丑恶和卑贱包围着。我知道，在任何地方，社会底层的人都没什么用处，但是，这里的人比其他地方的人更无用，更没有责任感。"

这时的罗素已从北京回到英国，而令人意外的是，维特根斯坦在发表了这等丧心病狂的反动牢骚之后继续在奥地利的山区待了七年。在这七年里，他和孩子们相处尚好，而和孩子的父母格格不入。其中一个很重要的原因是，维特根斯坦公开表示，是的，我有钱，但是我不想要那无聊的钱，然后，据他的传记作者巴特利说，"建立自己的背景以后，维特根斯坦开始对乡民期待用钱购买的东西表现漠视，至少漠不关心"。他过着一种"虚饰的贫穷生活"，很多年后，他在维也纳带领装修队，为他姐姐建造盘踞整个街区的壮丽大宅，而在这里，在特拉滕巴赫，他却执意住着又小又破的房子，就在棕鹿酒馆隔壁的楼上，当乡民们在酒馆里喝酒快活，大声喧哗时，哲学家怒不可遏，冲出来大喊大叫。

我不是在指责维特根斯坦虚伪，我可见识过太多货真价实的虚伪。维特根斯坦的问题是，他真诚地陷在自己的鞋子里或者井里，如果好好学习马克思，他就不会"对乡民期待用钱购买的东西表现漠视"，因为，在他的伦理学、美学和逻辑哲学的底部，还有经济学，还有人类生活得以运行的坚硬条件和限度，以及在这限度内的人性。在谈论他的装修工程时，他说过："所有的伟大艺术里面都有一头野兽：驯服的……我为特雷格尔建造的房子，产生于极其敏感的耳朵和良好的风度，是伟大理智（或文化）等的表现。但是竭力涌入旷野的原始生活，野性生活——这很缺乏，所以，你可以说这不健康。"

在旷野八年之后，维特根斯坦依然没能找到那头驯服的野兽。

梁鸿呢，她也力图驯服野兽，但她甚至不能确定那头野兽是否还在。现在，她满面疲倦地表示：当然，《神圣家族》不是非虚构作品，可能是介于虚构和非虚构之间，如果你称这本是小说也可以。

也就是说，这里有一个框子：

```
┌─────────────────┐
│                 │
└─────────────────┘
```

但框子是空白，至少是暧昧的含混。梁鸿，这位女史，她写下了十几万字，然后，她发现她不能用一个真或假的陈述把框子填满。

她是一个反过来的维特根斯坦，是一个反过来又调过去的维特根斯坦，一个长大的脚穿不上昔日的鞋的旅人，一个不能确定何者为假也不能确定何者为真而又对此执着不已的陈述者。

寒风吹彻头颅。是的是头颅不是脑袋，脑袋是温暖的，属于完整的生命，而头颅，它可以被提在手里，可以投掷出去，可以在地上滚动，可以坚硬、冰冷，做金石之声。

我站在北京的街头，冒着五国城的寒风，在等冯唐，满怀恶毒而甜蜜的期待。这厮一直以为他是这个世界的情人，而世界终于对着他解开了裤裆，现在让我看看他受惊的脸。

但似乎没有什么受惊的迹象。喝过几杯小酒，我的脑袋开始疼，一根筋从右侧头顶直贯枕部，以一种傻瓜式的执拗和欢快跳动不休。

　　疼的痛苦像未知的海
　　纠缠着我的生活
　　疼的欢乐像自由的鸟
　　飞舞在一树树的花开

——然后，醉眼蒙眬之际，我告诉冯唐，我会用瘦金体给他写一个扇面，就写他或泰戈尔那首惹下麻烦的诗，他可以用这把扇子为他那个飞奔的脑袋降温，以便永远记住，诗应该是美好的。

那天晚上，在书案前，提笔沉吟，我写下的却是那首词：

宴山亭·北行见杏花

　　裁剪冰绡，轻叠数重，淡着胭脂匀注。新样靓妆，艳溢香融，羞杀蕊珠宫女。易得凋零，更多少、无情风雨。愁苦。问院落凄凉，几番春暮。

　　凭寄离恨重重，这双燕，何曾会人言语。天遥地远，万水千山，知他故宫何处。怎不思量，除梦里、有时曾去。无据。和梦里也新来不做。

官家写完了，瘦金只合官家写，近千年来，此一体少有人仿，于非闇徒得其表，启功折戟沉沙，黯然销了王气。而官家，笔落处便是鼓瑟吹笙、银烛炜煌，便一张粗纸也登时金粉熠熠。

官家好字！

官家抬笔一指：

说诗！哪个让你说字！

好诗！黍离麦秀，哀而不伤，尽得风人之致。

官家很满意。

但出得门来，我必须解开裤裆，顶着寒风撒一泡热尿：

你个无可救药的封建统治阶级的败类！你正被金人像狗一样牵着一路北去，你的身后，华夏正在沉沦，你的宫殿、你的珍宝，无数的书、无数的画正在烈焰中焚烧，你的无数臣民正辗转于沟壑，正在受苦，正在无助地死去，金国的大兵正在你的眼皮底下睡你的女人！

你该像个真正的老炮儿喷出你的血来，而不是在这儿剪冰绡、匀胭脂，在这儿做梦和思量！

你是多么优雅啊。你身在荒野，你就在人家的裤裆里苟活着，可你的笔下永远不会有野兽，你有良好的风度，但你的耳朵是聋的，你甚至听不见自己的心跳。

就在昨夜，我站在营帐外，听见我的君王你在啜泣，你在梦中惊叫和狂叫，在你的梦中，在最深黑的地方，发生了什么？发生了风雪山神庙？发生了怒杀阎婆惜？发生了大闹飞云浦？发生了一个罪人的忏悔或一个圣人的自责？

也许什么都不曾发生，因为你就是你的主人，你就是你的奴隶。但也许一切都发生了，你心中藏着一个反贼、一头狂暴野兽，但是，你不能提起笔，只要提起你的笔，笔就会径自写去，那优雅微妙的语言就会掠过所有深黑和沉默之地，把你带到院落凄凉、离恨别愁。

那是被诅咒的语言，在提笔时，你身上附着李后主的阴魂，这被你的祖上用牵机药毒死的诗人，他让你在每一片杏花、梅花、桃花和狗尾巴花上看见眼波横和眼儿媚，让你身体里绵延着烟雨迷离的江南，你苦苦遥望的江南，你毕生不曾去过的江南。

一尊瓷瓮。白釉，土色斑驳，状如立枕，中腰处一口突出，形似喇叭。

猜，这干什么用的？

酒瓮？

他指了指那朵喇叭：

这又不是水龙头，能装酒吗？

在下不才，委实不知。

我料你也不知。这便是"地听"——

哦，地听。

唐杜佑《通典》中《守拒法》有云："地听，于城内八方穿井，各深二丈，以新罂用薄皮裹口如鼓，使聪耳者于井中托罂而听，则去城五百步内，悉知之。"

但这一尊瓷瓮并非寻常之罂，应是专为地听而制，此是宋辽之物，声呐技术已有改良，但它的用法应该仍依唐法。

在深井中，蒙着薄牛皮的喇叭紧贴着井壁，聪耳者附耳于瓮顶。

脚步声，马蹄声，大树倾倒之声……

我喜欢这井底。回到靖康元年，我愿落在汴梁城内的这口井中，看着井口繁星，看着人马星座缓缓移过，然后，我的耳朵紧贴瓮顶，渐渐地，远处的声音、地底的声音、黑暗最深处的声音透过薄薄的牛皮，被收纳进空虚的瓮中，在瓮顶回荡。

我能听见秋蛰的鸣叫，听见静夜里一根树枝的摇曳，一只狐狸踏碎了一粒露珠。

我能听见饮泣、叹息，听见屠夫被血惊醒，听见维特根斯坦都难以听见的声息，听见沉默，听见笔在纸上写下流利的字迹，听见纸在火焰中卷曲，听见我的心和他人之心无语的惊悸，听见语言所不及的地方、那世界和人心尽头的荒凉和恐惧……

我摘下我的头颅，缓缓地，把它放进冰冷的井底。

★有关维特根斯坦的叙述参见巴特利《维特根斯坦传》，东方出版中心2000年7月第一版。

（原载《十月》2016年第2期）

一次闪访引发的舆论风暴——鲁迅与萧伯纳

◎阎晶明

不独是人心，世间发生的很多事情一样剪不断、理还乱，评说的人越多，纷乱程度甚至反而越高。萧伯纳一九三三年二月十七日来访中国这件事，我已从准备到梳理经历了好几年，到现在还没有把握说整理清楚了当时的情形，包括事情的流程、在场的人员到底是怎样的，等等。这件事已经过去八十多年了，议论和说法都难得清晰，要说当时能见到萧伯纳的人，毫无疑问都是上海滩顶尖的文化名人了，怎么连这件事情的本来面目也说不清楚呢？

也许有人认为，一次来访，而且不过是个作家而已，值得这么"推敲"吗？的确，这一百年来，仅就诺贝尔文学奖获得者，从罗素（访时尚未得奖）到泰戈尔、萧伯纳，从勒·克莱齐奥到帕慕克，来中国访问的人数实在不算少。然而，没有一次访问能像萧伯纳一样，引发出如此强烈、长久的反响。如果说泰戈尔的访问是现代中国的一次文坛佳话，那么，萧伯纳的到访就是一次猝不及防的风暴。他登陆上海不过就大半天时间，去了两三个地方，与十几个或略多一点的人进行了交谈，甩下若干句幽默俏皮的话，然后就旋风般离开了。可是，就是这八个多小时，被中国的文人们谈论了八十年；就是那么几句话，被争论了半个多世纪；就是那么一段有多名记者追踪、包围，用笔、用照相机记录的过程，却成了一个无法复原的被撕裂的故事。

所有这些故事的发生及其后果，都与一位那天本是半道赶去的人有关：鲁迅。

由于梳理故事"流程"之难，在写此篇文章的时候，我甚至想到，旧上海的消失带来一个很大的遗憾，即我们无法沿着萧伯纳走过的路径重走一遍，去想象当年的那段故事了。资料，只有文字资料中的破碎、纠缠、矛盾，可以帮助我们尽可能磕磕绊绊地重述这件文坛往事。

先来看几个与故事有关的"情节"闪回。二十世纪六十年代初，邵洵美在上海监狱里与文学史教授贾植芳关在一起，有一次他对贾说："贾兄，你比我年轻，你还可能出去，我不行了，等不到出去了。""他郑重交代我，将来出来的话，有机会要为他写篇文章，帮他澄清两件事。第一，一九三三年英国作家萧伯纳来上海，是以中国笔会的名义邀请的。邵洵美是世界笔会中国分会的秘书，萧伯纳不吃荤，吃素，他就在南京路上的'功德林'摆了一桌素菜，花了四十六块银圆，是邵洵美自己出的钱。因为世界笔会只是个名义，并没有经费。但是后来，大小报纸报道，说萧伯纳来上海，吃饭的有蔡元培、宋庆龄、鲁迅、林语堂……就是没有写他。他说：'你得帮我补写声明一下。'还有一个事，就是鲁迅先生听信谣言，说我有钱，我的文章都不是我写的，像清朝花钱买官一样'捐班'，是我雇人写的。我的文章虽然写得不好，但不是叫人代写的，是我自己写的。'他的嘱托，我记住了。"（贾植芳《我的狱友邵洵美》）

——可是，出钱订餐这件事除了贾植芳先生的"捎话"，仍然没有一个确实的定论。

戏剧家洪深受一家团体（中国戏剧及电影文化团体）、一家报社（《时事新报》）委托前往迎接并采访萧伯纳，不想这样一位文艺大家，二月十六日下午跑到码头上，"向昌兴轮船公司打听了四次，小火轮几时开出；四次所得到的答复，都不相同"，"昌兴公司的主持人说，今天至少拒绝了二百个新闻记者，因为萧老先生怕麻烦，所以一切闲杂人等，船长命令不许登舟。我想蛮干一下，我说，'我上了小火轮，你未必能把我推下水去'。外国人说，'我至少可以把你推上岸去'。"（洪深《迎萧灰鼻记》）

——谁能见到萧伯纳，气氛从一开始就很紧张。

萧伯纳行程里还有访问北京，与上海的热烈"造势"相比，北京的情形却显两样。身在北京的胡适就有过俏皮的声明："胡适之于萧氏抵平之前夕发表一文，其言曰，余以为对于特客如萧伯纳者之最高尚的欢迎，无过于任其独来独往，听渠晤其所欲晤者，见其所欲见者云。"（一九三三年二月二十日路透社电讯）

——分歧在每一个层面和细节上都会产生！

一、"萧在上海不到一整天，而故事竟有这么多"

这个标题是鲁迅事后的感慨（《〈萧伯纳在上海〉序》）。萧伯纳是爱尔兰人，生于一八五六年七月二十六日，一九二五年获诺贝尔文学奖。他的身世和鲁迅有一点相像，父亲是贵族，母亲是乡绅世家，但幼年时父母离异（从此"家道中落"），父亲嗜酒（鲁迅父亲也一样）是主因之一，他随母亲来到伦敦生活（少年鲁迅去南京求学），失去受上等教育的机会而过着清苦的生活。他的创作道路也十分坎坷，但他最终以对黑暗现实的批判、对上流社会的讽刺，同时对英国戏剧艺术的革新而被世人称道（鲁迅创作的意义甚至更具划时代色彩）。很长时间里他自己的生活面临诸多困难，却把诺奖奖金八千英镑捐给了瑞典的穷苦作家们（鲁迅从经济上扶持了众多文学和美术青年）。他活了九十四岁，不知道是晚年看透了人世，还是历来就持有自己的人生观，其生死观也和鲁迅有相近之处，他的墓志铭上只有一句话："我早就知道无论我活多久，这种事情迟早会发生的。"这和鲁迅的遗言之一"赶快收殓，埋掉，拉倒"在心境上有如中英文对译。

一九三三年，七十七岁的萧伯纳携夫人乘"英国皇后"号游轮周游世界。二月十二日到达香港，在那里就发表了一大通针对中国政治和社会形势的言论，其中的一些句子已经开始在上海传播。鲁迅为萧到上海所作的第一篇文章，就写于他到上海前两天的二月十五日，发表于他到上海的那一天，即十七日的《申报·自由谈》上，文中所举萧氏言论，正是其在香港时对当地青年所讲。萧要来上海了，这消息在那一刻比文章中的观点更重要。

十七日凌晨，萧伯纳所乘坐的游轮到达上海，据说是因为船吃水太深，所以停泊在了吴淞口。萧伯纳此行虽是"家庭豪华游"，但所经之处受邀上岸从事活动也是正常不过的事，至少在印度及香港都有过。萧伯纳"离开香港时曾致电宋庆龄。宋以萧伯纳年老，且初次来华，特偕两位朋友乘小轮至吴淞登轮往访"（《宋庆龄选集》[上卷]第九十三页）。萧与宋同是世界民权保障同盟名誉副主席，宋庆龄正是依此身份登上"英国皇后"号的。与她同登游轮的"两位朋友"，是宋的秘书及杨杏佛。

故事其实在此之前就已经很热烈地开始了。从十六日下午起，操持各种语言的记者早已在岸上迎候萧伯纳了。假如文字也是镜头，就聚焦一下人潮中的洪深吧。这位中国现代剧作大家，也在迎候着来自英国的更著名的剧作家同行，还兼着为一家报纸做记者。然而，他当晚写了一篇文章，标题却很尴尬：

《迎萧灰鼻记》。这位中国的剧作名家，至少在十七日凌晨两点就开始在码头上等候机会，他远远地看到宋庆龄、杨杏佛等来了，便再三向杨请求捎他上船，然而终不得。这简直让人联想到铁杆球迷守候在球场门口渴望一张球票的情形。他除了"散步观潮"，什么也没见到，只能以"据说"为小标题记述这次"灰鼻行"的结束。其他种种记者，恐怕就更没有机会了。

我综合了各种能读到的文章，最大限度地将萧伯纳那一天的"沪上行"描述一下，这里的最大限度，就是凡有文章提到他去过哪些地方，做了些什么，说了些什么，尽量罗列出来，然后再来看看这一路上究竟产生了多少歧义和不确定。

"英国皇后"号"晨六时抵吴淞口。晨五时，宋庆龄偕杨杏佛等乘海关小轮前往吴淞口欢迎，并上'英国皇后号'访萧伯纳，相见甚欢。后应萧伯纳的邀请，宋庆龄与其在餐厅共进早餐"（《宋庆龄年谱》第四百八十九页）。宋邀请萧登岸访沪，萧先是推辞的。据爱波斯坦在《宋庆龄——二十世纪的伟大女性》一书中记述，他对宋庆龄说："除了你们，我在上海什么人也不想见，什么东西也不想看。现在已见到你们了，我为什么还要上岸去呢？"但宋庆龄强调了既是环游世界，到上海而不下船能算来过吗？萧因为很满意回答，便同意了。而萧的夫人因身体不适没有随行。

小火轮来到了位于杨树浦的码头，萧、宋、杨等上岸，那一堆还在等候的记者应该没有得到采访和拍照的机会吧，至今我们没看到名人登岸的照片。萧、宋、杨等"先赴外白渡桥礼查饭店与同时来沪各游历团团员相见，稍作寒暄"（《宋庆龄年谱》第四百八十九页）。（那么，萧的夫人要很孤单地在船上待一天了。）接着又驱车到了亚尔培路（今陕西南路）三三一号，在那里拜访中央研究院院长蔡元培。那一定又是一通有趣的寒暄。接着又坐汽车，这回是莫里哀路二十九号（今香山路七号）宋庆龄的居所举行欢迎宴会。离开蔡元培办公地的同时，另一辆车也已同时出发，去接鲁迅先生直赴宋宅。大家坐定已是正午十二点，大约一个小时后的一点钟，鲁迅赶到了，看见大家正在吃素餐。桌上应该已经坐了七个人，他们是：萧伯纳、蔡元培、杨杏佛、林语堂、伊罗生、史沫特莱以及主人宋庆龄。鲁迅加入后，八人共聚。宴会可谓足够高大上，上海滩的文化名流和诺奖获得者，在孙中山先生的故居里小范围聚会，这场景恐难再出现第二次。

宴会期间，宾主们肯定谈论了很多话题。但宋庆龄本人曾回忆："当时林语堂和他（萧伯纳）滔滔不绝地谈话，致使鲁迅等没有机会同萧伯纳谈话。"也就是说，有之后用英文创作长篇小说《京华烟云》、编辑《当代汉英词典》的林语堂在，其他人与萧直接对话的机会就大大减少了。鲁迅写了那么多关于萧的文字，但提到席间谈话内容的也就一句："在吃饭时候的萧，我毫不觉得他是讽刺家。谈话也平平常常。例如说：朋友最好，可以久远的往还，父母和兄弟都不是自己自由选择的，所以非离开不可之类。"（《看萧和"看萧的人们"记》）

宴会在下午二时结束。在宋宅的门口，还有照相环节。萧、宋、蔡、林、鲁及伊罗生和史沫特莱的"七人合影"，鲁迅与萧、蔡的"三人合影"。接下来，至少有蔡元培、杨杏佛、鲁迅三人陪同驱车（有说是宋子文的车）到福开森路（今武康路）世界学院参加国际笔会中国分会的欢迎会（车子总是满员）。行前，宋宅外仍然有一大堆等候已久的记者，大家一齐围上来，要采访，要记录，要拍照。这时候，我们又看到整个通宵"灰鼻""迎萧"、一无所获的剧作家兼临时记者洪深了。他没有机会参加室内的宴会，这时却当起了翻译，由他告诉大家，四点钟再回到宋宅，萧先生答应接见记者，可有六名代表来参加"新闻发布会"。

等候在世界学院"大洋房"（鲁迅语）的，据鲁迅观察有五十多人，其中就有梅兰芳、叶恭绰、张歆海、谢寿康、邵洵美等沪上名流。鲁迅是这样描述迎候者们的："走到楼上，早有为文艺的文艺家，民族主义文学家，交际明星，伶界大王等等，大约五十个人在那里了。"（《看萧和"看萧的人们"记》）而张若谷的记载是："有戴眼镜穿马褂的蔡元培，团圆面孔静若好女子般的梅兰芳，胡髭像刺猬的鲁迅，还有叶恭绰，杨杏佛，林语堂，张歆海，谢寿康，邵洵美以及其他与政治文艺都有关系的名媛与要人。"（张若谷《五十分钟和伯纳萧在一起》）

萧伯纳入场后，和大家热情握手，可以想象场面何等热烈。萧伯纳的演讲时间很短，鲁迅说是"演说了几句"。鲁迅记录了"诸君也是文士，所以这玩意儿是全都知道的。至于扮演者，则因为是实行的，所以比起自己似的只是写写的人来，还要更明白。此外还有什么可说的呢。总之，今天就如看看动物园里

的动物一样，现在已经看见了，这就可以了罢。云云。"（《看萧和"看萧的人们"记》）

发生在现场的还有两个重要环节。一是萧伯纳同梅兰芳进行了简短交流。萧指认梅是自己的同行（其实洪深更是），张若谷记说，梅兰芳"自然极客气地说了许多景仰和不胜荣幸一类的答词"。张若谷继续记述说，萧还问了梅兰芳，"我有一件事，不很明白。我是一个写剧本的人，知道舞台上做戏的时候，观众是需要静听的，为什么中国的剧场反喜欢把大锣大鼓大打大擂起来，难道中国的观众是喜欢在热闹中听戏吗？梅兰芳很和婉地回答道，中国戏也有静的，譬如昆剧，从头到底是不用锣鼓的"。也有人说，站在旁边充当翻译的叶恭绰还补充道，梅兰芳先生的戏也有静的，如有声音也是音乐。同时萧伯纳还满怀惊讶地赞叹了梅兰芳的"驻颜术"。

第二件事是向萧伯纳赠送礼物。张若谷在他那篇俏皮的、"民国"味道十足的文章《五十分钟和伯纳萧在一起》里描述说"笔会的同人，派希腊式鼻子的邵洵美做代表，捧了一只大的玻璃框子"，那里面放置着十几个五颜六色的京剧脸谱，"萧老头儿装出很有兴味的样子"，指着其中一个长白胡须的脸谱问道："这是不是中国的老爷？"回答他的正是张若谷本人："不是老爷，是舞台上的中国老头。"（据说这是张有意讽刺萧的。）如此一来二去，一群人围着"争看那个小玩意儿"。张若谷特别注意到了现场的鲁迅："鲁迅一个人，似乎听不懂英国话，很无聊地坐在一旁默默不语，一忽儿他安步蹀出到外面另一间里去了。"的确，那样的场合下，依鲁迅的性格定不会找个翻译去酷评脸谱之类。一屋子人在喧闹，独有一个人坐在幽暗的角落里冷冷地看着，也许这个人就是有故事或最可能记述故事的人了。

这似乎是个礼貌的见面会，萧伯纳这部《大英百科全书》得让更多人翻看一下。几位同来的人又陪着萧伯纳乘原车回到宋庆龄的住宅。一大群记者，或守候或追随着挤在门外。洪深仿佛很主事地又提及了六位记者可以入场的"指标"，但备受拥戴的萧伯纳突然改变了主意，同意所有记者进来。记者见面会在宋宅外的草地上举行。记者会时间并不长，大约从三点开始，四十五分钟后结束。上海当时有多种语言的报纸，萧伯纳对同一问题的回答，或是语言原因，或因其他更深缘故，反映到各家报纸上竟然大相径庭。这是后话。

见面会后，奔波了大半天的萧伯纳在宋宅稍事停留，又乘车离开。这里要先加一个"镜头"，张若谷似乎很关注鲁迅的动态，他纵是提前离开（"三时二十五分许"），却也不忘临出门前看一眼鲁迅。"我看见戴眼镜穿马褂的蔡元培，和刺猬须发的中国老作家鲁迅，他们二人正静穆地站在草地一旁，仰头望着天空看云，我行色匆匆，也来不及问他们对于萧老头儿有什么意见了。"时年五十二岁的"老作家"鲁迅，因此又成了一道特殊的风景线。

离开宋宅后的萧伯纳算是完成了上海的"文学之旅"，按照《宋庆龄年谱》等记述，宋直接用车将萧送回到吴淞口船上。但也有论者认为萧其实还去了一个地方，那就是"一·二八"淞沪抗战遗址。率部驻守闸北的翁照垣将军，虽不在上海，但已事先写好一封给萧伯纳的信，发表在二月十八日的《申报》上。萧伯纳是否去观了遗址是一方面，另一方面，此信佐证了萧伯纳的上海行，其实并非是临时商讨的结果，而是事先已由"邀请方"做了周密的计划。

有一点可以确信，傍晚时分，萧伯纳已重新回到"英国皇后"号上。《宋庆龄年谱》没有提及曾经参观遗址，只记载了宋庆龄"至八时许始返寓所"。游轮当晚十一点启程，一路北上，萧伯纳夫妇从秦皇岛上岸，乘火车进入北京访问，继续他的环球旅行。

二、萧伯纳所说与鲁迅所见

萧伯纳来上海，说了什么，怎么说的，简直是一部解构式文本。中文报纸说法不一，从日文、俄文、英文、法文等报纸翻译过来的对同一问题的回答，竟然也多有互相抵触的答案。萧伯纳离开上海一个月后的三月份，上海野草书屋就出版了鲁迅与瞿秋白编辑而成的《萧伯纳在上海》一书，编者署名"乐雯"。这本书并非是萧伯纳上海行的全程实录，而是他这一次访问的各方反应。萧伯纳究竟说了什么？

一九三三年三月一日出版的《论语》第十二期，刊登了署名"镜涵"（史沫特莱的笔名）写的《萧伯纳过沪谈话记》，据作者称："本文手稿曾经孙中山夫人审阅，所载孙夫人谈话部分，皆经孙夫人手订无讹。"《宋庆龄选集》收录了宋庆龄与萧伯纳的对话，爱泼斯坦在《宋庆龄——二十世纪的伟大女性》一书中，也对此做了记录，可以视为是二人对谈的可信版本。萧宋二人的对话先后发生在船上以及宋的家中，他们的对话鲁迅基本上不在现场。我们选摘两人对话的一些片段于此：

萧：请明确告诉我，为对付日本的侵略采取了什么办法？

宋：几乎没有……南京政府把最精良的军队和武器用来对付中国红军而不是日本人。

萧：到底国民党是什么？南京政府又是什么？

宋：国民党……执政党……同南京政府是一回事。

萧：……请告诉我，孙夫人，关于国民党和这个政府，你的立场是什么呢？

宋：当革命统一战线（一九二七年）在汉口解体时，我就同国民党脱离关系到国外去了，从此我就同国民党不相干了，因为它屠杀人民，背叛革命……

萧：你真是个天不怕地不怕的人，当然，你说的话他们是会害怕的……请告诉我，南京政府有没有想收回你的"孙夫人"的称号。

宋（笑）：现在还没有，不过他们会要这样做的。

因为当时各国记者们未被允许上船或进屋，这些对话相对完整，歧义也最少。萧伯纳在午餐期间、在世界学院、在记者见面会上的谈话都是支离破碎并被任意理解发布的。在世界学院，除了与梅兰芳的对话以及询问邵洵美送上来的礼品外，据张若谷记述，还有就是：

不知道是哪一位先生，叶恭绰呢还是林语堂，问道：

"先生为什么理由，不吃肉？"

"我不喜欢吃，便不吃，没有理由，也没有什么主义。"

这一对话或许没什么意义，但根据现场人们"反而哈哈大笑起来"的反应，可以见出萧伯纳在当时中国文人们眼里的神圣性。

在记者见面会上，萧伯纳极尽其幽默的天赋和本领，或俏皮或尖刻地回答了所有问题。张若谷描述说，记者们"老是那样地提出了许多很严肃的问题，要他发表关于远东、中国、东北、社会……各种的意见。他也老是用着他习惯对付新闻记者的方法，像调侃又像讽刺说了一大篇谈话（详见今日各报所刊伯纳萧谈话）"。不能说张若谷偷懒，没有为我们记下准确的笔录，实在是连他也说不清楚到底讲了什么，意指何处。萧的答问肯定是非常有效果的，旁证之一还是张若谷的记述："宋庆龄女士脸上表现满足的神情，站在草地石阶前，闭紧着将要笑出来的嘴唇，很有兴味地倾听萧老头儿巧妙的议论。"

在两个对话现场默默观察的人还有一位，这就是鲁迅。我们说过，鲁迅是大约中午一点钟到达宋宅的。鲁迅见到了什么？一九三三年二月十七日的《鲁迅日记》记载："午后汽车赍蔡先生信来，即乘车赴宋庆龄夫人宅午餐，同席为萧伯纳、斯沫特列女士、杨杏佛、林语堂、蔡先生、孙夫人等七人，饭毕，照相二枚。同萧、蔡、林、沫、杨往笔社，约二十分钟后复回孙宅。绍介木村毅君于萧。傍晚归。"有些事，真如同魔咒一样，歧义不独是两类人、两个人的不同，即如鲁迅，十七日的日记里说看见宋宅里就餐者为"七人"，可是到了二月二十三日写成的《看萧和"看萧的人们"记》里，又说看见萧"和别的五个人在吃饭"。

鲁迅知道自己要去参加这场活动是萧伯纳到上海的前一天。"十六日的午后，内山完造君将改造社的电报给我看，说是去见一见萧怎么样。我就决定说，有这样地要我去见一见，那就见一见罢。"改造社是日文报纸，内山给他这个信息，其实是这家报纸想通过鲁迅获得采访萧的机会，其记者木村毅就是在鲁迅关照下进入现场的。但毕竟，这只是信息提供而非正式邀请。"那就见一见罢"的无所谓一直到第二天并未见得能实行。"这样地过了好半天，好像到底不会看见似的。"正式邀请鲁迅的是蔡元培，虽然接鲁迅的车子早已出发，但鲁迅"到了午后，得到蔡先生的信，说萧现就在孙夫人的家里吃午饭，教我赶紧去"。

"跑到孙夫人的家里去"以后，鲁迅就开始了他的个人叙述。先是就餐的基本格局，"一走进客厅隔壁的一间小小的屋子里，萧就坐在圆桌的上首，和别的五个人在吃饭。"接着是对坐在"上首"位的萧伯纳的印象："因为早就在什么地方见过照相，听说是世界的名人的，所以便电光一般觉得是文豪，而其实是什么标记也没有。但是，雪白的须发，健康的血色，和气的面貌，我想，倘若作为肖像画的模范，倒是很出色的。"前几句猛一看鲁迅要对来自大英的所谓顶着诺贝尔文学奖光环的洋人给什么"差评"，结果笔锋一转，认为"倒是很出色的"。而这"出色"，实是因为鲁迅早已先入为主地对萧抱着好感，因为两天前已经完成了《萧伯纳颂》的文章。接下来是对午宴"盛况"的简述："午餐像是吃了一半了。是素菜，又简单。白俄的新闻上，曾经猜有无数的侍者，但只有一个厨子在搬菜。"这里已经印证了一件事，的确吃的是素餐，纠正一个歧义，只有"一个侍者"而非"无数"。鲁迅聚焦的当然还是萧伯纳，首先是吃相："萧吃得并不多，但也许开始的时候，已经很吃了一通了也难说。到中途，他用起筷子来了，很不顺手，总是夹不住。然而令人佩服的是他竟逐渐巧妙，终于紧紧的夹住了一块什么东西，于是得意的遍看着大家的脸，可是谁也没有看见这成功。"妙趣的描述，可见现场的人们如何专注，竟然无暇欣赏萧伯纳如何使用中国筷子。鲁迅尽量克制对萧的夸赞："在吃饭时候的萧，我毫不觉得他是讽刺家。谈话也平平常常。"

用过午餐后，萧伯纳与在场的主人们"照了三张相"。鲁迅说，"并排一站，我就觉得自己的矮小了。虽然心里想，假如再年轻三十年，我得来做伸长身体的体操……"到了世界学院以后，鲁迅记述了梅兰芳与萧的对话，还提到了"由有着美男子之誉的邵洵美君拿上去的，是泥土做的戏子的脸谱的小模型，收在一个盒子里"的赠礼环节。再接下来是回到宋宅后的记者提问环节，鲁迅的描述我们会在下面一节再谈。总之是"试验是大约四点半钟完结的。萧好像已经很疲倦，我就和木村君都回到内山书店里去了"。鲁迅离开了，闹哄哄的现场也平静了下去。

三、"一面大镜子"：鲁迅为什么要"颂萧"

我们知道，鲁迅对弱小国家的文学充满介绍的热情，而对来自大英帝国的主流作家并不表示多大兴味。他对莎士比亚也多是在讽刺中国的文人学士时才与"黄油面包"相配而提及，对于萧伯纳的格外好感的确有点令人诧异。从鲁迅自己的表述中我们看到，从现场的表现上他还是有一点刻意的谨慎和淡然的，何况现场又有很多英语极好的人，如林语堂、杨杏佛等。鲁迅与萧伯纳交流了吗？鲁迅自己说："我对于萧，什么都没有问；萧对于我，也什么都没有问。"很多人据此认为，鲁迅其实和萧伯纳根本就没有说过一句话。但鲁迅在致台静农的信中又说："萧在上海时，我同吃了半餐饭，彼此讲了一句话，并照了一张相。"鲁迅自我矛盾吗？其实，鲁迅强调的是自己并没有主动向萧问什么，也就是说，尽管心存好感，却并没有去主动搭讪。这与他"有这样地要我去见一见，那就见一见罢"的心理是相符的。而后面所说的"彼此讲了一句话"，则与好奇的"问"无关，这句话是：

> 萧：他们称你为中国的高尔基，但是你比高尔基更漂亮！
> 鲁：我更老时，将来还会更漂亮的。

鲁迅在致台静农信中特别提到，萧在餐桌上"谈天不少，别人皆不知道，登在第十二期《论语》上"，"我到时，他们已吃了一半饭，故未闻，但我的一句话也登在那上面"。可见他对萧和自己讲了一句话是确认的。除此之外，鲁迅与萧伯纳似乎并没有说更多的话。

如果没有蔡元培，单凭内山完造的一条信息，纵有改造社的请托，鲁迅是不会像洪深那样去主动"迎萧"的，他当然也没有当场表明自己已经写了一篇《萧伯纳颂》。他称萧伯纳为"文豪"，为"伟大"，那是另有原因。

鲁迅在《〈萧伯纳在上海〉序》里，并不是强调萧伯纳到访的文学意义，而是他的社会批判力量，特别是针对中国。他把萧伯纳视为一面镜子，照出了中国文人、记者的真面目。虚伪，是鲁迅一生所批判的，而萧伯纳的到来，恰恰是反映这些虚伪的一面大镜子。鲁迅特别强调，萧是"一个平面镜。说萧是凹凸镜，我也不以为确凿"。在鲁迅眼里，萧伯纳的到来，简直是一块试金石，人的本来面目，"要是在大庭广众之前自己脱去了，或是被人撕去了，这就叫作不像人样子"。而不同的人，出于虚伪的目的，会对萧伯纳的同样一句话做刻意的自我歪曲，各自的"希望""耳朵""批评"，"也不同起来了"。萧伯纳来访让鲁迅看到了这一切，正是在这个意义上，鲁迅认为"萧的伟大可又在这地方"。他不但认为萧伯纳是一面大镜子，照出一切眼前的虚伪，而且是平面镜，照出的不是变形而是本来面目，而且是"一面大镜子的大镜子，从去照或不愿去照里，都装模作样的显出了藏着的原形"。他如此看重萧的来访，并且不惜用"伟大"来"颂萧"，是与这样的先入为主的看法、事实上的印证完全吻合的。鲁迅还把萧伯纳比喻为《大英百科全书》，大家都抢着来翻检，找不到答案或答案与自己的预设不符，就又摇头失望。在《谁的矛盾》一文里，鲁迅彻底对此做了批判："萧并不在周游世界，是在历览世界上新闻记者们的嘴脸，应世界上新闻记者们的口试，——然而落了第。"这里所说的是"世界"，更多指的是上海，是中国。那真是一连串精妙的比喻，索性搬来赏读一下。

他不愿意受欢迎，见新闻记者，却偏要欢迎他，访问他，访问之后，却又都多少讲些俏皮话。

他躲来躲去，却偏要寻来寻去，寻到之后，大做一通文章，却偏要说他自己善于登广告。

他不高兴说话，偏要同他去说话，他不多谈，偏要拉他来多谈，谈得多了，报上又不敢照样登载了，却又怪他多说话。

他说的是真话，偏要说他是在说笑话，对他哈哈的笑，还要怪他自己倒不笑。

他说的是直话，偏要说他是讽刺，对他哈哈的笑，还要怪他自以为聪明。

他本不是讽刺家，偏要说他是讽刺家，而又看不起讽刺家，而又用了无聊的讽刺想来讽刺他一下。

他本不是百科全书，偏要当他百科全书，问长问短，问天问地，听了回答，又鸣不平，好像自己原来比他还明白。

他本是来玩玩的，偏要逼他讲道理，讲了几句，听的又不高兴了，说他是来"宣传赤化"了。

有的看不起他，因为他不是一个马克思主义文学者，然而倘是马克思主义文学者，看不起他的人可就不要看他了。

有的看不起他，因为他不去做工人，然而倘若做工人，就不会到上海，看不起他的人可就看不见他了。

有的又看不起他，因为他不是实行的革命者，然而倘是实行者，就会和牛兰一同关在牢监里，看不起他的人可就不愿提他了。

他有钱，他偏讲社会主义，他偏不去做工，他偏来游历，他偏到上海，他偏讲革命，他偏谈苏联，他偏不给人们舒服……

于是乎可恶。

身子长也可恶，年纪大也可恶，须发白也可恶，不爱欢迎也可恶，逃避访问也可恶，连和夫人的感情好也可恶。

然而他走了，这一位被人们公认为"矛盾"的萧。

然而我想，还是熬一下子，姑且将这样的萧，当作现在的世界的文豪罢，唠唠叨叨，鬼鬼祟祟，是打不倒文豪的，而且为给大家可以唠叨起见，也还是有他在着的好。

因为矛盾的萧没落时，或萧的矛盾解决时，也便是社会的矛盾解决的时候，那可不是玩意儿也。

萧伯纳在英国是个"异数"，不受"绅士"们欢迎，鲁迅却偏要称他为"伟大"。在《看萧和"看萧的人们"记》里，鲁迅坦言："我是喜欢萧的。这并不是因为看了他的作品或传记，佩服得喜欢起来，仅仅是在什么地方见过一点警句，从什么人听说他往往撕掉绅士们的假面，这就喜欢了他了。还有一层，是因为中国常有模仿西洋绅士的人物的，而他们却大抵不喜欢萧。被我自己所讨厌的人们所讨厌的人，我有时会觉得他就是好人物。"态度极其任性。早在一九二七年《读书杂谈》里，鲁迅就说过，"萧是爱尔兰人，立论也不免有些偏激的"，而偏激的态度，也许在某一点上正与鲁迅相吻合。比如，鲁迅对林语堂主办的《论语》所持"幽默"观评价并不高，但他说："然而，《萧的专号》是好的。"鲁迅是最早介绍易卜生的中国作家，但他更同意列维它夫的评价，"易卜生是伟大的疑问号（?），而萧是伟大的感叹号（!）"。"易卜生虽然使他们登场，虽然也揭发一点隐蔽，但并不加上结论，却从容的说道：'想一想罢，这到底是些什么呢？'绅士淑女们的尊严，确也有一些动摇了，但究竟还留着摇摇摆摆的退走，回家去想的余裕，也就保存了面子。"而"萧可不这样了，他使他们登场，撕掉了假面具，阔衣装，终于拉住耳朵，指给大家道，'看哪，这是蛆虫！'连磋商的工夫，掩饰的法子也不给人有一点"（《"论语一年"》）。

鲁迅力挺萧伯纳，正是由此取其一点而不及其余的故意"偏激"。他在致魏猛克的信中说过，自己因为看到萧伯纳在香港大学的演讲而支持他，他认为谁在这种时候反对萧伯纳，谁就是在支持"奴隶教育"。其实，鲁迅并非不知道萧伯纳的创作成就究竟有多高，他也没有专门去评价萧的艺术成就，在《关于翻译》（下）里，他却坚持认为人无完人，对萧伯纳的作品也应坚持"剜烂苹果"的方法，把坏的去掉，把好的留下来。而"烂苹果"的另一层含义，是指它们是穷苦人可以享用的食粮，虽不及绅士贵族们享用的高级，却颇有价值。

鲁迅把萧伯纳在宋宅里的答记者问称作"试验"，因为不但记者的主观好恶让人生厌，即使是"在同一的时候，同一的地方，听着同一的话，写了出来的记事，却是各不相同的"。他还举了一个例子，"关于中国的政府罢，英字新闻的萧，说的是中国人应该挑选自己们所佩服的人，作为统治者；日本字新闻的萧，说的是中国政府有好几个；汉字新闻的萧，说的是凡是好政府，总不会得人民的欢心的"。

这就是鲁迅的"颂萧"观。他不是去见一个诺奖获得者，求对话，求签名，骨子里，他是去见证眼前的萧伯纳跟他想象中的一样，至少没让他失望。萧伯纳的确没有让他失望，从面相到谈吐都没有，连同与梅兰芳的对话也是"问尖答愚"，这就足矣。新闻记者的围堵和接下来所见的报道，更让他确认萧是照出虚伪世界的"一面大镜子"。

四、考证不完的争议

萧伯纳在上海的种种言行，在其后的报道和记述中出现了太多不一致，留下太多争论。比如在宋宅吃饭的究竟是几个人，连鲁迅的说法也有"六个"和"七个"的区别，"侍者""只有一个"也属于纠错。还有午餐后的照相，鲁迅参加了"七人合影"，也有与萧伯纳、蔡元培的合影。"七人合影"的站立者都是午餐时的就座者，唯缺杨杏佛，可以想见杨是拍摄者（其子杨小佛也如此推断）。这张照片因为有林语堂在其中，若干年后拿出去陈列时居然被剪成了"五人合影"，少了林语堂和伊罗生，甚至还有"四人合影"（又少了蔡元培）。为此，唐弢先生专门写过文章予以纠正。现在，我们从不同的鲁迅画册中，还可以看到人数不等的同一张合影。周海婴先生所编《鲁迅家庭大相簿》中，可以看到被修剪过的两张照片。鲁迅与萧、蔡的"三人合影"其实也有两张，站位相同，区别是萧伯纳的脸分别向左和右侧着。张若谷说记者会因为萧伯纳的大度，所以放进了所有记者，但鲁迅说是允许差不多一半记者进入。连记者见面会的开始时间也不一样，有说三点钟的，也有说四点钟的，似乎大家的手表有一个小时的时差。

争议更大的是那一桌菜的埋单人。开头所述，邵洵美坚持说是自己出钱到"功德林"订了一桌素菜，但因没有人提及所以变成一桩冤案。综合多种说法判断，以宋庆龄因公因私的条件，以邵本人并未参加午餐而只是在世界学院赠送了礼品，邵洵美坚称的那四十六元钱，或许是花在了购置礼品而非订餐上（可参阅薛林荣《邵洵美遗愿：为招待萧伯纳正名，纠正捐班说法》观点）。也许是他记忆有误，或愤愤于人们对他的漠视，但这实在也赖不着鲁迅这个半道赶去的客人，至少鲁迅是不可能未收请柬却去订餐的。因为没有确实的记载，所以这桌饭钱的来历就成了不可考评的"悬案"。当代学者朱大可在《殖民地鲁迅和仇恨政治学的崛起》一文中还说过"作为自由撰稿人的鲁迅的收入，这时已经超过他作为京师公务员的两倍"，"从设宴款待作家泰戈尔、萧伯纳、记者史沫特莱和斯诺夫人的情景，我们可以约略窥见主宰殖民地的文化领袖的风范"。这虽不过虚拟戏说，却可见出歧义之多。几人吃饭，几人照相，放进来多少记者，如果这些细节还可以考订或不必全部考订的话，萧伯纳究竟说了些什么也是一团乱麻。鲁迅与瞿秋白合编的《萧伯纳在上海》一书里，整理了"萧伯纳的真话"专辑，算是萧在香港、上海、北京的主要"名言"和观点，既是"真话"，相对可信。歧义颇多的另一原因，是萧的来访在当时和其后引发了许多人的评说，每个人的评说都带有鲜明的先入为主的态度。仅就名人里，宋庆龄、鲁迅、林语堂、郁达夫、废名、许杰、邹韬奋是"颂萧"派，洪深、张若谷等可谓"中间派"，胡适、张资平、傅东华、傅斯年以及梁实秋等则属于"吓萧"派。这么多人谈一个英国的戏剧家，而且根本就没有讨论文学和戏剧，是萧对中国、中国的抗战、中国的青年、中国的未来前景的评说引发了无休止的争论。逐渐地，"萧伯纳"成了一个虚拟的符号，一个不属于萧伯纳本人的"萧伯纳"。举个细节吧，当时的报纸上关于他的称呼，我大概列数了一下，不少于二十个，这也可说是创了纪录。我相信萧本人回到英国后不会再关心和回应这一切，但不知不觉中，诚如鲁迅所说，萧其实成了"一面大镜子"。

纷纷扰扰中，萧伯纳总算离开上海了。他在北京行程的报道比上海的少之又少，这当然与胡适事先的"不接待"论有关。但不管怎么样，他还是以游客的身份参观了多处胜迹，并狠狠地感叹了一番中国文化的博大。然而，他关于长城的论断却颇有"鲁迅风"。萧在行前是决定要看长城的，待来到香港，却又质疑道："长城对于中国有什么用处呢？"我想，鲁迅读到此处，一定有一点会心吧，或许会想起自己多年前的那篇杂文《长城》里的观点。萧伯纳和鲁迅的相惜相近，在当时已有议论和比较，张资平、傅东华的嘲讽文章里曾经谈及，连郁达夫也都说过这样的玩笑话："在我们中国，幸喜还有一位鲁迅先生——可以和萧伯纳对对。片语杀人，人家都在骂他是绍兴师爷的故技，但萧伯纳总不至于是萧山人罢？"（郁达夫《萧伯纳与高尔斯华绥》）

文章已经足够长，说实话，我见到的相关材料、各种文集的记载很庞杂，读到的相关文章各取所需，信息也并不统一。我知道，我这里的表述仍然不可能达到整合、定说、确评的程度。然每见到外国作家来访，轻轻来，悄悄去，我总会想起"萧伯纳在上海"这个词。作为一次"试验"性的"闪访"，作为一个舆论风暴事件，萧伯纳在上海的八小时，可以说是中国文坛上不可能再次出现的众声喧哗的佳话。虽然什么都不会改变，但风生水起中让人看见了许多平日里看不到的景象。我愿意借废名的文章《关于萧伯纳》的结尾做这篇文章的收束来感慨一下：

> 可惜萧伯纳先生和他的夫人来上海的时候，正是冬寒乍退的初春，如果是在万木落叶的秋天，我倒可以用一句唐诗来欢迎他们了：无边落木萧萧下，不尽长江滚滚来！

（原载《人民文学》2016年第9期）

阅读的故事

◎余 华

　　我在一个没有书籍的年代里成长起来，所以不知道自己的阅读是如何开始的。为此我整理了自己的记忆，我发现，竟然有四个不同版本的故事讲述了我最初的阅读。

　　第一个版本是在我小学毕业那一年的暑假，应该是1973年。"文化大革命"来到了第七个年头，我们习以为常的血腥武斗和野蛮抄家过去几年了，这些以革命的名义所进行的残酷行动似乎也感到疲惫了，我生活的小镇进入到了压抑和窒息的安静状态里，人们变得更加胆小和谨慎，广播里和报纸上仍然天天在大讲阶级斗争，可是我觉得自己很久没有见到阶级敌人了。

　　这时候我们小镇的图书馆重新对外开放，我父亲为我和哥哥弄来了一张借书证，让我们在无聊的暑假里有事可做，从那时起我开始喜欢阅读小说了。当时的中国，文学作品几乎都被称之为毒草。外国的莎士比亚、托尔斯泰、巴尔扎克他们的作品是毒草，中国的巴金、老舍、沈从文他们的作品是毒草；由于中苏关系恶化，苏联时期的革命文学也成为了毒草。大量的藏书被视为毒草销毁后，重新开放的图书馆里没有多少书籍，放在书架上的小说只有二十来种，都是国产的所谓社会主义革命文学。我把这样的作品通读了一遍，《艳阳天》、《金光大道》《牛田洋》《虹南作战史》《新桥》《矿山风云》《飞雪迎春》、《闪闪的红星》……当时我最喜欢的书是《闪闪的红星》和《矿山风云》，原因很简单，这两本小说的主角都是孩子。

　　这样的阅读在我后来的生活里没有留下什么痕迹，我没有读到情感，没有读到人物，就是故事好像也没有读到，读到的只是用枯燥乏味的方式在讲述阶级斗争。可是我竟然把每一部小说都认真读完了，这是因为我当时的生活比这些小说还要枯燥乏味。中国有句成语叫饥不择食，我当时的阅读就是饥不择食。只要是一部小说，只要后面还有句子，我就能一直读下去。

　　2002年秋天我在德国柏林的时候，遇到两位退休的汉学教授，说起了上世纪六十年代初期中国的大饥荒。这对夫妻教授讲述了他们的亲身经历，当时他们两人都在北京大学留学，丈夫因为家里的急事先回国了，两个月以后他收到妻子的信，妻子在信里告诉他：不得了，中国学生把北京大学里的树叶吃光了。

就像饥饿的学生吃光了北京大学里的树叶那样，我的阅读吃光了我们小镇图书馆里比树叶还要难吃的小说。

我记得图书馆的工作人员是一位中年女性，她十分敬业，每次我和哥哥将读完的小说送还回去的时候，她都要仔细检查图书是否有所损坏，确定完好无损后，才会收进去，再借给我们其他的小说。有一次她发现我们归还的图书封面上有一滴墨迹，她认为是我们损坏了图书。我们申辩这滴墨迹早就存在了，她坚持认为是我们干的，她说每一本书归还回来的时候都认真检查了，这么明显的墨迹她不可能没有发现。我们和她争吵起来，争吵在当时属于文斗。我的哥哥是一个红卫兵，文斗对他来说不过瘾，武斗方显其红卫兵本色，他抓起书扔向她的脸，接着又扬手扇了她一记耳光。

然后我们一起去了小镇派出所，她坐在那里伤心地哭了很久，我哥哥若无其事地在派出所里走来走去。派出所的所长一边好言好语安慰她，一边训斥我那自由散漫的哥哥，要他老实坐下，我哥哥坐了下来，很有派头地架起了二郎腿。

这位所长是我父亲的朋友，我曾经向他请教过如何打架，他当时打量着弱小的我，教了我一招，就是趁着对方没有防备之时，迅速抬脚去踢他的睾丸。

我问他："要是对方是个女的呢？"

他严肃地说："男人不能和女人打架。"

我哥哥的红卫兵武斗行为让我们失去了图书馆的借书证，我没有什么遗憾的，因为我已经将图书馆里所有的小说都读完了。问题是暑假还没有结束，我阅读的兴趣已经起来了。我渴望阅读，可是无书可读。

当时我们家中除了父母专业所用的十来册医学方面的书籍，只有四卷本的《毛泽东选集》和一本叫做"红宝书"的《毛主席语录》。"红宝书"就是从《毛泽东选集》里摘出来的语录汇编。我无精打采地翻动着它们，等待阅读的化学反应出现，可是翻动了很久，发现自己还是毫无阅读的兴趣。

我只好走出家门，如同一个饥肠辘辘的人寻找食物一样，四处寻找起了书籍。我身穿短裤背心，脚上是一双拖鞋，走在我们小镇炎炎夏日里发烫的街道上，见到一个认识的同龄男孩，就会叫住他：

"喂，你们家有书吗？"

那些和我一样身穿短裤背心、脚蹬一双拖鞋的男孩们，听到我的问话后都是表情一愣，他们可能从来没有遇到过这样的询问，然后他们个个点着头说家里有书。可是当我兴致勃勃地跑到了他们家里，看到的都是同样的四卷本的《毛泽东选集》，而且都是从未被翻阅过的新书。我因此获得了经验，当一个被我询问的男孩声称他家里有书时，我就会伸出四根手指继续问：

"有四本书？"

他点头后，我的手垂了下来，再问一句："是新书？"

他再次点头后，我就会十分失望地说："还是《毛泽东选集》。"

后来我改变了询问的方式，我开始这样问："有旧书吗？"

我遇到的都是摇头的男孩。只有一个例外，他眨了一会儿眼睛后，点着头说他家里好像有旧书。我问他是不是有四本书？他摇着头说好像只有一本。我怀疑这一本是"红宝书"，问他封面是不是红颜色的？他想了想后说，好像是灰乎乎的颜色。

我喜出望外了。他的三个"好像"的回答让我情绪激昂，我用满是汗水的手臂搂住他满是汗水的肩膀，往他家里走去时，说了一路的恭维话，说得他心花怒放。到了他的家中，他十分卖力地搬着一把凳子走到衣柜前，站到凳子上，在衣柜的顶端摸索了一会儿，摸出一本积满灰尘的书递给我。我接过来时心里忐忑不安，这本尺寸小了一号的书很像是"红宝书"。我用手擦去封面上厚厚的灰尘之后，十分失望地看到了红色的塑料封皮，果然是"红宝书"。

我在外面的努力一无所获之后，只好回家挖掘潜力，用现在时髦的话来说，就是拉动内需。我将家里的医学书籍粗粗浏览了一遍，就将它们重新放回到书架上，当时我粗心大意，没有发现医学书籍里面所隐藏的惊人内容，直到两年之后才发现这个秘密。我放弃医学书籍之后，可供选择的书籍只有崭新的《毛泽东选集》和翻旧了的"红宝书"。这是当时每个家庭相似的情况，四卷本的《毛泽东选集》只是家里的政治摆设，平日里拿来学习的是"红宝书"。

我没有选择"红宝书"，而是拿起了《毛泽东选集》第一卷。这一次我十分仔细地阅读起来，然后我发现了阅读的新大陆，就是《毛泽东选集》里的注释引人入胜。从此以后，我手不释卷地读起了《毛泽东选集》。

当时的夏天，人们习惯在屋外吃晚饭，先是往地上泼几盆凉水，一方面是为了降温，另一方面是为了压住尘土，然后将桌子和凳子搬出来。晚饭开始后，孩子们就捧着饭碗走来走去，眼睛盯着别人桌上的菜，吃着自己碗里的饭。我总是很快吃完晚饭，放下碗筷后，立刻捧起《毛泽东选集》，在晚霞下如饥似渴地读了起来。

邻居们见到后赞叹不已，夸奖我小小年纪，竟然如此刻苦学习毛泽东思想。我的父母听了这些夸奖，得意之情溢于言表。在私底下，他们小声谈论起了我的前途，他们感叹"文化大革命"让我失去了学习的机会，否则他们的小儿子将来有可能成为一名大学教授。

其实我根本没有在学习毛泽东思想，我读的是《毛泽东选集》里的注释，这些关于历史事件和历史人物的注释，比我们小镇图书馆里的小说有意思多了。这些注释里虽然没有情感，可是有故事，也有人物。

第二个版本发生在我中学时期，我开始阅读一些被称之为"毒草"的小说。这些逃脱了焚毁命运的文学幸存者，开始在我们中间悄悄流传。我想，可能是一些真正热爱文学的人将它们小心保存了下来，然后被人们在暗地里大规模地传阅。每一本书都经过了上千个人的手，传到我这里时已经破旧不堪，前面少了十多页，后面也少了十多页。我当时阅读的那些毒草小说，没有一本的模样是完整的。我不知道书名，不知道作者；不知道故事是怎么开始的，也不知道故事是怎么结束的。

不知道故事的开始我还可以忍受，不知道故事是怎么结束的实在是太痛苦了。每次读完一本没头没尾的小说，我都像是一只热锅上的蚂蚁到处乱窜，找人打听这个故事后来的结局。没有人知道故事的结局，他们读到的小说也都是没头没尾的，偶尔有几个人比我多读了几页，就将这几页的内容讲给我听，可是仍然没有故事的结局。这就是当时的阅读，我们在书籍的不断破损中阅读。每一本书在经过几个人或者几十个人的手以后，都有可能少了一两页。

我无限惆怅，心想我前面的这些读者真他妈的缺德，自己将小说读完了，也不将掉下来的书页粘贴上去。

没有结局的故事折磨着我，谁也帮不了我，我开始自己去设想故事的结局，就像《国际歌》中所唱的那样："从来就没有什么救世主，也不靠神仙皇帝。要创造人类的幸福，全靠我们自己。"每天晚上熄灯上床后，我的眼睛就在黑暗里眨动起来，我进入了想象的世界，编造起了那些故事的结局，并且被自己的编造感动得热泪盈眶。

我不知道当初已经在训练自己的想象力了，我应该感谢这些没头没尾的小说，它们点燃了我最初的创作热情，让我在多年之后成为了一名作家。

我读到的第一本外国小说也是一样的没头没尾，我不知道书名是什么，作者是谁，不知道故事的开始，也不知道故事的结束。我第一次读到了性描写，让我躁动不安，同时又胆战心惊。读到性描写的段落时，我就会紧张地抬起头来，四处张望一会儿，确定没有人在监视我，我才继续心惊肉跳地往下读。

"文革"结束以后，文学回来了。书店里摆满了崭新的文学作品，那期间我买了很多外国小说，其中有一本小说的书名叫《一生》，是法国作家莫泊桑的作品。有一天晚上，我躺在床上，开始阅读这本《一生》。读到三分之一的篇幅时，我惊叫了起来：原来是它！

我多年前心惊肉跳阅读的第一本没头没尾的外国小说，就是莫泊桑的《一生》。

我当时阅读的那些毒草小说里，唯一完整的一本是法国作家小仲马的《茶花女》。那时候"文革"快要结束了，我正在上高中二年级，《茶花女》是以手抄本的形式来到我们手上。后来我阅读了正式出版的《茶花女》，才知道当初读到的只是一个缩写本。

我记得一个同学把我叫到一边，悄悄告诉我，他借到了一本旷世好书，他看看四周没人，神秘地说：

"是爱情的。"

听说是爱情的，我立刻热血沸腾了。我们一路小跑，来到了这个拥有《茶花女》手抄本的同学的家中，喘息未定，这个同学从书包里取出白色铜版纸包着的手抄本。

清秀的字体抄写在一本牛皮纸封皮的笔记本上。这个同学告诉我，只有一天时间，明天就要将手抄本还给人家。我们两个人的脑袋凑在一起阅读起来，这是激动人心的阅读过程，读到三分之一篇幅的时候，我们两个人已经感叹不已，没想到世界上还有这么好的小说。我们开始害怕失去它了，我们想永久占有它。看看手抄本《茶花女》并不是浩瀚巨著，我们决定停止阅读，开始抄写，在明天还书之前抄写完成。

这个同学找来一本他父亲没有用过的笔记本，也是牛皮纸封皮的，我们开始了接力抄写。我先上阵，抄写累了，他赶紧替下我；他抄写累了，我接过来。在他父母快要下班回家的时候，我们决定撤离，去一个更加安全的地方。我们商量了一下，决定返回学校的教室。

当时我们高中年级在二楼，初中年级在一楼。虽然所有教室的门都上了锁，可是总会有几扇窗户没有插好铁栓，我们沿着一楼初中年级教室的窗户检查过去，找到一扇没有关上的窗户，打开后，翻越了进去，开始在别人的教室里继续我们的接力抄写。天黑后，拉了一下灯绳，让教室的日光灯照耀着我们的抄写。

我们饥肠辘辘又疲惫不堪，就将课桌推到一起，一个抄写的时候，另一个躺到课桌组成的床上。我们一直干到清晨，一个抄写时，另一个在课桌上睡着了。我们互相替换的次数越来越多，刚开始一个人可以一口气抄写半个小时以上的时间，后来五分钟就得换人了。他躺到课桌上，鼾声刚起，我就起身去拍拍他：

"喂，醒醒，轮到你了。"

等我刚睡着，他来拍打我的身体了，"喂，醒醒。"

就这样，我们不断叫醒对方，终于完成了我们人生里最为伟大的抄写工作。我们从教室的窗户翻越出去，在晨曦里一路打着呵欠走出学校。分手的时候，他将我们两个人合作的手抄本交给我，慷慨地让我先去阅读。他拿着字迹清秀的手抄原本，看看东方的天空上出现了一圈红晕，说是要将《茶花女》的手抄原本先去归还，然后再回家睡觉。

回到家中，我的父母还在梦乡里，我匆匆吃完昨晚留在桌上的冷饭冷菜，躺到床上就睡着了。好像没过多久，我父亲的吼叫将我吵醒，问我昨晚野到哪里了？我嘴里哼哼哈哈，似答非答，翻个身继续睡觉。

我一觉睡到中午，这天我没有去上学，在家里读起了自己的手抄本《茶花女》。我们的抄写开始时字迹还算工整，越到后面越是潦草。我自己潦草的字迹还能辨认，可是同学的潦草字迹就完全看不明白了。我读得火冒三丈，忍无可忍之后，我将手抄本放进胸口处的衣服里，走出家门去寻找那位同学。

我在中学的篮球场上找到了他，这家伙正在运球上篮，我怒吼着他的名字，他吓了一跳，转身吃惊地看着我。我继续怒吼：

"过来！你过来！"

可能是我当时摆出一副准备打架的模样，他被激怒了，将篮球往地上使劲一扔，握紧拳头满头大汗地走过来，冲着我叫道：

"你想干什么？"

我将胸口处衣服里面的手抄本取出来，给他看一眼后立刻放了回去，愤怒地说：

"老子看不懂你写的字。"

他明白是怎么回事了，擦着满脸的汗水，嘿嘿笑着跟随我走进了学校的小树林。在小树林里，我取出我们的手抄本，继续自己的阅读。我让他站在身旁，我一边阅读，一边不断怒气冲冲地问他：

"这些是什么字？"

我口吃似的，结结巴巴地读完了《茶花女》。尽管如此，里面的故事和人物仍然让我心酸不已，我抹着眼泪，意犹未尽地将我们的手抄本交给他，轮到他去阅读了。

当天晚上，我已经在床上睡着了，他来到了我的家门外，怒气冲冲地喊叫我的名字，他同样也看不明白我潦草的字迹。我只好起床，陪同他走到某个路灯下。他在夜深人静里情感波动地阅读，我呵欠连连靠在电线杆上，充当一位尽职的陪读，随时向他提供辨认潦草字体的应召服务。

第三个版本从街头阅读说起。我说的是大字报，这是"文化大革命"馈赠给我们小镇的独特风景。在当时，撕掉墙上的大字报属于反革命行为，新的大字报只能贴在旧的大字报上面，墙壁越来越厚，让我们的小镇看上去像是穿上了臃肿的棉袄。

我没有读过"文革"早期的大字报，那时候我刚上小学，七岁左右，所认识的汉字只能让我吃力地读完大字报的标题。我当时的兴趣是在街头激烈的武斗上面，我战战兢兢地看着我们小镇上的成年人相互斗殴，他们手挥棍棒，嘴里喊叫着"誓死捍卫伟大领袖毛主席"的口号，互相打得头破血流。这让年幼的我百思不得其解：既然都是为了保卫毛主席，为何还要互相打得你死我活？

我当时十分胆小，每次都是站在远处观战，斗殴的人群冲杀过来时，我立刻撒腿就跑，距离保持在子弹射程之外。比我大两岁的哥哥胆量过人，他每次都是站在近处观赏武斗，而且双手叉腰，一副休闲的模样。

我们当时每天混迹街头，看着街上时常上演的武斗情景，就像在电影院里看黑白电影一样。我们这些孩子之间有过一个口头禅，把上街玩耍说成"看电影"。几年以后，电影院里出现了彩色的宽银幕电影，我们上街的口头禅也随之修改。如果有一个孩子问："去哪里？"正要上街的孩子就会回答："去看宽银幕电影。"

我迷恋上大字报阅读时已是一名初中学生。大约是1975年左右，"文革"进入了后期，沉闷窒息的社会替代了血腥武斗的社会。虽然小镇的街道一成不变，可是街道上的内容变了。我们也从看"黑白电影"变成了看"宽银幕电影"。对于我们这些街头孩子来说，"宽银幕电影"远远没有早期的"黑白电影"好看。"文革"早期，我们小镇的街道喧嚣热闹，好比是好莱坞的动作电影；到了"文革"后期，街道安静沉寂，好比是欧洲现代主义的艺术电影。我们从街头儿童变成了街头少年，我们的生活也从动作电影进入到了艺术电影。艺术电影里长时间静止的画面和缓慢推进的长镜头，仿佛就是我们在"文革"后期的生活节奏。

我现在闭上眼睛，就可以看到这样的镜头：三十多年前的自己，一个放学回家的初中生，身穿有补丁的衣服，脚蹬一双磨损后泛白的黄球鞋，斜挎破旧的书包，沿着贴满大字报的街道无所事事地走来。

我就是在这个陈旧褪色的镜头里获得了阅读大字报的乐趣。就像观赏艺术电影需要审美的耐心一样，"文革"后期的生活需要仔细品尝，才会发现某个平淡的事物后面，其实隐藏着神奇。

1975年的时候，人们对大字报已经麻木不仁，尽管还有新的大字报不断贴到墙上去，可是很少有人驻足阅读。这时的大字报正在失去其自身的意义，正在成为了墙壁的内容。人们习惯于视而不见地从它们身旁走过，我也是这视而不见的人群中的一员。直到有一天，我注意到一张大字报上有一幅漫画，然后继《毛泽东选集》里的注释之后，我又一个阅读的新大陆被发现了。

我记得是一种拙笨的笔法，画了一张床，床上坐着一男一女两个人，而且涂上了花花绿绿的颜色。这幅奇特的漫画让我怦然心动。当时我见惯了宣传画上男男女女的革命群众如何昂首挺胸，可是画面上的男女之间出现一张床，是我前所未见的。这张画得歪歪扭扭的床，竟然出现在充满着革命意义的大字报上面，还有同样画得歪歪扭扭的一男一女，床的色情含义昭然若揭，我想入非非地读起了这张大字报。

这是我第一次认真阅读的大字报。在密集出现的毛主席语录和口号似的革命语言之间，我读到了一些引人入胜的片言只语，这些片言只语讲述了我们小镇上一对偷情男女的故事梗概。虽然没有读到直接的性描写语句，可是性联想在我脑海里如同一叶扁舟开始乘风破浪了。

这对偷情男女的真实姓名就书写在花花绿绿的漫画上面，我添油加醋地将这个梗概告诉几个关系亲密的同学，这几个同学听得眼睛发直。然后，我们兴致勃勃地分头去打听这对偷情男女的住处和工作单位。

几天以后，我们成功地将人和姓名对号入座。男的就住在我们小镇西边的一个小巷里，我们几个同学在他的家门口守候多时，才见到他下班回家。这个被人捉奸在床的男人一脸阴沉地看了我们一眼，转身走进了自己的家中。女的是在六七公里之外的一个小镇百货商店工作。仍然是我们这几个同学，约好了某个星期天，长途跋涉不辞辛苦地来到了那个小镇，找到那家只有五十平方米左右的百货商店，看到里面有三个女售货员，我们不知道是哪个。我们站在商店的大门口，悄悄议论哪个容貌出众，最后一致的意见是都不漂亮。然后我们大叫一声大字报上的那个名字，其中一个答应一声，转身诧异地看着我们，我们哈哈大笑拔腿就跑。

这是我们当时沉闷枯燥生活的真实写照，因为认识了大字报上偷情故事的人物原型，我们会兴高采烈很多天。

"文革"后期的大字报尽管仍旧充斥着毛主席语录、鲁迅先生的话和从报纸上抄录下来的革命语言，可是大字报的内容悄然变化了。造反时不同派别形成的矛盾或者生活里发生的冲突等等，让谣言、谩骂和揭露隐私成为"文革"后期大字报的新宠。于是里面有时会出现一些和性有关的语句。不正当的男女关系，成为了那时候人们互相攻击和互相诋毁谩骂的热门把柄。我因此迷恋上了大字报的阅读，每天下午放学回家的路上，都要仔细察看是否出现了新的大字报，是否出现了新的性联想语句。

这是沙里淘金似的阅读，经常会连续几天读不到和性有关的语句。我的这几个同学起初兴趣十足地和我一起去阅读大字报，没几天他们就放弃了，他们觉得这是赔本的买卖，瞪大眼睛阅读了两天，也就是读到一些似是而非的句子。他们说还不如我添油加醋以后的讲解精彩。他们因此鼓励我坚持不懈地读下去，因为每天早晨上学时，他们就会充满期待地凑上来，悄悄问我：

"有没有新的？"

一个未婚女青年和一个已婚男人的偷情梗概，是我大字报阅读经历里最为惊心动魄的时刻。也是我读到的最为详细的内容，部分段落竟然引用了这对偷情男女后来写下的交待材料。

他们偷情的前奏曲是男的在水井旁洗衣服。他的妻子在外地工作，每年只有一个月的探亲假才能回来，所以邻居的一位未婚女青年经常帮助他洗衣服。起初她将他的内裤取出来放在一旁，让他自己清洗。过了一些日子以后，她不再取出他的内裤，自己动手清洗起来。然后进入了偷情的小步舞曲，除了洗衣服，她开始向他借书，并且开始和他讨论起了读书的感受，她经常进入到他的卧室。于是偷情的狂欢曲终于来到了，两个人发生了性关系。一次、两次、三次，第三次时被人捉奸在床。

到了"文革"后期，捉奸的热情空前高涨，差不多替代了"文革"早期的革命热情。一些吃不到葡萄说葡萄酸的人，将自己偷情的欲望转化成捉奸的激情，只要怀疑谁和谁可能存在不正当男女关系，就会偷偷监视他们，时机一旦成熟，立刻撞开房门冲进去，活捉赤身裸体的男女。这对可怜的男女，就是这样演绎了偷情版的柴可夫斯基的"悲怆交响曲"。

我在大字报上读到这个未婚女青年交待材料里的一句话，她第一次和男人性交之后，觉得自己"坐不起来了"。这句话让我浑身发热，随后浮想联翩。当天晚上，我就把那几个同学召集到一起，在河边的月光下，在成片飘扬的柳枝掩护下，我悄声对他们说：

"你们知道吗？女的和男的干过那事以后会怎么样？"

这几个同学声音颤抖地问："会怎么样？"

我神秘地说："女的会坐不起来。"

我的这几个同学失声叫道："为什么？"

为什么？其实我也不知道。不过，我还是老练地回答："你们以后结婚了就会知道为什么。"

我在多年之后回首这段往事时，将自己的大字报阅读比喻成性阅读。有意思的是，我的性阅读的高潮并不是发生在大街上，而是发生在自己家里。

因为我的父母都是医生，所以我们的家在医院的宿舍楼里。这是一幢两层的楼房，楼上楼下都有六个房间，像学校的两层教室那样，通过公用楼梯才能到楼上去。这幢楼房里住了在医院工作的十一户人家，我们家占据了两个房间，我和哥哥住在楼下，我们的父母住在楼上。楼上父母的房间里有一个小书架，上面堆放了十来册医学方面的书籍。

我和哥哥轮流打扫楼上这个房间，父母要求我们打扫房间时，一定要将书架上的灰尘擦干净。我经常懒洋洋地用抹布擦着书架，却没有想到这些貌似无聊的医学书籍里隐藏着惊人的神奇。我在小学毕业的那个暑假里曾经浏览过它们，也没有发现里面的神奇。

我的哥哥发现了。那时候我是一个初二学生，我哥哥是高二学生。有一段日子里，趁着父母上班的时候，我哥哥经常带着他的几个男同学，鬼鬼祟祟地跑到楼上的房间里，然后发出一些稀奇古怪的叫声。

我在楼下经常听到楼上的古怪叫声，开始怀疑楼上有什么秘密勾当。可是当我跑到楼上以后，我哥哥和他的同学们一副若无其事的模样，嬉笑地聊天。我仔细察看，也看不出什么破绽来。当我回到楼下的房间后，稀奇古怪的叫声立刻又在楼上响起。这样的怪叫声在我父母的房间里持续了差不多两个月，我哥哥的同学们络绎不绝地来到了楼上父母的房间，我觉得他整个年级的男生都去过我家楼上的房间了。

我坚信楼上房间里存在着不可告人的秘密。有一天轮到我打扫卫生时，我像一个侦探似的认真察看每一个角落，没有发现什么。然后我的注意力来到了书架上，我怀疑这些医学书籍里可能夹着什么。我一本一本地取下来，一页一页认真检查着翻过去。当我手里捧着《人体解剖学》翻过去时，神奇出现了：一张彩色的女性阴部的图片倏然在目。好似一个晴天霹雳，让我惊得目瞪口呆。然后，我如饥似渴地察看这张图片的每个细节，以及关于女性阴部的全部说明。

我不知道自己当初第一眼看到女性阴部的彩色图片时是否失声惊叫了，那一刻我完全惊呆了，根本不知道自己是什么反应。我所知道的是，此后我的初中同学们开始络绎不绝地来到我家楼上，发出他们的一声声惊叫。在我哥哥高中年级的男生们纷纷光顾我家楼上之后，我初中年级的男生们也都在那个房间里留下了他们发自肺腑的叫声。

第四个版本的阅读应该从1977年开始。"文化大革命"结束以后，被视为毒草的禁书重新出版。托尔斯泰、巴尔扎克和狄更斯们的文学作品最初来到我们小镇书店时，其轰动效应仿佛是现在的歌星出现在穷乡僻壤一样。人们奔走相告，翘首以待。由于最初来到我们小镇的图书数量有限，书店贴出告示，要求大家排队领取书票，每个人只能领取一张书票，每张书票只能购买两册图书。

当初壮观的购书情景，令我记忆犹新。天亮前，书店门外已经排出两百多人的长队。有些人为了获得书票，在前一天傍晚就搬着凳子坐到了书店的大门外，秩序井然地坐成一排，在相互交谈里度过漫漫长夜。那些凌晨时分来到书店门前排队的人，很快发现自己来晚了。尽管如此，这些人还是满怀侥幸的心态，站在长长的队列之中，认为自己仍然有机会获得书票。

我就是这些晚来者中间的一员。我口袋里揣着五元人民币，这对当时的我来说是一笔巨款，我在晨曦里跑向书店时，右手一直在口袋里捏着这五元钱，由于只是甩动左手，所以身体向左倾斜地跑到书店门前。我原以为可以名列前茅，可是跑到书店前一看，心凉了半截，觉得自己差不多排在三百人之后了。在我之后，还有人在陆续跑来，我听到他们嘴里的抱怨声不断：

"起了个大早，赶了个晚集。"

旭日东升之时，这三百多人的队伍分成了没有睡眠和有睡眠两个阵营，前面阵营的人都是在凳子上坐了一个晚上，这些一夜未睡的人觉得自己稳获书票，他们互相议论着应该买两本什么书。后面阵营的都是一觉睡醒后跑来的，他们关心的是发放多少张书票。然后传言四起，先是前面坐在凳子上的人声称不会超过一百张书票，立刻遭到后面站立者的反驳，站立者中间有人说会发放两百张书票，站在两百位以外的人不同意了，他们说应该会多于两百张。就这样，书票的数目一路上涨，最后有人喊叫着说会发放五百张书票，我们全体不同意了，认为不可能有这么多。总共三百多个人在排队，如果发放五百张书票，那么我们全体排队者的辛苦就会显得幼稚可笑。

早晨七点整，我们小镇新华书店的大门慢慢打开。当时有一种神圣的情感在我心里涌动，这扇破旧的大门打开时发出嘎吱嘎吱难听的响声，可是我却恍惚觉得是舞台上华丽的幕布在徐徐拉开。书店的一位工作人员走到门外，在我眼中就像是一个神气的报幕员。随即，我心头神圣的感觉烟消云散，这位工作人员叫嚷道：

"只有五十张书票，排在后面的回去吧！"

如同在冬天里往我们头上泼了一盆凉水，让我们这些后面的站立者从头凉到了脚。一些人悻悻而去，另一些人牢骚满腹，还有一些人骂骂咧咧。我站在原处，右手仍然在口袋里捏着那张五元纸币，情绪失落地看着排在最前面的人喜笑颜开地一个个走进去领取书票，对他们来说，书票越少，他们的彻夜未眠就越有价值。

很多没有书票的人仍然站在书店门外，里面买了书的人走出来时，喜形于色地展览他们手中的成果。我们这些书店外面的站立者，就会选择各自熟悉的人围上去，十分羡慕地伸手去摸一摸《安娜·卡列尼娜》、《高老头》和《大卫·科波菲尔》这些崭新的图书。我们在阅读的饥饿里生活得太久了，即便是看一眼这些文学名著的崭新封面，也是莫大的享受。有几个慷慨的人，打开自己手中的书，让没有书的人凑上去用鼻子闻一闻油墨的气味。我也得到了这样的机会，这是我第一次去闻新书的气味，我觉得淡淡的油墨气味有着令人神往的清香。

我记忆深刻的是排在五十位之后的那几个人，可以用痛心疾首来形容这几个人的表情，他们脏话连篇，有时候像是在骂自己，有时候像是在骂不知名的别人。我们这些排在两百位之后的人，只是心里失落一下而已；这几个排在五十位之后的人是眼睁睁看着煮熟的鸭子飞走了，心里的难受可想而知。尤其是那个第五十一位，他是在抬腿往书店里走进去的时候，被挡在了门外，被告知书票已经发放完了。他的身体一动不动地在那里站了一会儿，然后低头走到一旁，手里捧着一只凳子，表情木然地看着里面买到书的人喜气洋洋地走出来，又看着我们这些外面的人围上去，如何用手抚摸新书和如何用鼻子闻着新书。他的沉默有些奇怪，我几次扭头去看他，觉得他似乎是在用费解的眼神看着我们。

后来，我们小镇上的一些人短暂地谈论过这个第五十一位。他是和三个朋友玩牌玩到深夜，才搬着凳子来到书店门前，然后坐到天亮。听说在后来的几天里，他遇到熟人就会说：

"我要是少打一圈牌就好了，就不会是五十一了。"

于是，五十一也短暂地成为过一个流行语，如果有人说："我今天五十一了。"他的意思是说："我今天倒霉了。"

三十年的光阴过去之后，我们从一个没有书籍的年代来到了一个书籍泛滥过剩的年代。今天的中国每年都要出版二十万种以上的图书。过去，书店里是无书可卖；现在，书店里书籍太多之后，我们不知道应该买什么书。随着网络书店销售折扣图书之后，传统的实体书店也纷纷打折促销。超市里在出售图书，街边的报刊亭也在出售图书，还有路边的流动摊贩们叫卖价格更为低廉的盗版图书。过去只有中文的盗版图书，现在数量可观的英文盗版图书也开始现身于我们的大街小巷。

北京每年举办的地坛公园书市，像庙会一样热闹。在一个图书的市场里，混杂着古籍鉴赏、民俗展示、摄影展览、免费电影、文艺演出，还有时装表演、舞蹈表演和魔术表演；银行、保险、证券和基金公司趁机推出他们的理财产品；高音喇叭发出的音乐震耳欲聋，而且音乐随时会中断，开始广播找人。在人来人往拥挤不堪的空间里，一些作家学者置身其中签名售书，还有一些江湖郎中给人把脉治病，像是签名售书那样开出一张张药方。

几年前，我曾经在那里干过签名售书的差事，嘈杂响亮的声音不绝于耳，像是置身在机器轰鸣的工厂车间里。在一排排临时搭建的简易棚里，堆满了种类繁多的书籍，售书者手举扩音器大声叫卖他们的图书，如同菜市场的小商小贩在叫卖蔬菜水果和鸡鸭鱼肉一样。这是我印象最为深刻的场景。价值几百元的书籍被捆绑在一起，以十元或者二十元的超低价格销售。推销者叫叫嚷嚷，这边"二十元一捆图书"的叫卖声刚落，那边更具价格优势的"十元一捆"喊声已起：

"跳楼价！十元一捆的经典名著！"

叫卖者还会发出声声感叹："哪是在卖书啊？这他妈的简直是在卖废纸。"

然后叫卖声出现了变奏："快来买呀！买废纸的钱可以买一捆经典名著！"

抚今追昔，令我感慨万端。从三百多人在小镇书店门前排队领取书票，到地坛公园书市里叫卖十元一捆的经典名著，三十年仿佛只是一夜之隔。此时此刻，当我回首往事去追寻自己真正意义上的文学阅读之旅，我的选择会从1977年那个书店门前的早晨开始，当然不会在今天的地坛公园书市的叫卖声里结束。

虽然三十多年前的那个早晨我两手空空，可是几个月以后，崭新的文学书籍一本本来到了我的书架上，我的阅读不再是"文革"时期吃了上顿没下顿，我的阅读开始丰衣足食，而且像江水长流不息那样持续不断了。

曾经有人问我："三十年的阅读给了你什么？"

面对这样的问题，如同面对宽广的大海，我感到自己无言以对。

我曾经在一篇文章的结尾这样描述自己的阅读经历："我对那些伟大作品的每一次阅读，都会被它们带走。我就像是一个胆怯的孩子，小心翼翼地抓住它们的衣角，模仿着它们的步伐，在时间的长河里缓缓走去，那是温暖和百感交集的旅程。它们将我带走，然后又让我独自一人回去。当我回来之后，才知道它们已经永远和我在一起了。"

我想起了2006年9月里的一个早晨，我和妻子走在德国杜塞尔多夫的老城区时，突然发现了海涅故居，此前我并不知道海涅故居在那里。在临街的联排楼房里，海涅的故居是黑色的，而它左右的房屋都是红色的，海涅的故居比起它身旁已经古老的房屋显得更加古老。仿佛是一张陈旧的照片，中间站立的是过去时代里的祖父，两旁站立着过去时代里的父辈们。

我之所以提起这个四年前的往事，是因为这个杜塞尔多夫的早晨让我回到了自己的童年，回到了我在医院里度过的难忘时光。

我前面已经说过，我过去居住在医院的宿舍楼里。这是当时中国的一个比较普遍的现象，城镇的职工大多是居住在单位里。我是在医院的环境里长大的，我童年时游手好闲，独自一人在医院的病区里到处游荡。我时常走进医护室，拿几个酒精棉球擦着自己的双手，在病区走廊上溜达，看看几个已经熟悉的老病人，再去打听一下新来病人的情况。那时候我不是经常洗澡，可是我的双手每天都会用酒精棉球擦上十多次，我曾经拥有过一双世界上最为清洁的手。与此同时，我每天呼吸着医院里的来苏水儿气味。我小学时的很多同学都讨厌这种气味，我却十分喜欢，我当时有一个理论，既然来苏水儿是用来消毒的，那么它的气味就会给我的两叶肺消毒。现在回想起来，我仍然觉得这种气味不错，因为这是我成长的气味。

我父亲是一名外科医生。当时医院的手术室只是一间平房，我和哥哥经常在手术室外面玩耍，那里有一块很大的空地，阳光灿烂的时候总是晾满了床单，我们喜欢在床单之间奔跑，让散发着肥皂气息的潮湿床单拍打在我们脸上。

这是我童年的美好记忆，不过这个记忆里还有着斑斑血迹。我经常看到父亲给病人做完手术后，口罩上和手术服上满是血迹地走出来。离手术室不远有一个池塘，手术室的护士经常提着一桶从病人身上割下来的血肉模糊的东西，走过去倒进池塘里。到了夏天，池塘里散发出了阵阵恶臭，密密麻麻的苍蝇像是一张纯羊毛地毯全面覆盖了池塘。

那时候医院的宿舍楼里没有卫生设施，只有一个公用厕所在宿舍楼的对面，医院的太平间也在对面。厕所和太平间一墙之隔地紧挨在一起，而且都没有门。我每次上厕所时都要经过太平间，都会习惯性地朝里面看上一眼。太平间里一尘不染，一张水泥床在一扇小小的窗户下面，窗外是几片微微摇晃的树叶。太平间在我的记忆里，有着难以言传的安宁之感。我还记得，那地方的树木明显比别处的树木茂盛茁壮。我不知道是太平间的原因，还是厕所的原因？

我在太平间对面住了差不多十年时间，可以说我是在哭声中成长起来的。那些因病去世的人，在他们的身体被火化之前，都会在我家对面的太平间里躺上一晚，就像漫漫旅途中的客栈，太平间沉默地接待了那些由生向死的匆匆过客。

我在很多个夜晚里突然醒来，聆听那些失去亲人以后的悲痛哭声。十年的岁月，让我听遍了这个世界上所有的哭声，到后来我觉得已经不是哭声了，尤其是黎明来临之时，哭泣者的声音显得漫长持久，而且感动人心。我觉得哭声里充满了难以言传的亲切，那种疼痛无比的亲切。有一段时间，我曾经认为这是世界上最为动人的歌谣。就是那时候我发现，大多数人都是在黑夜里去世的。

那时候夏天的炎热难以忍受，我经常在午睡醒来时，看到草席上汗水浸出来的自己的完整体形，有时汗水都能将自己的皮肤泡白。

有一天，我鬼使神差地走进了对面的太平间，仿佛是从炎炎烈日之下一步跨进了冷清月光之下，虽然我已经无数次从太平间门口经过，走进去还是第一次，我感到太平间里十分凉爽。然后，我在那张干净的水泥床上躺了下来，我找到了午睡的理想之处。在后来一个又一个的炎热中午，我躺在太平间的水泥床上，感受舒适的清凉，有时候进入的梦乡会有鲜花盛开的情景。

我是在中国的"文革"里长大的，当时的教育让我成为一个彻底的无神论者，我不相信鬼的存在，也不怕鬼。所以当我在太平间干净的水泥床上躺了下来时，它对于我不是意味着死亡，而是意味着炎热夏天里的凉爽生活。

曾经有过几次尴尬的时候，我躺在太平间的水泥床上刚刚入睡，突然有哭泣哀号声传来，将我吵醒，我立刻意识到有死者光临了。在越来越近的哭声里，我这个水泥床的临时客人仓皇出逃，让位给水泥床的临时主人。

这是我的童年往事。成长的过程有时候也是遗忘的过程，我在后来的生活中完全忘记了这个令人颤栗的美好的童年经历：在夏天炎热的中午，躺在太平间象征着死亡的水泥床上，感受着凉爽的人间气息。

直到多年后的某一天，我偶尔读到了海涅的诗句："死亡是凉爽的夜晚。"

这个消失已久的童年记忆，在我颤动的心里瞬间回来了。像是刚刚被洗涤过一样，清晰无比地回来了，而且再也不会离我而去。

假如文学中真的存在某些神秘的力量，我想可能就是这个。就是让一个读者在属于不同时代、不同国家、不同民族、不同语言和不同文化的作家的作品那里，读到属于自己的感受。海涅写下的，就是我童年时在太平间睡午觉时的感受。

我告诉自己："这就是文学。"

（原载《收获》2016年第2期）

唐弢和毛边本及其他

◎陈丹晨

一

我一向喜欢读陈子善兄的书话文章，只要我手里经过的报刊里载有他的文章我总是很有兴趣拜读。有一次发现他断断续续发表了好几篇关于毛边本的文章，其中谈到他先后收藏唐弢先生著作的毛边本有《短长书》（1948年版）、《上海新语》（1951年版）、《晦庵书话》（1983年版），以及他在范用藏书中看到另一种《识小录》（1947年版），共四种。他还收集到冯雪峰的诗集《灵山歌》也曾采用毛边本。

我不像子善兄坐拥闳富的书城藏有各种名贵的版本图书，在我有限的藏书中，却意外也有子善兄没有提及的唐弢先生另两种毛边本：《生命册上》，浙江文艺出版社1984年版；《鲁迅的美学思想》，人民文学出版社1984年版，都是当年唐弢先生惠赐的，都有他亲笔题签。试想一想，在80年代同一年不同的出版社出版的著作中，竟有两种（也许还有更多，我没有细查）都曾制作成毛边本，可见作者的雅好，多么钟情于毛边本这种书籍装帧形式了。我也因此更加感到这些书的珍贵。

子善兄对毛边本的渊源流行多有论及，指出"装订不切边的毛边本是舶来品。西方18、19世纪印刷品中，毛边本颇为流行。五四新文化运动勃兴，由于周氏兄弟大力提倡，毛边本也成为新文学出版物中的大宗，有毛边书，也有毛边杂志。"说到图书印刷装帧的历史，我以为也是很有趣的话题。大家都引以为自豪的是中国发明了印刷术和纸。早在春秋战国时期我们已经有了简和帛制作的书籍，到东汉时期才渐渐被纸张所代替，但这都还是手抄本。雕版印刷肇始于隋唐，到11世纪宋朝时才盛行起来，木板雕印的技术达到了一个高峰。现在谁若拥有一册宋代的刻本，真的是价值连城的国宝了。据说欧洲比我们晚了近四个世纪左右即15世纪，而且还是由中国传入欧洲首先是德国。但是有点让人悲哀的是，千百年来中国从此流行的书籍装帧一直采取线装书形式，直到晚清受了日本新出版物的影响改用所谓"洋装书"。其实日本原来也是采用中国线装书的，明治维新时期开始改用欧洲的书籍装订形式，结果成了媒介倒过来传入中国，到了五四新文化运动后，更是广泛普遍流行采用至今。洋装书的毛边本就是把书装订后将另三个边缘不切，读书时须一边看一边裁开。

所以那时欧洲人读书常备一把裁纸刀，用来裁书页，有时还起了书签的作用，读到哪里临时中断就把裁纸刀夹在其中。裁纸刀也会做得很精巧有味道，如有用象牙制作的。我的书桌上就有一把铜质的裁纸刀，是友人访问法国回来送我的小礼品，刀形如剑，刀柄正反面是两个浮雕，一面镌刻着拿破仑头像，一面镌刻着铁塔。但是，这样读书时是不是会有很麻烦的感觉呢。这就要说到读书的环境和心情了。那时特别是读小说一类的书，是被看做闲书，用来消遣的，所以不疾不徐，不急不躁，消消停停，从从容容，边看边裁。我已记不得哪部外国小说里，写女主人公正在读书，突然看见男主人公来访，心慌意乱，站起来时，把书和裁纸刀一起滚落在地。就是说这样的事。子善兄文章中说到他所收藏唐弢的《上海新语》和冯雪峰的《灵山歌》都是从旧书店购得的，且有原著作者的题签送友人的，都未裁开，说明受赠人没有读过此书。书和人一样，赠者已逝不再能知道是这样的结局，不然可能会有点遗憾或尴尬吧！

毛边书既然有这层麻烦，为什么唐弢以及更早时鲁迅等都对此颇有兴趣，喜欢把书做成毛边由读者自己去边读边裁。我想因为他们都是嗜书如命的人，不仅饱读群书，而且爱书惜书不啻如对自己的亲人。凡出版新作犹如创作一个艺术品，连封面设计、字体大小、排列方位，以及装帧都有设想和讲究，几乎就像对待一个新生的婴儿那样欣喜和认真，求其达到美的极致，与书的内容融汇成整体。所以唐弢先生承认自己对毛边本有特殊癖好，因为他"觉得毛边书朴素自然，像天真未凿的少年，憨厚中带些稚气，有一点本色的美。至于参差不齐的毛边，望去如一堆乌云，青丝覆顶，黑头满发，正巧代表着一个人的美好的青春。"

但这一切，在万事（财富、成名等等）求快求速成连文化也都盛行快餐速食式的社会环境里，毛边本这样的书籍装帧大概也更不会受待见而成为文物了。只有对读书乐此不疲、乐而忘忧、乐在其中的人们，还会深得个中三昧，看到一个稚气未凿的少年青春。

二

说到唐弢先生惠赐的著作除了上述两种毛边本，我的手中还存有《书话》《创作漫谈》《海山论集》《回忆·书简·散记》《唐弢杂文集》，如果连同他和严家炎学长主编的《中国现代文学史（三）》前后共有八种，可说是厚重的馈赐。对于先生全部著作而言，虽只是一小部分，却似记录了从60年代到80年代间先生和我三十多年的忘年友情。每本书先生都有题签写着"丹晨同志指正"这样的话，使我受宠若惊。先生是前辈老师，我在他面前总是执弟子礼，但先生却视我如平辈朋友。轻抚翻看这些赠书仍像听到先生爽朗洪亮的家乡官话，感念他的恩惠和关爱。

20世纪60年代初，我刚到外文版《中国文学》做编辑不久，编辑部要我负责编一个鲁迅诞生八十周年的纪念专辑。那时正值所谓三年困难期间，百物萧条，但在思想文化领域里却相对比较松动，所以我建议不用当时流行的政治性很强的论文，而是组织有关作家写一点回忆文章，对外国读者来说比较亲切，可能容易理解接受；同时再编发一些鲁迅原作。编辑部领导要我去征求专家意见，我就去拜访了唐弢先生，他提了许多想法，譬如选鲁迅的作品十三篇，其中有小说《狂人日记》《祝福》《伤逝》以及散文、散文诗、政论文（杂文）等不同体裁，所选篇目都有先生的考虑在内。写回忆文章作者的选定也有先生的意见，最后确定邀请许广平、孙伏园、李霁野，以及先生共四位，都是鲁迅先生生前的亲友和学生。这个强大的阵容在现在几乎是不可想象的。但后来都顺利译成英文了，因而得到读者好评，也成为一些驻外使馆介绍鲁迅的主要资料。这其中就有先生的心血，是外人不知道的，先生却默默做了，我和先生的忘年交就是从那时开始的。

唐弢先生原来一直在上海生活、工作，1959年来京之前曾任上海作协书记处书记、文化局副局长。因为周扬指示文研所要以理论和现当代文学为研究重点，主持工作的副所长何其芳特地亲自到上海邀请先生，并且答应专门为他找几间房屋存放书籍，可说对他十分尊重优渥。先生早期一直在邮局等工作，同时从事写作不辍，20世纪30年代起就是名闻遐迩的杂文家，和主编过有影响的杂志《周报》和《文汇报》副刊等。现在让他脱离行政职务完全致力于学术研究，这在"官本位"流行的社会就显得很稀罕难得了，也正符合先生的本意。我第一次拜访他时，他正住在张自忠路人民大学内的普通宿舍楼里，房间里空荡荡的没有什么家具和书籍，也没见到其他家人，谈话间他也显得有点寂寞。我因初见，不好意思多问，估计那时家还没有完全搬来安排妥齐。那次他应邀写了《琐忆》，谈他与鲁迅先生交往和印象，译载于《中国文学》第九期，编辑部领导赞扬说先生写的文章很适合外国读者。后来他多次收入自己的文集里，说明他还是很重视此文的。

正因为这样，后来又请先生为《中国文学》译载鲁迅的小说《白光》和《长明灯》写解读文章。这已是1963年的事了，我去看望他时，先生已迁住在东城无量大人胡同8号，是个四合院，与上次不同的是家里显得人多很热闹，他专门领我到一间屋子里参观他的藏书。我还是第一次看见私人藏书竟像图书馆里的书库一样，环屋都是书，满满地整齐地挤放在书架上，书架高到房顶，排列成行，只容一人身躯才能通过，都是晚清民国以来的期刊和文学书籍。看见我惊讶稀罕、眼花缭乱的样子，他笑着说："这还不是全部。"他指着其他几间房子说那里都散放着许许多多的书刊。

我很早就读过先生的文章，也知道他的藏书是有名的。但今天看到了实物仍然使我大开眼界，犹如进入到一个书的海洋，感到那么新奇。"文革"发生以后，人们处境都不好，自顾不暇也就疏于往来。1973年，我下放干校三年后回京，有一种恍若隔世的感觉，十分惦念亲近的师友安危，就去一一看望。这时先生已经搬迁到永安南里学部（今社科院）宿舍楼。他因为两次心梗，所以没有下放农村。虽然他的外貌没有大的变化，饱满的天庭，丰腴的脸颊，宁波官话声仍然洪亮；但是明显的是，说话不像以前那样自然畅快了。六七年的"文革"经历，使人们的精神无法不感到压抑。后来我去的次数多了，在这样畸形的环境里，我们感到特别亲近和温暖，聊天的内容也就比较开放了。

他的新寓所有一间会客室，两边是书柜，我们隔着桌子坐在椅子上聊天。看到这个十多米逼仄的房间，我就想起他的藏书，禁不住问他："这些藏书放在哪里呢？"他那苦笑的样子至今仍深刻在我的记忆中。他摊开两手无奈地说："全堆在那里呢！"四个房间仍有一个全部存书，其他房间壁柜过道里也都堆满了书。近日遇到一位当年帮他搬家的文研所友人，说那时看到他的藏书之多吃惊得不得了，与我初次见到时竟是一样的反应。

上个世纪末，巴金曾对文学馆负责人说：一定要争取唐弢先生同意将来把他的藏书保存在中国现代文学馆；有了他的藏书就有了文学馆的一半。可见他的藏书之丰富，版本之珍贵。先生辞世后，家人遵照他的遗言果然全部捐赠给了文学馆，图书二万多种，期刊一万多种。他的藏书是非常专业性系统性的，许多珍贵罕见已经散佚的版本都在他苦心搜集网罗之中。仅毛边本就多达一千多种，更加证实他对此的重视和爱好。

在中国私人藏书家中，以收藏20世纪文学书刊最丰富齐全来说，非唐弢先生莫属。他完全没有世俗功利和经济价值的考虑，只是出于对文学的醉心爱好和睿智深邃的眼光，去苦心孤诣地追寻和搜求；他一生都是工薪阶层，收入有限以至有时生活再拮据艰难、环境再恶劣，如上海沦陷和"文革"狂乱，也从不放弃对书刊的保护和珍藏，几乎是与自己的生命系在一起了，才能毕一生精力铢积寸累集其大成，无私贡献给了公众。

三

1973年初，我从干校返京后去永安南里唐弢先生寓所看望他时，他看到我有点意外，显然也很高兴。因为那时一般朋友同志之间都不敢来往，以免惹是生非。恰好林彪事件发生不久，整个气氛有点诡异，大家心里更有许多疑窦和困惑，但又不敢敞开对别人说，因此很苦闷。但是，我见到他却一点没有顾虑就随意说了起来，我们都很放松！譬如我们还谈到巴金，彼此询问有没有听到什么消息。我说好奇怪，好像全国没有一个作家像巴金那样专门被开全市批斗大会批斗，巴金有那么严重的问题吗？他仍然称巴金为"老巴"，也很诧异，说曾向好多个朋友像黎丁（《光明日报》编辑）、王仰晨（人民文学出版社编辑）……打听巴金的下落，都不清楚。愈是这样愈使人担心疑虑，似乎生死不明。我听了越发感到他对朋友的仁义在这种时候尤其可贵。

不久我因公去上海，特地设法探访了巴金，回来就向唐弢先生报告。他听说巴金已被宣布当人民内部矛盾处理，已从干校回到家里了，竟兴奋地说："太好了，太好了！总算心里一块石头落了地。"他和巴金也就此恢复了通信联系。巴金在最初信中说："这一年中好几位朋友对我谈起你，谈起你对我的关心。""现在能写这封短信向你表示谢意，我也感到高兴。"

唐弢先生是权威现代文学史家、鲁迅研究专家、文艺理论家，有多方面的卓越成就，但我以为影响最大最突出的还是他的杂文创作，在上个世纪三四十年代最为活跃，蜚声文坛，是现代文学史中一位杰出的杂文大家。我在上中学时就喜欢读他的杂文，他对社会、时政、文艺，以及世俗人情都有广泛的议论，深邃的睿见。与众不同的是，他还是一位文体家，短短的一篇文字，有布局有气势，遒劲酣畅，构成独特的风格；他很讲究语言的简练和形象，富有节奏感。因为他把杂文看作和其他艺术创作一样，在说理同时追求艺术形象的表现力和情感抒发的感染力，也就是他自己说的："在高度的战斗精神中，别有一种使人颠倒的魔力。这是一首首的诗，一篇篇的散文。然而果真是诗和散文吗？却又似乎并不是。——这末一着，就决定了杂文的独特的形式。"他自己就是身体力行的。

我知道他爱杂文，喜欢写作杂文，把杂文创作提升到一个新的境界。但是，1949年后，他写的很少很少，后来几乎不写了，再后来就"转业"到研究领域里了。那时我在一家报社编文艺版和副刊，就邀约他写稿，写点短文类似杂文都可以。他一直没有写。有一次，我问及他为什么杂文写得少了，不写了。他默然，沉吟，半晌，然后说："现在不好写啊！——你说现在怎么写啊？"这会儿轮到我哑然，无言以对，却感受到他对自己的"转业"虽然也很有兴趣，但停下写杂文的笔未必心甘情愿。事实上，我们这个社会正应该是讽刺文学包括杂文的创作素材最丰富最有得写最活跃的时代，然而恰恰消失得最彻底。

这个时期我们闲谈好像没有什么边际。有时我也会谈些报社的见闻。1975年报社应上面之命，要办四个学术专刊，这在学术荒芜的"文革"时期是很异样的事。文学专刊由我和乔福山负责，总编辑莫艾要我写一篇发刊词。我写了以后，送莫艾审阅，他又送到姚文元那里审定。姚看见文中引用了毛泽东关于双百方针的话，就对莫艾说："这是毛主席的话，没有问题；但是这里就不要引用了。"莫艾向我传达后，我问："有没有说什么原因？"莫艾当然无法也不便回答。我心里何尝不明白如今根本不可能搞什么双百方针，连说空话都是忌讳的。我就把这件怪事告诉了唐弢先生，说："既不让引用，他自己又不动手删。将来追查起来，谁删领袖的话又是一桩罪名。"这时先生好像边在思索边用他的宁波官话慢慢地一字一字地说："姚文元同志现在是政治局委员……"我说："是啊！直接管我们的工作……"我忽然想起说："他是姚蓬子的儿子，先生过去应该知道的吧！"他说："他小时候我就见过。"姚蓬子虽然历史上有污点，后来办作家书屋，与一些左翼作家还有交往。同在上海，先生当然是熟悉的。他听了我说的情况，说："啊！他很有办法啊哦……"言外之音我当然听懂了的。

过了一段时间，我又在先生家里聊天。我们说到刚刚发生的"四人帮"垮台的事，都很兴奋。我忽然说到"姚文元与我是同一个中学的同学，比我低一级。"他听了很意外说："那你以前怎么从来没有说过？"我说："以前我怎么可能说呢？说了岂不有攀附的嫌疑。何况我与他不是一个班，也没有什么交往。我知道他，因为知道姚蓬子而注意到他，他不一定知道我。我说他干嘛！现在也不过当闲话说说而已。"他大笑说："那是，那是，做人是应当这样的。"我们不免十分感慨，议论说：像姚文元这样一个上海报馆里的中层干部火箭式地提升成中央领导，显赫一时，真应了这样的话：朝为庙堂客，暮为阶下囚。世事难料，历史老人还是公平的。唐弢先生特别说了一句："'文革'前他在上海，作家们就很讨厌他，说他是棍子。因为他写的文章十有八九都是大批判。被他批判过的作家成十上百。用的就是断章取义、牵强附会、构陷罪名这套办法。"我说："是的。这样的人被宠幸重用，真是不可思议！"

我与唐弢先生最后一面是在1990年春，在鲁迅博物馆举行《高长虹文集》三卷出版座谈会。山西文学界来了很多作家。一张长长宽宽的会议桌都围坐满了。我抬头看见正是好久没见的唐弢先生就坐在正对面，我们互相用手和笑容打了个招呼。当会议结束时，我刚站起来，忽然看见先生顾不上别人与他说话，匆匆地从桌子那边绕过来，涨红着脸，有点紧张有点很不解的样子，又充满着关切地握着我的手说："怎么这次把你也扯进去了！？"

我忙解释说："没事，没事的。我现在很好。谢谢，谢谢了！"因为满屋子都是人，实在不便深谈。又有别的人来招呼说话。就这样我们分开了，没有再说什么，而我也没有接着就去先生寓所看望。没有想到仅仅过了一年多，先生就寂然归于道山了。

我知道先生关心我的处境。因为莫须有的原因我离开了工作岗位。但是我却有了从未有的解脱和轻松感，有了自由的时空，随心所欲地看书写作的机会。但是，我却没有来得及向先生说说心里话，请先生放心释念！他那天的真挚沉重的脸色，却永远定格在我的记忆中。我深深地感激，又一次深深地体尝到他的友情和仁义，也更使我感到伤感和愧疚。

（原载《新民晚报》2016年10月30日）

"无字书"中学问多

◎王充闾

一

世间的书有两种，一种是"有字书"，一种是"无字书"。1938年3月15日，毛泽东同志在抗大三大队毕业典礼上对学员们说："社会是学校，一切在工作中学习。学习的书有两种：有字的讲义是书，社会上的一切也是书——'无字天书'。"他自己在几十年的革命历程中，不仅视书本为生命，直到临终前还坚持阅读；同时也特别重视社会实践，通过"走万里路"向社会学习，向人民学习，吸收各方面活的知识，即所谓读"无字书"。"有字书"尽管卷帙浩繁，远不止"汗牛充栋"，但毕竟还能以卷数计算；而"无字书"则充塞宇宙、囊括古今、遍布社会、总揽人生，是任何手段、任何仪器也无法计量的。

读"无字书"，自然包括旅行，而且在大多数情况下，旅行更为重要。特别是那些名城胜迹、名山大川，总是古代文化积淀深厚，文人骚客留下较多屐痕、墨痕的所在。千百年来，那些文人墨客，凭着丰富的审美情怀和高超的艺术感受力，写下了难以计数的诗文墨迹，为祖国的山川胜景塑造出画一般精美、梦一样空灵的形象和脍炙人口的华章隽句：使得后人足迹所至，随处都有相应的诗文和轶闻、佳话，见诸方志，传于史简，充盈耳目，任你展开垂天的思维羽翼去联想与发挥。实际上，在你亲游身历之前，通过读"有字书"所形成的无数诗文、轶事的积蓄，已经使你不期然地背负上一笔情思的宿债，急切地渴望着对其中实境的探访，情怀的热切有时竟会达到欲罢不能的程度。

这样一来，当你漫步在布满史迹的大地上，看是自然的漫游，观赏现实的景物，实际却是置身于一个丰满的有厚度的艺术世界。像读"有字书"一样，通过认知的透镜去观察历史，历练人生，体验世情，从而获得以一条心丝穿透千百年时光，使已逝的风烟在眼前重现华彩的效果。种种民族兴废、世事沧桑、家国情怀的鸿爪留痕，在时空流转中所显示的超出个体生命的意义，都在新的环境中豁然展开，给了我们无尽的追怀与感慨。

这是历史，也是诗章，更是哲学，是天人合一的美学境界。人们既从历史老人手中接受一种永恒悲剧的感怀，今古同抱千秋之憾，与山川景物同其罔极；又同时从自然空间那里获取一种无限的背景和适意发展的可能性，感悟到人不仅由自然造成，也由自己造成；不仅要服从自然规律，也能利用自然规律；人死复归于自然，又时刻努力使自己的生命具有不朽的价值。一说历史、哲学，人们往往都会想到那些"十三经""廿四史"，什么"三坟五典""八索九丘"，什么古老的语言、悠远的年限和深奥的密码，总之，离开现实生活很远，既深邃又神秘，只有走进图书馆、博物馆，一头钻进故纸堆里，才能有机会和它打个照面。实践表明，真正有价值、有准备的旅行——而不是那种群行群止的集体出游，逐个景点匆匆"点卯"，然后"咔嚓咔嚓"，留下几张照片，就算了事——同样可以收到阅读的奇效。

最近，读过一篇汪涌豪教授关于论述旅行哲学的文章，深获教益。汪文指出，一切多情又深于情的人都把旅行当作修行，当作岁月的清课，精神的受洗。他们不仅从学理上驳正20世纪以来仅从经济角度界定旅行的粗浅认知，还原其作为各种社会要素相互作用的复合体的实相，更持一种文化论立场，凸显其背后所蕴藏的诗的本质与哲学的品格。如英国人约翰·特莱伯就视哲学为旅行的关键性基础。其实，还有好多更深刻的知见，长久以来都被人忽视了，我说的是类似诺瓦利斯这样的天才诗人，他曾说："哲学原就是怀一种乡愁的冲动，到处寻找家园。"或许，还有中国诗人白居易的"我生本无乡，心安是归处""心泰身宁是归处，故乡何独在长安"。他们其实都在以一种特殊的方式，表达自己对旅行的认知，告诉人旅行走的是世路更是心路，而那个可称"归处"的"家园"与人的实际占籍无关，它只是让人回到自己的诗意栖居。因此，与其说它是集远离与回归于一体，毋宁说更是回归。正如与其说它是消耗，毋宁说是滋养；是付出，毋宁说是获得。它是颠簸中的安适，转徙中的宁静，是在过去中发现当下，在自然中发现人性，在一切看似与己无关的人事中发现自己。当你真正有了这份切实的体悟，你就迎来了自己人生最重要的节点——你终于懂得，什么叫人走向内心世界的路，要远比走向外部世界悠长得多。

二

就一定意义上说，赏鉴自然风景、游观大千世界，实际上，无异于观书读史，在感受沧桑、开拓心境的过程中，体味古往今来无数哲人智者留在这里的神思遐想，透过"人文化"的现实风景去解读那灼热的人格、鲜活的情事。当然，更如汪教授所言，同时，人们也是在从中寻找、发现和寄托着自己。

在这里，我们与传统相遭遇，又以今天的眼光看待它，于是，历史就不再是沉重的包袱，而为我们解读当下、思考自身提供了无限的可能性。此刻，无论是灵心慧眼的冥然会合，还是意象情趣的偶然生发，都借由对历史人事的叙咏，而寻求情志的感格，精神的辉映。——这种情志包括了对古人的景仰、评骘、惋惜与悲歌，闪动着先哲的魂魄，贯穿着历史的神经和华夏文明的汩汩血脉。

历史老人和时间少女一样，都是人类自觉地存在的基本方式，是随处可见，无所不在的。比如，我在江苏吴江的同里、周庄这两个江南名镇里，就曾同历史老人不期而遇，觉得它们都有说不尽的话题。像对待"有字书"一样，我的当务之急，或者说我所集中思考的问题，同样是如何认知，如何解读，怎样分析这些历史话题。

在前往同里的汽车上，听司机讲了它的"命名三部曲"：由于交通便利，灌溉发达，土壮民肥，同里最初的名字叫作"富土"；后来人们觉察到这样堂而皇之地矜夸、炫耀，不太聪明，既加重了税负，又无端招致邻乡的嫉妒，还经常不断受到盗匪、官兵的骚扰，于是，就改成了现在的名字——把"富土"两个字叠起了罗汉，然后动了"头上摘缨，两臂延伸"的手术，这样，"富土"就成了"同里"；十年动乱期间，为了赶"革命"的时髦，造反派曾经赐给它一个动听的名字，叫"风雷镇"，但是，群众并不买账，为时很短，人们就又把它改回来了。你看，简简单单的一个镇名，就经历了这般奇妙的变化，焕发出许多文采，真应赞叹这"无字书"的意蕴丰盈。

在周庄，看了几处历代名人宅第。船出双桥，拐进了银子浜，就见到一个沿河临街的大宅院。舍舟登岸，跨进前厅，看到门额上标着"张厅"二字。原是明代中山王徐达之弟徐孟清的后裔于正统年间兴建，清初为张姓所有。南行不远，就到了江南首富沈万三的后人建于乾隆初年的敬业堂，现在习称"沈厅"。走进了这处七进五门楼，一百多间房屋，占地两千多平方米的豪宅，人们自然免不了感慨系之地谈论一番沈家的兴衰史。

沈万三的祖上以躬耕垦殖为业，到了他这一辈，借助此间水网条件进行海外贸易，从而获利无数，资财钜万，田产遍于四方，富可敌国。无奈，做生意他虽称高手，可是，玩政治却是一个十足的笨伯。他同所有的暴发户一样，见识浅短，器小易盈，不懂得封建政治起码的"游戏规则"一味四处招摇，不肯安分守常，结果，接二连三干下了种种蠢事，最后竟招致杀身惨祸。性格便是命运，信然。为了拍皇上的马屁，沈万三晋京去奉献什么"龙角"，还有黄金、白金、甲士、甲马，并斥资建筑了南京廊庑、酒楼。这下可爆出了名声，显露了富相。恰似"欲渡河而船来"，朱元璋修建南京城正愁着银根吃紧呢，当即责令他承包城墙三分之一的建筑工程。结果，他"抓了个棒槌就当针"，修过城墙之后，竟然异想天开，要拨出巨款去犒赏三军。这下子惹翻了那个杀人成瘾的朱皇帝，当即下令："匹夫犒天子之军，乱民也。宜诛之！"亏得马皇后婉转说情，才算免遭刑戮，发配到云南瘴疠之地，最后客死他乡，闹得个人财两空。此中奥蕴多多，一一彰显在"无字书"里，关键在于后人能否解读出来。

如果说，这个堪笑又堪怜的悲剧角色还留得一点历史痕迹的话，那就是周庄街头随处可见的名为"万三蹄"的红烧猪蹄膀。这是当年沈万三大摆宴席的当家菜。据说，有一天，朱元璋带着亲信到他家里来作客，他受宠若惊，一时竟不知用什么珍馐美味招待是好。恰巧，这时膳房里飘出一股浓浓的肉香味，皇帝问他是什么佳肴，他便让厨师把炖得皮鲜肉嫩、汤色酱红、肥嘟嘟、软颤颤的猪蹄膀端了上来，随手从蹄膀下侧抽出一根刀样的细骨，轻盈地划了几下，皮肉便自然剖开。朱皇帝见了馋涎欲滴，一面大快朵颐，一面连声称赞：这"万三蹄"真是好。从此，这道沈家名菜便誉满了江南。

无独有偶。"万三蹄"之外，周庄还有一种列入江南三大名菜的"莼菜脍鲈羹"，它也同样联结着一位著名的历史人物。西晋文学家张翰，尽管和异代同乡"沈大腕儿"生长在同一块土地上，喝的是同一太湖的水，但他却是典型的潇洒出尘、任情适性的魏晋风度。史载，一天他正在河边闲步，忽然听到行船里有人弹琴，便立即登船拜访，结果，两人谈得非常投机，"大相钦悦"。许是像俞伯牙与钟子期那样以旷世知音相许吧，最后他竟随船而去，而未及告知家人。到了洛阳，被任命为大司马东曹掾。后来，他因眼见朝政腐败，天下大乱，为了全身远祸，遂于秋风乍起之时，托言思念家乡的菰菜、莼羹、鲈鱼脍而买棹东归。朝廷因其擅离职守，予以除名，他也并不在乎。他说，人生贵在遂意适志，怎能羁身数千里外，以贪求名位、迷恋爵禄呢！后人因以"莼鲈之思"来表述思乡怀土之情。

三

如果说，读"无字书"——社会调查也好，出外旅行也好，对一般人来说，有利于丰富人生阅历，获取活的知识，开阔眼界，增益见闻；那么，对于一个以认知社会、剖析自我、解悟人生为职志的作家，还有更现实、更直接的收获，那就是在读"无字书"的同时，有效地丰富了表现素材，促成了创作构思。

20世纪末，我有中州之行，访问了开封、洛阳和邯郸这三座历史名都，回来后给香港《大公报》写了一组散文。这些在历史上曾经繁华绮丽的文化名城，历经沧桑嬗变，当年胜迹早已荡然无存，但在故都遗址上，却还存有沉甸甸的文化积淀和历史记忆。漫步其间，我脑子里涌现出很多诗文经史，翻腾着春秋战国以来大部中华文明史的烟云。我写这些散文，没有停留于记叙曾经发生过的史事（尽管这也是颇有教益的），而是努力揭示对于具体生命形态的超越性理解。

"陈桥崖海须臾事，天淡云闲今古同"。三百多年的宋王朝留在故都开封的是一座历史的博物馆，更是一面文化的回音壁，是诗人们从中打捞出来的超出生命长度的感慨，是关于存在与虚无、永恒与有限、成功与幻灭的探寻。邯郸古道上，既有燕赵悲歌，也有黄粱幻梦，两种似乎截然不同的价值取向和人生意旨，竟能在千余年的历史长河中和谐地汇聚在一起，这不能不引发人们对于悠远的中国文化深入探究的兴趣。

通过凭吊洛阳的魏晋故城遗址，我写了废墟——这悲剧的文化，历史的读本，着眼点在于阐释文学的代价及其永恒价值。魏晋时期留给后人可供咀嚼的东西太多。一方面，是真正的乱世，统治集团内部斗争激烈，政治腐败，社会动乱，民不聊生，"名士少有存者"；而另一方面，这个时期又是继春秋战国之后另一思想大解放的时代。儒学独尊地位动摇，玄、名、释、道各派蜂起，人们思想十分活跃。一时学者、文人辈出，呈现出十分自觉自主状态和生命的独立色彩，敢于荡检逾闲，抒发真情实感，创作了许多辉耀千古的名篇佳作；尤其是他们所造就的诗性人生与魏晋风度，给予未来的文化发展留下了一笔宝贵的精神财富。他们将审美活动融入生命全过程，忧乐两忘，放浪形骸，任情适性，畅饮生命之泉，在本体的自觉中安顿一个逍遥的人生。"国家不幸诗家幸，赋到沧桑句便工。"清代诗人赵翼的这一名句，既反映了文学创作规律，更揭示了时代塑造伟大作家所付出的惨重代价。

近年，我有机会重访江苏，曾有常熟古里之行。改变了那种随走随看的形式，我索性就把景观游览直接当作一部书卷来展读。在我看来，书香是古里的灵魂，是这座千年古镇的主题词，而诗卷则是它的展现方式。这样，我就借用古代画卷分为引首、卷本、拖尾的说法，写了一篇别开生面的游记，题目就叫《客子光阴诗卷里》。

首先入眼的是清代四大藏书楼之一——铁琴铜剑楼，于是，我把它作为诗卷的"引首"。踏在润滑的苔痕上，似乎走进了时间深处，生发出一种时空错位的神秘感觉，说不定哪扇门"吱呀"一开，迎面会碰上一个状元、进士。粉墙黛瓦中，一种以书为主体的竹简、雕版、抄本这些中国数千年文明进程中的文化符号，让他乡客子亲炙了瞿家五代在藏书、读书、护书、刻书、献书中所辉映的高贵的精神追求与文化守望，体味到高华、隽永的书香文脉。那么，这部手卷的"卷本"在哪里呢？那就是凸显历史名镇、江南水乡、时代文明三大主题的文化公园。堪资令人欣慰的是，当年那种文脉、书香，今天得到了有效的弘扬，实现了华丽的转身。如果说，铁琴铜剑楼这个"引首"是一篇阳春白雪的古体格律诗，那么，作为"卷本"的文化公园，则是一首现代自由体诗章。它集休闲、娱乐、学习、观赏、活动、展示等功能于一体，充分体现出时代化、大众化、人性化的特点。而异彩纷呈的波司登羽绒服工业园，则相当于整幅诗卷的"拖尾"。人们在这里，通过展馆接近实际的亮丽的风景线，形象地了解到这一世界著名品牌的奋斗历程和辉煌业绩，感受到融现代化工业色彩与文化韵味于一体的时尚旅游的真髓。

书香古镇孕育、滋养了万千读书种子，而这些读书种子，又以其超人才智和非凡业绩，反转过来为古镇跨越式发展创造出不竭资源。波司登的创建与发展，便是显著的一例。他们由过去靠推销人员"千山万水、千言万语"，跑遍全国各地去卖产品，转换为靠名牌的影响力和厚重的文化底蕴，吸引世界客商走进来；企业从过去的单纯生产型转换为创意服务型，形成富有诗性的全新生态和源源不竭的动力，从而达致最高发展目标，称雄世界，独执亚洲羽绒服生产之牛耳。

同样是展读"无字书"，若是把在同里、周庄旅行看作是读史书，那在古里，则是在披览史迹的同时，又读到了许多粉墨淋漓、芸香扑鼻的现代作品。当然，即使是不久前发生的阅读情事，待到我执笔叙述的时节，它们也都像王右军在《兰亭序》中所说的，"向之所欣，俛仰之间，已为陈迹"。而这类历史的叙述，总是一种追溯性的认识，是从事后着手，从发展过程完成的结果开始的，因而不能回避也无法拒绝笔者对于历史的当下阐释。就是说，作为"无字书"的解读者（同时也是叙述者），我总会通过当下的解读而印上个人思考的轨迹，留下一己剪裁、选择、判断的凿痕。——这同解读"有字书"，是原无二致的。

（原载《光明日报》2016年2月26日）

只要你上了火车

◎毛　尖

这次的题目是火车。

不知道是电影找到了火车，还是火车找到了电影，反正，火车和电影的相遇，就像春天发现恋情，彼此在对方身上看到了自己。

1895年，第一部电影《火车进站》（The train pulled into the station，法国）拉开影史大幕，这个不到一分钟的电影记录了19世纪的火车驶入巴黎萧达站的情景。火车从画面右侧远景进入，小黑点变成大火车，观众有的侧过头让火车开过去，有的躲到座位下面，有的直接闪人，今天大家读到第一代电影观众的质朴反应，会笑起来。嘿嘿，让你们笑！一大波"恐怖列车""午夜列车""东方快车""欧洲特快"带着一万吨血向你驶过来，正在车厢里谈情说爱的男女，突然看到窗口挂着一个血淋淋的人；卧铺车厢的老头起夜回来，发现对面床铺已经换了一个人；即将结婚的男女前去拜见长辈，在火车停靠休息后，妻子却再也没有回来……

所以啊，一百多年过去，火车开过来，你还是会缩进座位里情不自禁闭上眼睛，因为本质上，火车不是镜头里的交通工具，不是背景道具，火车就是影史中的头号悬疑，银幕上的最大情感载体。火车，惟有火车，这个和工业革命的浓浓烟雾、和开疆拓土的资本历史相始终的火车，才是电影史的终极主人公。和谋杀和战争有关的电影，都和火车有关；和邂逅和告别有关的电影，也和火车有关；坐火车可以去天堂，也可以去地狱；火车可以满到再也塞不进一个鬼，也可以空寂到鬼都没有一个。

现在，火车开过来了，看看车上都有谁。

乘　客

希区柯克（Alfred Hitchcock），悬疑电影的掌门人，最喜欢坐火车也最擅长表现火车。他自己本人就多次在火车场景中客串出镜。1929年，希区柯克执导英国第一部有声片《讹诈》（Blackmail，英国），即将卷入命案的男女主人公登上同城列车，希区柯克也在车上。那年希区柯克刚满三十岁，当时还只是婴儿肥样子，所以他为自己安排的打酱油角色还有一个非常充分的摄影长度：车厢里的调皮孩子玩弄他的礼帽，他向孩子母亲投诉，孩子母亲不理，调皮孩子继续跟他搞，希胖一脸无辜的表情令人难忘。接着在1943年的《辣手摧花》（Shadow of a Doubt，美国）中，希区柯克再次登上火车，他和对面的乘客打牌，观众只看得到希胖一个侧面，但是摄影机特写了希区柯克手上的那副牌。然后是1947年，《凄艳断肠花》（The Paradine Case，美国）开场半小时，希胖跟着当时还是小鲜肉的男主格里高利·派克走出火车站，他怀里抱着一个几乎跟他一样高的提琴盒子。时隔四年，《火车上的陌生人》（Strangers on a Train，1951，美国）中，希胖费劲地提着提琴登车，再打一次火车酱油。

好了，我要说的就是《火车上的陌生人》。网球名将盖伊和游手好闲男布鲁诺登上了同一列火车。布鲁诺一眼就认出了盖伊，而且似乎对他的感情生活了如指掌，知道他喜欢一个叫安妮的参议员女儿，但是水性杨花的妻子米里亚姆却不愿意和他离婚。布鲁诺随即提出一个完美谋杀方案，他去盖伊老家帮他除掉妻子，盖伊则去他家里帮他干掉父亲，布鲁诺恨他父亲。这种"交换谋杀"的理论基础，用布鲁诺的话说，是因为每个人心中都有一个想除掉的人。

盖伊以为布鲁诺是开玩笑的，两人分手时没当回事地说了声"好"。但布鲁诺立马上路了，他手法干净地干掉了米里亚姆，完事的时候，差点把盖伊的一个打火机留在杀人现场，那是他在火车上吸烟时盖伊拿给他用的，但是他很谨慎地把打火机捡了起来，观众看到这里，松了一口气。随后，布鲁诺通知盖伊，现在，你应该去干掉我讨厌的老爸了。

前途大好的盖伊当然不想杀人，但是邪恶的布鲁诺如影相随跟着他，逼他就范。无奈，盖伊带上黑色手枪出发了。深夜，他走进布鲁诺父亲房间，观众替他捏把汗，不过盖伊是来提醒布鲁诺父亲的，可惜的是，被子揭开，躺在床上的是布鲁诺。布鲁诺于是恶向胆边生，他准备第二天回到米里亚姆的死亡现场去放盖伊的打火机，让已经被高度怀疑的盖伊百口莫辩。最后的悬念是，被网球大赛缠住的盖伊能不能赶在布鲁诺之前到达案发现场。

在希区柯克的众多杰作中，《火车上的陌生人》似乎一直没有得到足够认真的对待，包括希区柯克自己，在谈及这部电影时，不是抱怨编剧不够称职，就是说演员缺乏火候，他对女主露丝·罗曼（Ruth Roman）不满意，说她是硬塞给他的；也对男主法利·格兰杰（Farley Granger）不满意，觉得他不够强壮。不久前我重看这部电影，反复看了三遍希区柯克的开场，尤其是他的铁轨表达，有点明白了为什么希区柯克会不愿多谈这部影片的意图，每次大而化之地聊些演员编剧。我的感觉是，《火车上的陌生人》这部电影，触及了希区柯克本人的秘密，故事中的"交换谋杀"，隐喻的是他最喜欢的火车意象，而更直接点说，这部电影，既是一次关于火车乘客的精神分析，也是关于希区柯克本人的一次精神探秘。

整部电影，希区柯克一直在使用"铁轨法则"，不断地平行交叉平行又交叉。电影开场，一辆出租车从银幕右侧驶入，一个穿醒目黑白双色皮鞋的男人下车，接着另一辆出租从左侧驶入，下来一个黑色皮鞋男人。双男主登场，但我们都只能看到他们的脚。他们一右一左平行进入车站，接着镜头切换，直接特写铁轨，轨道无限延伸然后交汇随即又分开。再下面一个镜头，双色皮鞋男从车厢右侧进来，落座，黑色皮鞋男从左侧进来，落座，两人皮鞋相碰，火车上的陌生人就此相识。

沃克（Robert Walker）扮演的布鲁诺显然是个对女性不感兴趣的男人，两男刚一认识，他就非常亲昵地从对面位子转过去挨着盖伊坐下，没几分钟，他已经在向盖伊表白："我喜欢你！"这是火车上的情感方程式，突然邂逅的陌生人，可以飞快地突破距离，布鲁诺女人兮兮地半躺在位子上，对盖伊说："我会为你做任何事！"希区柯克把这一段拍得相当污，布鲁诺不断地缠住盖伊，盖伊节节败退终于欲罢不能，到后来他帮布鲁诺整理领带时，观众简直准备好了他们要动手动脚。这两个男人铁轨一样相交，电影中的其他意象也跟铁轨一个格式塔，车厢光线左右交织，盖伊打火机上的图案，是一对交织的网球拍，布鲁诺的西装是铁轨状条纹，他的条纹裤不断掠过盖伊，他的语气一直非常亲狎，这个布鲁诺到底是谁？这个凭空而降的布鲁诺为什么对盖伊如此了如指掌甚至几乎可以说一见钟情？

希区柯克曾经承认，"我当然更喜欢布鲁诺这个角色，因为他坏嘛！"二百五十斤的希胖驰骋影坛一世纪，虽然每次电影结尾他的坏人坏事都大白于天下，但是，每次坏人干坏事出现漏洞的时候，我们是不是都替坏人捏把汗？《火车上的陌生人》最后一场戏，布鲁诺前去案发现场放打火机准备嫁祸盖伊，出火车站后，他看了看天色，还不够黑，拿出打火机准备抽一支烟，不巧一个过路的撞了他一下，他手一抖，打火机掉入窖井。电影接着又是双轨并行，一边盖伊要奋力夺冠尽早结束赛事，然后在警察的眼皮底下溜上火车；一边布鲁诺要一次又一次地伸手探入窖井捞出打火机，开始的时候，我们希望布鲁诺失败，但是希区柯克心思邪邪不断从布鲁诺角度去捞打火机，正不压邪，终于布鲁诺捞出打火机，我们跟着喘口气，却不知道心中小小的道德天平已经被希区柯克拨了指针。

跟着摄影机的视角，我们希望坏人得逞，而一节节车厢，就像一个个摄影机，它释放出来的陌生乘客，就是我们心头的小魔鬼。布鲁诺，百分百是盖伊内心的恶念，电影一开始，他就影子似的跟着盖伊，镜像般和盖伊同步，两人铁轨一样并行，铁轨一样交叉，盖伊没法抛弃他，如同自己没法甩开自己。所以，从现实主义的角度追问为什么盖伊不去警察局说清楚，实在没有意义。希区柯克在这部电影中，呈现的既是火车这款人格黑箱，又是双面的自己，这个希区柯克是如此真实，尤其他还出动了自己女儿来扮演盖伊心上人的妹妹，聪明妹妹比天仙姐姐对盖伊更热情，当然，男人都会爱比妹妹美上十倍的姐姐；与此同时，作为内心的黑暗魔，布鲁诺的同性恋气质非常明显，而因为他身上的同性恋气质，他和盖伊之间有一种奇特的污感和奇特的共谋感。好人坏人之间的共谋，内部的缠绵，这个，就是希区柯克要的效果，也是他自己的精神构造，所以，希胖的火车乘客常跟恋爱中的人一样具有强烈的情色感，《三十九级台阶》（The 39 Steps，1935，英国）也好，《贵妇失踪案》（The Lady Vanishes，1938，英国）也好，包括《西北偏北》（North by Northwest，1959，美国），希区柯克的车厢里永远有美丽的男人和女人，他让自己置身于这些美丽的乘客中间，一路从欧洲到美洲，一路带上千千万万乘客，希胖跟布鲁诺一样有信心，嘿嘿，只要你上了火车，不怕我召唤不出你内心的小魔鬼。

司 机

乘客落座，他们的是非感已经被希区柯克催眠，但是不用担心，火车一定会抵达正确的终点，因为我们的司机是巴斯特·基顿（Buster Keaton）。

没什么好比较的，基顿肯定是影史上最好的司机，不仅因为他最老牌，蒸汽火车时代过来的技术健将，而且他有上帝给的一手好牌，任何时候都能化险为夷。心思歪歪的希区柯克遇到基顿，完全无计可施，因为基顿的一身正气来自他天然的呆萌。

巴斯特·基顿出身杂耍演员家庭，默片时代的喜剧大师，唯一让卓别林产生过焦虑感的人，尤其他也是集编导演于一身。基顿风格朴素、逗乐，他最好的电影是《福尔摩斯二世》（Sherlock，Jr.，1924，美国），影片剪辑和拍摄手法之前卫，今天看看，都比冯小刚张艺谋强太多，而且电影中大量高难度动作，他全部亲力亲为，动作勇猛又流畅，秀逗又狡黠，他是动作片商业化之前的美好始祖，站在电影史的分水岭上，用自己的肉身创造了电影院最响亮的笑声。他司掌着《将军号》（The General，1926，美国）进站，即将以处变不惊又随遇而安的气度，创造一次火车追踪奇迹。

《将军号》不是基顿第一次上火车，之前一年，电影《西行》（Go West，1925，美国）中，基顿就偷搭火车到过纽约又到西部，在人烟稀少的地方，和一只叫"棕色眼睛"的母牛建立了美好的感情，直至最后把这头母牛变成电影女主。不过，《将军号》才是基顿真正确立他火车司机地位的大师之作。

基顿在电影中扮演大西洋火车公司的司机强尼，他生活中的两样挚爱，一是火车二是女友安娜。内战爆发，大家都去应征入伍，安娜的父兄都入伍了，可是强尼应征被拒，因为人家觉得他的火车岗位很重要。强尼很沮丧，女友家更误会他是胆怯。很快，上帝给了强尼证明自己的机会。当"将军号"和安娜一起被北方军设计掳走后，强尼一个人驾驶着"得克萨斯号"火车头立马出发。

乍一看，这是一部成龙兮兮的作品，充满了即兴的打头和单纯的追逐，但是，作为90年前的影像实验先锋，基顿把自己抛入暴风骤雨般的环境中，子弹向他正面飞去，火车从他背面驶来，他却从没有停下过手头的事情，而正因为他没有停下手头的事情，他弯腰向火车头里添柴火的时候，他其实避开了一颗子弹，他清除铁轨上的障碍，屁股一抬刚好坐在了即将碾压他的火车头的缓冲装置上。强尼不是成龙那样的英雄，只是大自然正好站在他这边，他一个失手，飞出去的刺刀刚好砸中敌人，掉下去的木头刚好砸昏对手，绝望中的跳水刚好成了逃生的最好选择，这个，是基顿功夫喜剧的核心，它是初级阶段的电影对天人合一的温馨想象，不是后来成龙电影那样的拳脚相加血淋哒滴。

《将军号》中的强尼和电影中的雷雨闪电一样，是出现在电影空间中的一个自然符号，这些元素应召而来应召而去，成为基顿杰出的场面调度的一部分，一切，就像罗伯特·考克尔（Robert Kolker）说的那样："我们对基顿电影的反应，就是我们在白日梦中看到的世界样子。"所以，看基顿的电影，就像看最得心应手的世界，并且这个世界，还是上帝手把手带着我们穿越危险飞过来的，如此，基顿也和后来的所有成龙类电影不同，虽然后来的成龙们都模仿基顿，但基顿要向观众展示的是，最终，客观世界会和我们一起同仇敌忾，渺小的主人公只要保持他的勇敢和天真，一定会得到上帝的眷顾。这个，从《将军号》的一个段落中就看得出。强尼驾驶着"得克萨斯号"去追"将军号"，一路，敌人用各种可能的办法阻挡他的追赶，但都没有成功，终于，强尼夺回了将军号，现在换敌人来追他，一模一样的，强尼拿敌人刚刚用过的办法来阻挡敌人，阴差阳错他每次都成功。这才是欢乐颂，欢乐的不是敌人被打败，而是敌人被如此呆萌地打败，叮叮哨，叮叮哨，只要基顿上火车，他立马就是"神"。

从另外一个角度，把《将军号》放入时间的长河中去看，今天的所有火车戏，多多少少都和《将军号》有血缘关系。就说火车过桥这个细节，在后代无数电影中被再现。漂亮的《桂河大桥》（The Bridge on the River Kwai, 1957，美国）引爆了，火车掉下去；《桥》（Savage Bridge, 1969，南斯拉夫）炸了，敌人说"我们失败了"；《卡桑德拉大桥》（The Cassandra Crossing, 1976，意大利、西德、英国）中，火车再次掉下去。每次看到桥被炸掉，或者火车过桥掉下去，我就觉得，当年基顿用四万多美金天价做的炸桥和火车落水场景，光是在电影课的意义上，就已经收回示范成本。而作为火车司机，巴斯特·基顿和他的"将军号"已一起永垂影史。

列车长

司机和乘客都上车了，现在有请列车长。

电影史中有很多列车长，西方惊恐列车上的列车长常以男人为主，电影经常要考验列车长的人性，类似《暗夜列车》（Night Train，2009，美国、德国、罗马尼亚）中，沉稳老练的列车长也被"潘多拉的盒子"一点点腐蚀；东方的灾难列车上，列车长则常常是女的，比如《12次列车》（1960，中国）中的列车长张敏媛，带着全车乘客身先士卒奋战洪水三昼夜，就是典型的社会主义时期的美好女性。不过，没有比格里高利·丘赫莱依刻画的中尉更适合成为我们这趟电影专列的列车长的了。

丘赫莱依编导的《士兵之歌》（Ballad of a Soldier，1959，苏联），在我心中是个满分电影。1959也是电影史上最星光熠熠的年份，搞得1960年的戛纳金棕榈评奖吵成一团，不断有人拂袖而去，不断有人大骂蠢货，最后，费里尼（Federico Fellini）《甜蜜的生活》（The Sweet Life，意大利、法国）拿了金棕榈，安东尼奥尼（Michelangelo Antonioni）的《奇遇》（The Adventure，意大利、法国）拿了特别奖，委屈《士兵之歌》拿了一个最佳参与奖，不过据说丘赫莱依挺满足，因为戛纳为他之后带来了一系列的奖项。

戛纳、奥斯卡都成了往事，《士兵之歌》也是以讲述往事的方式开场，和平时期的母亲遥望着无穷尽的远方，想念永远回不了家的阿廖沙。卫国战争时期，十九岁的阿廖沙因为击毁了敌人的两辆坦克而受到嘉奖，不过阿廖沙跟将军说，他想用奖章换一次回家。正逢军事休整，将军同意了，给了他六天时间，来回路上四天，帮妈妈修屋顶两天。电影以散文诗的方式展开，很有意思，完全在同一个时间，我们上海电影制片厂摄制的《今天我休息》（1959，中国）也是以游走的男主人公视角结构全片，不知道这算不算一种社会主义电影美学，至少，这种结构法可以呈现最广大的群众面貌，也让两部电影都别具诗意。

阿廖沙踏上了回家的路。虽然是战争时期，但是十九岁的阿廖沙却浑身都是阳光。站台上遇到在战争中失去一条腿的士兵，士兵怕回家怕见妻子，阿廖沙虽然时间紧急还是耐心地等士兵一起上火车，并且和他一起下车等妻子，天色向晚，妻子一直没出现，士兵内心是恐惧，阿廖沙也很焦躁，终于，背后传来一声"瓦夏"！阿廖沙没时间看他们一起热泪涟涟了，他继续上路赶火车。

因为之前耽搁，他只好去搭一个军列。守军列的士兵胖乎乎的有点小坏，他开始不想让阿廖沙上，因为据他说，他们的中尉，也就是这趟军列的列车长"是个魔鬼"，万一知道了会送他上军事法庭，但是小胖子后来看中了阿廖沙包里的牛肉罐头，事情就成了。

阿廖沙上了军列，躺在干草堆上美美地睡了一觉。然后火车停了一下又出发，他睁开眼，发现车厢里多了一个姑娘。姑娘看见干草堆后的他，吓得大叫"妈妈"，以为他是"魔鬼中尉"。当然，天使一样的姑娘和天使一样的小伙马上和解了，火车隆隆向前，窗外是春天的苏联，对面是比春天更美好的舒拉，阿廖沙心里是多么想亲近这个姑娘。可惜，列车暂停的时候，小胖子又出现了，他见不得阿廖沙这么爽，做出秉公执法状，要把平民舒拉赶下军列，阿廖沙着急了，实在没办法，他只好同意再用牛肉罐头换小胖子的恩准。小胖子接过一个牛肉罐头藏在大衣里，再接过一个牛肉罐头的时候，传说中的"魔鬼中尉"出场了。

中尉问："怎么回事？"阿廖沙掏出证件表明自己在休一个匆忙的英雄假，上了年纪的中尉露出大天使的笑容，不仅同意阿廖沙搭乘军列，而且同意姑娘一起，只嘱咐了一句"注意防火"。临走的时候，中尉问小胖子，手里什么东西，小胖子狡辩这是阿廖沙给的礼物，中尉严厉回他："关两天禁闭。"小胖子问"为什么"，中尉更加严厉了："五天禁闭。"等中尉一走，小胖子朝阿廖沙和舒拉叹气："看吧，我跟你们讲过，他是魔鬼。"

天赐的"魔鬼"中尉！这是阿廖沙人生中第一次也是最后一次和百合花一样的姑娘同行，十九岁的阿廖沙没来得及告诉舒拉他喜欢她，非常喜欢她，整个二十世纪最纯洁的姑娘舒拉，也终于没有机会告诉阿廖沙，她已经爱上他，但是，保卫家园是更神圣的事情，《士兵之歌》最好的地方是，这部电影没有流于好莱坞的反战调，苏联男人为了自己的祖国，没有一点软弱地奔赴战场。阿廖沙出发回家的时候，一个士兵拦住他，让他给住在契诃夫大街七号的妻子捎个信，告诉她"我还活着"，全队的士兵就拦住队长，让阿廖沙带着他们全队仅有的"两块肥皂"去送给士兵妻子。

行程匆忙，阿廖沙带着舒拉一路跑到契诃夫大街去送口信和肥皂。可惜的是，士兵的妻子已经另外有人，阿廖沙黯然下楼，想想气不过，又跑回去把两块肥皂要了回来送到在避难所里的士兵父亲那里。一来一回阿廖沙的假期都浪费在路上了，剩下的时间他赶回家，只能和母亲匆匆拥抱一下就离开，作为军人，他向将军保证过不迟到一秒钟。而影片从头至尾，没有传递一丁点罗曼蒂克的消极情绪，整曲"士兵之歌"都极为朴素，战士请求回家是人之常情，母亲送儿子回战场也是人之常情，失去腿的士兵怕回家是人之常情，邮局姑娘谴责怕回家的士兵也是人之常情，而所有的人之常情，都和保家卫国这个神圣概念相关，所以，后来不少研究者把《士兵之歌》和好莱坞的很多反战电影放一起总结，我是非常不认同。比如说吧，虽然《士兵之歌》和《拯救大兵瑞恩》（Saving Private Ryan，1998，美国）在结构甚至不少细节上有相同之处，但是，批准阿廖沙回家的将军和要去把瑞恩从战场上找回来的将军，不是一个感情逻辑；斯皮尔伯格在《拯救大兵瑞恩》中的反战蓝调，在《士兵之歌》中不是完全没有痕迹，但是被有效地控制在一个毫不软弱的调门里，反思战争得有一个前提，反战和反对帝国主义的战争可以共用一个理论逻辑吗？《南京！南京！》（2009，中国）反战到把日本军人柔化成哲学家，内在的简单化就是把《士兵之歌》和反战电影相提并论。

"魔鬼中尉"身上有普遍的人性法则，但比人性法则更高的是祖国法则，首先因为阿廖沙是苏联的战争英雄，中尉才没有一点犹疑地让他留在军列上；其次才让英雄享受一点人性福利，所以导演丘赫莱依没有在中尉的决定上进行一丁点煽情，阿廖沙和舒拉是质朴，中尉也是质朴，包括坏坏的小胖子也是质朴，所以，让我们的"魔鬼中尉"担任这趟电影专列的列车长，东方西方都会点头的吧？

调度员

列车人员就位，最后我们需要一个月台上的调度员，就万事俱备了。这个调度员，必须请捷克电影《严密监视的列车》（Closely Watched Trains，1966，捷克斯洛伐克）中的主人公米洛斯来担当。

《严密监视的列车》是捷克新浪潮健将伊利·门策尔（Jirí Menzel）在二十八岁时完成的作品，展现了可以和法国新浪潮顶尖之作媲美的电影新语法。米洛斯是二战时的一个小镇青年，他和整个小镇一样，虽然身处一个方生方死的大时代，但是他们却置身世外般浑浑噩噩，该恋爱恋爱，该偷情偷情。米洛斯父亲四十八岁就开始领退休金享福，顺便把火车站的职位传给了瘦小的儿子；火车站站长把日常时间都消耗在养鸽子上，衣服帽子上都是鸽子粪，人生偶像是镇上的伯爵夫人，站长老婆养鹅，每天晚上给鹅补钙；火车站里还有两个同事，胡比克是个俊俏风流哥，泽登娜是个风流呆萌妹。外面世界战火纷飞，但米洛斯的人生大事还是自己的早泄问题。大夫让他找个年纪大的女人去试试，他就到处找。

　　电影开头，米洛斯的旁白告诉我们，他的祖父是个催眠师，小镇人民认为他干这行是为了可以不劳而获过一生，曾祖父也差不多，都不是勤劳勇敢的人，所以，电影过半，观众都会以为在看一部旨在表现被占领区人民浑浑噩噩的电影，整个火车站昏蒙的状态特别令人觉得导演是要表现一个"只有鸡鸡才是大事的"小镇，而且，纳粹到火车站来统编他们，也没有在他们心里激起一点点反抗。米洛斯至今为止的壮举也就是因为早泄，曾去妓院割腕自杀，就像他的同事胡比克，最大的壮举就是把火车站的公章盖在了泽登娜的屁股上，这样的令人沮丧的一群小镇居民，还能有什么希望？

　　九十分钟的电影，到了七十分钟出现重大转折。花花公子胡比克突然像《潜伏》中的孙红雷一样变了语气："听着米洛斯，明天会有一趟货柜车经过我们车站。"米洛斯问那又怎样？胡比克说："我们要炸掉它。"米洛斯没有一丝犹豫，"没问题，但怎么做？"胡比克更加严肃了，"别担心，我们都安排好了。二十八节车皮的军火，我们必须在车站后面的空地上炸掉它。"胡比克是准备好自己牺牲的，他爬上信号塔，向米洛斯示范了怎么把炸弹扔到火车的中间车厢，他要米洛斯做的，就是明天等火车开过来的时候，发出信号让火车慢下来。米洛斯都记住了。

　　很奇怪，陡然的转折一点不影响电影的流畅，好像花花公子和抵抗战士的合体本身就是一种和谐，思想一片空白的米洛斯突然被革命灌注了真气，他孩子般的笑脸上有了真正的内容。当天晚上，送炸药的女人来了，胡比克把米洛斯送进了她的房间，革命治愈了早泄，第二天起来，米洛斯伸了一个像胡比克一样的懒腰，吹了一个像胡比克一样的口哨。胡比克问他害怕吗，他说"我从来没有像今天这么平静"，鸟在歌唱，鸽子在飞，天空蔚蓝，少年米洛斯同时被革命和性启了蒙，他现在可以向世界诠释什么是捷克人了。

电影最后一段，因为泽登娜的母亲上诉，德国人突然前来调查泽登娜屁股上的公章案，"因为屁股上的公章显然侮辱了德国的民族语言"，胡比克走不了了。眼看火车将至，米洛斯非常镇定地从抽屉中拿出炸药，在火车站另外一个抵抗者的配合下，沿着春天的铁路走过花走过树，遇到女朋友他很自信地对她说："玛莎，亲爱的，等我一下，我马上回来。"米洛斯走向信号塔，同时火车站里，漂亮的泽登娜非常天真非常抒情地向纳粹描述："我和胡比克先生一起值夜班，因为无聊，胡比克说我们可以玩一个盖印章游戏，火车会飞，死亡会飞，一切都会飞，我一直输，就一直脱，先是鞋子，袜子，然后上衣，内衣，最后是我的短裤……"里面纳粹听得咽唾沫，外面米洛斯已经爬上信号塔，他镇静地扔下炸药，纳粹发现了他，子弹响起，他也摔在火车上。

火车爆炸，小镇地动山摇，米洛斯的帽子飞到玛莎脚边。当年，他祖父试图催眠入侵的德国坦克没成功，米洛斯成功了。荒诞和勇气，本来就同时存在于捷克人的血脉中。米洛斯可以因为早泄放弃生命，也可以为了祖国献出生命。纳粹骂捷克人是"只会傻笑的民族"，电影最后，纳粹的火车爆炸，捷克人大笑。备受早泄困扰的米洛斯，终于在光天化日之下表现了一次生命的硬度。

整部电影，门策尔完全放弃了"抵抗组织炸火车"这类题材的通常手法，他用九分之七的时间让电影毫无章法甚至毫无线索地演进，用怪诞的影像在观众心中积累出一种可以接受一切的心理准备，然后，哐啷一下，火车刹车般的，他用几近儿戏的方式奏响电影最强音，那一刻，我们被完全稚嫩又几近崇高的米洛斯深深吸引，我们看他被火车带走跟着火车一起灰飞烟灭，虽然想再看他一眼的努力被银幕定格，但是门策尔这种举重若轻又举轻若重的电影语法还是深深地撼动了我们。换句话说，这种电影临近结尾才骤然发生的主叙事，非常有效地治愈了电影的"早泄"，那才是火车电影该有的腔调，不是吗？瘦小淡定的米洛斯，正是我们需要的调度员，不是吗？

米洛斯站在月台上，他的父亲躺在床上拿着表在对时，小镇的列车最准时。想起笑话里的观众，在电影中看到美女出浴，不巧这时火车开了过来；他就再次买票进去看，美女出浴，火车又开过来；他再看，火车再来。如此七次，他绝望哀嚎：为什么电影中的火车总是那么准时。

我们的电影列车，就是这么准时，从不迟到。好了，关于火车的故事就说到这里，下次要说的是，火。

（原载《收获》2016 年第 4 期）

有些事，这辈子都刻骨铭心

◎舒　婷

　　我在来科大的路上，来接我的小车司机很自豪地告诉我：科大在一个国际大学排行榜上已经超越港大。这个排名版本是否足够权威，我不大清楚。但是我深深地相信，在座的香港科大的老师与同学们一定都出类拔萃。所以，我面对大家，感到既荣幸，又惶恐。

　　我不太敢做演讲。首先，是因为我的闽南普通话不够标准。其次，倘若我真能把我的想法、感受表达得清清楚楚，我也就不写诗了。正是因为我没有逻辑，不能清晰地表达自己，所以只好写诗。今天，我想跟大家讲讲我的小故事，包括我与《今天》的缘分，还有《致橡树》等诗歌的写作历程。

　　先说说《今天》这本杂志。我曾参加过北大的诗歌节，当时，我与北大的孩子们谈到过这本杂志。他们的反应令我感到诧异，也很难过。他们都来自于中国最好的中文系，居然问我：你们当时办《今天》是不是为了盈利？我确实没办法跟他们解释。因为在创办初期，《今天》杂志真是既艰难又窘迫，是几位同仁凑钱，提着浆糊桶，把油印的诗歌贴在西单的一面墙上。《今天》的创办人是北岛，在《今天》创办三十周年的时候，我到香港参加纪念活动。北岛现在在香港中文大学执教，离我们很近。很多同学一想到我们，都以为我们是一些老态龙钟的诗人，今天没有坐轮椅过来都会觉得奇怪。大家也许都觉得作家很遥远，其实作家们也是普通人。如果你们在校园里看到苏童，也许你们未必能认出他来，因为他就穿着普通的T恤、外套，与我们身边的同学、老师没什么区别。

　　国内国外，大家都说我是"朦胧诗歌"的代表人物，其实我是"被朦胧"。我曾跟顾城谈到过这个问题，顾城对此也是嗤之以鼻，他也不认为他是"朦胧诗人"。要是问北岛，他肯定也不觉得他是所谓的朦胧诗人。朦胧诗的缘起和发展，说来话长，今天暂且不赘言了。我住在福建，为什么能被卷到这个事件的中心，并且成为新诗潮的中心人物，我自己也解释不了。我曾经也为这个事情哭过，因为当时确实很害怕：我本是在福建（边远地区）的一个女工——一个灯泡工人，一下子变成了焦点；一时间很多批判的声音出现，当时害怕极了。说来说去还是《致橡树》惹的祸，这首诗写在1977年，现在看，它简直成为一个甜蜜的噩梦。因为无论走到哪里，只要介绍舒婷，主持人就会说：这是写《致橡树》的舒婷。于是，"舒婷"这个名字就与"致橡树"等同了。到国外的朗诵会，我总不愿朗诵《致橡树》。但是，当我朗诵完我的其他诗歌，总会有观众问起这首诗。比如去年5月在洛杉矶理工大学时，一位中年人，也是一位老读者，在我朗诵完之后，走到通道中间对我说：舒婷老师，您还是读一读《致橡树》吧。于是，我没办法，只好硬着头皮再读一遍这首诗，冒充着二十多岁的女孩子，一边读一边"恶心"自己。

我家地址曾被印在鼓浪屿的导游地图上。我抗议过，因为总是被游客一大清早敲门，去开门时，他们会说：舒婷老师，我们还要赶飞机，可不可以跟我们照个相？大家可以想象，早上六点钟，我还没有洗漱呢！因为我的抗议，现在鼓浪屿的导游地图就把我家地址抹去了。但是，现在我还常听到导游在我家巷口拿着话筒在咕噜咕噜地说，具体说什么我听不清，但总是隐隐约约地听到"致橡树"三个字。还有一次，我在国内的酒店住宿。大堂经理看到了我的登机牌，就问：请问您是写《致橡树》的舒婷吗？我在结婚的时候就是读你的诗。于是，我就开玩笑似的问他，那你和太太现在还好吗？

我这么说，不是给《致橡树》做广告，因为我不认为它是我写得最好的诗。如果在座的同学还能记得《致橡树》，或许都是你们中学语文老师的功劳，因为一般来说，他们那一辈人都是我的读者，而且他们大多也比较喜欢我的诗作。所以，在给你们上课的时候，他们倾注了他们的感情和年轻时的梦想。而你们，因为能体会到老师们的热情，也就把这首诗记住了。这首诗之外，我还写有《神女峰》。很多女孩曾跟我说：舒婷老师，我找不到我生活中的橡树。于是，我就写了《神女峰》。某种程度上说，它是对《致橡树》的纠正，或者说是一种弥补。

言归正传，我现在讲讲《致橡树》是如何写成的。1977年的初夏，当时的鼓浪屿并没有很多游客。在一个夜来香弥漫的晚上，我陪着我的老师蔡其矫在鼓浪屿散步、闲谈。他的一生有过很多坎坷经历，他与我聊他遇到过的女性，他说有的女性漂亮，但没有头脑；有的女性有头脑，但又不漂亮；还有些女性既漂亮又有才华，可是不温柔。我听后很生气。怎么男人看女人的眼光那么挑剔？又要温柔，又要漂亮，又要有才气。女性也有自己的想法，我们也对理想中的伴侣有所希冀。所以，那天回到家，我一口气写成了《致橡树》，我记得那时我还发着高烧。第二天，我就把这首诗送给了蔡其矫老师。他抄在一张废纸上，塞进他的书包。蔡老师与诗人艾青是老朋友。后来，蔡老师就把这首诗带到了北京，给艾青看，还跟艾老说：这首诗是我们福建的一位青年女工写的。艾青看了非常喜欢。据说艾青从来不抄别人的诗，但他竟把这首诗抄在了本子上。那时候是1977年，艾青还没有平反，他眼睛很不好，就待在家里；他住在史家胡同，北岛天天陪着他。北岛偶然间看到了这首《致橡树》，他就开始与我通信。我现在还保留着他给我的信件。他当时还附了他的五首诗，其中包括《回答》《一切》等诗作。接到他的信件和诗歌令我非常震动，因为当时我只能在边远的福建偷偷地写诗。这些诗还被当时的知青谱成吉他曲，可我不敢说是我写的。有时候，我写好的诗随手放在桌子上，被其他人看到了，我只能说那是我摘抄的外国诗歌。我向来孤单得很，可是，接到北岛的信后，我才知道在北方，还有一位与我一样不愿写"假大空"诗歌的人，而是书写自己的想法，这真是理想主义者在互相取暖。我特别激动，顿时觉得更有勇气创作了，于是，我们就一直通信。

1978年，北岛与芒克在北京共同创办了《今天》杂志。第一期是油印的，很薄，质量也不好。这一期发表了我、北岛、芒克和蔡其矫四个人的诗歌，还有一些小说和其他作品，贴在当时的西单那面墙上。北岛向我征求意见，要把《致橡树》发表在民间刊物上。我很激动地给自己取了一个笔名，叫做"龚舒婷"，其中，"龚"是我的姓氏。但是北岛提议把"龚"字去掉，只留下"舒婷"二字。这首诗本名"橡树"，北岛建议改成"致橡树"，他说这也是艾青的意见。从此《橡树》就变成了《致橡树》，我的名字也变成了"舒婷"。对此，我父亲非常愤怒。我本名叫"龚佩瑜"，他觉得这个"龚"字太重要了。有一次，我父亲去西湖游玩，正巧碰到公刘、谢冕等文人，于是，我父亲就被邀请到船上。公刘对他说："舒老先生请坐在这里。"我父亲听后很生气，拂袖而去，说道：我不是舒老先生，是龚老先生！

因为我经常领稿费，收到各种邀请函，而身份证上的名字与我的笔名又不一样，于是造成很多麻烦。厦门户籍处的处长，是我的粉丝，他跟我说，办新身份证的时候可以把我的名字改过来。我想了想，如果我改了，我父亲会从坟墓里爬出来的！所以也就算了，这当然都是题外话。2007年有过一个调查：在厦门，有二百七十多位名字叫"舒婷"的人，除我之外的所有的人都是1980年后出生的，只有我是1952年生人。调查者就想组织所有的"舒婷"参加一个活动，问我去不去，我就说不去。今天与大家分享，其实就是为了开心一下。

《致橡树》这首诗贴出之后，北岛告诉我，在我之前，中国读者读的都是很革命的诗，这首诗出来之后，很多人就用钢笔、铅笔、圆珠笔在这首诗下面作了很多批注。北岛说，如果这算一个测验的话，我的票数一定最高。一年以后，《诗刊》的编辑部主任邵燕祥老师将这首诗发表在《诗刊》1979年4月号上。这首诗发表后，我没有拿到稿费。后来，北岛不好意思地说稿费只有十块钱，他们拿去喝酒了。因为《诗刊》也不知道我在哪里，所以就把这十块钱交给了《今天》。所以，到现在为止我也没有拿到这笔稿费。

为什么我还要谈谈《祖国，我亲爱的祖国》呢？这是因为这首诗与《致橡树》之间还有一点关系。《致橡树》发表以后，邵燕祥老师就通过蔡其矫老师给我带了话，他说：舒婷是你们福建的青年诗人，请她有好的诗作就向《诗刊》投稿。我当时太年轻气盛，认为《诗刊》太官方，所以没有把邵老师的话当回事。我当时在厦门灯泡厂焊灯泡，在流水线上工作。我还是一名先进工作者，工作很努力。因为我想如果我焊得快，我还能帮助其他工友。当然，我干活很有效率也很利索，也是为了给自己留出空间和时间。那时，"四人帮"刚刚倒台，很多年轻人都觉得祖国的发展很有希望，觉得我们的民族站在了新的起点上，所以，我在焊灯泡的时候，写出了《祖国啊，我亲爱的祖国》。我一边工作，一边构思着我的诗歌，所以手被锡纸烫满了水泡。我当时激情澎湃地写下了这首诗，可现在看，也不太喜欢了。当时写完以后，我就把它给了蔡其矫老师，请他寄到北京。蔡其矫老师读后也觉得不错，就抄在格子稿纸上，寄给广东一本名叫《作品》的杂志。在80年代初，《作品》是一个思想开明的杂志，像孔捷生《在小河那边》等很有争议的作品都是在这本杂志上发的。可没想到这首诗寄到《作品》那里，却遭遇了退稿。蔡其矫老师就把退稿信和诗歌一起寄还给了我。我记得非常清楚，退稿信上写着：这首诗写得晦涩、低沉，不符合青年女工的本色。我很不服气，我本就是一个青年女工，天天在流水线上工作，你只是一位编辑，凭什么说我不符合青年女工的本色呢？这时候，我突然想起《诗刊》邵燕祥老师的约稿，于是，我就把这首诗连同《这也是一切》和《四月的黄昏》，像插扑克一样插在一起，寄给了邵老师。我当时带着些孩子气，请他为这件事评评理。那时，《诗刊》的7月号已在编订中。《诗刊》的审核周期很长，如果走审核程序，至少要等半年。邵燕祥老师当机立断地将别的诗抽掉，把《祖国啊，我亲爱的祖国》和《这也是一切》安插进去，发表在1979年的7月号上。在第四届文代会上，孙道临先生朗诵了我的诗作《祖国啊，我亲爱的祖国》，孙先生朗诵得很感人。从那之后，我的名字才被公众所熟知。

大部分人把《祖国啊，我亲爱的祖国》和《致橡树》当成我的代表作。如果你们问我：这是不是你最好的作品？我一定说"不"，但我也不愿伤害我的读者的感情。比如说有一些编辑想把《致橡树》改编成歌曲，前提是要改动一到两个字以适合演唱，但我没有同意，即使他们提出的酬金很高。因为，我考虑到很多人都对这两首诗有了感情，特别是我的老读者。还有一个电视剧名叫《相思树》，制片方想要把剧名改为《致橡树》，我也没有同意。

讲到这里，大家再来看我的这两首诗，是不是不"朦胧"了？七八十年代的社会语境下，人的意识尚不能从"假大空"这种概念化的诗坛抽离。当时的标准都比较僵硬，同时也有政治标准来左右审美标准。1980年《福建文学》组织了整整一年的研讨会，讨论我的诗作。刚开始，都是反对的声音。我记得在一次研讨会上，有人说：舒婷的诗玩弄感情。我一听，就痛哭着跑出去，觉得自己是没有经过社会锻炼的。我确实第一次经历这种风浪，所以难以接受。还是在那次会议上，有位朋友发言说：我毕业于复旦大学中文系，写了二十多年诗，还当了二十多年的诗歌编辑，可我却看不懂《四月的黄昏》，别人就更看不懂了。我当时气急了，说：你不懂，你儿子懂；你儿子不懂，你孙子懂。就是这一句话被别人捉住了，人们都认为舒婷这个人很傲慢。现在看，还轮不到"儿子"，大家都懂了。

刚才说到在中国流传很广的《祖国啊，我亲爱的祖国》和《致橡树》，我还想谈谈《风暴过去之后》，这首诗写在1980年渤海湾事件之后。2015年8月，我去剑桥参加徐志摩诗歌节，正好听到震动全国的天津港爆炸事件。《北京青年报》的官网想要刊发这首诗，可联系不上我。于是，他们就先节选了几节，发表在网站上。后来，我刚下飞机就接到电话，得知他们想用这首诗。我当时很难过，也很欣慰，一个诗人的诗被用在这种场合，真不知道是该难过还是高兴。我同意了，后来，他们就又全文刊发了一次。这首诗歌写于1980年，到现在已有三十六年了，还有新知、读者，对一个诗人来讲是很高的奖赏与安慰。

（本文系作者在香港科技大学的演讲）

（原载《书屋》2016年第4期）

写给英国的矿工兄弟

◎刘庆邦

2015年12月18日，英国最后一座深层矿井关闭之际，笼罩在凯灵利矿区的是一种依依不舍的伤怀气氛。矿工们升井之后，未及洗去脸上的煤黑，身上穿着工作服，头上戴着安全帽，就开始在井口合影留念。不少矿工从井下挑选了一块原煤，要把煤块像保存宝贝一样收藏起来。他们眼含泪水，互相拥抱，说着一些告别的话。多少年的矿工生涯，对他们来说不仅是一份工作，还是一种生活方式，一种精神寄托。矿井的永久性关闭，使他们的生活面临断崖式改变，仿佛整个精神世界的大门也对他们关闭了。凯灵利煤矿有450名矿工，井下特殊的生态环境，使他们以命相托，生死与共，结下了兄弟般的深厚情谊。失去了采矿的情谊纽带，他们或将各奔东西，再也没有了一块儿喝酒的机会。他们情绪悲观，还有一个不容回避的客观原因，是担心失业之后会沦落至走投无路的境地。在这种情况下，有的矿工仍不失幽默，他们把自己比喻成最后的恐龙。还有的矿工以诗意的语言宣称，世界上最后一盏矿灯行将熄灭。

我也曾是一名矿工，在媒体上看到上述这些信息，我感同身受，与英国的矿工兄弟颇有惺惺相惜之感。在想象里，我仿佛来到了凯灵利煤矿，正以一个中国老矿工的名义，安慰那些英国的矿工，并劝他们看远些，想开些，以顺应不可逆转的历史潮流，尊重人类文明发展的必然进程。

通过阅读矿工的儿子劳伦斯写的煤矿生活小说，我认识了英国的矿工。通过阅读左拉的长篇小说《萌芽》，我了解了法国的矿工。文学的功能就是这样，它能够跨越国界，超越种族，让全世界的读者都可以比较集中、详细、生动地读到其中职业从业者的生存状态、性格特点，以及他们的内心世界。"一声窑哥们儿，双泪落君前。"我得到的阅读体会是，全世界的矿工都好像是一家人，只要在幽深的矿井里摸爬过，就可以彼此认同，开怀畅饮。

我的一些写矿工生活的小说，也被翻译成了英文、法文、德文等外国文字，并在外国出版了单行本。我不知道那些国家的矿工读到过我所写的中国矿工生活的小说没有，不知道他们对中国的矿工有多少了解。但不管如何，我都愿意对全世界的矿工，特别是对英国的矿工，就矿井关闭问题谈一点我的看法。

人所共知，全世界的第一次工业革命是由英国率先发起的。工业革命的动力来自蒸汽。而蒸汽是从哪里来的呢？毫无疑问，蒸汽是通过燃煤生发、聚集起来的。没有矿工哪有煤，没有煤哪有蒸汽，没有蒸汽哪有动力呢！所以正确的顺序应该是，矿工挖出了煤，烧煤把水变成蒸汽，蒸汽推动各种机械运转，以机器代替了手工劳动，才实现了第一次工业革命。身在地层深处劳作的矿工，虽然默默无闻，但不可否认的是，他们也是第一次工业革命的功臣。关于煤炭在强国中的重要作用，曾经学过采矿专业的鲁迅先生有过这样精辟的论述："石炭者，与国家经济消长有密接之关系，而足以决盛衰生死之大问题者也。盖以汽生力之世界，无不以石炭为原动力者，失之则能令机械悉死，铁舰不神。虽曰将以电生力矣，然石炭亦能分握一方霸权，操一同之生死，则吾所敢断言也。故若英若美。均假僵死植物之灵，以横绝一世……"鲁迅在《中国地质略论》里写这番话时，英国仍处在国力强大的鼎盛时期，以煤炭为主要能源的经济还在英同占有主导地位。那时英国有三千多座煤矿，年产量将近三亿吨，采矿从业人员超过一百二十万，是全世界第一产煤大国。

随着后来以电气为标志的第二次工业革命的兴起，随着天然气、石油、核能、风能等替代能源在英国的使用，英国的煤炭产量才逐渐减少。特别是到了1952年，由于燃煤造成的空气重度污染，伦敦发生了骇人听闻的持续五天的毒雾事件，造成大批伦敦居民呼吸困难，逾四千人在事件中丧生。此次生态灾难，使英国痛定思痛，决心进一步减少对煤炭的使用。英同不仅要关闭最后一座深层矿井，还计划到2025年，关闭所有燃煤电厂。到那时，英国会彻底告别持续了三百余年的煤炭经济时代，进入后煤炭经济时代。

我想对英国的矿工兄弟们说的是，对煤矿的感情可以理解，失业后所面临的困境也值得同情，但感情不能代替理智，行业观念阻挡不住世界发展的大势，青山遮不住，毕竟东流去。随着互联网时代的到来，随着全球性能源结构的调整，当前整个世界正从工业文明向生态文明转变。在此转变过程中，被称为"碳排放大鳄"的煤炭，必将成为众矢之的，被迫渐次放低身段，而后无奈转身，直至最终退出历史舞台。说实在话，我们人类对地球的索取太过贪婪，长时期对亿万年前生成的化石能源的开采，已经把地球掏得千疮百孔，使地球原本完整的肌体遭到极大破坏。地球的确该休养生息了，我们必须以感恩之心，珍惜和善待我们赖以生存的地球。地球的存在决定着我们的存在，地球的美好决定着人类家园的美好，让我们放下镐头，张开双臂拥抱地球吧！

英国的矿工兄弟也许不知道，我们中国的数百万矿工兄弟也遇到了经济转型升级、能源结构调整、煤炭产能过剩和煤炭消费让位于环境保护的问题。我这篇短文既是写给英国的矿工兄弟，更是写给国内的众多矿工兄弟的。因兼着中国煤矿作家协会的一个职务，我对全国煤炭行业的现实状况格外关注。近年来，我不断听到的都是一些不好的消息：哪哪的煤矿停产了；哪哪的矿井关闭了；哪哪的矿工已连续数月领不到工资；哪哪的大批矿工即将告别煤矿，转岗另谋生路，等等。每每听到这些让人心情沉重的消息，我连想哭的心都有。毋庸置疑，新中国成立以来，特别是改革开放以来，煤矿工人为全国的经济发展做出了很大贡献，同时也付出了很大牺牲。近三十多年来，中国的经济之所以能够快速发展，并超越英、法、日、德，成为全世界第二大经济体，从能源构成的角度讲，将近百分之七十的能源是来自煤炭。如果离开煤炭这根巨大、强有力的支柱，中国经济的天顶就无以支撑。当然，煤矿工人也分享了发展的成果，生活质量大大提高。然而，由于绿色发展等新的理念成为时代的共识，由于去产能成为煤炭行业的必由之路，煤矿的经济效益和矿工的薪酬必定会受到不同程度的影响。我有不少朋友和一些亲戚在煤矿工作，他们无不为前景感到担忧。

其实在上个世纪末的两三年，全国煤矿就普遍遭遇到了一场困难，以致有的矿工家庭连日常生活都难以为继。当时我还在《中国煤炭报》当记者，曾写过一篇《目睹贫困现状》的长篇通讯，深入、细致地记述了陕西蒲白矿区几个矿工家庭的艰难处境。与此同时，煤炭行业上上下下一片哀叹之声，说煤炭工业成了夕阳工业。为了正面回应这个问题，我又写了一篇记者述评，题目是《煤炭工业是夕阳工业吗？》，刊登在《中国煤炭报》的头版头条位置。述评文章借助煤炭工业部门一些资深专家的判断，证明在未来几十年内，煤炭在中国的能源构成比例中仍将占有主导地位，说煤炭工业是夕阳工业为时尚早。果然，全国煤矿很快就迎来了连续十年的黄金期。十年内，矿山热火朝天，产量大幅攀升。矿工腰包鼓鼓，欢天喜地。然而也正是在形势一片大好的情况下，不少国有企业和私营企业不加节制地趁机扩张，才落得如今被过剩产能的包袱压得喘不过气、金子跌成黄铜价的被动局面。

夕阳无限好，只是近黄昏。时至今日，从感情上我仍不愿认同煤炭工业是夕阳工业的说法，因为中国目前的经济发展仍离不开煤炭。试想一下，如果现在断然掐断了煤炭供应，大地的繁荣将变成凋敝，人民的温暖将变得寒冷，祖国的光明将变为黑暗。可是，从理性上我们又不得不承认的事实是，对煤炭的消耗量呈现的确实是逐年递减的趋势，全世界是这样，中国也是这样。在万众创新的倡导下，在科技进步日新月异的今天，中国又出现了自造、自用、自售新兴能源的苗头，或许真的有那么一天，如同国人很少再用柴火煮饭一样，再也不用烧煤了。如果那样的话，中国的矿工将彻底告别沉重的、见不到阳光的，甚至是危险的劳动，谁能说不是一件幸事呢！

话题再回到英国的煤矿，英国最后一座深层矿井的关闭，对我国的煤矿的确有着警示和借鉴的意义。在此也祝福英国的矿工兄弟，愿他们以矿工特有的不屈和开拓精神，开创更加美好的未来。

（原载《作家》2016年第6期）

安放自我

◎梁鸿鹰

那些最初的年头

英国作家、1907年诺贝尔文学奖获得者拉迪亚德·吉卜林在其《谈谈我自己》一书里说过："了解一个孩子最初六年的生活，也就可以了解他以后的生活。"吉卜林说自己初始的印象来自于破晓时分，明亮的、红润的、金色的、紫色的果实与他的肩膀持平，吉卜林先是与奶妈、后来是与姐姐分享着清晨孟买水果集市给予的喜悦。这个喜悦让他记取了一生。

一

而对本文所要描写的这个男主人公，我经常发现求证出"最初"的困难。这难道不是很正常的吗？比如，这一辈子见到的第一个人，谁也说不了实话；听到的第一声鸡叫，总要和以前的记忆打架；吃下的第一餐饭，那肯定早就在记忆中当饭吃了。

人们在此生最初阶段见到的、听到的，迟早有一天或者不断地获得新的解释。但确确实实，父亲或者母亲才是自己见过的第一批人吧，他们在他最初的岁月里付出了怎样的辛劳，他们经历了怎样的甜蜜和忧愁？一切都不好考证和确证了。

过往的岁月细节，往事的流逝，被他重视到可笑的地步，他数次试图点燃起探究、钩沉、发掘之火，却发现照亮的地方很有限，他依然是自己老记忆的奴隶。一些老记忆总是想覆盖新的设想与回味，头脑里的那些老印象，永远也撼不动，头脑里一些老念头，时常像翻跟头一样，出其不意地显现威风。

他对自己人生的第一个场景的记忆始终没有变过形，经过风吹雨打，流年失落，没有走样——医院、垂死的老人和老人的一声浩叹。

这是一个与老人诀别的场景，同样是他遭受人生第一次打击的场景，为此他毕生耿耿于怀。他被自己的姥姥抱着，来到四壁皆白的单人病房，冰冷的铁床，透明而威严的吊瓶，大而无当的脸盆架子，使病榻上的老人显得那样孱弱无力，老人有着与被单一样苍白的面孔，手臂枯瘦如柴，说话有气无力，现场人手多，益发使老人显得微不足道，这种空寂、冷清把姥姥怀中的他吓得不轻。

据姥姥讲，这是他的爷爷病入膏肓的时刻，他作为家族中的长孙，特意被抱来见老人家最后一面。他爷爷这最后一口气，就是等着他这个长孙被抱进来、看周详了，才能咽得踏实。

但这个长孙是那么的不争气，一进病房就像中了魔了，受了惊吓似的闹腾，别着脸，梗着脖子，拼着命就是不朝老人病床那个方向看，姥姥越是劝，他就闹得越厉害：踢腿、挥拳、大哭、叫嚷，鼻涕泪水一塌糊涂，响声巨大、举动异常，完全控制不了，他这不停地发疯挣扎，他这要命的哭喊，让病榻上的老人大失所望，让四下的人们大为尴尬。

据姥姥后来说，爷爷见此情形说了句"没出息"，把手一挥，表明可以抱这个不争气的孙子出去了。于是，他就在医生护士众目睽睽之下被抱出了充满来苏水味道的病房，离开了这家长大后经常往返的县医院。

二

姥姥说的是不是那么回事，他已无法考证，与她生活在一起的时候没有想到考证，与她再见面的时候，老人已不能说话。

他对活着的爷爷的印象也就仅限于早年在病室里的那次惊鸿一瞥留下的剪影——瘦得离谱，留着胡子，眼窝深陷，嘴型不小，努着要说出话来。像极了各种插图里的堂吉诃德。然后岁月就过渡到了他墓碑的照片。这张照片来自老相册的一张合影，是从很旧的一张全家福照片上摘下来的。

他曾反复寻找自己与这个老人之间联系的确证，但异常困难，以失败告终之后，他并没有放弃寻找的努力，他对自己与"祖上"之间联系的蛛丝马迹异常看重。但在借助父亲晚年的照片才勉强得到些许确证的时候，他仍然不想放弃。但现实和历史给他留下的机会是那样的吝啬，他无法抓得住任何确证。

被阳光忽略的，没有被黑暗和风暴所忽略，一位叫罗伟章的作家如是说，文学打捞、记录已经遗失的一切，让记忆出来扮演一个貌似光彩的角色，实际上，我们只能无力地重新挽回和抚摸这些碎片，而无法将其拼接成有意义的画卷。

因为，他发现，亲人、邻居、友人往往是自己建立记忆的救命稻草，尤其早年的记忆，简直完全需要依赖于种种与自己有关、无关人等。他们的诉说塑造、修改自己原有的记忆，不断为他补充着斑驳的色彩和奇异的声响，但越是这样，画面越不完整，越难令自己心悦诚服。

比如，在他见到爷爷之前，姥姥已经在他生命中开始扮演一个异常重要的角色了。不，应该不是"角色"，而是实实在在融入他生命与全家所有鲜活细节的巨大存在。那个时候她已经接近70岁了，头发稀疏苍白，背微驼着。她是庚子年生人，但在他的眼里，她永远是接近70岁的样子，从来不会变得更年轻，也不会变得更老，正如她的胶东口音永远不会发生变化一样。

但姥姥从来没有怨过他，或许也从来不会考虑他是否会"窝囊"吧。她没有就他的前途等下过任何断言，当然也没有来得及。姥姥没有对他提过任何要求，只是关照他的成长，留心缝补他经常破损的衣服，高尔基说"我的头脑里充满了姥姥的童话，就像蜂房里充满甜蜜一样"，他经常想，在这个世界上，能这样描述姥姥的人，除了自己，可能就是高尔基了。

三

他的姥姥同样是个能够把万物变为神明的老太太，正如高尔基笔下的姥姥，她的上帝永远与她相随，"她甚至会（跟）牲畜提起上帝；不论是人，还是狗、鸟、蜂、草木都会服从于她的上帝；上帝对人间的一切都是一样的慈祥，一样的亲切"。她对任何人、对任何事情唯一的武器就是悲悯、宽容与爱。高尔基的姥姥给他带来了光明，使高尔基免于在黑暗中受苦，他说"在她没有来以前，我仿佛是躲在黑暗中睡觉，但她一出现，就把我叫醒了，把我领到光明的地方……她马上成为我最了解、最珍贵的人"，是的，世界上所有的姥姥、奶奶都是凭着对世界的无私的爱而生活的，人之幸运，在于接受过姥姥和奶奶的照拂，而对他来讲，根本就没有见过奶奶，但他此生拥有的最大财富，就是得到过姥姥的悉心照看。

姥姥接管的是一个失去健康的女儿的家，她要忍受女儿抑郁的沉默，她要压抑掉自己的任何正常愿望，小心翼翼地看着自己女儿的脸色过活。这是一个长长的故事。

他出生于国家最为困难、饥饿的1962年，时为"三年自然灾害"的第二年，想必他的父母、亲人们一定在痛苦中坚持过、隐忍过、苦笑过，他们在悲情和无奈的期待中，等待着自己头生子的苗壮，但奇迹并没有出现，而且他们这个小家很快就迎来了第二个孩子，仅仅在第一个孩子一岁两周之后。这是个同样能哭、长相平平的女孩。伟大的亚里士多德在《动物志》卷七里说，"常例，受孕者如为一男胎，母亲的苦恼便较轻易度过，大体能保持比较健康的容貌，女胎则相反；这时，一般容貌要苍白一些，生理上更觉难受，还有许多实例，是下肢肿胀，和肌肉下垂"。这些苦母亲显然都受过。

父亲则经常为女儿的相貌的平庸恨铁不成钢，浩叹而无奈，显出一个父亲绝大失望。在这个小家里，事物最佳的状态，想必就是解决吃喝，父母也没有给这个头生子的胃口找到更好满足途径，他们与其他市民一样，知道单位能给自己带来什么，而且也只有单位可以依靠——两个忙碌而清贫的学校，当地知识的高低，但并不出产空中楼阁的福利。儿子异常的有胃口，成天张着大嘴哭喊，这是因为饿。因为肚子空，嘴哭大了，嗓子是哑的，想必这一切搞得他们异常狼狈。

四

按说，对这个时候所做的任何回忆都是没有任何准头的，比如，他是否吃过自己母亲的奶，他没有从母亲那里得到过任何类型的信息，或者已经完全忘记了，从多个亲戚那里得到的信息是，母亲没有一滴奶，母亲患有严重的肺结核。于是，父母求助于乡下的一家人，于是，他的生命里出现了传奇的一家人，那就是奶妈一家。

而在他的记忆中，母亲或父亲从没有一次正正经经和他说过有关"奶妈"这种类型的话题，因为自己太小了，母亲经常和姥姥合起来说他和妹妹是捡来的，每当这样说的时候就很开心、很得意、很忘我，而且他和妹妹越是沮丧，他们越是得意。在他拼接自己早年经历的时候由是否吃过母亲的奶的画面，一个沉重而温馨的字眼出现了，那就是"奶妈"。

关于奶妈，他貌似是有印象的，其实经过了自己的反复加工与修改。奶妈是一个以女性为主的大家庭的核心人物，瘦小得与身份、地位完全不相符。她的体量是如何完成哺乳任务的，他们在灾害年头是如何维持下去一大家子的，这是他虚构不了的。

普希金有一首叫《致乳妈》的诗："我苦寂的岁月的伴侣/我年迈的乳母，亲人/你独自在森林的深处/久久地，久久地等我来临。/你在自己的窗下，像岗哨，/把凄凉的日子慢慢消磨/你多皱纹的手，拿着织针，织着，织着，渐渐停滞，/你望着那荒芜的门口/那幽黑而遥迢的路径，/是深深的怀念，预感，忧虑，/每一刻窒压着你的心胸。"

这首诗让他内心深处涌起一股难以言尽的情绪——酸楚、苦涩但微甜，他有过奶妈，有过一个偎依难舍的怀抱，他含过那两枚顽强、博爱而无奈的乳头，凭此在世界上存活，而后再将之完全忘却。

他曾经在这个以女性为主的家庭里同吃一锅饭，同喝一缸水，但这家人已经从他的生命中完全消失。他并不愿意承认与他们曾经息息相关，说真话，他不愿承认与这家人在一起睡过一盘炕，最主要的是不愿意承认，自己曾经在乡下生活过。就这样，他曾经从心中涌出来的感激之情，一遍遍被自己压抑下去，被不要提及乡下而压抑了下去。

如今，当回忆袭来，压抑的往事被翻出来的时候，他已进入老境，已进入无法有所作为的衰年，他坐等回忆的袭击而无可奈何，最好的办法当然是等到让自己稍微满意一点的语言，去承载那无端的哀愁。怅然并不能挽救他的颓然，老去，终将是命运对他最大的审判，这个念头令他颓然许久。

被岁月和父亲所塑造

人的一生该是岁月塑造的、相识的人塑造的，是自己塑造的。难道，不更是自己父亲塑造的吗？时间就像一把盲目的刀子，肆意挥舞在父亲的头上，然后是自己的头上，不论地域、时间与人种，再傲慢的人都逃不过这把刀子的砍杀。

一

2016年3月，西班牙作家哈维尔·塞尔卡斯因小说《骗子》获"邹韬奋年度外国小说奖"，他在颁奖仪式上说，我们对承认自己的本来面目断然拒绝。我们能够不厌其烦地说"是"，却永远怯懦地不敢说"不"。我们所有人都扮演着一个角色，正如舞台上的演员一样，我们都是，也都不是我们本来的那个人。

他说得很有道理。我们都是戴着面具生存的，这是生活赋予的，也是自己无意中接受的，不管是在与自己的家人，还是与素不相识的旁人，我们摆脱不了"扮演"的宿命。每个"扮演"自己的人，首先都要遇到自己的父亲，在对世界进行探究的时候，先探究自己的父亲，反思与自己父亲的关系，会导致许多意想不到的结果。

父与子是世界话题，是世界文学史上那些留存久远的桥段，让儿子们找到掩盖自己的借口，或者在反叛中获得些许虚荣。在人类历史上，这对关系的探讨，纠缠了许多，美化了许多，每个人与他人的体验是那样的相近，但却往往获得决然相异的诠释，相较于世界的另一半——女性，母与女的话题则失去了许多发言机会。

我从哪里来、要到哪里去？每当他在早晨照镜子的时候，总会自己问自己一次：你是谁？这人真的是你吗？你是父亲的儿子吗？头发如父亲般变灰变白，脸上像父亲那样，有的地方塌下去、有的地方鼓起来，身上该凸起来的凹下去了，该圆润的却支棱起来了。岁月除了给了胡思乱想的头脑，也给了不争气的肚腩。

而且，他沮丧地发现，自己和晚年的父亲越来越相像。这一个自己最不想看到的局面，猝然地、宿命地出现了，令他无可辩白。去年有天他去照标准像，取回来吃了一惊，与自己父亲墓碑上用的那一幅出奇的相像——微胖的脸，短头发，目光直视，嘴边略带嘲讽的笑容，像得让他无法躲藏。像得让他被迫接受不想接受的事实。

他这才意识到，父亲的优点，父亲的毛病，父亲走路的步态，包括说话时不时出现的别人听不清楚，咳嗽时努着劲的声响，出门儿就想往地上吐痰的毛病，以及越来越喜欢吃面食、酸汤，吃饭坐不踏实，吃两口就要离桌溜达两圈，等等，如影随形，移步换形，都被百分百地移换到了自己的身上。他明白自己终究是父亲的儿子，如同曹禺话剧《雷雨》中繁漪对周朴园的儿子说的那样。

他还想起，早年自己就做过很多以父亲的名义、执行父亲使命的勾当，"以父之名"原来大都是在父亲无力执行一些不合理的、不人性的职责的时候。

二

对于他所遗传于父母的这张长脸，他经常在镜子面前久久盯望，从中可以看到他们的笑容，眉眼走向和说话时嘴唇的角度，难道我们还有在遗传上的遗漏吗？我们还加以修改吗？望着墓碑上父亲那张脸庞略微发圆、发胖的轮廓，他当时有些不相信，这与他平时见到的长脸形、尖下巴的影像是有很大的反差的呀。

为什么过了六十岁就发生了这样的改变？待他五十岁那年由于工作需要照标准像的时候，这才发现，自己的脸好像一下子发福了，变圆了，变丰满了。变得与父亲那张照片如影随形。只有气色的不同，肤色的差距，没有大轮廓和气象的不同。他拿到照片被惊讶得无话可说。

他被击中了内心一块柔软的地方。自小就想与父亲保持距离，不想遗传他的行事作风、语言思维方式、生活习惯。尤其是那张过于熟悉、不想复制过来的面庞。但还是失败了。

他明白，自己是父亲的儿子，必须百分之百地接受他的基因，这一点上无可逃遁，没有死角。自从得出这个结论之后，他开始变得易于烦躁、悲欢、沮丧。

歌德说："我们赞同的东西使我们处之泰然，我们反对的东西才使我们的思想获得丰产。"他发现自己生命中有个时时要热爱、发现并反思的父亲，赞同或反对经常使他纠结。他一直想给自己交代一个使命，给自己打气，好与父亲有所差距，但直到发现与自己父亲这张不太相像的照片的相像之后，变得无能为力的沮丧，益发感到宿命的力量。因为这是一种确证，是一种无处可藏的接纳，不得不全盘、毫无保留，是真正的宿命。

其实这种宿命他很久以来就有的，有两件事给他印象最深。一件是妹妹初恋择偶的时候，奉父亲的命令，他去说服妹妹放弃她那次不理智的、在大人看来没有前途和不划算的婚前演练。他完全以一种家长的口吻、立场、态度向妹妹灌输那套陈腐、僵化与一本正经的说辞，从不给家族丢脸，考虑门当户对，有里有面儿的人才最合适等，不厌其烦地唠叨。一个驯服的说客，充当父亲的代言居然轻车熟路，完全不顾妹妹的茫然、困惑和不解。此时的他，由妹妹的同盟、伙伴甚至密友，一下子变成了一个长辈、说教者，成了自己年龄的叛徒和敌人。他以与自己年龄不相称的成熟，拿出了光宗耀祖、不给家族丢脸、做个争气的好孩子等利器，使劲刺向了妹妹，完全忘记了自己只比她大一岁。

当他滔滔不绝、口若悬河地完成这一套陈腐理论铺陈的时候，他脑海涌出了曹禺先生话剧《雷雨》中的那句著名的台词——"你终究是你父亲的儿子"。

虽说妹妹的这场恋爱还没怎么开始就无疾而终，而且也没有造成任何遗憾。但这件事情证明了他与父亲在角色、价值、步调上的承传，他没有违逆、他依葫芦画瓢地执行了父亲的所有指令。当妹妹掉下眼泪，表示不解，试图反抗的时候，他也没有停止使命的完成。

但从来事情都最易于从内心攻破，或许妹妹摸透了他的角色和特点之后，在若干年后再次谈恋爱时，先从哥哥下手。在父亲尚未推行他的阻止计划的时候，已经把小伙子带到了哥哥的面前，小伙子显然机灵过人，进门就往他口袋里塞烟。一盒价值不菲的"凤凰"烟，让刚学吸烟的哥哥无法推却，下不了手。"不"字说不出口。小伙子比他大两岁，但一口一个"哥"地叫着，更让他产生飘飘然的感觉。小伙子农村出身，这当然是"家族"的大忌，但这次没有攻破。

三

还有一件"遗传"的铁证发生在他的身上。在孩子还小的时候，他有一次对妻子发脾气，向妻子大吼，当时他意识到，自己带口音的普通话用词和声调居然与父亲当年对妈妈呼喊出的一样一样。几乎不失板眼的依样复制——"滚球开吧""我才不尿你呢"。

还有孩子小的时候，当他训斥不利，居然喊出了"一个逼兜拍（pie上声）死你"这样的话。让他吃了一惊。因为孩子在北京出生，根本不知道"逼兜"的意思就是耳光。他们茫然、无解、不理。不知道爸爸说的是什么。只有自己知道这来自父亲的恶劣遗传——固执、不像样、不上档次。

还有他的步态，不时驼着背走路，说话的时候，一只脚放在另一只脚前面，以及他的口味，他早年的嗜烟。

舌头上遗传更是铁证，让人老老实实地投降，无法有丁点儿抗拒。唯独喝酒这一条没有传到我身上。传给了他喜欢醋、蹲着吃饭这两条。儿子不喜欢醋，他们是吃麦当劳、必胜客、肯德基长大的，西化得厉害，醋至今拒绝。但愿意蹲着吃饭被一个儿子传到手了，这一点他都自愧弗如。

他至今引以为憾的是可能没有从母亲那里遗传到什么，母亲给他留下的印象也太微弱了，可能相处时间太短，而且也时间晚。对她的短处、毛病、缺点了解并不多。她去得早，给他保留了过多的良好的那些方面。她确定是个完美的母亲、女儿、教师和故事讲述者。但这些角色她都没有履行好，没有履行完。她作为故事讲述者是出色的，这一点深深地影响了他的人生。母亲生命过于的短促，养病就是她的人生，占去了人生的绝大部分时间，使她成为家庭、职业等诸多角色的缺席者、落伍者。这是他一生中的另外大话题。

当然，对父亲的违逆，他有些时候是有成功的记录的。一次与父亲吵架，他说了一句令父亲张口结舌、颜面大失的话。当时情况是这样的，妹妹学习向来不好，高中也没有读下去。这对以书香门第为傲的父亲是个巨大的打击，是个令他郁闷的心病。但儿子的"榜样"让他挺直了腰。由于儿子在求学，读书，就业等方面的表率作用，使父亲成为小城亮点突出之所在，父亲为此陶醉了一辈子，在朋友圈里风光了一辈子。

有次谈到妹妹学习一直上不去，学不进去，没有出息，他认为家庭环境影响很大。父亲不解地问："那你是怎么回事？"他说："我是战胜了干扰才做到的。"父亲大怒："什么话，我怎么干扰了？"他第一次表现得硬气十足，回嘴说，你回家就喝酒，一喝一晚上，中午也喝，家里老是坐着很多人，聊天、猜拳、瞎扯，能有学习的气氛吗？忘记父亲怎么说了，只记得他边抽烟边喝酒，脸涨得紫红，眼睛瞪得老大，屋子里的空气登时紧张起来，热得难以忍受，父亲的脸上面浮现着的不满、困惑、羞愧、惊讶混杂在一起，纠缠在一起，难分难解，难言难说。这次一来一往的谈话，撕裂了父与子心里的很多东西，捅开了他们之间隔膜已久的那张纸，自此蒙上了一层小小的阴影。但倒也没有造成什么后果。

他向来是个好儿子、好学生、好干部。这三个"好"令父亲享足了荣耀。他的自豪是实打实的，是持久的，圈里圈外有口皆碑。而现在他这句话，把作为父亲的骄傲、口碑、荣耀的一角揭了起来，掀开了只有彼此才知道的隐秘一角。原来这种声誉居然来自违逆、抗拒、排斥，这是父亲万万没有想到的。

实情真的是这样。父亲的生活方式非常糟糕。烟、酒是他的生命和生活方式。他每天抽三四盒烟，每天花在饭桌上的时间超过一般人的三四倍，时间被他挥霍得太多了。早饭是边吃边喝边抽烟。烧麦、馄饨、豆腐脑，样样油大、味重、滚烫，吃一两个小时是常事儿。中午回家吃饭还要喝，而且进门就开喝，凉菜、酱豆腐、白酒、浓茶、香烟。蹲在沙发上，喝到饭热端上来，总得一两个小时吧，吃喝完倒头便睡。晚上回来吃饭，照样重复中午的程序，只不过时间拖得更长，微醉之后上床。

而在更多的时候，晚上是聚会，是聊天，是流水席。把朋友、同事聚在家里，下班开始喝起，一直喝到半夜。猜拳、聊天、劝酒、抽烟，大呼小叫，此起彼伏，其乐无穷。一个月里家中这种事情可以发生五六次，甚至十几次。这对正处于成长中的他、妹妹、弟弟能有好的影响吗？

但从另一个方面看，这对他成了好事情。就是逼着他从小立下志向，许下个决死一拼的愿望——永远离开这个家，与这样的生活方式彻底决裂——永远离开这个地方，与这些推杯换盏、吃吃喝喝的生活气氛划清界限。这样一个最浅俗、最本能、最隐秘的信念，支撑着他奋发图强，埋头看书，埋头钻研，就是为了考好成绩，到大城市去生活。而不像父亲所想象的那样，是有什么大志向、有大追求。相反，父亲的生活方式、父亲的啸聚八方、呼朋引伴让他厌烦，使他痛恨，也使他奋起。使他获得和积攒了巨大的力量，最终使他对父亲的违逆获得了成功。

每逢假期他就迫不及待地到亲戚家，十八岁离开父亲到外地复读，十九岁到省会求学，然后到首都工作，永远离开了父亲生活的那块过于熟悉，熟悉得有些痛恨的地方。

地域上是真正离开父亲了，但情感并没有甩掉父亲，思维没有离开父亲，父亲如影随形，以强大的基因，在他完全意识不到的时候，在他的意志之外行使着权力，猝然无防地掌控着儿子，令儿子时时感到抵抗的软弱，狡辩的无力。

四

父亲，直到他从巨大的烟囱里飘走，都没有让他彻底猜透，他自以为足够了解父亲，其实不然，他至今不敢揭开父亲心里的那些幽暗的深处，去探个究竟。因为自己内心也躲着个野兽，要伺机挣脱牢笼，要摇摇晃晃地出来发飙、觅食、吃肉。

早年的时候他认为父亲无所不能，父亲就是自己的敌人，父亲阻止年幼的自己实现任何意愿，他行使着至高无上的权力而完全不顾作为儿子的心愿。后来一切都发生了逆转，父亲变为弱势。

德国浪漫派诗人诺瓦利斯有句话说得好，"即使听了相同的故事，每个人的体验，也都大为不同"。写下这些东西，希望唤起别人感同身受的阅读热情，但结果并不一定会如愿。

现在连自己也快成了老父亲，儿子们会探究自己吗？他经常问自己。但答案可能是唯一的——肯定会。

世上最寒冷的那个早晨

一

那是上个世纪70年代第四个年头才刚刚到来的一天。那是被他记忆的潮水反复推出水面的一个清晨。

人类对真理揭示能力之异常强大，远非我们所能想象，即使凯鲁亚克这样公认为专擅玩世不恭的人，也不会漏掉一次揭示真理的机会，他的《在路上》结尾处痛切地说："除了无可奈何地走向衰老，没有人知道前面将会发生什么，没有人。"这句话让我完全改变了对这个时髦"偶像"的看法，我不再认为人是可以炒作出来的，我开始不再怀疑大众集体无意识的准确性。在没有人知道前面将会发生什么的时候，我们不会回忆，知道了，我们就会回忆。是的，衰老不可避免地到来的时候，你会发现与自己相处是如此之难，你会不停地想起过去那些日子，甚至为此可能忘记自己当下正在做的事情的紧迫性。你绝不会放弃沉思，不会考虑到这样做是否理性与实惠，你不会因为花费了这些宝贵的时间而心有戚戚，从此放弃这些努力，你愿意将回忆的偏执延续下去。

回忆必然牵扯到的具体年份、具体日期、具体的人，总是要与细节联系在一起，摸不到细节就找不到回忆。一个回忆牵起另外一个回忆，连接着另一段往事，对往事的热情有时属于徒然的伤逝，有时属于无望的缅怀，能有些淡淡的忧伤，那只会是额外的福利，更多的时候，回忆、回味本身带来咀嚼的乐趣，发生在沉浸于忧伤的时候。回忆也并非全部属于伤逝。睹物思人，会有感伤，但追怀本身的感伤难道不会是有益的吗？人是个善感的动物，心里的任何涟漪都会突如其来，带来不可抹杀的价值。让你明白，感奋、激动和昂扬的拥有，不全由现实活动赐予。有时，回忆本身是可以带来预想不到的勇气、亢奋与力量的。

一个人与自己相处的困难，在于不能陷于思维的停滞，不能再在无所事事中获得心灵的平静，让时光大把大把地流逝，而又能免于陷入嘈杂、陷于公众生活之中的无奈，那是不太可能的。在自己独处的时候，你只想把纷乱无序的思绪交给无边的回忆，放任自己对往事的咀嚼，不计收获或遗失，常常在自己意想不到的时候，牵动自己没有料到的章节。

宇文所安钟情于中国人的诗歌，他说过，"写作是一种思考的行为，当它留给其他人，它就成为他们思考的对象。聪明的作者不会让他的作品去说教而是去纪念——使之成为共同记忆的部分"。是的，在写作的时候，人们会发现在更多情况下，写作所依靠的咀嚼、回味，更会使自己陷入往事中那些不堪回首的段落，当触碰自己心中最不愿回望的场景、细节甚至数字的时候，你不能不格外地小心翼翼。

长期以来，他忌讳十一这个数字，但断断难以忘记这个数字。1月11日是他生命中最难忘怀的日子，1974年8月11日他的母亲过早地离开了这个世界，年仅三十七岁。当时，他十二岁，妹妹十一岁。

二

事情的发生全然不可避免，在自己懂事的时候，母亲就被疾病纠缠，她气喘、脸色潮红、无法照顾家人，她成为大家的谈资，她每天都在走向一个谁也不愿提及的必然结局。

那是一个干燥、风冷、沙吹的清晨。他被家里的人叫醒，他不知道自己晚上只睡了多久，反正没有睡踏实过，他比家里那些已经熬了一夜的人们幸运多了，但他毕竟是事情的核心人物。叫醒之后完全没有洗脸和吃饭的时间，他的母亲正在与时间赛跑，人们必须跑得比母亲更快，尽管已经疲惫，但必须坚持下去，不计一切代价。

他被命令与一个名叫张焕的叔叔，去共同完成一个极端重要的任务，叫来母亲的二哥——赶在她与生命分离的时候，见证她与时间赛跑的最后结果。当时没有电话、没有汽车、没有畜力可以借助，只能依靠伟大的万能的自行车。

于是，他被载在自行车的前梁上，睁着睡意蒙眬的双眼，与张叔叔一同奔向二舅家。他明白事情的紧急与严重，只是对事态的发展毫无把握，他们的使命就是赶快叫来那个见自己妹妹最后一面的人。

自行车在县城那条宽阔的、东西向延伸的、寂寥的大道上疾驰，这种无人无车的景观并非偶然，并非因为时间尚早，纯粹是因为城里的人太少、天太冷，其实天已大亮，个别店铺已经开门。自行车在大道上由西向东行进的时候，一种从未有过的寒冷笼罩了他——彻骨痛切、无法躲藏，一种空白虚无让他发慌，可怕的孤寂和大脑里的空白，让他阵阵发抖。他那偏瘦偏小的身体在前梁上不住地打冷战——谁会明白他此时的心情呢？

他心里憋得慌，闷得要命，但欲哭无泪，他想控制住自己的情绪，但手足无措；他感觉到大脑里空空荡荡的，失去了思考能力，就像身上丢掉了温度，就像被架空在前梁上，任何可以挪动腿脚的可能都没有。自母亲重新住院，姥姥被劝走之后，家里出现了前所未有的空旷局面，人少了，说话少了，事情也少了——一种前所未有的空白感，让家里失去了生机，沉郁空气压抑着每个人，阻止你产生任何念头。但他幼稚的心灵里却充满了从未有过的杂乱念头，这些念头翻腾着、挣扎着、矛盾着，对于任何可以看得见、看不见的一切，都令他恐惧和绝望——这下完了，完了，自己的生活，自己的一切都将陷入更加糟糕的境地。完了，自己生活的一切行将走到另外的尽头，家里的一切不会恢复到原来的秩序，自己也将会被众人指指点点，自己不再配享有同龄人所享有一些东西，同时，完全不出意料地，自己可能会享有来自别人的、说不清道不明的、不可推卸的同情和关怀。这是他最不愿接受的。

这条贯穿东西的小城唯一通衢大道，原来如此之漫长。张焕叔叔口中的白气不停地呼在他戴着棉帽的头上，叔叔的呼吸粗重、均匀、沉稳，没有任何异常，如果有，也是必然的急促。他的手拢在袖子里，但觉不出有任何热气。他的双脚别在自行车斜梁上，一动不敢动。

行进中道路两旁的景物缓缓后退，完全没有叶子的干杨树，一棵高一棵低，像不穿衣服的人一样，完全失去了尊严和威风，彼此的距离显得格外远。因为失去绿叶子的装点与庇护，杨树枝杈狰狞、无依无靠，而匍匐于杨树脚下的红柳、酸枣和蒿子们，在寒风中瑟瑟发抖，更找不到半点依傍，偶尔能够看到一些废纸在灌木丛中挣扎、翻滚。

路长得永远无法走到了尽头，永远拐不到别的方向，他正在这样想的时候，自行车开始上坡，也意味着即将转向另外一个方向、另外一条小路上了。但偏偏这个时候，一股大风迎面而来，自行车无法前行，张叔叔立刻双脚撑地，稳住自行车，他用劲喘了几口气，推了一段再翻身上车，张叔叔有气喘病，加上抽烟，现在喘得像个老人。那个时候的大人实际上也就四十来岁，可能还不到四十，但在他看来是大人、很成熟、很有威严，只能听命，绝对不能违逆。张叔叔的一路无话，显得事情的严重与紧急。

三

但县城毕竟不大，二舅家终于到了。这是一个整洁、宽敞而殷实的小院，透露出男主人地位的庄重与女主人持家之有方。二舅是母亲在所生活城市里唯一的自家亲戚，母亲与二舅相差十几岁，他们很亲密，但说话不多，他们很有教养，但并不交流，他们把一切都藏在心里，生活教会了他们隐忍，在同一个城市里，他们凭着自己的职业和品德，成为让人尊敬的人。他们受过扭曲时代政治气候的苦，他们唯一的武器就是恪守"老王家"的少言和亲善。

二舅头发稀疏，已经灰白，圆脸，大眼，眼皮和别的兄弟一样是很"双"的那种，他嘴上的表情很丰富，喉咙里老有"吭吭"的声音。在兄弟中他算是能说的，不胜酒力，喝点酒就大谈特谈。他学的是财会，是个权威的会计，却是个历史爱好者，家里有不少范文澜的"中国历史"，那个年代，范文澜似乎是依然能够找到的唯一历史学家，被二舅包了厚厚的书皮，整整齐齐地陈列在家里。二舅妈是个热情的刀子嘴、豆腐心，说话声音高，对人好或者对人狠，都放在明面上。她也极富幽默感，每年到她家里拜年，总能得到最热情的款待，一坐下来，她准会说："先给你个屎饼子（柿饼子）"。她得理不让人，嘴不饶人，谁也别想惹她。招惹一次就会明白，这个女人惹不起。

这两口子一直在吵，但一直很和谐，他们过得乐融融的，三个孩子，两男一女，儿孙满堂在他在世的时候就实现了。退休不久二舅便半身不遂，见人只会哭，什么都说不了，痛苦之极。二舅妈带着他远赴东北的双鸭山或者佳木斯求治，无功而返。一家人伺候了十几年，给二舅送终后不久，二舅妈重蹈二舅的覆辙，瘫在床上，变成了一个移动困难的大胖子，最爱喝可口可乐，但最不能喝可口可乐。这个故事冗长得让人心痛。

见到他和张焕叔叔，二舅一切都明白了。他似乎早就知道会有这一天，于是一句话也说不出来，在二舅妈大声的嘱咐下匆匆穿着棉衣服，二舅妈则在叹息和简单的询问间，流出了难以抑制的眼泪。

四

他们返回之后，母亲的情况显然在急转直下地恶劣，她的全部努力，就在为了多喘几口气。她拼着命，但收效甚微，终于她被安上了氧气罩，在氧气罩下，她的双唇紫得吓人，额头沁出了汗珠，脸颊倒是红的，但红得并不正常。

在很长时间以内，他目睹过两个人的弥留，经历了他们的由生到死的过程，一个是此刻的母亲，一个是后来的四舅王光恩。

四舅逝世在一个春末夏初，同样是一个风沙肆意的上午。早上他被叫到宽街的北京中医院，走进病房，看到四舅眼睛瞪得大大的，喉结突出，吃力地在氧气罩里吐纳着呼吸，为几口气要命地挣扎，床边的监视器忠实而刻板地记录着床上濒死者的心脏、脉搏情况，由波动的巨大，到微有曲折，到一波一折、一波一折地缓缓流动，没过多久，四舅安静下来，监视器上的波纹很快变为直线。就在四舅妈冷静地指挥着大家为四舅穿脱衣服的时候，四舅的身体那样温热、柔软。而那剩余的温热让人心疼，让人怀有何等的侥幸啊，人们怀疑面前现实的真实性，但时间的急迫和身体的逐渐变冷、变硬，使得大家被迫放下这点牵挂，大家也终于获得了一次大喘息的机会。

时间过得太快，时间太无情，抹去的东西太多，有时候连一点点蛛丝马迹也不肯留下，而留在脑子里的，也会由于时间的推移而变形、褪色和流失，但某些细节，是永远不会磨灭的。

母亲弥留到故去的场景被反反复复地回放，脑海里一遍遍被他像过电影一样地播映，所有的细节都栩栩如生，但从来没有走过形。他和妹妹一人跪在母亲一边，妹妹已经哭得不成样子，但说实话，他一点泪都没有，知道不应该，但真的没有泪，嘴里发出的是哭声，但哭得并不真实，知道这样不好，但就是哭不出来，向来如此，该哭的时候不哭，该有泪的时候眼睛是干的，自己尴尬，别人也尴尬。

母亲的逝去异常艰难——过程漫长而熬人，但收刹得突如其来。

在妹妹的哭声中，父亲拿出一把梳子，用颤抖的手挣扎着为妈妈梳头，这时的母亲眼边淌出了清清的、稀薄的泪水，正在梳理母亲头发的父亲，再也无法抑制自己的情绪，不争气地哭出了很大的声音。他发现父亲自己那双并不难看的手变得异常笨拙，拖着那只旧梳子，一下一下、轻轻地浅浅地划过母亲稀疏的头发，他相信并未碰到对方的头皮，尽管这样，细心的人还是能够听到微弱的声响，两个最亲密的人离得如此之近，可以说到了声气相接的地步，他不认为此时母亲还能够认识父亲，但父亲是那样的倾心投入和笨拙专注，这是他见过的世界上最令人感动和令人愁肠寸断的场景，父亲的笨拙、颤抖和痛哭，让这个场面悲惨异常，生离死别，悲伤彻骨。那个笨拙的梳头的场景，该是他这一辈子见到的最伟大、最柔情的场景。他时时想到，自己是否也该为妻子梳一次头。

随着梳子在妈妈稀疏的发间划过，空气变得越来越压抑，大家强烈地意识到大事即将来临。母亲这具病体，正在越来越脱离大家生存的现实世界，即将成为另外的存在。大家的注意力都这样看问题，其他的事情倒越来越无关紧要了。

而对于他、妹妹、爸爸而言，最要命的则是目前和之后的一切。

贪婪的时间试图独自吞噬所有细节，而且正如他后来读到的诗人辛波斯卡所说："有些事情，没有按平常的时间开始/有些事情，没有像应该的那样发生/某人曾一直一直在这里/而后却突然消失，顽固地保持着缺席。"

"缺席"即将降临在我们这个狭小的家庭里，与别人作为看客不同，只有他们三个是当事人，他们与大家一样无法阻止这一切，他们的记忆无法筛选什么、挽留什么，只能任时光流逝，无暇顾及前面等待自己的是什么。岁月不停地告诉我们，生命或许只是一连串孤立的片刻，但拼接起来会投以错觉、幻象与自大的期许，忘记时间是始终悬在自己头顶的利剑。而且时间带走存在。

大家谁也不知道还有多久，病人将不复存在。氧气罩让她那张端庄、优雅的脸庞越发变形、苍白。母亲和父亲共同的朋友白桂兰来了，高高的个子，永远那么高傲、白净和果断，作为小城里最优秀的内科大夫，她的到来预示着母亲在世上的存在越发缺乏拖延的理由。

只有存在的东西才有什么消失吧，人类为任何存在的来临做好了准备，却并不打算为消失做好准备。

"消失"即将降临在他们这个小小的家庭，一个最亲密的人的身体、发肤、步态、身形，即将消失，遁入寂静、虚无与不知名的远方，好多东西都会消失，会"没了"，在他人的死亡面前，我们会变得异常薄弱：无论屏住呼吸还是移开目光，都无济于事吧，而其中的意义，无论眼前，还是将来，我们注定都不会明了吧。

母亲终于呼出或吸入了最后一口气，氧气罩移开之后，嘴唇已经变为几近黑色，让他印象最深的是，母亲紧紧咬着右下唇，这个样子居然保持到在殡仪馆见她最后一面——幅度并不大，但紧紧的，角度偏右。

为什么是文学？

对文学的最初感情来自我的母亲和外祖母。

是母亲讲述的《西游记》和民间故事让我知道了日常生活之外幻想世界的

精彩。记得我在上学前后那段时间，已经养病在家的母亲经常给我和妹妹讲唐僧带着徒弟西天取经的故事，唐僧收徒弟、蟠桃会、大闹天宫、猪八戒吃西瓜、高老庄娶亲、三打白骨精、过火焰山，以及豌豆公主、东郭先生的故事，多么奇幻迷人，她讲的"洋铁桶"历险记、小兵张嘎，一直被我视为民间传说。姥姥则用她浓重的胶东口音给我们讲牛郎织女、八月十五的传说，当然最多的是用"狼来了"的故事吓唬我们。她们的讲述牵动着我们的每一根神经，我们一遍遍着迷地听着。这些故事是那么美好、直接、有趣，里面的人物铅华洗净、音容毕现，他们的呼吸、他们的声音好像就在我们四周一样触手可及，我确信妖怪们的魔力货真价实，相信豌豆公主有那般娇嫩，也丝毫不怀疑"洋铁桶"跳进粪坑就能躲过日本鬼子的追杀。这些故事诉诸我的想象，把我对世界的认识立体化、具象化、趣味化，这些"文学的人物"在遥远的空间和时间里飘来飘去，我渴望变成他们中间的一员，与他们在一起，参与他们的游戏与生活。

当我拥有了自己的连环画的时候，事情就不同了，图与文的结合给了我更多想象飞升的空间。我忘不了高尔基的《童年》《在人间》和《我的大学》。那个穿着厚厚衣服、永远围着围巾或者披肩的"外祖母"让我怎样地痴迷，又让我暗自流下多少泪啊——外祖母，我们身边也有个慈祥无边的亲爱的外祖母。这三本"小人书"让我看到了这个世界上居然有那么多的争吵、搏斗、哭闹，有那么多的贫穷、欺诈、绝望。终于，我看到倒霉的阿列克塞长大了，他不单活下来了，还读上了书、出人头地了。可看到他在《列宁在1918》和《列宁在十月》里以紧锁眉头的大胡子形象出现的时候，除了高个头让我佩服外，我对高尔基大失所望。但这个"三部曲"给我的冲击是巨大的，我似乎由此开始设想自己未来的生活。

忽然有一天，我在里屋的书架上发现了邹韬奋文集中的一册——《萍踪寄语》《萍踪忆语》，这是怎样漂亮的书啊，硬壳精装，美轮美奂，上面有穿扮入时的男男女女的照片，工整的蝇头小楷信件影印件，邹韬奋一张英气逼人的标准像，所有这一切与我生活的那个物质、文化双重匮乏的现实相距都太遥远了，这本书让我心里隐隐作痛！一页又一页地翻开、读着，我似懂非懂，只记得，邹韬奋在旅俄（或旅欧）的轮船上，看了一路、写了一路。可邹先生笔下这些人的生活离我们整天嚼红薯干、吃钢丝面，过节才能吃大米饭的现实无异于天上地下，这个优雅的、由女士和绅士构成的世界似乎不比齐天大圣上天入地的生活更现实。我们未来可能过这样的生活吗？我当时这样想。

这种感受很快就被《高玉宝》《把一切献给党》《平原枪声》《铁道游击队》等带来的快感给淹没了，在打打杀杀的热闹中，在穷人翻身的喜悦中，我浪掷着自己的精力，投入自己的想象，这些小说或者读物帮我认识历史、认识世界——原来世上历来就有地主和贫农，他们水火不容，就像八路军和日本鬼子必须你死我活一样。《野火春风斗古城》《苦菜花》和《林海雪原》则给我更复杂的感受，里面的情感纠葛、多角男女关系吸引了我，革命的图景退在后面。正在我费力地要解读这些的时候，手抄本《梅花党》《一只绣花鞋》扑面而来，这些另类的革命斗争史、反特史，让我读得气喘吁吁、汗流浃背，而不同版本的手抄《第二次握手》则令我强烈地感觉到"知识分子"叙事的酸腐。手抄本文学在正规出版物之外构建的世界，从另外的维度上考验了我的想象力。

上高中前后，我开始用零花钱邮购上海的《文汇月刊》和北大的《未名湖》。《文汇月刊》封面很长一段时间都是竖排的，骑钉印装，读的东西我全忘了，只记得里面的文章大声疾呼"文化开禁"。除了"伤痕文学""知青血泪"之外，我对朴素的《未名湖》的记忆只剩下王友琴和卢新华。王友琴是全国的高考状元，卢新华则命名了"伤痕文学"。接着，我几乎跟踪似的，读刘心武、张洁、蒋子龙、徐迟，读张承志、阿城、韩少功、张辛欣，再后来就读到了很多让人心惊肉跳、想入非非的东西——因为我已进入了青春期。上世纪80年代的我国当代文学作品基本上消解了我在"文革"后期通过读《金光大道》《西沙之战》《红雨》和《小靳庄诗选》等建立起来的社会图景。

高中毕业选择文学是必然的，此时文学已经成为我鲜明的爱好。上大学后，我把精力一头扎进外国文学的阅读中，主要是欧美文学——当然也只是翻译文本，如，董秋斯译的《战争与和平》《大卫·科波菲尔》，罗玉君译的《红与黑》，汝龙译的《复活》，周扬、谢素台译的《安娜·卡列尼娜》，傅雷译的《高老头》《欧也妮·葛朗台》《幻灭》，李健吾译的《包法利夫人》，钱春绮译的《浮士德》，杨苡译的《呼啸山庄》，李青崖译的《温泉》，罗大冈译的《约翰·克利斯朵夫》，张谷若译的《德伯家的苔丝》，朱维之译的《失乐园》，查良铮译的《雪莱诗选》，王佐良译的《唐璜》，楚图南译的《草叶集》，杨绛译的《堂吉诃德》，朱生豪译的《莎士比亚全集》，纳训译的《一千零一夜》，祝英庆译的《简·爱》，李文俊译的《喧嚣与骚动》等，那些用发暗的新闻纸印出来、封面简约又大方的名著，伴我度过了多少个欣喜的夜晚啊。我只读经典的、最有名的东西，杨武能译的《少年维特的烦恼》、傅东华译的《飘》只能当作消遣的补充来读。这一番恶补使我看到外国经典的伟大，也感受了这些翻译名家的学养，名著的风范，是我在当代文学中很难感受到的。经典作品中的道德、正义、哲理魅力令我着迷，文学世界的宏大、精妙让我彻底折服。但我得承认，四年当中，唯一一本让我读得大气不敢出的作品是英国作家乔治·奥维尔的《1984》。我在外版书库偶然发现了这本书，是台湾译的竖排版。不让外借，我泡在图书馆读了两天，一种"窥破天机"或读"反动书"的感觉让我心惊胆战了两天。书是在1984年之前读到的，过了1984年，我也就把它抛在了九霄云外。

在大学后半阶段我又重新发现了中国现代作家的不凡、古代话本小说的智慧，但即使是冰山之一角，我也尚未得时间窥其究竟于一二。这是我至今引为遗憾的。

大学时代学习的文学理论，从总体上看是苏联的框架，是对延安文艺座谈会讲话精神的贯彻，上世纪五六十年代的话语，但今天仍然有用。这就是理论的光芒。毕业后我留在文艺理论研究室，作家温小钰建议我到哲学系进修美学和西方哲学，以便承担更多的教学任务。我立下宏愿苦读中外文论，阅读兴奋点并没有转向中国当代文学。没想到一年后，我被派支援西部教育。边履行"支教"的使命，边复习考研究生，我只得权且在各种文学选本中领略到一星半点文学之永恒与壮美。

三年研究生的生活是在无拘无束的无序状态中度过的。我们同专业的几个人，大都没有按照专业规定的方向读书，而是遇到什么读什么，"二战"以后特别是上世纪60年代以来的美国文学让我痴迷，我尤其对几位犹太作家感兴趣。南开大学校友美籍华人周仲铮给校图书馆捐助的大量英文书，我走马灯似的借过不少。印象最深的是波兰裔美国犹太作家杰西·柯辛斯基（Jerzy Kosinsky）的《漆鸟》（The Painted Bird），该书引马雅可夫斯基诗句作为题献——"只有上帝, /真正全知全能, /知道他们（人类）是不同种群的/哺乳动物"。篇幅不大, 通过"二战"中从纳粹魔掌中逃出来的犹太男孩的眼睛, 写东欧偏远落后地区的五光十色社会生活, 主题是痛斥人类的愚昧与自相残杀, 语言极简明、极有韵味。但后来, 声名鹊起、已经贵为美国笔会主席的柯辛斯基终因剽窃、作伪曝光于1991年自杀。研究生阶段的美国小说阅读使我感受到, 由二十六个字母组合起来的英语世界可以那样动人、可以那样意会与言传！从此之后, 我再不愿读翻译作品——老一辈翻译家的译作除外。我理解, 美国文学涉及的主题、宣示的理念, 蕴藉的各种现代意识, 实际上是人类长期思考的一些共同问题, 但正是来自四面八方、有着不同族裔、人生和教育背景的美国作家, 把这些题旨揭示得更有穿透力, 从而搅动了世界文坛。霍夫曼的《美国当代文学史》对此进行的充分感性化梳理和分析, 则极大提升了美国文学的影响力。

研究生毕业论文题目选择的是亨利·詹姆斯小说叙事理论研究, 为此我似懂非懂地啃了大量有关詹姆斯的书, 还专门从天津到北京的美术馆东街22号拜访过詹姆斯的译者、北大西语系教授赵萝蕤。当时老太太穿中式棉袄, 独守着个偌大的院子, 若干年后,《三联生活周刊》专门就这个院子被拆做过一期"封面文章", 这时的赵教授已经作古, 让人感慨良多。我在她家头一次看到像图书馆一样前后排列摆放的书架, 架子上的书都很老旧, 在昏暗的光线中默默地等待人们的翻阅。想不起谈话的内容了, 只记得她说话江浙口音重, 好歪着头, 双眼从镜片后面紧紧地盯着我。我立题的时候詹姆斯还是个时髦题目, 待我做完, 这个题目已经"臭遍街"了。我的文章受当时"思潮热""翻译热""西方热"的影响很重, 注重理论论证, 不愿用文学实践支撑。关于小说叙事问题, 南开大学通过对中国古代小说的研究多有揭示, 如果把中外的实践经验与理论结合起来, 对我国的小说创作想必会多有助益。如果东与西老死不相往来, 学术与实践也永远隔离, 文学研究又有何用？

到机关工作后, 我做的第一件事情是通读《鲁迅全集》, 然后就东一榔头、西一棒槌地读杂书。逛书店, 特别是逛旧书店的毛病依然未改, 我购进了大量的书, 并开始重新触摸老祖宗留下的东西。书法字帖、中医典籍、杂家论著, 我在那里面窥得了幽深无比的所在, 初步领略了属于我们民族的表达方式、思维方式的奇妙, 这里的大气与细腻, 狂躁与沉敛, 具体与抽象, 似乎你永远也探求不尽。无论是刘鹗、傅山，还是李斗、曹去晶，他们构建的世界诱惑着我们，这个迷人的世界让我们后人自卑。

但我确信，无论是古代的、现代的还是外国的、中国的，文学永远值得用生命去探究和守望。

为什么是文学？

为什么要守望文学的天空？

文学让我们想起生命的短暂，文学提醒我们宇宙的有限与无限；

文学让我们想起在这个世界上，作为过客和羁旅者，我们是孤独的；

文学也让我们想起自己是高贵的、聪慧的，因而也无比幸运。

（原载《十月》2016年第5期）

远方没你会更好

◎池　莉

收到一份快递，月饼。哦，中秋节到了。哦，里面还躺着一张信笺。啊啊，信笺！赶紧手指展开，心里居然抖抖，同时涌出一股歉疚，歉疚自己多少年没有亲笔写信了，对于这个人世间，我早已无信——既不再收到也不再写——那种我们曾经称之为信的东西：有点私人、有点文艺、有一份微妙与亲密是连面对面都无法传达的彼此懂。而今天，我居然收到了一封来信：有抬头称呼，有结尾落款，内容微妙又亲密，钢笔手写，纯蓝墨水，初秋时节，迎风而立，微凉中展读友人来信，纵然真的我已经是个淡漠成性的人，也还是被激起火样热情。因此这一天我的日子充满喜色，慈祥到看什么都不挑剔。在物质主义泛滥的当今，居然有这么一种偶尔，一张薄薄信纸，很魔术地制造了难得的心平气和。就这样，今年我的中秋节假日以及稍后的十一假日，便拥有了一个风轻云淡的愉快开头。

感谢上帝！今天这个愉快开头，不仅是良好的，还极具启智性。让我蒙昧的双眼，看到了扎扎实实的社会意义，由于我的个人愉快不会妨碍任何他人，所以显得非常知趣和比较公益：对交通堵塞、大街拥挤、制造公园垃圾和花草践踏，对城市噪音声浪降低，对降低灰霾与平复扬尘，均有百利而无一害。

其实小友并不远，就在本市，江的对岸，如果现在还是从前的秋高气爽碧水蓝天，咱俩就看得见对方的高楼。约个咖啡约个茶叙，约个饭局约个出游，是很简单的事。但是小友选择了写信，我选择了读信并选择了持久感动。我们懂我们的不约。且不说现在茶叙饭局烦乱无聊，到处高分贝乱噪，手机更是霸道喧宾夺主忍不住拍照或刷微。而一起出游度假，无论是跟团，还是自驾，恕我把它称之为灾难或者自杀。自驾至少要备足瓶装水、手纸卷纸消毒湿巾、尿不湿和止泻药，要对高速公路塞车和风景区泊车以及惊天高价以及沿路的吃不饱睡不好洗不了澡，拥有超过白痴的心理承受能力。跟团亦然。虽然没有了照料私车的烦恼，同时也失去了私车所拥有的个人空间。这可是整个旅程唯一——

点私人空间，不然你就必须无时不刻与他人摩肩接踵。摩肩接踵的难受除了被动呼吸他人的烟臭屁臭汗臭狐臭之外，你能够看到的风景，永远只是他人的后脑。

最近有一个杭州游客在黄山景区的现场视频，如果微电影也分级，堪称恐怖片。密麻麻黑压压的人群，铺天盖地倾巢而出，瞬间吞噬整个景区，黄山只剩下少数顶峰，直指苍天，渴望拯救，而山的下半身没了，全趴满了蠕动的人。当然更不用奢望旅游进餐的食品安全与价格公道了。如今旅游业，借用文化乔装打扮涂脂抹粉大肆忽悠，其根本是商业利润变异出来的一个吸金怪兽，诱导人群蜂拥而至，所到之处秀美河山飞快变成水泥广场游乐场索道酒店饭馆公路马路，而假冒伪劣作坊也飞快制造旅客衣食住行的必需品，病从口入的癌症或许从这里埋下伏笔，当然医院会很高兴。这就是现在的中国式旅游，这就是传说中的远方，这就是惬意的说走就走。走到哪里，破坏到哪里，践踏到哪里。嘿，远方没你会更好，朋友你说是吗？这次咱哪里都不去。喝喝茶，品品酒，听听歌，看看月，翻翻书，静静伏案，慢慢写字，悠悠感怀，深深祝福，我的亲朋好友，愿世上所有美好都是你的。

（上海《新民晚报》副刊《夜光杯》的官方微信2016-09-18）

谁说春色不忧伤

◎迟子建

在我的故乡，十月便入冬了。雪花是冬季的徽标，它一旦镶嵌在大地上，意味其强悍的统治开始了。虽说年分四季，但由于南北不同和季节差异，四季的长度是不相等的，有的春短，有的秋长。而我们那儿，最长的季节是冬天。它裹挟着寒风，一吹就是半年，把人吹得脸颊通红，口唇干裂，人们在呼号的风中得大声说话，不然对方听不清。东北人的大嗓门，就是寒风吹打的吧。你走在户外，男人的髭须和女人的刘海，都被它染白了，所以北国人在冬天，更接近童话世界的人，他们中谁没扮过白须神翁和白毛仙姑呢。

被寒流折磨久了、被炉火烤得力气弱了、被冬日单一蔬菜弄得食欲寡淡的人，谁不盼着春天呢？春天的到来是最铺张的，它的前奏和序幕拉得很长。三月中旬吧，就有它隐约的气息了。连续几个晴天后，正午时屋檐会传来滴答滴答的水声，那是春天的第一声呼吸，屋顶的积雪开始融化了。人们看见活生生的水滴，眼里泛着喜悦的光影。但别高兴得太早，春天伸了一下舌头，扮个鬼脸，就不见了。寒流的长鞭子又甩了出来，鞭打得人还不能脱下冬衣。人们眼巴巴地看着屋檐滴水时凝结的冰溜儿，就像望着脆弱的琴弦，不敢把动人的旋律弹奏。到了四月初，屋顶的积雪全然融化了，家家的白屋顶露出了本色，红瓦的现出热烈的红色，青瓦的现出深沉的钢青色，这时春天的脚步真的近了。雪花隐遁，天空由灰白变成淡蓝，太阳苍白的面庞有了暖色，河岸柳树泛红，林中向阳山坡的达子香花，羞答答地打骨朵了，人们饲养的家禽，开始在冬窝里频频伸展翅膀，想啄春天的第一口湿泥，做自己的口红，这时的春天怎么说呢，是到了婚日的盛装的新娘，呼之欲出了！

春天就是一个宝石库，那里绿翡翠最多。地上的草，林中的树，园田的菜圃，呈现着一派娇嫩的绿；山间原野的花儿，姹紫嫣红，争奇斗艳，蓝的如宝石，红的如玛瑙，白的如珍珠，金黄的如琥珀。这时窗缝的封条撕下来了，门上用于抵御寒风的棉毡也取下来了，人们换下棉衣棉裤，家禽们又可以寻觅园田肥美的虫子，作为它们的小点心了！到了五月，春天波涛汹涌地来了，所有的生命都荡漾在它明媚的波涛里！

但这样的春色，也许过于寻常，并没有烙印在我心灵深处。我对最美春色的记忆，居然与伤痛联系在一起。也就是说，有两个年份的春光，分别因身体和心灵的伤痛，而化为了化石，嵌在我骨头缝里，无法忘怀。

我在大兴安岭师专读二年级时，也就是三十四年前，春末时分，我突患牙痛。先是一颗牙起义，疼了起来，跟着它周边的牙呼应它。半口牙痛起来的感觉，你甚至想当自己的刽子手，砍下头颅。我还记得童年时一个杀猪的因为牙痛，要喝农药，他老婆喊邻人阻止丈夫愚蠢行为的情景。有过牙痛经历的人都知道，那种痛锥心刺骨，尤其是夜深它扰得你不能安眠时。记得我被牙痛连续折磨了两昼夜，一天凌晨，天还没亮，我实在忍耐不住，一个人悄悄穿衣起来，出了集体宿舍，走向校园西侧的原野。那天有雾，我张开嘴，希望雾气能像止痛散，发挥点作用。当我步出宿舍区，接近原野的时候，发现了一团黑乎乎的东西。走近一看，是台用于耕地的拖拉机！我想起白天时，曾望见它在原野上工作。拖拉机驾驶舱的门，居然一拉就开了。我像发现了一个古堡，兴奋地跳上驾驶室。完全不懂驾驶技术的我，试图开动它。好像拖拉机的履带一转，我的病痛就会被碾碎似的。我不知哪里是油门刹车，双脚乱踏，手抚在方向盘上，振振有词地喊着前进前进，可拖拉机纹丝不动。但这丝毫没有减淡我的热情，我像对付一匹野马似的，执意要驯服它，一直和它战斗，直到雾气野鬼似的在日出中魂飞魄散，我才大汗淋漓地休战。太阳从背后升起来，照亮了我面前的原野。它的绿是那么的鲜润，就像一块刚压好的豆腐，只不过这是块巨大的翡翠豆腐！这片触目惊心的绿震撼了我，我跳下拖拉机。牙痛就在我奔向原野的时刻，突然止息了。病牙撤兵，整个身心都获得了解放。我感恩地看着春天的原野，想着它蛰伏一冬，冲出牢笼后出落得如此动人，可我从未细心打量过它，辜负如此春色，实在不该。

另一片记忆中的至美春色，是与2002年联系在一起的。那年5月3日，爱人在归乡途中车祸罹难，我赶回故乡奔丧。料理完丧事，回到塔河，正是新绿满枝的时候。姐姐见我很少出门，有一天领着孩子，拉着我去堤坝走走。太阳已经很暖了，可走在土路上，我却觉得脊背发凉。堤坝是我和爱人常去的地方，我们曾在河边打水漂，采野花，看两岸的山影、庄稼和牛羊。我走下堤坝，看到几棵嫩绿的柳蒿芽，随手采了，那是我和爱人喜欢吃的野菜，把它用开水焯了，蘸酱吃鲜美无比。我采了柳蒿芽，又看见了野花，白的，粉红的，淡蓝的，星星似的眨眼。我没有采花，因为以往采回的野花，会放到床头桌上，照亮两个人的梦境。想着爱人与这样的春色永别了，想着再无人为我采撷这大好春色，伴我入梦，我忍不住落泪了。"万木皆春色，惟我枝头泪"，这是我为《白雪乌鸦》里丧夫的女主人公写的一句内心独白，它其实也是我的内心独白。那天我怕姐姐看见我的泪，便朝茂密的柳树丛走去。泪眼中的春色飞旋起来，像一朵一朵的云，在人间与天堂之间绽放，那么迷离，那么凄美！四野寂静，我听见了自己的心跳声。我想一颗依然能感受春光的心，无论怎样悲伤，都不会使她的躯壳成为朽掉的木。爱情的春光抽身离去，让我成为无人点燃的残烛，可生命的春光，依然闪烁！

我最爱的词人辛弃疾，曾写过"春风不染白髭须"的名句。是啊，春风染绿了山，染红了花，染蓝了天，染白了云，可它不能把我们的白须白发染黑，不能让岁月之河倒流。但春风能染红唇，能让它像一朵永不凋零的花，吐露心语，在夜深时隔着时空，轻唤你曾爱过的人，问一声你还好吧？

（原载《文汇报》2016年4月1日）

一个业余围棋手的足球观感

◎南　帆

我忍不住想说几句。我，一个三段棋手，业余的。一个业余三段突然心血来潮想说几句。我猜不少人体验过这种状况：某些时候，一吐为快的冲动说来就来，如同一场猝不及防的倾盆大雨浇得人浑身湿透。

我得首先表示，"业余三段"是一个令人满意的头衔。我喜欢围棋，可是从不考虑当一个职业棋手，哪怕可以晋升到九段。一辈子只能在纵横19道的棋盘之上旅行，这种世界是不是太狭窄了？所以，我仅仅愿意把晚上的业余时间交出来。离开了那一间嘈杂的办公室后可以转身与围棋幽会，这是充满乐趣的夜生活。

我晚上大部分时间都在安静地打棋谱，有吴清源的，也有古力的或者李世石的。可是，这一段时间我突然觉得，身边充满了吵闹的杂音。看了看电视我才明白，那个顽劣的足球又出笼了。骨碌碌的足球滚过欧洲杯的草坪，世界又一次进入周期性的震颤。欧洲杯多少年举行一次？总之，这时的世界仿佛只剩下这么一件事。电视主持人的播音用上了前所未有的高亢音调。无数白领一把扯掉了胸口的领带，放肆地敲打桌子。他们一面往喉咙里猛灌啤酒，一面大声地爆出久违的粗口。有趣的是，那些涂口红、画眼影的姐儿们也开始癫狂。一批赶到欧洲杯现场的姐儿在脸颊上喷一面小旗子，然后站在座位上跳摇摆舞；更多女球迷在微信里发表无数的感叹号，追捧这个球星或者崇拜那个球星。她们真的弄懂了四三三阵型或者越位吗？也许，让人激动的不过是，涂满汗水的肌肉在阳光之下闪闪发亮。几个帅气的小伙子豹子般地奔蹿在草坪上，那些久久地趴在键盘和屏幕之前的宅男宅女伸长脖子发出声嘶力竭的尖叫，这种情景有些怪异。

我猜许多人是去赶热闹的。无论如何，必须对足球发表评论，显示出一个球迷的必要姿态。决不能吝啬赞美的辞句，所有颂歌的修辞都不会觉得刺耳。他们夸张地说，足球是一种伟大的图腾，不信仰足球就out（落伍）了。整个世界都在充满激情地燃烧，唯独你一个人out（落伍），向隅而泣，多么可怕的事情。尽管如此，我还是没有亢奋起来。

回想这一段时间，只有李世石与阿尔法狗的世纪对决让我心潮澎湃。历史将会证明，那是一件意义深远的事情。足球为什么没有及时地打动我？——好像得提到智商吧。一个黑白相间的足球滚动在草坪上，两个队加起来的22个人都没看管住；一副围棋的黑白棋子360个，对弈的棋手只有两个。这当然只是个玩笑，别当真。可是，听到一个电视主持人满脸正经地说足球很复杂，我一下子就笑了。知道围棋有多少种变化吗？计算机演算的结果是——10的172次方。记住这个事实就够了：围棋变化的数目比宇宙之中已知的粒子数目还要多。这才是复杂。只有最好的大脑才能与如此之多的变化周旋。所以我提到智商。一个围棋教练告诉我，他训练的许多小围棋手，智商测试都超过了150。所以，这个围棋教练表示大惑不解：怎么能把围棋队划拨给体育机构管理？难道我们与那些四肢发达的运动员一样吗？

围棋教练没有说出"四肢发达"后面通常跟随的那四个字。这当然不符合事实。同时，我们都很谨慎。随便诽谤足球，很可能在街头被人掐死。我的猜测是，竞技与胜负构成了围棋与排球、足球或者游泳、短跑相提并论的原因。然而，那些体育机构从未认真地考察，围棋与足球的胜负观念差别多大呀。

围棋极其讲究风度，如同贵族的决斗。高手对弈时常让人觉得在执行某种仪式。棋手之间流传的一个无形的规则是，要懂得适时地认输。大势已去，就要及时地投子表示放弃。无聊地死缠烂打只能收获一个嘲笑：你真的还看不明白棋局吗？等待对手的走神、疏忽或者低级错误，显然胜之不武。对于棋手说来，骄傲和名誉远比胜负重要，鬼鬼祟祟的伎俩令人羞耻。现在有些年轻的棋手不那么讲究规矩了，赢了就好，不名誉的奖金也是钱呵。好在这种人没有几个。

我猜许多棋手读过川端康成的小说名篇《名人》。小说情节脱胎于一个真实的历史事件：日本的最后一代名人秀哉与新锐大竹七段举行一场告别赛。秀哉威严地正襟危坐，他希望下出无可挑剔的一局之后慨然谢幕。然而，秀哉的梦想被第121手的"封棋"残酷地毁坏了。告别赛为时长达半年，中途屡屡打挂暂停。为了避免对手利用暂停的时间思考，暂停之前的一招棋通常密封于一个信封之中，下一个回合开赛之际才在棋盘上公开。大竹七段的第121手出其不意地下在一个无关紧要的所在，秀哉暂停期间的一切揣测与对策完全失效。这并未违规，而是利用规则扰乱对手。然而，秀哉对于这种谋略极为不屑。没有出息的晚辈让他怒火中烧。愤怒影响了秀哉的行棋节奏，以至于这一局五目落败。然而，他并不惋惜。棋道破碎，一局的胜负又何必介怀？棋盘如同一个角斗场，一招一式必须光明磊落，赢得问心无愧。

一些棋手坚定地演示独门刀法，即使棋盘上的失利也不能动摇他们的风格。武宫正树的"宇宙流"天马行空，气势宏大，他决不会因为战绩、名次不佳而收敛浪漫主义的想象；大竹英雄号称"美学棋士"，他对于棋形的美学形状近于苛求。如果哪一块棋不得不丑陋地委曲求全，他宁可放弃成活的希望。不优美，毋宁死，呵呵。然而，我不知道，这些独特的气度会不会被一些势利的球迷当作了可笑的迂腐姿态？

足球场的草坪肯定不像棋盘那么纯粹。踢球之余，那些球员热衷于在拼抢之中施展种种阴险的小动作，他们可没有觉得丢人。推搡，搂抱，肘击，踩踏，铲伤对手的脚踝，跃起顶球的时候撞得对方血流满面，如此等等。对了，还有著名的假摔。那些声望如此之高的球星居然愿意装神弄鬼，的确不可思议。如果不是顾忌裁判口袋里的红牌和黄牌，估计他们还会弄出更多的花样。马拉多纳不惮于公开承认"上帝之手"，现场的队友假戏真做地上前握手祝贺，弹冠相庆。他们始终心安理得。我不明白的是，日后那些了解到真相的球迷为什么并没有弹劾马拉多纳，甚至呼吁撤消这一场比赛的战绩。瞒过了裁判就算真理在握了吗？

这多么切合世俗的气氛呵。成者为王，败者为寇。然而，围棋不屑于如此。棋盘的19道纵横划出了一个纯粹的——你看，我又用了"纯粹"这个词——空间，棋手严格遵循游戏规则从事公平的智力搏杀。我们共同鄙视种种鸡鸣狗盗的把戏。这种空间的确与世俗生活拉开了距离，没有多少人进得来，"人气"不足。一场豪华版的围棋大赛，捧场的人仍然寥寥无几。新闻记者一则乏味的例行报道，网络上有几句不痛不痒的议论，基本上可以忽略不计。足球就不同了，举世瞩目的狂欢。不论是真心的痴迷还是伪装的热爱，所有的人都愿意跳出来表白自己的景仰之情。不过，我觉得这没有什么可羡慕的。人少也不是什么错。据说爱因斯坦曾经与一些学术同行发生了激烈的争论。对方联合了一百名教授签名反对他。闻讯之后，爱因斯坦仅仅耸了耸肩膀：要那么多人干嘛？如果你是对的，一个人就够了。我喜欢这种特立独行的姿态。

尽管如此，我还是没有料到，足球可以在世俗生活之中调集那么大的能量。美艳的太太团来到了现场。她们不仅仅声援奔跑在球场上的先生，同时是自我显示。她们的容貌、装束无不立即成为时尚。还有一些所谓的"足球宝贝"活跃在大众传媒之中，互联网是她们尤为青睐的舞台。"足球宝贝"抢夺视线的基本策略就是裸体，亮出乳房是她们的"杀手锏"。呵呵，再说下去我就要脸红了。总之，足球场上弥漫着浓郁的荷尔蒙气息。当然，我一点儿也没有觉得奇怪。我们时常西装革履，女士们某些场合还必须穿起晚礼服，彬彬有礼，仪态万方，但是，七尺之躯的某个角落始终贮存了古老的原始激情。一种特殊气氛降临的时候，我们的体温骤增，热血沸腾，心中的唯一欲望就是脱掉所有的衣服，像野兽一般狂奔。

对了，我怎么能忘了"足球流氓"呢？这一次欧洲杯比赛，英国的"足球流氓"与俄国的"足球流氓"进行了充分的表演。他们大打出手，互相扔椅子和啤酒瓶子。防暴警察的上街和外交部长的表态说明了事态的严重。我在互联网上看到一张俄国"足球流氓"照片。一群上身赤裸的彪形大汉行走在法国街头，肌肉发达的胳膊上缀满了形形色色的刺青。我的想象之中，他们如同一些另类的乐师，用自己的方式为足球伴奏。

许多人觉得，围棋没什么可看的，太平静了，没有动作性。那一年一个摄影师负责拍摄棋盘面前的李昌镐。相片冲洗出来之后令人震惊：几个小时的时间，李昌镐纹丝不动，数十张相片犹如同一张相片。他的"石佛"之称就是如此流传起来的。足球场提供的是一个眼花缭乱的场面。22个人穿插包抄，围追堵截，看台上山呼海啸，有时还要扔一扔矿泉水瓶子什么的，气氛炽烈得好像划一根火柴就会燃烧起来。角球传中，头球攻门，全场都会情不自禁地叫出声。顺便插一句，头球攻门老是让我觉得滑稽。伸长脖子竭力跳起来，让自己像一发炮弹蹦出去，然后失控地重重摔在地上。多么不自然呵。我知道，足球不允许用手，人体之中最为灵巧的器官遭到了废弃，于是出现了头球攻门这种奇怪的招式。围棋多么优雅：沉思良久，食指和中指轻轻拈起一粒棋子搁在棋盘上，一剑封喉。有些棋手弈出得意的一手，他会将棋子啪的一声用力拍在棋盘之上。这就是双方对抗之中最大的动静了。千钧之力，两根手指也就够了。

请不要误会——温文尔雅的对弈不等于胜负没有重量。围棋史上记载了多盘吐血之局：棋盘上的殚精竭虑居然使棋手吐血而亡。当年吴清源与木谷实十番棋大战，木谷实突然鼻血喷涌，昏厥在棋盘旁边，聚精会神地坐在棋盘对面的吴清源竟然久久没有发现；另一件更为离奇的事情发生在桥本宇太郎和岩本熏之间。1945年夏天，他们在日本的广岛设局比赛，争夺本因坊头衔。对弈之际，突然灼亮的白光一闪，狂风挟带雨点卷进对局室，门窗玻璃完全震碎，桥本宇太郎被抛出室外，岩本熏趴在棋盘上——广岛原子弹爆炸。然而，两位棋手竟然不想知道外面发生了什么。他们很快重新摆好棋盘，收拾起地上的棋子，丝毫不苟地下完这一局——后人命名为"核爆之局"。的确，两眼盯住棋盘的时候，一些棋手甚至把生死置之度外。

我得公开承认，偶尔观看足球比赛，我不止一次在电视机面前可耻地睡着了。我觉得足球赛不够紧张，远不如围棋。慢一点反驳我——我所说的"紧张"指的是一种越拧越紧的连续性。一个戏剧家说过，如果第一幕在墙上挂了一支枪，最后一幕就要让枪打响。戏剧性的冲突就是一步一步地逼向那个图穷匕首见的时刻，不容人们喘息。可是，足球赛太松散了。盘球，传球，带球，渐渐临近球门，突然一个大脚解围，一切归零，重新开始。无效的空转，浪费能量。一场足球比赛可以分解为许多小战役，这些小战役仅仅是一些零散的无机堆积而无法形成积累。破门的那个片断精彩绝伦，可是高潮的形成不是来自之前一系列持续不懈的加温。这个片断是一次偶然的闪耀，也许发生在第一分钟，也许要等到最后一秒，也许什么也没有——一场平局。总之，取决于上帝如何投骰子。

相形之下，一局围棋构成了一个有机整体。整盘棋不存在多余动作，如同身体内部大大小小的器官各司其职。每一步棋的思想含量不等，但是，没有哪一步棋脱离了胜负结局的持续积累。马拉松长跑的每一步都无法省略，一局围棋也不能删除任何一步。彼此之间的攻防，刀刀不离后脑勺，一招一式必有回音。事后可以指出哪一步好手锁定胜局，哪一步隐含了轻微的失误或者致命的错误，然而，这一切无不悉数烙印在结局之上，决定胜负之间的对比度。一个又一个的棋子陆续落下，棋盘逐渐缩小；剩余的空间愈来愈少，最终的结局步步临近，这即是始终递进的紧张节奏。电视机时常反复播放足球的射门集锦，一些瞬间足以代表一场赛事的精髓；可是，一局围棋可不能简化为一个孤立的小局部。人们可以挑出一个巧妙的定型或者一次出其不意的奔袭作为示范；然而，所有的分析无不包含了这个主题：这个耀眼的局部是如何在全局之中承上启下的？

不知道我是否说清楚了。太深奥吗？我曾经与一个铁杆球迷深入地交换意见，至少他接受了我的观点。这个铁杆球迷始终自我标榜为一个理性的人，心甘情愿地服从逻辑的伟大力量。尽管如此，他的表情痛苦了许久，犹豫再三，直至他突然发现了另一个观点——他获胜似的喊了起来：对呀，足球赛是零散的，是无机的堆积，可是，我们的生活不就是这样的吗？一场杂乱无章的足球赛不就是生活的最好写照吗？

说得好，我不由得微微颔首。空转，生命的无谓消耗；即将登顶，一个偶然的事故功亏一篑，一切都是徒劳；西绪福斯神话，推上山的石头又一次滚下来了；长长的嗟叹，借酒浇愁，可怜白发生……还可以补充许多。我丝毫没有反驳这个铁杆球迷的愿望，我只有一个后续的问题：兄弟，经历了如此之多，思考得如此透彻，为什么你还想到足球场上重温一遍？当然，我没有把这个问题提出来，我还没有愚蠢到试图用这种问题改造一个铁杆球迷。我仅仅是为自己提供证明：的确，现在已经夜深人静，与其打开电视机接受一场疯狂的足球赛骚扰，不如打一盘吴清源的棋谱。

好了，我想说的就是这么几句话，不管有没有人愿意听。也许，周围空无一人？那么，我的听众就是我自己。

（原载《书城》2016年第9期）

谈天说酒

◎丹　增

　　有人说酒是好东西，可以喝；有人说酒不是好东西，不能喝；各有各的道理。"金樽清酒斗十千，玉盘珍馐直万钱"，没有酒就没有古代文人豪放壮丽的诗篇；"醉里挑灯看剑，梦回吹角连营"，没有酒就没有壮士慷慨悲壮的凯歌。从古至今，有许多帝王将相，才子佳人，文人墨客喜欢酒、赞美酒。《史记·夏本纪》中说："（纣王）以酒为池，县肉为林，使男女裸，相逐其间，为长夜之饮。"陶渊明不仅喜欢喝，而且赞美酒，喜欢饮酒作诗。《宋书·隐逸传》对陶渊明这样记载："潜不解音声，而畜素无弦，每有酒适，辄抚弄以寄其意。贵贱造之者，有酒辄设，潜若先醉，便语客：我醉欲眠，卿可去。其真率如此。"

　　李白对陶渊明的饮酒之道大为赞赏，用陶渊明的这个典故作了一首诗："两人对酌山花开，一杯一杯复一杯。我醉欲眠卿且去，明朝有意抱琴来。"陶渊明以《饮酒》为题的诗有20多首，其中有首《挽歌辞》："但恨在此时，饮酒不得足。"竹林七贤之一的刘伶在《酒德颂》写道："有大人先生者，以天地为一朝，万期为须臾，日月为扃牖，八荒为庭衢。行无辙迹，居无室庐，幕天席地，纵意所如。止则操卮执觚，动则挈榼提壶，唯酒是务，焉知其余？"再参观一下古青铜器博物馆，花样繁多，大小不一的酒具，似乎古代中国人大锅煮肉，大坛酿酒，大碗喝酒，感觉自从有饮食就有酒，酒的历史与饮食文化一样长。古人不但对酒具设计尽善尽美，对喝酒的环境、氛围也十分讲究。陶渊明饮酒，醉于菊花丛中；李白饮酒，举杯邀月；建安文人常在清风朗月之中高台畅饮，慷慨高歌；魏晋文人则喜聚竹林，浴日餐风，在鸟鸣溪唱中开怀痛饮。

　　李白斗酒诗百篇，武松醉酒打老虎，贵妃醉酒解千愁。人生难得几回醉，古人对酒感悟很深，有诗、有情、有人生。"劝君更进一杯酒，西出阳关无故人"，王维一曲《渭城曲》情真意切，千古流芳。明人曹臣的《舌华录》中记载皇甫嵩醉得痛快、醉得洒脱之后的《酒论》："凡醉各有所宜，醉花宜昼，袭其光也；醉雪宜夜，清其思也；醉得意宜唱，宜其和也；醉将离宜击钵，壮其神也；醉文人宜谨节奏，畏其侮也；醉俊人宜益觥盂加旗帜，助其烈也；醉楼宜暑，资其清也；醉水宜秋，泛其爽也。"饮酒之趣在酒外，越到后世，对饮酒的环境提出更高的要求。"醉月宜楼，醉暑宜舟，醉山宜幽，醉佳人宜微酡，醉文人宜妙令无苛酌，醉豪客宜挥觥发浩歌，醉知音宜吴儿清喉檀板。"

"千秋怀抱三杯酒，万里云山一水楼"，文人之倡酒爱酒，多半是爱其风雅之情。中国古代，有许多有识之士不把酒视为纯生理的口腹之事。"酒能益人，酒能损人"，从伦理学、养生学的角度论述饮酒。魏晋时代，文人雅士嗜酒成风。三国孔融善饮，"高谈惊四座，一日倾千觞"，曹操禁酒，孔融上书力辩，终至获罪；三国郑泉嗜酒，临终留言：一定要把我葬在陶器工场旁边，百年之后尸身化成泥土，或许有幸被取材做成酒壶，没有比这更快乐的事了。周武王在《觞铭》中说："乐极生悲，沉酒至非，社稷为危。"认为喝酒必须要节制，否则会殃及个人和家。蔡邕《酒樽铭》中指出，为了助成礼节而有节制地喝酒，不能过度，否则将导致道德败坏，"酒以成礼，弗继以淫，德将以荒，过则荒沉。"三国时期，文人王肃撰《家诫》专论酒事。他在文中指出，酒有助于成礼，酒品可以表现出一个人的举止是否文雅有礼，饮酒适量，可以健体；举酒相邀，颐养性情；举觞欢饮，表达喜庆，互诉衷肠，融洽关系。王肃在文中说：宴饮客人，作为主人行酒适可而止，不能强人所难，作为客人，不能勉强喝酒，有人劝酒，你可以离席直跪。元代名人许名堂在《劝忍百箴》中说，郑国的伯有由于嗜好饮酒，挖了一个地窖，晚上在里面饮酒，由此而被人杀死误了大事，人不要自夸有鲸鱼吞水的海量而甘当酒徒。盖在酒坛上的布日久天长也会腐烂，酒箴上写得明明白白。要说用酒糟腌过的肉能长期保存，这是疯子的话。

纵观历史，可以看到很多君主都是由于沉溺于酒而断送了江山，断送了性命。窝阔台南征北战，东砍西杀，是威震天下的一员名将。当他登上大汗宝座之后，建万安宫，修和林城，广征美女，封为嫔妃，每餐喝得酩酊大醉，每晚在宫里歌舞升平。一向直言面谏的老臣耶律楚材实在看不下去，就拿着一件被酒腐蚀的盛酒用的铁酒槽，来到酒醉刚醒的窝阔台前，因势利导地说："万岁明鉴，这般坚硬的铸铁，竟然被酒腐蚀烂了，酒的力量可谓大矣，一个人假如整天整夜地泡在酒里，会怎么样，恐怕……"宫里一些投机钻营、溜须拍马的人，却千方百计讨好窝阔台的喜好，不仅陪喝酒，还把美女招来，新酒抬来，大汗整日处于醉生梦死。一天稍微清醒，带领一批亲信出外打猎。白天跑累了，晚上又是喝酒，又是看跳舞，到后半夜已经酩酊大醉。宫女侍候他躺下，第二天早餐没有起来，午饭时还没醒，侍卫们走进帐一看，他已踏上黄泉路，时年56岁。

佛教对酒是说一不二的严禁。佛教的戒律是佛教徒在日常生活和修行中必须遵守的规矩，连在家生活的居士受五戒，其中饮酒戒是重要的一条。认为饮酒使人神不定，自律下降。出家修行的僧人受十戒，其中包括饮酒戒，认为饮酒有碍法性永恒不变的悟性。佛经《大萨遮尼干子所说经》云："酒为放逸根，不饮闭恶道，宁使躯干枯，终不饮此酒。"佛教认为，酒是万恶之源，饮酒会导致无穷的祸患。《善恶所起经》中指出了饮酒的36种过失：资财丧失，众病之门，生起争斗，智慧渐寡，应得不得，纵得亦失，业际颠倒，纵色放逸，舍弃善法，行持非法，无惭无愧等。《走向解脱》这本佛说做人、做事的经典中指出，有的人以酒自我麻醉，妄图以疯狂的行为转愁为乐，这是白日做梦。嗜酒如命的人，离开了酒就无精打采，一看到酒就狂饮不休，直到烂醉如泥。他们的行为与疯子无别，纵身裸露亦不觉羞耻；口中话碎，语无伦次，无人愿听；心不知取舍，行无节制，在危险万分的山、火、水、猛兽面前也无警觉；在路口处上吐下泻，脏如臭粪，仰天而卧，犹如僵死；喜怒无常，时而大笑，时而大哭，言而无信，脸色憔悴，眼眶充满泪水，鼻孔淌着浊涕，一切成为他人呵斥的来源。酒鬼们为何不反思一下，假如酒真的与欢喜不可分割，那人们的欢乐都应该从饮酒中来，不饮酒的人便永远与快乐无缘了。

上世纪80年代，我在西藏哲蚌寺听了一次高僧的说法。当讲到饮酒问题时，他严肃地说，不单出家的比丘和沙弥，就连在家居士也不允许。酒为一切痛苦的根本，一切错误的根本，故应彻底断绝。人世间的灾祸常常并不发生在人们身处逆境之时，而是经常发生在称心如意的顺境之时，不管何人怎样劝酒，犹如兽王狮子多么饥饿，根本不会食用呕吐之物那样对待。高僧还郑重地说，众比丘、众沙弥，对信仰有着永恒不变的信心，要身体稳重如狮子，不受诱惑大威严；语言庄重如仙人，众所信任且欢喜；性情稳重如珍宝，降临自他之所欲。即使医生说不饮酒必定会死去，持戒者也要宁愿舍弃性命，而拒绝饮酒。佛教对酒如此严厉，我读了《大般若智慧明镜》才搞明白，书中讲了一个佛与魔的故事。佛教创立初期，一位高僧不仅信仰坚定，更致力于佛法的弘扬，成千上万的信众长年虔诚恭敬供奉。一个外道信仰的头领心生忌妒，招来一批外道传播者，共商阴谋要败坏佛教的信誉，他们采取损毁庙宇、扰乱法会、诽谤佛法等手段，都没有达到目的。其中有个善于幻化之术的道魔，想出了一招。把自己变成一个妙龄少女，打扮得花枝招展，牵了一只又大又肥的绵羊，提了一壶又醇又香的美酒，来到隐林丛中独自修行的高僧面前说，今天在你面前摆着三条出路，要么你与我行不净之事，要么你把这只绵羊给宰了，要么你把这壶酒喝下。高僧无奈，再三掂量，如果行邪淫会犯根本戒，若行杀生会堕恶趣界，看来只有喝下这壶酒，过了此关再忏悔吧。于是他就喝了酒。当酒精冲昏头脑，失去理智，破了淫戒，又在美女的操纵下宰了绵羊，破了杀戒。可见饮酒的过患有多大，难怪佛教把饮酒视为一切罪恶的根源。

从现实来说，这酒似乎是魔鬼征服人类的最好手段，用人类亲手酿造的酒灌醉自己，让喝酒的人总是处于半醉半醒的状态。这酒有时是生活乏味之后的调节剂，把一些人事之难，生活之苦，用酒来冲淡，让人在酒的蒙眬中忘却种种，确切地说，酒中之趣不独解愁避乱隐世，更多的人爱酒、品酒，要的是这份闲情，要的是淳朴的遗风，焕发真情、友情、豪情，让酒滋润枯萎的心田。无论甜言蜜语的诱惑，花言巧语的刺激，豪言壮语的抒情，自言自语的蒙眬，不言不语的沉默，展现的都是酒使人获得轻松与兴奋，诱发人的情感语言，对酒谈心，饮酒交心，以酒暖心，以心换心。清代名人黄周星对喝酒做了一个分析，他认为，喝酒原是为了求得一种精神的自由，是一种摆脱俗累的轻松，能饮而故意不饮者，自有其不饮之理，不能勉强；若仅是天性内向，态度拘谨之人，只要处一不拘礼节，随意畅饮的氛围中，也会受到感染，酒到醋处就无须劝了。倘若害怕酒后失言，不愿将真实自我袒露，自我封闭矫饰，那么"酒逢知己千杯少，话不投机半句多"，劝又何益？这古人饮酒的分析淋漓尽致，恰如其分。今天，在一些宴请场合，把饮酒当作了争强好胜、表现自己的场合，劝酒变成了灌醉对方，使喝酒漫无节制，不会喝醉的人被大声劝喝声，惊得胆战心惊，魂飞魄散，饮酒之趣荡然无存。在人类日常生活中，没有比饮食更为重要的，与人体的健康息息相关，"食必常饱，然后求美；衣必常暖，然后求丽；

居必常安，然后求乐。"无论传承酒文化，推广酒消费，不能只求感官的满足，饮食要讲究养生、健康、长寿的目的。

说到自己与酒的关系，少年时期，入寺受了沙弥戒，视酒为罪恶。青年时期，先遇上"文化大革命"，硕大的家园被捣毁，所有的财物被抄走，年迈的父母挨批斗，别说喝酒，整天思考着怎样变个戏法"脱胎换骨"，怎么"剖腹挖心"重新做人。后来局势缓和，喜从天降，一个好心人帮助在报社找了个藏文校对的工作，月薪28元，自己够吃够用，还可以省点孝敬父母，那时酒绝对是可望而不可即的奢华品。后来，时来运转，不仅走上了正式工作岗位，还连连升级，似乎过早地得到了不该得到的，我知道荣誉和耻辱共生在一个根蒂上，就像生存和死亡同在一个人的生命里。权利的价值，待遇的诱惑，就像演戏般很快进入酒场的角色，仗权灌醉过别人，以显威严；因权被人灌醉过，以溜须拍马；也自己把自己灌醉过，因忘乎所以。亲临过什么叫酒场如战场，胃溃疡、酒精肝，不是听说的，是自己的真实代价。现在，逐步迈入老龄，渐渐力不从心，饮酒自然克制。现在看到别人喝酒，酒不醉人人自醉，回想当年，不是后悔莫及，而是心惊肉跳，亏了及时限酒，好了胃溃疡，消了酒精肝，还悟出一个道理：我们有几千年酿酒史，特殊的地域气候条件下，适当饮酒，暂时能驱寒暖身、舒筋活血；一些场合，适当饮酒，暂时能提振精神、活跃气氛。除此之外说不出道理，这也算是我终于明白了的道理。

（原载《十月》2016年第4期）

梦

◎文　珍

　　　　和所有以梦为马的诗人一样
　　　　我借此火得度一生的茫茫黑夜

　　　　　　　　　　　　——海子《以梦为马（祖国）》

一

　　我总是梦见在路上。事实上现实中我也时常出门旅行，只是似乎还嫌不够，还渴望在梦里走得更远，更远。经常梦见一个人走夜路，或者和人约好同去某地，却在车站错过，上车后一节节绿皮车厢寻过去，窗户敞着，大风把白色纱帘吹得老高，也就索性找个靠窗的座位坐下，望向窗外更不可知的地界。还有一些梦里，我独自坐开往郊区的大巴去看望某个朋友（不知为何要看望的朋友都住在郊区），下车后如同来到另一座城，会迷好一阵路，但心里快乐异常。也梦过开车驶入森林，或者沿着越南美奈无比漫长的海岸线，一直开到山顶，因为是在如深河一般的夜色里，当然山下什么都看不见。梦中也有旅伴，却鲜少是身边最亲密的人。在昏暗中回望旅伴的侧脸，在那黑白深灰的梦境中，如沉默忧伤的石像，见证我不知驶往何处去的茫然。

　　有时候也梦见吃东西。五六岁时有一次冬天睡午觉，梦见妈妈给自己削一个梨子，汁水四溅，一看就很甜。怀着巨大的期待等她削完，眼看就要到嘴，突然被叫醒要去上学。醒后哭了许久许久，因为永远、永远也无法知道那个梨子到底有多甜了。妈妈说：梨离同音，这说明我们不会分离。这说法多少安慰了一点儿年幼的我，然而到现在还是没有忘记这个梦，因为那是第一次知道梦与现实的泾渭分明，而一个人又可以如此轻易地从美梦中被惊醒。

　　又过了一些年，上高中了。有一次梦见妈妈不见了，到处都找不着，心里无来由地一阵大恸，知道她多半遇到了危险，在梦里一直痛哭到醒来，立刻光脚下床去拍父母卧室的门。来开门的正好是妈妈。我一下子扑到她怀里放声大哭，又抽泣了半小时才重新睡着。反复寻思因果，大概是那段时间班上一个男生的母亲患癌去世，他的座位空了几天，我问知缘由震惊之余，同情心迅速决堤，暗自发誓等这男生重新回校后一定要对他友善——我们原本几乎没说过话。结果过了几天男生回来上课，除胳膊上带了黑纱，其余一切如常，甚至和前后同学若无其事地说笑。周末忍不住和来接我的妈妈说了这事，说着说着就角色代入，说如果是妈妈你……还没说完就觉得委实难以想象，眼泪夺眶而出，根本控制不住。当时公交车上人极多，妈妈不无窘迫地把我从人最多的上车口推到车窗边去。我就背对着人群一直默默流泪，一直到下车。之后不久就做了那个可怕的梦。

那年我十五岁。第一次知道梦可以折射某种真实的恐惧。在梦里死过一次的人，也许就不会自杀了；在梦里永诀的人，醒后会不会更珍惜彼此，我却不知道。因为妈妈只是一径搂着我说：傻瓜，梦死得生。梦死得生。——这大概是中国人最原始的关于噩梦的麻醉剂了。

还有一个伤心的梦是关于猫。这时已经毕业开始工作了。单位院子里有一只叫小黄的流浪猫，我每天都和几个爱猫的同事一起，给它喂食，陪它嬉耍，尤其是我，把它的相伴视为上班后最愉快的时光，数次动心要带回家……只是家里已经有两只猫了。后来小黄生了一窝猫崽，小猫初长成后在单位后楼乱窜，惹恼了其他本来就厌猫的人，我和猫友们只得设法寻人托养。不料费了许多工夫送走最后一只小猫，与我们相伴两年的小黄竟也在哀叫两日后不辞而别。因为内疚与担心的缘故，又或者只是单纯地难以忘记，时隔半年我又梦见了它。

小黄，我昨晚又梦见你了。

我梦见你死了；我大哭起来。你神奇地又在我的悲伤里活过来，变成了最初见你的模样，出生一个月不到的小黄猫，身上有老虎样的斑纹，小兔般的粉红小鼻，温顺如童的黑眼睛。我把你抱在怀里，你挣开，我作势欲走，再回头，你还和以前一样不停地跟着我，像阵风一样兴高采烈地冲来。我一过了街，站在对面，也能看见你小小的身子在人群和车流空隙跑着，雀跃地，快活地。可是那条街好长，天好黑。你向我奔跑，却永远跑不到跟前。

小黄，天长地久，我一直在街道这边等你。你跑不过来。

——2010年日记

除了这些之外，当然也有高兴一点的梦。可是那些快乐的梦似乎更容易被遗忘。其实即便是悲哀的梦，也很容易被忘记：心如刀绞地醒来，怔忡半日复又睡去，起身洗脸刷牙，就差不多忘了大半。在深深浅浅的梦之国度里，我们到底走过哪些地方，见到怎样的人，说过如何的一些话。有时候也因为实在太像现实，我们也就不愿意记住。

二

有一天，我在一个许久不用的包里无意找到了一张纸，上面写着解放军某招待所。大概还是2013年春天参加集团培训时在那住过几天。然而想说的，是上面潦草地记录了当时的一个梦，而我早忘记了。

"中午我梦见了L。梦见L在一个又大又堂皇的戏台上吹箫。我分明着急要去某地办事，经过却忍不住进去，正好看见L在表演，台下没什么人。我悄悄走上戏台，L全神贯注地吹着，背对我。过了一会儿他回头茫然地看我一眼，并没认出我来。Z也来了，我感到尴尬，便匆匆离去，却在路上遇到了Y。她在梦里是I学校的青年教师，这一天空前地待我友善，甚至要骑电瓶车亲自送我到学校门口。我离开时远远看了戏台一眼，确认L依然没有认出我来，当然更没有跳下台追我。纵然在梦里，我也依然感到一阵奇异的解脱。"

这张纸上的"L"，是一个从我生活中消失多年的故人。可能因为当时离别仓促，梦中诀别又比现实滞后了许多年。事实上，我早已完全忘记了这人的存在了。不知道是真的怀故人，还是遗憾当初种种不确定的可能性。尽管这可能性当初若一一逼问，也就早成了确凿的不可能。

这大抵也是梦的暧昧与自由之处。它不必对任何人解释，甚至对自己也不。可以随便忘记，也可以信手找一张纸记下来。连做梦人都不当真的，"一个梦"。

此外比这个小布尔乔亚的梦更值得一提的，是那个神奇的军区招待所不但占地面积非常大，一望无际的后花园中心草地上，还矗立着一个小小的动物园，里面有三只梅花鹿，五只猴子，四只孔雀和……两只猫。猫并不关在笼子里，而是放养在动物园边上的玻璃花房内，一只是乌云踏雪的狸花猫，另一只则是暹罗，看上去品种不纯……但它的真正特别之处在于只有三条腿；然而这也非重点，重点是不知谁给它安了一条假肢——那是一条真正的假肢，看上去几可乱真，形状完美，毛皮无缝对接。唯一的BUG，也许是比它原有的腿略大一点。我问看守花房的师傅假肢谁安的，那个看上去五十多岁的中年男人操着一口浓重的河北普通话说：这猫的主人呀。花了七千多块钱呢。

主人呢？花钱安了假肢怎不把猫接走？

人早离开北京了，把这只猫就扔这儿了。具体干啥的也不知道。但是每月都寄猫粮，也不知道从啥地方寄来。天南海北都有。

这听上去很像是一个掐头去尾、刻意略去要点的短篇小说。为猫一掷千金，不知职业，也不知去向的主人。我看看那个大叔，顿觉这个老实人也藏有很多秘密，比如说这只猫怎么变成三条腿的，又如何来到这儿的……但是我也并没再追问下去，只是更好奇地蹲下来看那只暹罗，它正平静地、仔仔细细地舔着那条假腿。大叔说它总是这样，"一天到晚就打理那假玩意儿"。

说不好它到底是过分珍惜，还是一直无法适应这命运的古怪的馈赠品。一只猫的命运。一只住在鲜花盛开的玻璃房子里，拥有七千块钱假肢和土著猫朋友，可以和猴子、鹿还有孔雀玩耍，并有一个远方的神秘主人的混血暹罗猫的命运。

这比我在纸上匆匆记录下来的，似乎更像是一个真正的梦。

三

初中时看亦舒的《喜宝》，一开头就说女主人公姜喜宝梦见有人给自己写了许多信。

我昏昏沉沉睡了很久，居然还做了梦，十八岁那年的男朋友是个混血儿，他曾经这样地爱我，约会的时候他的目光永远眷恋地逗留在我的脸上，我不看他也懂得他在看我，寸寸微笑都心花怒放。可是后来他还是忘了我。一封信也没有写来……梦中读着他的长信，一封又一封，一封没读完另外一封又寄到来，每封信都先放在胸前暖一暖才拆开来阅读。

每次都有乱梦。梦见穿着白裙子作客，吃葡萄，吃得一裙都是紫色汁液，忙着找地方洗……忽然来到一层褴褛的楼宇，一只只柜子，柜子上都是考究白铜柄的小抽屉，一格一格，像中药店那样，打开来，又不见有什么东西。嘴里念念不忘地呢喃，向陌生人细诉："他那样爱我，到底也没有写信来。"还是忘不了那些信。

梦中收到的信对于塑造女主人公表面刚强而内心渴爱的形象至关重要。而这梦的诸多细节琐碎具体，实在叫人怀疑师太是借此机会记下自己某个梦。

张爱玲《小团圆》的结尾也写到梦。

她从来不想要孩子，也许一部分原因也是觉得她如果有小孩，一定会对她坏，替她母亲报仇。但是有一次梦见五彩片《寂寞的松林径》的背景，身入其中，还是她小时候看的，大概是名著改编，亨利方达与薛尔薇雪耐主演，内容早已不记得了，只知道没什么好，就是一支主题歌《寂寞的松林径》出名，调子倒还记得，非常动人。当时的彩色片还很坏，俗艳得像着色的风景明信片，青山上红棕色的小木屋，映着碧蓝的天，阳光下满地树影摇晃着，有好几个小孩在松林中出没，都是她的。之雍出现了，微笑着把她往木屋里拉。非常可笑，她忽然羞涩起来，两人的手臂拉成一条直线，就在这时候醒了。二十年前的影片，十年前的人。她醒来快乐了很久很久。

这九莉最后的"快乐"，便比喜宝的不甘要高级，因为读至此我们早知道一切终结，也满以为早已翻篇，他们之间的故事，他们曾经渴望的共同生活。不料兜兜转转，到尾声又以一个彩色片的旧梦重回原地，却让人有一种巨大空落无法填补的伤心。

而黄碧云《其后》里所写的，则是一个男人的梦：

> 昨夜我梦见我的母亲。穿一件莲青粉荷的和服，低着头，发高高的绾起，别着一只银簪，跪坐在玄关上，静静的煮茶，茶香扑鼻。……梦里我的母亲比我的亡妻更年轻，她看见我，低低地唤："平冈，还不去洗干净。"我的母亲比我的爱人更纯静。

> 然后我梦见家后的小山着了火，漫天漫地的烧着，母亲自此消失。

> ……

> 我的白袍，一生如此掠过。现在我只不过是一个小学生，到外面转了一圈回来，玩得十分疲累，在火车经过隧道时打了一个盹。我梦见我已经是一个四十岁的中年男人，身上长满了癌细胞。我梦见我即将死亡。过了隧道后我会回到我的家，我的母亲穿着莲青粉荷的和服在煮茶，妹妹芳子叫我"二哥二哥"，然后大哥会还我那令我十分沉迷的小木鸟。

> 我会发觉我原来是一只蝴蝶，很偶然的，经过了生。

她这篇的主人公是一个患了乳腺癌的日本男人，然而诉梦手法，何其之女性化，即便化用的是庄生晓梦的典故。

借人物之梦，暗示他们最深的爱与恐惧，最大的渴望与求不得，大抵是女性作家或偏抒情气质的男写作者惯用的手法。然而这些梦或太流于伤感，寓意也或太完整便于诠释。我清楚知道，因为我也身在其中。这些被选择、重组并反复说出的梦，不是没有自怜的成分，而收效却也确事半功倍。我看完《小团圆》便合卷大哭。张爱玲或九莉也一定做过许多关于"之雍"的其他梦。她只是不说。

反观男性气质强烈的作家写梦，多半平铺直叙，非深究才可找出隐喻喻体，即便梦中冲突激烈，应对方式也多趋于理性冷静，甚至可做原型分析和哲学思辨，比方英国作家格雷厄姆·格林的《我自己的世界：梦之日记》。译者恺蒂给此书的导读中说："乍一读格林这本《梦之日记》，第一感觉是惊讶，惊讶于它文字之平淡，结构之稀松，情绪之毫不渲染，惊讶于它竟如此朴素。小说家格林从故事到情节到语言到所要传达的信息到氛围的营造都是全副武装的，而这位平铺直叙的格林可称是'解甲归梦'了。"然而当真如此吗？在书的自序中，格林说这本小说某种意义上来说是他的自传，是"一个怪人过去三十年的生活"。梦对于他的意义如此重大，甚至还有专门记录梦境的笔记本，成为他生活的另一种变形的镜像、日后创作的隐性源泉和强驱动力。也许我们可以认为，格林将梦视为某种神谕或创作启示录，却不像女性作家笔下的梦那样直接指向过往和便于解读。男心理学家则也许更重视所梦之物对于性压抑性象征的暗示，比如弗洛伊德。但这样的释梦方式比之女性作家惯用的追忆模式来说，又是另一种易陷入套路的简单。

钱锺书的《围城》里也曾写过一个让人印象深刻的梦。一行人去国立三闾大学颠沛流离的路上，某夜孙柔嘉竟与方鸿渐做了同样的噩梦。

> 好容易睡熟了，梦深处一个小声音带哭嚷道："别压住我的红棉袄！别压住我的红棉袄！"鸿渐本能地身子滚开，意识跳跃似的清醒过来，头边一声叹息，轻微得只像被遏抑的情感偷偷在呼吸。他吓得汗毛直竖，黑暗里什么都瞧不见，想划根火柴，又怕真照见了什么东西，辛楣正打鼾，远处一条狗在叫。他定一定神，笑自己活见鬼，又神经松懈要睡，似乎有什么力量拒绝他睡，把他的身心撑起，撑起，不让他安顿下去……正挣扎着，他听邻近孙小姐呼吸颠促像欲哭不能，……忙把被蒙着头，心跳得像胸膛里容不下。……孙小姐给火光耀醒翻身，鸿渐问她是不是梦魇，孙小姐告诉他，她梦里像有一双小孩子的手推开她的身体，不许她睡。鸿渐也说了自己的印象，劝她不要害怕。

这个怪力乱神的梦对增进孙柔嘉和方鸿渐的感情有始料未及的帮助。"孙小姐自从梦魇以后，跟鸿渐熟多了"，他们俩并且一起在清晨的天光里愉快地谈论起鬼神来，惹得赵辛楣吃隔壁醋嘲笑他们"魂梦相通"，并悻悻然自称"我是粗人，一点也没感觉到什么"。此处的梦之所以让人印象深刻，大概一是可有效推动情节发展，其二，也大概是这一路毫不风雅的逃难中，唯一比较富有情致的描写，让人身临其境地与男女主人公共享黑暗里未知的恐惧和亲切。这里也恰是方鸿渐对孙柔嘉一路冷眼旁观，终于渐渐放下心防暗生情愫的转折期。

沈从文远较钱锺书富有浪漫色彩，会在情书里求张兆和"梦里来赶我吧，我的船是黄的。尽管从梦里赶来，沿了我所画的小镇一直向西走。"然而他渴求的爱人的梦仍然比女作家的梦有可操作性，会把自己乘坐的小船颜色交代得一清二楚，好让爱人在梦中追来而不至于错失。《边城》的结尾翠翠做梦，"那个在月下唱歌，使翠翠在睡梦里为歌声把灵魂轻轻浮起的年轻人，还不曾回到茶峒来。……这个人也许永远不回来了，也许'明天'回来！"此处的梦，具备让歌声浮起灵魂之效力，然而目的也全然不是为了怀旧而只是为了抒情。而沈从文已经是男性作家中，气质最接近女性的了。

我喜欢的日本作家芥川龙之介曾改写过中国"黄粱一梦"的故事，卢生醒来被吕翁晓喻"人生如梦何必执着"，却侃侃而答："唯因是梦，尤需真活。彼梦会醒，此梦亦终有醒来之时。人生在世，要活得无愧于说：此生确曾活过。先生不以为然乎？"反驳得好不理直气壮。而吕翁也就当真哑口无言。

所以连梦竟也男女有别。

四

真正关乎生死的梦，是苏东坡的《江城子》一类悼亡诗。"夜来幽梦忽还乡，小轩窗，正梳妆"中一点家常情味成千古绝唱，纳兰容若也有"天上人间俱怅望，经声佛火两凄迷"的未梦先疑。古人的情诗最易让我们回到那些更深露重人人不寐的长夜，而看似速朽无常的梦，亦在这含泪书写中得以永恒。

早先唐人写梦，还有"梦游天姥吟留别"的壮阔，杜甫"三夜频梦"李白的"情亲见君意"。从唐明皇的时代开始，悼亡皆托梦，而梦里多亡人。都是说梦，比起这种无法可想的天人永隔，也许我更迷恋更微妙一点的嗒然若丧。以晏小山词为例，"从别后，忆相逢，几回魂梦与君同"的直抒胸臆，似乎就不如"梦后楼台高锁，酒醒帘幕低垂"蕴藉宛转，更不如"梦入江南烟水路"荡魄销魂。

这不彻底的审美也许因为我是一个不彻底的现代人。知道不需死别，也很容易就可以生离……所谓相见真如不见，有情还似无情。每天早上醒来，第一件事不是刷牙洗脸，而是尽可能轻地抛开昨夜的梦。我们甚至没有追忆最后一个梦的时间，就假装抖擞精神地再度投入热火朝天的生活。

而生活留给梦的余地却是那么少。在综艺节目里，口口声声说着梦想的那些年轻人也许除外，他们说的其实是另一些事物——也许换成圣诞心愿和职业愿景会更贴切？

如果一定要说心愿的话，我只希望不要太快忘记做过的每一个梦。虽然梦里梦外，都早已失去良多。

五

当我有一天告诉你说：我昨晚梦见了你。请不要把它当成某种期待性的表白。我想说的，其实不过就是你某日某夜曾在我梦中出现罢了。也就是说，我醒着的时候也想到过你，如此而已。

我梦过故宫空旷处极苍白而辽远的太阳，我梦过一些幽暗宜于私语的房间，我梦过并肩坐在冬天的草地上大笑，我也梦过绵延通往无尽的铁轨，胡同深处停放的旧自行车，暌违多年的儿时玩伴，越来越窄的林间小径，沙漠中心涌出的泉水，以及一直站在那里等我的鹿……我没有梦过得奖，没有梦过礼物，梦境几乎没有颜色，也少有连贯的声音。在一类时常重复的梦里，我心怀忐忑地等待考试，而且永远都是政治……从小学起，我就会梦见出门后才发现衣不蔽体，只能窘迫万分地藏在上学的路边，看众人谈笑风生地过去。无论梦多少次仍旧无法可想，最终只能一身大汗仓皇地醒来。

我还总是梦见一片大水。梦见我们在水上划船，而四顾都是大雾茫茫。这是我梦中出现过的最后一种交通工具，却也是最难忘记的，因为那雾随时可能吞噬你我。而桨握不好，也会随时掉入水中。

这就是关于我的梦的可以说的一切。你知道的，鲁迅先生说：做梦，是自由的，说梦，便不自由。

我好像也已说了太多。

（原载《野草》2016年第1期）

"沐石斋"记

◎王兆胜

"沐石斋"记

中国文人多雅好，故事也多，这介乎于有聊和无聊之间。知之者抱有同情之理解，甚至附庸之、和乐之；不知者往往一笑置之，如手拂尘，有人还会露出不屑。这都是可以理解的，因为人各有其志，趣味迥异，当然就有不同的风姿绰约。以书斋命名为例，如果说文徵明的"玉磬山房"、梁启超的"饮冰室"、胡适的"藏晖室"、梅兰芳的"梅花诗房"、梁实秋的"雅舍"充满古雅之气，那么杜甫的"浣花草堂"、石涛的"大涤草堂"、纪晓岚的"阅微草堂"、傅抱石的"抱石斋"则草根味儿十足，而蒲松龄的"聊斋"、刘鹗的"抱残守缺斋"、周作人的"苦茶斋"、林语堂的"有不为斋"、沈从文的"窄而霉斋"则有自嘲和幽默意。作为文人，我也为自己取了个雅号"沐石斋"，而且时不时加在散文随笔后面，以述心怀。

在我的斋名中，最重要的是"石头"，从中可见我对石头的喜爱。这让我能够理解傅抱石的"抱石斋"所含的深意，那种对于石头的痴迷。因为我家石头可谓多矣！大的小的、方的圆的、长的短的、宽的窄的、粗的细的、黑的白的、红的绿的、文的野的、美的丑的、正的奇的、润的枯的，可谓应有尽有。仅从石种上说，我收藏有沙漠漆、大化石、黄蜡石、灵璧石、泰山石、菊花石、萤石、木化石、雨花石、玫瑰石、孔雀石、九龙壁、陨石、砚石、寿山石、青田石、战国红、南红玛瑙，当然更有林林总总的许多叫不上名的石头。如那一年回山东老家，重登蓬莱阁、游长岛，就买到了一块鹅卵石，它小不盈握，大如鸡蛋，光润如婴儿肌肤，上有猕猴挂树奔走之意象，可谓掌中明珠一般。走进我的家中，不论是书房还是厅室，抑或是卧室，到处可见石头面目，用石之山海形容它们亦不为过。不过，比抱石先生更胜一筹，我与石头有肌肤之亲。在我的床上，一半是石头。伴我夜眠者有数石矣：一是重十多斤的黄蜡石，它形状如枕，于是成为我双腿之枕石；二是一斤重的翡翠原石，它形如山子，细滑如瓜，常被放在我的右腋之下；三是半斤重的和田青玉籽料，百元购得，玉与僵互参，玉质细腻，僵地粗犷，其形意如藏龙卧虎，甚美妙，我让它伴在左腋下；四是左右手各握两块普通石子，取通灵之意。炎炎夏日，我少打空调，有石玉丝丝凉意浸润，自是神清气爽，一得天然超然，可谓沁人心脾和美不胜收；到了秋冬，尤其是天寒地冻，虽不能与石同醉，但将它放在身边，时不时触碰一下、拥护一回、抚摸一过，虽有寒气，但它来得清明，如藏香醒脑，似针砭时弊，也会在夜的昏聩中仿佛有大光照临。石者，知音也，吾之师也。由此方知，古人米南宫见石即拜之传言不虚也，亦不怪也！而以之为怪者是怪者也。

那么，何以在"沐石斋"中有一"沐"字？

一是除了石头，我家是木的天堂。装修房子时，我的一个基本要求是全用实木，拒绝三合板等人工家具，据说用板材装修，十年后污染不去，可谓怪病之源也。今天，面对我家的纯木质地，它们也可能不是名木，但却纯朴自然、温馨如诗，给人的感受好得不得了！当时的购价虽贵，但却是值得的。记得当年囊中羞涩，下决心购得一张雕花硬木双人床，花费万元余，可谓奢侈至极，然今日观之，仍坚实美妙，既实用安定又养眼静心，不亦快哉！因为没有经济实力，家具不是一次性购得，而是一件件买来，在散漫中也有余味儿。有一次，我看中枣木方桌一张、有靠背椅子两把，价值是6000元，在几经犹豫中最后终于凑够银子将它们买回家。这套桌椅几乎没有多少实用价值，只是用来摆放音响，但它深沉的红色、温润的光泽、优雅的线条令人心驰神往，尤其是伴着美妙的乐音，它们仿佛带了神的灵光，在从窗户透进来的温煦的夕阳余晖伴奏下，自由快乐地翔舞和飞扬。因此，我常常用手去抚摸它们，用脸颊去靠近它们，用目光去熨平它们，以一颗诗心，而它们也报之以泪光留痕般的感动。还有，我喜欢各种木头，因此也尽力去收集，像桃木、梨木、柏木、黄金木、紫檀木、绿檀木、黄花梨木、楠木、黄杨木、竹木、麻梨木、胡桃木等，都是我喜欢的。我还喜欢各种树籽，像菩提子、桃核、橄榄核、核桃、枣核、杏核等，都成为我的藏品。别人吃杏、枣甚至芒果后将核扔掉，我却将之洗净、晾干，置于盒中，闲暇中取出玩赏。因此，一把枣核在手中越搓越亮，如舌头般的芒果核在手中轻如纸、细如丝绒，如发辫一样清晰的纹理令人想到鲜果的清香，它一直缭绕于心间。身在天然木质承载的家中，心灵也为之软化，尤其是经了岁月打磨和熏染之后的木质，它散发着年轮与人性的光泽，给人带来醇熟的智慧和冥想，一如白云的悠然飘逝，也似黄粱美梦不断荡开的境界。

二是我喜欢树，喜欢葱郁激扬的树之张扬。每当周游各地，我都被各式各样的树木所笼罩和迷醉，尤其在风中，如大海波浪一样翻涌的青翠竹叶让我浮想联翩，情不能抑制。坐在四层楼的家中，抬头可见松树梢在风中摇曳，以及桂花香味的款款飘来，那都是生机勃勃的树木最美好之赐予。而家中的木器则将万木逢春的生命真义保存起来，藏在岁月人生的皱褶之中，时时给我以慰藉，也需要不断被我们唤醒。因此，我是希望与这些来自天然的木质形成对话，用手、眼、心以及感觉和灵性去体悟，从而获得知音之感。当将一个木质手串，经过天长日久地把玩，变成满满的包浆，透出珠圆玉润之美，那是一种生命的灌注与交流，其美妙是难以言喻的。表面看来，这些离开大地与生命之树的木头，已经干枯和死亡，其实，它是另一种生命存在形式，是将生命内化与收敛后的丰足与快乐。而我与它们为伍，就是在宁静与平和中重新唤醒和体会其曾有的生命伟力。

三是在这个"沐"字中加水，一是木有水则生，人生亦然！当干枯的木头，因为有"水"，哪怕是意念之"水"，它也会获得底蕴，带来生命的盎然，以淡淡的、温情的、内敛的方式存在着。还有，石头有水则活，无水则枯，水是石头的眼睛和灵光，给石头"沐浴"就会使之不断葆有灵气与生命。当然，面对木石，我既要发挥作为人的主体性和创造性，从而赋予这些物体以生命灵性；但另一方面，我在木石面前，要以谦卑之心，以斋戒的诚实，沐浴更衣，以之为师，以获得更多的感悟与启示。这样，一个"沐"字，就是对于我的沐浴和洗礼。

在木石之外，我家最多的是书，一片书的海洋。我穿行其间，一如帆过大海。客厅的书架若长城高耸、绵长、悠远，书房的书籍累积如山、山丰海富，地上、床上、桌子上到处是书。我喜欢书，除了知识，还有它们与木石有关：书籍是木头的别一种生命形式；《红楼梦》不仅是一本"石头记"，还有木石之盟；在许多书页中，不是收着颜与玉吗？在知识分子的情怀里，可能没有人能够例外，从历史的书页中体会出"木石之盟"的温馨，以及挥之不去的永恒的怀想与记忆。生命如流水一样东流——不舍昼夜，但在一个书生心中恐怕更多的则是，以夜深人静翻阅书页形成的琴声，聊以自慰并抚平人生的波折。从这个意义上说，我家中的书，是另一种木石的存在形式，甚至是能够飞动与升华的吉光片羽。

一个书生的理想可能是袖里乾坤，他往往更多地陶醉于这样的境界：在香气缭绕中，伴着书香、握着玉石、抚着古琴，听一个时代甚至远古的回声，有时在现实中，有时在梦里，以一种宁静致远、纯洁无瑕、悠远超然的心情。这就是我的"沐石斋"，一个自得其乐的所在。以此为记。

诗化人生

常言道，人生不如意事常八九。即是说，在本质的意义上，上天对每个人都是平等的，他们都要面对悲伤、怨恨、疾病、绝望和死亡等人生的苦难。然而，为什么在这个世界上又有着不同的人生呢？比如有的人忧思百结，总是闷闷不乐；而有的人却笑口常开，充满欢歌。在我看来，这主要是由于不同的人有着不同的性情、心灵世界和生活态度。

对那些没有参透人生的人来说，生活的每次不顺都是一次苦痛，都会令他生出几许伤怀与哀婉；而对于那些读懂了人生的人来说，生活的不满足是正常的，自然而然的，他会如平日一样欢快地生活和谈笑。

殊不知，天上的月亮每月也不过只有几日圆满，天空和大地也不是总充满白昼而无黑暗，一年四季除了春夏也还有严冬……自然天地尚且如此，那么，作为它的派生物——人生——也是一样。可以说，没有一个人的人生能够完满无缺。

理解了这一点，也就理解了天地人生的根本悲剧性，理解了这个世界与人的生命的先验性"缺失"。从此意义上说，佛家认为"人来到这个世界就是为了承受苦难"是有几分道理的。如果有了一颗正确对待人生"缺憾"的心灵，以一种审美的态度对待这个世界，我想，这个人的人生将是轻松快乐的。

我们常看到这样的现象：有的人一生辛苦，做着没完没了的工作，然而他们却身体健康、精神旺盛、生活幸福；而有的人一生锦衣玉食，清闲无事，甚至过着寄生的生活，但他们却身心疲累，一脸愁容。这是为什么呢？我认为，最根本的原因在于：前者"心"轻，后者"心"累。

同样的，一个人的一生是否快乐幸福，有时主要不是取决于外在的劳累和不顺，而主要看他能否有一颗快乐之心，一颗"诗"心。如果能用一颗审美的心灵看待这个世界，面对他所遇到的困难，他的人生将会如枝头上小鸟不停地歌唱，似不冻的河水汩汩地流淌。

其实，人之所需无多，庄子《逍遥游》里说："鹪鹩巢于深林，不过一枝；偃鼠饮河，不过满腹。"孔子《论语》也说："饭蔬食饮水，曲肱而枕之，乐亦在其中矣。"孔子的学生颜回之理想即是"一箪食，一瓢饮"足矣。看来，关键的并不是物质的多少，而是"精神"与"心灵"的高度和境界。当然，甘于贫困和甘于寂寞有个前提，即在物质生活上要达到最基本的满足，如果食不果腹，有家难养，居无定所，甚至身无立锥之地，那就很难快乐了。

有了诗心，就可以与挫折对抗。比如，苏东坡一生坎坷，但总是乐不可支。最典型的是他被放逐荒僻的海南时之情怀。当时的海南，夏天极其潮湿气闷；秋天雾气很重，秋雨连绵不断，所有的东西都会发霉，苏轼的床柱上还长了许多白蚁。另外，这个岛上要什么没什么。这对苏东坡这个六十岁的老人来说如何承受？更何况，这种放逐并无止期，很可能是他最后的死地。离开京城的繁华与奢华，来到海南这个僻远之地（林语堂称之为"域外"），尽管吃得粗劣，水土不服，无朋无友，寂寞无聊，但苏东坡却没有悲观厌世，更没有失去生活的乐趣与美好的理想，而是很快安定下来。他自己制墨、采药、盖房，同时，抄录了《唐书》《汉书》，注释《尚书》，编定《东坡志林》，考订药书，赋诗作词，等等，取得了令人刮目相看的成就。最有意思的是，苏东坡在杂记《辟谷之法》中提到"食阳光充饥"的办法。在这个世界上，似乎没有什么能让苏东坡不快乐，更难以将他打倒，因为他总有一颗"诗心"。

当有了诗心，人们才能够体悟大自然的规律与心情。天地一年四季：春天繁华，夏天挥霍；当树叶变黄、干脆，并纷纷向大地飘落，生命就进入了晚秋；而严寒到来，万物将激情收敛珍藏，这就是冬天了。其实，这种更迭与人生有何异？实际上，生命在自然和人生这一点具有一样的节奏。自然生命和人生就如同一首诗，一首有着成长和死亡韵律的和谐的诗。通过"诗心"，在发现天地、人生蕴涵的诗意后，我们就会进入一种新境界：人生就是一个进程，天地尚且还有其生死、离别与悲欢，而渺小的人还有什么困惑和滞碍？所以，心里通亮的庄子在妻子死后竟能"鼓盆而歌"。在诗心的烛照下，自然这首生命之歌还会启示人类：既然大自然到了秋冬已不像春夏那样张扬挥霍，而是积蓄收敛起来，那么，人生也该如此——在创造、付出和张扬时，切不可忘了保存、宁静和虚怀。

通过诗心，人们还可以感受大自然的生命力，并将这种生命与自身的生命贯通起来，那么，个体就会感到自己生命的强大。比如，看到一树绿叶，我们不要对其熟视无睹，而应用诗心去体悟它。当你的诗心与绿叶的生命接通，那么，在你的意念中一股生命的泉水就会顺着树叶的脉络汩汩流出，直流入你身心。此时的人就好像一个气球，正在接受大自然的"充电"。可以设想，在与大自然接通时，人不仅进行了生命充电，也在进行精神充电。

诗心就如同和煦的阳光，它不仅能消融冰雪，还可驱除黑暗，如此人生必然其乐融融，幸福之河长流不息。

（原载《美文》2016年第7期）

丙申年里说"贪婪"

◎周大新

岁月走进丙申年里，"贪婪"这个词的使用频率依然很高。官方在用，知识界在用，民间百姓也在用。

所有的使用者都在说："贪婪"不好，人"贪婪"了要遭唾弃，要坠入深渊。

这与基督教的看法基本一致。基督教把贪婪列为七宗罪之一，撒旦之一的玛门便代表贪婪。

贪婪真的就一无是处？

这就有了细说这个词语的必要。

我在古文里看到"贪婪"这个词，最早是在《楚辞·离骚》里。屈原说："众皆竞进以贪婪兮，凭不猒乎求索。"王逸后来对贪婪这样注解：爱财曰贪，爱食曰婪。这就是说，贪婪的本义指爱财和食物。

这个词语在其后的使用中，人们逐渐赋予了它"多欲而不知满足"的涵义。

目前，大家已公认：得了还想得，永远不知足，这就叫贪婪。

人为何会贪婪？我以为是人的本性使然。人性中有一项内容，叫"自利"，这是人为保护自己的生命得以延续的一种本能，是很正常的。人自利的表现，就是一事当前，首先判断其对自己是否有利，有利的，便会积极参与，从中拿取应得的利益；无利的，常会袖手旁观，见别人获利时偶尔还会生出一点点妒忌。这种情况在每个人的人生中都会反复出现，是人生中的一种正常景观。自利之心一过度，就是贪婪了。

贪婪之心并不是只有坏人恶人才有，而是存在于每个人的胸中。人与人的贪婪之心只在两点上不同：其一，使用的地方不一样，有的人把贪婪之心用于物质财富和精神财富的创造上，有的人把其用于精神财富的享受上；有的人则把其用在物质财富的占有和享用上；其二，是对其实行控制的程度不一样，有的人只在创造物质财富和创造、享受精神财富时释放其贪婪之心，而在其他的时候将其关闭在心房一角，有的则专在占有和享用社会物质财富时释放它，并完全放纵不加限制。

其实，贪婪并不就是坏东西，它对于个人和人类社会的发展都能起到重要的推动作用，它是单个人和整个人类发展进步的重要心理动力。

一个科学家，如果他在发明创造上只是浅尝辄止，不是得了还想得，永不满足，贪婪不已，那他就不可能成为一个大科学家，就不可能为人类连续创造更多的福祉。比如爱迪生，如果他在发明了留声机后，不再贪婪地去继续探索，那他就不可能再去发明电灯，从而成为家喻户晓的人物了。

一个作曲家，如果他在创作时自我满足，不是得了还想得，贪婪不已，写一首好曲子后就不再写了，那我们听到的好乐曲就会大大减少。像贝多芬，要是他在创作时不是贪婪不已，而是在写完《英雄交响曲》之后就不再写了，那就不可能有他后来的巨作《第九交响曲》了。

一个农民，如果他在种地时不是得了还想得，不断地学习和变换耕作手段，贪婪地去提高产量，而是马马虎虎每年只种一季就不种了，那就没有足够的粮食让他和他的家人吃饱肚子，更不会有余粮卖给不种粮的人了。

这是贪婪对于个人的意义。就整个人类来说，人类若没有一种永不满足的贪婪的劲头来改变自己的生存处境，那人类的生活就不可能是今天的样子。大家都知道，我们最早的祖先最初是住在天然山洞里的，后来大概是觉得那里边太潮太不方便，开始在干一些的地方挖地窝子住。再后来，为了使自己住得更舒服，人类开始贪婪地去不断地发现新的建筑材料和新的居住处，直到开始夯土筑墙搭棚子，开始脱土坯打草去盖草屋，开始烧砖烧瓦砌墙盖瓦房，开始用水泥浇筑钢筋盖楼房。如果人类的祖先不是贪婪地不断寻找新居处，那我们今天就可能还住在天然山洞里。

还有就是关于人类扩大自己的活动空间问题。我们知道，人类最初的一切活动都靠步行，不论干什么，全靠自己的两条腿走，这样活动的空间就不大，就很受限制。为了解决这个问题，人类开始永不满足地贪婪地去寻找解决办法。最初是找到了牛，学会骑牛并造了牛车；但还是嫌其慢，于是又找到了马，学会骑马且造了马车；可还是嫌其慢，于是找到了发动机且造了汽车、火车和轮船；却还嫌其慢，于是又找到了新材料造出了飞机。如果我们的祖先不是贪婪地寻找扩大活动空间的办法，那我们今天怎么可能在一天之内赶去欧洲？

再有就是关于人类寻找便捷的联系方式问题。我们晓得，人类在很长一段时间里，相互间联系靠传话捎口信，靠人的口头话语相传，这很不方便。于是便发明了邮局和通信。可人类不满足，仍嫌太慢，于是电话和电报便被发明了。但人类贪婪地认为，电话和电报还不够快，于是又发明了互联网和智能手机，有了电子邮箱和微信，使即时联系成为了可能……

这些都告诉我们，单个的人和整个人类在创造方面的贪婪不仅不是坏事，而且于己还有益。

那为何"贪婪"这个词在后来和今天会变得声名狼藉？

问题出在消费和享受人类的创造成果上。而且，主要不是指消费和享受人类创造的精神财富上。人类至今创造出的精神财富虽然有限，但不管你多么贪婪地去消费和享受，也不会遭到人们的轻看和贬低，即使你一年读365本书，看100场电影，听50场音乐会，参观100次书画展览，都不会听到责难，相反，还可能会得到赞赏。问题出在消费和享受人类创造的物质财富上。

人类迄今为止，创造出来的物质财富都很有限，也就是说，远不能满足所有人的需要。而物质财富又是人赖以为生的基本东西，是每个人活下去的必须用品，在这种情况下，人们不希望出现想更多占有人类创造出的物质成果的人，把那些想多占和独占人类创造出的物质成果的人，称为贪婪之徒，并对其恨之入骨，随时都想把他们推入深渊。

"贪婪"一词因此而充满了贬义。

也因此，谁获得了贪婪的称号，谁就会变得声名狼藉，且永世不得翻身。历朝历代，都不会为贪婪之徒正名。

中国历史上，被称为贪婪之徒的人可不止一个两个。最典型的代表是三位，一位是唐朝的元载。他被惩治后，没收的宅舍足够分给数百户有品级的官员居住使用，抄家时抄出的物品中竟然有八百石胡椒，折合成今天的计量单位是64吨，这要吃到哪一年？另一位是明朝的严嵩。抄他的家时，抄出黄金三万两千余两，白银二百零二万余两，其他的珍宝和古玩几乎超过了皇室的珍藏。再一位就是清朝的和珅。抄出的家产竟值八亿余两白银，超过朝廷十年的总收入。

在当今的中国，想尽可能多地占有和享受社会创造的物质成果的贪婪之风也很兴盛。大家都明白人民币这种纸钞是物质财富的代表，所以现在贪占人民币的官员就很多，有的贪官家里一次竟抄出了一亿多人民币现金；还有的贪官家里被抄出的纸币现金，一辆大卡车都拉不完。广州民航局一位普通售票员，利用职务之便伪造机票进行贪污，在短短两年内，竟然伪造了3.73万张机票，等于航空公司的一架波音737飞机在空中白白地飞行了一年。对于有用物品的贪婪侵占数量也非常惊人，云南一位官员，知道普洱茶好喝且有收藏价值后，竟然利用权力贪占了几吨。几吨的茶叶，哪一年哪一代才能喝完？还有一位省医院的院长，竟然拥有100套房子和100个车位，他若巡视一遍所拥有的房屋和车位也需要花去很长的时间呀！

占有社会物质财富的贪婪之风一旦刮起来，社会的整体溃败就会开始。想一想前几年，我们干什么事不需要送钱送礼？你不送什么事也干不成，一个社会不靠规矩和法律去维持运行，而依靠礼物和金钱去润滑着国家机器，那怎么会有公平公正？

这种占有物质财富的贪婪之风的生成，原因有两个，其一当然是人性中自利本能的惯性发展在起作用。我们每个人的心底里，都有想拥有更多物质财富的欲望，对这种欲望若本人不加抑止，它就会逐渐膨胀，膨胀的最后结果，就是出现贪婪之状。所以人必须接受现代文明的熏陶，懂得一事当前，应该考虑和顾及到他人的利益；必须有信仰，不能把追求全放在物质财富上；必须有善心，学会拿出自己的财富去关爱他人。其二是社会管理者没有尽到管控人们物质欲望的职责。人的物质欲望是没有止境的，这一点所有的社会管理者都明白，也因此，各个国家各个时代的社会管理者，大都知道要用法律、规矩去管控人们的物质欲望，用贤者的举动去引导人们的追求，不会完全让物欲横流。但遗憾的是，我们前些年对这个问题没有给予足够的重视，或者重视了但未用霹雳手段去实行，结果使社会上物欲泛滥，让官员以贪污纳贿为寻常事情，让社会中上层以生活奢侈为荣耀，让普通百姓一心只为挣到金钱。谁一顿饭能吃掉几万元那是一种本领，谁穿戴的都是世界名牌那是英雄，谁能去澳门一赌那是活得潇洒，这样做的结果当然会引来贪婪盛行。

所幸，我们大多数人现在已意识到，在享受和消费人类创造的物质财富上，必须力戒贪婪。所幸，社会已开始向这种贪婪宣战。也许要不了多久，目前的这种局面就会有所改变。

贝多芬是因为贪婪地进行音乐创造而被塑了纪念碑的！

和珅是因为贪婪地占有社会物质财富而落了千古骂名的！

一个人来世上走一趟，不管是做官还是当平民，对贪婪应取的态度该心中有数。

不然，在生命终结前的最后清醒时刻，是会生出悔意的。

那就晚了！

（原载《作家》2016年第4期）

微杂感（三则）

◎陈世旭

凑个热闹

网上偶然见到对某市举办"了体诗"的议论。所谓"了体诗"，就是打油诗，换了个马甲而已。

打油诗本身其实无可非议，自唐朝诗豪杜撰的。（盖因为"诗仙"、"诗圣"都名花有主）张打油开宗以来，大作大家无以数计，古代的就不去考证了，现代的大将军冯玉祥、大文豪鲁迅都写过可圈可点的打油诗。当代的"不蒸馒头争口气"更是获了中国文学界的最高奖。

网文对某市举办"了体诗"大赛的议论中诟病的主要是两点：

一、奖金过高。让鲁奖蒙羞。

二、评价过高。以"文坛大佬"推崇的一首"了体诗"为例："早早辞别热被窝，雨中登山趣事多。两条花狗林中配，一旁观战是鹩哥。""该前辈"的评语是"生活情趣和盘托出，雅俗共赏，纯真直率"，主办领导还"总结出五大特征：思想性、艺术性、可读性、大众性、根源性。"

作为旁观者，我的感觉是网文作者多少有点一根筋。在文艺空前繁荣，评奖空前昌盛的今天，鲁奖不过是无数文学奖中的一种，其评价标准及奖金标准谁能说不可逾越呢？至于"两条花狗林中配"虽然不及"不蒸馒头争口气"的文雅，但相对《红楼梦》里薛蟠的《女儿乐》，"两条花狗林中配"的"配"字总不至于比薛蟠的《女儿乐》最末那个更具动作性更直露的字更粗俗吧？地方"文坛大佬"的那个评语平心而论还是有一点分寸的，比国家级权威大师盛赞"不蒸馒头争口气""已是绝句，已是绝伦"至少还差十万八千里呢。

"格律诗太多讲究，音韵平仄技术门槛太高，让民间诗人情何以堪？"（网评）而打油诗词句通俗，可以俚语俗句入诗，不拘格律，不求平仄对仗，便于写，便于接受，也便于记，只要胆气稍微壮些，脸皮稍微厚些，几乎人人可为。何况如今打油诗的奖金额度如此之高，先不管能不能拿到奖，试试再说，谁知道哪片云彩会下雨呢。这样想着，跟写诗八竿子打不到边的我也禁不住兴奋起来，口占一首，凑个热闹：

> 诗人已随红包去，
> 此地空余红包篓。
> 红包送出不复返，
> 大佬小佬乐悠悠。
> 蜀水才掀啸天浪，
> 巴山又起了体秀。
> 莫问诗国何处是，
> 不见处处张打油？

但止乞头

股市的上一个牛市结束前夕，我的一位朋友把自己的全部积蓄加上七大姑八大姨凑拢的几百万元一下砸了进去，结果一夜之间股市狂泻，砸进去的钱全打了水漂。好在大家不急用钱，那笔钱就一直沉睡着。只是他心里的苦楚无处可说，年复一年，就像压着一块越来越沉重的石头。做梦也没有想到，去年末，股市忽然苏醒，他的几支股票也一支支吃了春药似的昂然而起。他每天祈祷并且默念：一旦可以收回本金就立即退出股市，结束一场历时多年的噩梦。一切如愿以偿，这一天很快就到了。他没有多想，迅即把手上的股票套现，那几百万元终于完璧归赵。他很得意。然而，股市如同疯牛，一路狂奔，他抛掉的那几支股票如果没抛，这几天时间，已是上百万元的增长。接下来依旧是一路高歌猛进。

眼睁睁地看着有的人卖掉了刚装修好的改善房，大把钱投入股市，迅速奇迹般地增值，完全有能力进入股市的自己却把钱在手上攥出了水，金钱像河流一样在自己脚下滚滚流走，他真是五内俱焚。进，还是不进？成了一个哈姆莱特式的问题：生，还是死？

许是被纠结压迫得透不过气，他给我打了电话：知道你不玩这游戏的，旁观者清，想听听你的"高见"。正好微信朋友圈有一段话，我立即转给了他：

"每次泡沫来时总有两种人，一种人不停地指出泡沫很快会破灭；另一种人欣然在泡沫里游泳。前一种人越来越聪明，后一种人越来越有钱。"

在这段话后面我加了一句：我既不聪明，也没有钱。

你能不能把你的观点说得更明白些啊。朋友几乎是在求我。我于是给他讲了苏东坡根据亲历写的一则笔记：一道士在开封相国寺卖秘方，中有"赌钱不输方"。一赌徒以千金购得此方，满心指望从此赌钱只赢不输。回家拆开秘方，只见上面写着：

"但止乞头。"

何谓"乞头"？宋朝时赌场老板向赢钱赌徒按比例抽钱，即现时俗称的"抽头子"。"但止乞头"，也就是但止赌博。

电话那头一阵沉默，然后放下了。

我后来听说，朋友还是进入了股市，且相当顺利，数日之内获利数百万。我为他祝福，祝福他总算打破两难的困境，做出了选择。然而，不出一月，我们见面时言及他的股市收益，他又苦笑"归零了"。我本想说，炒股还是不炒股，赢钱还是输钱，都不是最重要的，重要的是活舒坦。但这样的话这时候说，无异于屁话。只好默然。

知止有定

不久前，一位文坛老友来电话，提起今年下半年中国作协该开新一届的代表会了，由此话题记起一些旧事。譬如，上次换届，主席团成员年龄限在七十岁。正式开会时，某著名作家离规定的年限尚有一月之差，得以进入候选名单，继而顺利进入主席团。事后这位作家很是庆幸，这一个月的时间让他在主席团任职的时间得以延长五年。

"主席团"云云，不过是个社会兼职，没有级别，没有报酬，最多是比其他作家多开几次会，倘名气有限，到哪照样没人买账。这一点，我自己就是个例子。而这位作家粉丝遍天下，到哪都是上宾，那是因为他名满天下的作品，跟主席团没有半毛钱干系。他对主席团职务的热爱，唯一的解释是老同志对社团工作的热爱。这样的责任心固然可敬，但我总觉得人到晚年，不恋栈还是比恋栈于身心健康更为有利。一个人活得再长，成就再辉煌，总有落幕的一天。永远待在舞台上，谁也做不到——除非画像。事实是这位作家没能待到那一届主席团任职到期便因病撒手人寰。

听到噩耗的当时，我很感慨：当初如果没有那么多的牵挂，他是不是就能够活得更长一些？是不是就能够把他曾多次对大家说过的已有腹稿的几部长篇小说写出来留给喜欢他的大量读者，留给文学史呢。对于这位作家的生命来说，这是更大的价值啊。

至于像我们这样平庸的人，写作不过仅仅是为稻粱谋而已，谈不上所谓价值，那也就更没有必要留恋那些本就不属自己的虚荣了。该走人的时候早点动身，这比走晚了让人怜悯甚至腹诽好。

每晚散步要路过一家茶店，与门相对的那面墙上挂了一副横批："知止有定"。下面的书案后坐了一个花白头发的人，手上常是握了一卷书。据说开店要扎堆才好做生意。但这家店很孤单。街很僻静。偶尔见到有一二个人在书案那儿与店主交谈，大多数时候里面唯那店主一人握书独坐而已。

生意如此寡淡，却安之若素，开店所为何来呢？我甚好奇，某日不由趄进门里。

那一晚，我们相谈甚洽。店主退休前是国企老总，退休后好几家私企争着高薪请他，他一概谢绝。儿子和女儿都在外地成家了，他和老太婆守空巢，就用临街的房间开了这家茶店。该歇时就该好好歇着，他说，钱赚多少算完？留给儿女搞不好害了他们。他并不指望茶店生意兴隆，有朋友来坐，就品茶聊天。没人，就自己读书，总算有时间读一点青年时想读没时间读的书了。

话题就转到读书上。我向他请教"知止有定"。那幅字出自他本人的手笔，工稳的颜书，一派端肃。

"知止而后有定，定而后能静，静而后能安，安而后能虑，虑而后能得。"这是《大学》上的话。"止"指归宿，"知止"即知道归宿。"定"是定向，"知止而后有定"就是知道了归宿，坚守不移。于是"能静"，"心不妄动"；"能安"，"随处而安"；"能虑"，"处事精详"；"能得"，"得其所止"。这几"能"是朱子《大学章句》的解释。总之是从容有度，心安理得。

这里描述的是一个进入某种境界的过程，其首要的是知道"止"。

千里搭长棚，天下没有不散的宴席。一个人年轻时进取，到了晚年，还不遗余力地东跑西颠，说三道四，甚至自己给自己折腾纪念馆之类，多少让人觉得有点为老不尊。不妨学学古人的"知止有定"，努力缩小自己的生活半径，最大限度地做减法，平静地走向虚无。没事弄弄文字，完全是出于个人爱好，调适心志，能不能评奖，会不会传世，有没有读者，当不当"委员"之类，都是无所谓的事。这也是一种活到老、学到老吧。

可惜，现实生活中，知道这个"止"并且乐于实行的人终是不多。

（原载《文学自由谈》2016年第5期）

士与绅的最后遭逢

◎阿 来

今天我来谈谈李庄，谈谈对李庄的感受。因为我知道宜宾市里和区里正在做李庄旅游的开发，其中最基础性的工作，就是研究李庄文化。那么也许我的这些感受，就可以作为一个案例，可以作为一个游客样本，作为有文化兴趣的游人的样本，看他来到李庄，希望看到什么，或者说，他来在了李庄，有关中国文化所产生的一些联想，所有这些也许都可以作为当地政府对李庄旅游开发跟文化开掘的参考。我不是旅游规划专家，所以，我作为一个有文化的游客，只是希望在这一点上对你们有所启发，这就是我愿意来此谈谈李庄的原因。

其实我这次也只是第二次来李庄。两个月前吧，还来过一次，那是第一次。听说这个地方好多年了，读这个地方有关的资料、书籍，尤其是读我们四川作家岱峻的非虚构作品《发现李庄》，也有好多年，但不到现场，这种感受还是不够强烈。因为过去我们老是想，来到李庄的那些知识分子，如傅斯年、董作宾、李济、梁思成等这样一些人，他们是跟中国新文化运动相始终的这样的一代知识分子，如果只是讲他们如何进入到一个谁都没有预想到过的地方，在这个地方艰难存息，而且继续兢兢业业地从事使中国文化薪火相传的平凡而又伟大的工作——尤其是在抗战时期，中国文化面临巨大存续危机的时代——这样的工作更是具有非凡的意义。第一次我来李庄时，便忍不住说了四个字，"弦歌不绝"。这是一个有关孔子的典故。《庄子》上说："孔子游于匡，宋人围之数匝，而弦歌不绝。"这种精神当然是很伟大的。这一部分事迹，在今天李庄文化的开掘中，已汇集了相当丰富材料，也有了较为充足的言说。

但我觉得，这并不能构成李庄文化的全部面貌，因为抗战时期，不同的学术机构、不同的大学，辗转到不同的地方，到桂林，到贵阳，到长沙，到昆明，到成都，到重庆……但在那些地方并没有产生像今天李庄这样有魅力的故事，那就说明这样的一种局面的形成情况并不是一个单向度的问题。就像今天讲在昆明的西南联大，怎么讲呢，大多还是像今天我们讲李庄那些外来的大知识分子的故事一样，讲他们如何在困难的条件下专注学问，如何在风雨飘摇的时势中不移爱国情怀，却很少讲出昆明跟西南联大、这个地方跟联合大学互相之间产生交互作用的过程。这也情有可原，因为那些机构大多在大的地方，在相对中心的城市，中央政府政令相对畅通的地方，所以与地方交互的故事，并不是那么多，尤其是他们跟当地民间各个阶层相互交往关系故事并不是特别多。

这其中好些地方我都去过。比如西南联大所在的昆明翠湖边，也曾在湖边曲折的街巷中怀想那些消逝了的一代知识分子的背影。

但为什么独独是李庄，一下子就在这么小的一个地方，来了这么多学术机构，而且，至少同济大学的到来，是由李庄的大户人家，也就是过去所说的有名望的乡绅们联名主动邀请来的。我觉得这里头一定是包含了某种有意味的东西，这个过程体现了某种特殊的价值，有特殊的意义存在。那这样的意义到底是什么？

第一次来过李庄后，回去我就老在想这个问题。

当时我就有个直觉，可能我们今天谈李庄的时候，谈外来的学术机构尤其是那些学术机构当中在中国乃至在全世界的不同学术领域都有显赫地位的知识分子，讲他们的故事讲得特别多。他们的故事应不应该讲？当然应该！但是在讲这些故事的同时，我们可能遮蔽了一些事实，那些被遮蔽的事实就是：当地人如何接纳这些机构，使得这些知识分子得以在这里度过整个抗日战争的艰难时期，在这个过程中，李庄人做了什么？更为重要的是，完成了这一义举的为什么是李庄？不是赵庄不是张庄？那么，这在当地它有一个什么样的道德传统，什么样的文化氛围，可以使得当年在李庄这个半城半乡的地方，由这些当地的士绅邀请这些下江人来到李庄，而且来到李庄以后，又给他们提供那么多的帮助，提供那么多的方便，那这其中一定还有很多湮灭在政治运动和漫长时光中的故事，等待我们的打捞与讲述。只有把这双方的故事都讲述充分了，才是一个真实的李庄故事，完整的李庄故事，更有意义的李庄故事。所以我觉得将来的李庄故事，一定是一个双向的挖掘。

寄住者的故事和接纳者的故事的双向挖掘。

那么，这个故事的双向挖掘的意义又在哪里？

我以为，通过李庄故事，可能还原一个中国传统社会的图景，传统社会最美好的那一面的完整图景——过去的几十年中，我们看待中国传统社会形态时，较多注意它不公平不美好的那一面，而对其美好的那一面关注是太少太少了。

在我看来，李庄故事里的两个方面的主角，恰巧是中国的上千年传统社会结构当中，两个最重要的阶层最后一次在中国历史中同时露面，在中国文明史上最后一次交会。我们知道中国有一个词叫士绅，在过去旧社会里，中国长期的封建社会当中，有时士绅是二而一的，但更多的时候，士是士，绅是绅，士是读书人，是读书以求仕进，以求明心见性的读书人；绅，是乡绅，是地主，是有产者，也是宗法社会中的家族长老。很多时候，士就是从绅这个阶层中培育生长出来的。在过去的社会，即便到了民国年间，到了同济，史语所，营造学社等中国最高级的学术与教育机构来到李庄的时代，士与绅这两个阶层在社会中的作用也是非常非常重要的。他们几乎就是社会的中坚。士，用我们今天的说法就是知识分子；绅呢，就是大部分在中国的乡村，聚集财富，维护道统，守正文化的有恒产，兼有文化的，并且成为家族核心的那些人。大家知道，中国古代政府不像今天政府这么大、这么强势，所以政府真正有效的控制大概就到县一级，下边今天划为区乡镇村组这些地方，按今天的话就可以叫作村民自治。但是这个"民"如果像今天的农村，大家实力都差不多，一人平均一两亩地，几分地，大家都是这样的一两幢房子，文化也都处于那么一种荒芜半荒芜的状态，没有宗族的、道德的、精神性的核心人物，所谓"自治"其实几乎是不可能的。但过去在乡村中，首先有宗族制度维系，同姓而居，同姓而聚，构成一个内部治理结构。从经济上说，因为允许土地自由买卖，就会形成土地相应向一些人手里集中，就会出现地主。大多数时候，地主不只是聚敛，他也施予，扶贫，办教育，等等。不管是宗族的族长，还是地主，还是小城镇上某种商业行会的领袖，这些人都叫乡绅。绅，他们在大部分时候构成中国乡村县以下的自治的核心阶层。而且不止是乡村，还包括乡村周围的小城镇，如李庄，也不是典型的乡村，他既是乡村，也是一个不小的城镇，因水运，因货物集散而起的城镇。总而言之，在封建社会当中，就是士与绅这样两种人成为中国社会的两个支柱，除了皇帝从中央开始任命到县一级的官员以外，他不再向下任命官员，王权的直辖到此结束。到民国时期政权开始向下延伸，乡绅中的某一个人，比如说李庄当时的乡绅罗南陔他可能当过乡长、区长，但这个恐怕更多也是名义上的，官与民互相借力，真实的情形可能是照顾到他的这种乡绅的地位与其在乡村秩序中所起的特定作用——在乡村自治或半自治中所起的作用。

这个时候，刚好遇到全面抗战爆发，于是，故事就发生了。没有全面的战争，这些知识分子，这些士，不可能来到这个地方。我觉得李庄故事的核心就是：在这里，中国士与绅来了一次最后的遭遇，最后的结合，然后留下了一段李庄故事。今天中国社会已经改天换地，我们大概可以说士这个阶层，也就是知识分子阶层还在，虽然在国家体制中的存在方式与民国时期也有了很大的变化，但还是继续存在。但是，绅，乡绅这个阶层却是永远消失了。今天国家政权不但到县，还到了乡、镇，还进了村，此前还经过了土地改革，土地所有者也变成了国家。土地私有制被消灭后，绅所赖以存在的基础就彻底消失了，所以，从此以后绅这个阶层在中国社会当中是不会再有了。所以，我以为李庄的故事其实是中国乡村跟城市，不，不能说是城市，应该说是中国基层的乡绅们跟中国的士这个阶层最后发生的故事，而这个故事是这样美好，这样意味深长。

过去我们说到绅，得到的多是负面的印象。从共产党进行第一次国内革命战争，就是红军时期以来，中国人习惯了一个词，叫土豪劣绅，习惯了给"绅"加上一个不好的定语："劣"。过去乡村里有没有劣绅呢，肯定有的，但是不是所有绅都是劣的呢？那也未必。如果是这样，中国乡村在上千年历史的封建社会中，没有办法维持它的基本的正常的运转，如果绅都是恶霸，都是黄世仁，都在强占民女，都要用非法的方式剥夺土地和其他生产资料，农民都没有办法活，那这个乡村早就凋零破败，不存在了。但中国乡村在上千年的历史中一直延续到20世纪50年代初期，自有其一套存在的方式与合理的逻辑。当然，乡村这种秩序的瓦解也并不全是革命的原因。这种乡村制度的瓦解首先还是经济上陷入困境。其中重要一点，就是近代以来，现代工业的兴起，廉价的工业品从城市向乡村的倾销，造成了首先是手工业的凋敝。但因为城乡贸易的增加，自然会带来物流运输的增加，那么，那样一个特殊时期，是不是反而造成了李庄这个水码头的繁荣呢？

话有些远了，还是回到绅这个话题吧。

我来说说绅这个字是什么意思。这个字最早出现在汉字里头，是说古代的人都穿长衣服，所以腰上会有一条带子，绅的本意就是束腰的带子，说文解字里说：绅，束腰正衣，使貌正之。就是人穿衣服要有规矩，显出有一个庄重的样子。后来就从这个本意引申出来绅这个字一个新的意义，就是说凡可以叫绅的人，在道德上对自己是有要求的，他们在生活当中，在生产活动中，在经商过程当中，是对自己有某种道德要求的。更不要说那些大的家族，绅作为家族的族长，一个家族祠堂的总的掌门人，他要平衡各个方面的关系，协调相互之间的情感，很显然如果只是使用暴力，只是用阴谋诡计，恐怕很难达到为尊族中与乡里的目的。他还是依靠合于传统道德的乡规民约，依靠一种道德言行规范，来约束自己的言行。前些天我去扬州，参观一个地方，也是看到一个以前老乡绅的老院子，从这老宅子中抄到两副对联，其实这就是自古以来，中国乡绅阶层对于自己的约束和要求。用什么样的带子来维系他们的道德、维系他们的传统呢？这两副对联就是这家人的传家箴言，第一副的上联这样写的："几百年人家无非积善"。说一个家族要在一个地方，在当地立足不是一代不是两代，是要在这里几百年传家，要在这里长久立脚，而且还要家世昌盛就要多做惠及邻里的好人好事。下联是："第一等好事只是读书"。我们知道，过去乡下乡绅门前大多会有个匾额，匾额上大多书四个字"耕读传家"的，正是这个意思。第二副对联上联是："传家无别法非耕即读"。说我们这些人家做什么事最好最长久呢？只有两件事，不是耕作就是读书。下联是"裕后有良图唯勤与俭"。说使后代保持富裕不是传多少钱给他，最好的方法是学会勤劳与节俭。这其实不只是这一个家族的传家格言，而是中国古代以来乡绅们所秉持的一个久远的传统。

进一步说，过去的士，很多人都是从这些耕读世家出身的，如我们四川的三苏，一门三父子都通过科举考试成为了士，而在没有成为士之前就是当地有名的绅。到了明代，新都的杨升庵一家，父亲是朝中高官，自己又考上状元。都是父子没有出仕之前，就是当地的绅。他们的家庭，就是当地耕读传家的绅。如果我们愿意多下一点儿功夫，查一查抗战中来到李庄的那些士，傅斯年、李济、董作宾、梁思成、林徽因、陶孟和、童第周，等等，考察一下他们的家世，一代，两代，三代……大多都是来自乡村，来自乡村的绅这个阶层。

土地改革以后，绅中的一些人被划了一个成分，叫地主。这本来是一个中性的词，土地的主人。划定成分时，就有了贬义。之前，却应该是一个好的词吧。孟子说过"无恒产则无恒心"嘛，有了地就是恒产，有恒产就有恒心，所以这样的一种士绅耕读的传统，就决定了这些乡绅不是今天我们再用这个词时所说的，那些个不尊重文化的暴发户，那些第一桶金或许都带有原罪色彩的所谓土豪。那个时候的乡绅中土豪其实是有的，但也是少的，大多是耕读传家的大家族大乡绅，他们的发展是一步步走来的，除了财富的积累，同时也有道德与文化的长久积淀。所以当抗日战争爆发，国家和这个国家的文化都面临深重的危机时，这些李庄的乡绅们才能够懂得文化的价值，这些士的价值，才会主动邀请这些文化人，这些当时的士与未来的士来到李庄，托庇于李庄。今天大家都在挖掘李庄那封电报的故事，那不就是当地的乡绅们结合在一些，他们身份很复杂，有商人、有国民党的区长乡长、有乡间的哥老会首领，但这些都是乡绅在新的时代中出现的逐渐分化，也许，在寻常情形下，他们之间还有种种明里暗里的争斗，有各种利益的冲突，但这个时候，他们可以集合在一起，说邀请这些文化人，这些文化机构来李庄吧，让我们为保护中国文化，保护中国的读书种子做点儿事情。

在这样的时期，当中央研究院史语所及其他所、国立同济大学、中国营造学社等学术机构遇到困难时，很难想象从那么一个从来没有听说过的地方，有一群人联名发出电报邀请他们来到李庄。所以我觉得我们以后一定要把李庄的故事讲好，一定要讲出他背后的道理，而这个背后的道理恰好正是中国悠久的文化传统当中最最重要的那一个传统。绅这个阶层，不但一直在哺育中国士的阶层，他们还内在地坚守着一种精神，一种尊重中国文化人、读书人的精神。

前次我去板栗坳，看见史语所的人他们离开时还留了一块碑在那里，碑文写得很好，我想再给大家念一念，其实也就是记述了当时乡绅收留他们的事情，还写出了张姓乡绅的家世。

这通碑叫"留别李庄栗峰碑铭"：

"李庄栗峰张氏者，南溪望族，其八世祖焕玉先生以前清乾隆间，自乡之宋嘴移居于此。起家耕读，致赀称巨富。哲嗣能继堂构辉光。本所因国难播越，由首都而长沙而桂林而昆明，辗转入川，适兹乐土。尔来五年矣。海宇沉沦，生灵荼毒，同人等幸而有托，不废研求。虽曰国家厚恩，然使客至如归，从容乐居，从事于游心广意。斯仁里主人既诸军政当道，地方明达，其为藉助有不可忘者，今值国土重光，东迈在迩，言念别离，永远缱绻，用是询谋，佥同醵金伐石，盖弇山有记，岘首留题，懿迹嘉言。昔闻好事，兹虽流寓胜缘，亦学府一时故实。不为镌传，以宣昭雅宜，则后贤其何述？"

碑文开头就写了在栗峰传家八代的张家。张家不是穷人，穷人怎么接纳他们呢？"……移居于此，起家耕读……"注意刚才我讲过，这些士如傅斯年、李济他们这些人是深深懂得中华乡村传统的，所以他们说李庄乡绅如张氏这样的望族是起家于耕读的，……而且一家人继续读书，不因为有点钱就荒废了，所以这个家族传了八代还是勤谨兴旺，耕读传家之人……碑文里几句话，说得非常简单，然后他们要走了，又说了几句话……说我们在这儿做研究，在战乱时候在李庄做研究，完全靠的是主人的仁厚，就这么一个短短的碑文，我在那儿看，我念了三遍，很感动。士这个阶层，他们自己就有很大的发言权，用今天的话叫作有话语权。而他们刻下这通碑的时候，就把绅对于士在特殊时期的庇护说了出来，大声说了出来：是为了"宣昭雅谊"，这是士与绅在中国最后一次遭遇所留下的雅谊。

古时候说，居高声自远，士都在高处的，知识分子的声音都是传得很远的，可乡绅呢？当地呢？而且这个阶层在接下来的几年，在我们的土地改革当中，这个阶层就已经消失了，大概中国以后也再不会出现这个阶层了，而他们的声音就消失了。所以我们今天要讲好这些士的故事，这些知识分子的故事，要把这个故事讲得更加完整全面，就不能不说出这些乡绅所代表的李庄人的故事。这个故事我们也要讲好。所以我有个建议，以后要着力做一些关于这些乡绅家世事迹的调查整理工作，在考虑李庄文化陈列的时候，也应该有一两个地方来说一说李庄本身的文化，李庄本身的历史。不然就不能说清楚为什么是李庄，不是王庄，不是赵庄，托庇了这些伟大的传承了中国文脉，中国学术机构与人士的道理何在？这个道理就是中国几千年传统文化中，耕读传家的乡绅文化当中，一种天然的对文化的追求和对文化的向往与尊重。

当然时代已经处于剧烈的变化之中，中国的乡村社会，中国的乡绅们也正在接受现代文化的冲击，虽然相较而言，他们还是更熟稔中国的传统文化，孔孟之道。有一个外国汉学家跟梁思成夫妇很好的，他谈到中国文化时，就说过，中国的乡绅们大部分其实就是儒家，他们自己就是儒家文化的传统的代表，对于现代的民主与科学思想还不是很了解。所以这里也有这样的故事，说李庄人对于同济大学医学院做尸体解剖是如何惊诧与不解。我相信这样的故事一定是有的。但这种故事该怎么讲，该以什么样的方式来讲，也是大有考究的。我觉得以后再讲这样的故事，应该要基于一种对传统文化以及对当地人的充分尊重，要基于历史学家常说的一句话叫"同情之理解"，我们要很正面地更详尽地讲这个故事，一定不要在讲这种故事的时候，变成简单的文明跟落后、文明跟愚昧那样的冲突，而把李庄当地人在这个故事当中漫画化了。这个不是对于接纳了那么多那么重的士的李庄人的尊重。即便他们在观念暂时不能接受，但他们后来不是就接受了吗？所以这里头有一个历史学的原则，我愿意再重复一次，就叫"同情之理解"，你必须站到他那个位置上，想他为什么会这样看待这个问题、这个新出现的事物？那是传统文化驱使，而不是他对文化本身的看法，如果我们漫画化了他们，就可能出问题，给来李庄游客一个印象，原来这是一个非常愚昧的地方。

如果这里真是一个非常愚昧的地方，我们一来到李庄，就不会看见镇口就耸立着一座奎星阁。

奎星在中国古代文化中指的是北斗七星中的一颗，我记不得是在第三还是第四颗的位置，总之北斗七星中有一颗就叫奎星，又叫文曲星，是专门照应一个地方文运的。如果这是一个愚昧之地，那么为什么在李庄这个地方人们没有塑一个别的东西，比如不是商人奉为保护神的关公，关云长，而修了一个奎星阁。奎星阁为什么修得那么高？因为可以接应到天上昭示文运的奎星的光芒，使这个地方文运昌盛。这说明这个地方一直是尊重文化的。我第一次来，一看这个地方有一座奎星阁，我想这一定是一个有文化向往、尊重文化的地方。

在李庄故事的重新讲述的过程中，当地已经做了很多有意义的工作，比如那些知识分子，那些士在那么艰难的条件下，种种使得中国文化得以薪火相传的事迹。但原谅我觉得这还不够，我们还应该在另一个方向有做大的努力，做一些恢复跟重建当年当地乡绅文化的努力。只有这样，有了士与绅之间这么一种相互的印照，互相的激发，我们才真正会知道中国文化的活力所在的最大秘密。我们也才知道为什么那么多文化机构在半个中国四处漂泊后，能最终安顿在此地，扎根在这里，出了这么多成果和成就，而且是在那么艰难的条件之下，这是什么道理？在物质生活非常艰难的情形下，两个不同的阶层之间，当地人和外来人互相之间这种人情的滋润，对于当时来到这里的困窘无比的文化人来讲，我想，就是一份巨大的温暖和支持！

从很早以前，中国就是实行乡村自治的。从春秋时代开始，就出现了中国乡村的基本建构单位，出现了我们今天表达乡村建构的那些词。顾颉刚先生在他的《春秋》一书中说，春秋时代的乡村治理，或者说乡村的构建，最小的单位叫家，家上的单位叫邻，今天我们讲的邻那时其实是一个行政单位，邻上是里，再往上是乡，乡上是党。今天我们谈乡亲谈乡村的时候，经常还用这些词：邻里，乡党。北方人，尤其是陕西人特别喜欢说，我们是乡党啊。这代表一个地方的，其实从邻里到乡党，都是乡村结构。而且国家政府机关并不向你派出官员，大部分就是乡村自治。前些天我看到一个材料，说清代时，人口开始大增长，用了不到一百年时间，人口就翻了两番到了三亿多近四亿。为什么呢？因为这个时候从外国传来了产量高的作物，来了玉米、番薯，来了马铃薯，过去粮食产量低，自然形成对于人口增长的抑制，粮食产量高了后，人口自然大爆发。同时，在这样的情况下，清代的官吏跟明代相比，人口翻了两番，但吃行政饭的人，也就是公务员并没有增加。这就说明在这样一种情况下，乡村通过乡绅们的自治，仍然是行之有效的。这些用束腰的带子绅作为命名的人们，在乡村是宗法权力的维系者，是经济生活的维系者，同时也是道德与文化传统的维系者。而正是他们对自己有约束有要求，这种传统才能够存之千年，而不被废弃。如果情形不是这样，如此这些人都是土豪恶霸，这种乡村治理早就被推翻，早就崩溃，废之不存了。

当然，封建社会从形式上是永远结了，经过改天换地的土地改革，绅这个阶层是没有了。现在看来，当年的那些乡绅们，在新中国成立后还受到不公平过激的对待。但是今天的情况正在发生变化，我们可以坐在这里，比较客观地来反观这段历史了。而且我们谈的不是给谁平反的问题，而是谈一个文化传统问题，给一个历史现象一个合情合理也是合乎当时历史事实的文化解释。当年李庄那些乡绅，他们是有代表性的人，代表了中国传统文化的一些人。只有讲清楚他们的故事也才能把士和绅的故事梳理清楚。只有这样，只有有了他们充分的庇护与帮助，就如栗峰碑文中所讲的，"幸而有托，不废研求"。才有那封电报中那简洁而又恳切的话，"同济来川，李庄欢迎，一切需求，当地供应"。所以，当这些文化机构，这些士，这些知识分子来到这里，才能在抗战烽火中觅得一块平安之地，继续专注于自己的学问，自己的研究与教育工作，而弦歌不绝。使得这些人在困顿之中更加表现出谔谔之士最美丽的一面。

　　是的，就像传统文化决定了乡绅有乡绅对自己的道德与文化要求，知识分子对自己也是有道德与人格要求的，士对自己从来就是有要求。不像今天我们讲知识分子，条件已经过于宽泛，有一定学历就叫知识分子或者有个技术职称就叫知识分子，不是这样的。当然知识分子对自己的第一个要求就是有学养、有学识、有学问，但是只有这个是不够的，知识分子还要有风骨、有气节、有人格。我们在讲李庄故事时，讲士与绅时，有很多知识分子都可以作为楷模来讲。比如傅斯年这个人，可能就是中国的更符合士的要求的知识分子，很多的老先生、知识分子比如董作宾这样的人，他们更多的可能是专注于自己的学问，但是傅斯年这样的人不一样，他要过问国家的政治，他要干预国家的政治，但是你真正要让他去做官，他又不做官，蒋介石亲自请他吃饭，让他当议员，不当。但他一定要当好史语所的所长。那个时候情况不一样，傅斯年们不会觉得在大学里在研究机构里当领导就是做官，那时必须到政府任职才算做官。今天上述所有地方的领导都是官了，这是今天时代带来的变化，这个变化也带来知识分子的某些变化。当年抗战刚结束，李庄的摊子还没收拾，傅斯年就急急忙忙跑到了北京，他要恢复北大。这个时候国民政府已经任命了胡适当北大校大，西南联大要分开，清华归清华、北大归北大，但胡适还没有从美国回来。傅斯年在李庄的一摊子事还没有收拾的情况下，就跑到北京去了。有点儿争强好胜急于恢复北大，说不能让北大落在清华后面。北大当年撤离后，还有一部分教职工留在北京，在伪北大做事。傅斯年说胡适这个人学问比我好，但办事比我坏，别人让胡适快点回来接任北大校长，他却给胡适写信说，你不着急，你慢慢回来，我先去给你代理校长。因为怕你心软，对伪北大的人下不了手。他回去就一件事，只要是在伪北大干过一天的，当年北大撤离后还留在北京，在日本人手下工作的这些人，一个不留。当时，这些人也到政府去静坐上访，也有政府官员找傅斯年说算了吧，除了少数人真给日本人做事，别的也就是混口饭吃。傅不干，说为人没有这样的，我们是北大人，只要这些伪北大的人中有任何一个人留下来，那么对于那些历经千辛万苦，撤离到昆明、到李庄的这些人来说，就是不公平的。后来，他自己说我就是北大的功狗，我就是北大的一条狗，等我把那些人都咬完了，再把校长位子还给胡适。胡适学问大，却是好好先生，他干不了我这种拉下脸皮不讲情面的事情。所以我来当北大的狗，功狗。傅是文化人，他骂自己也是有学问的，这背后是有典故的。功狗这个典故是从刘邦来的。汉高祖刘邦平定了天下，对手下很多人论功行赏的时候，韩信张良等不服，问他，萧何不是跟我们一样帮你打天下吗？为什么萧何做丞相，我们就没有那么大的权力？刘邦说，萧何是功人，有功的人，你们是功狗，有功的狗。不是刘邦看不起那些人，他打了个比方，说好比上山打猎，你们呢像狗一样，是人家指出了猎物在哪里，你们就去追，你们就把猎物追回来。萧何呢，他是能发现猎物并指出猎物在哪里的人，然后计划好门道告诉你们怎么去得到猎物，所以他是猎人，你们是猎狗，但都有功，所以萧何做丞相，他的本事比你们大，他是功人，你们是功狗。这就是功狗的典故。所以说北大教授不会轻易骂自己为狗的，即便骂自己为狗也是要有典故的。所以这些知识分子是在这样一种环境里出来的，知识分子也是要报效国家的。

没来李庄前的史语所还发生过一个故事。这个人在中山大学毕业，曾在史语所工作一段时间。傅斯年把他派到我家乡一带的地方，今天甘孜、松潘、茂县那一带地方，去调查羌族语言，做羌族语言研究，然后，又去做藏族语言的研究，傅斯年对人要求很高，有时候又有点儿着急，几次调查报告拿回来都不满意，不满意这个人。这个人也很硬气，就不理傅了。这个人是爱国青年，还上过军校，突然他到了阿坝就不想回来了，傅斯年写信批评他，他就不回来了，不回来干什么呢？阿坝有个县叫金川县，那个时候已经很汉化了，当地有个绅真是个劣绅，当袍哥首领种植走私鸦片，没有人敢管，县长也不敢管。这个人就找到省政府说，我去那里当县长。当时任用干部的好处是不用像现在要经过副乡长、乡长，再当县长的这样的过程。上面说你真想去，真敢去，就去吧。那个时候史语所已经搬离李庄了，1946年了，他就真去当了金川县县长。上任没几天，就准备对付那个劣绅，他说前任怎么就把他拿不下？我来把他拿下。他的做法很简单，他对手下人说，你们连《史记》都没读过吗？《史记》里有鸿门宴，我就给他摆一道鸿门宴吧。他真就这么干的，发请帖，请杜总舵把子了——那个劣绅姓杜，请到县政府赴宴。宴席中真的就跟古书里写的一样，酒过几巡，摔杯为号。那位姓杜的袍哥舵把子也有胆气，就敢到县政府喝酒，接到请帖就去了，去会会新到任的县长。真的当这人喝到半醉，就让县长的卫兵把这个人打死了。这位书生县长他真的觉得是为地方除了一大害。但他没想到，第二天，这个人的手下几百人就把县政府包围了，最后把他给杀了，这个史语所出来的人就当了几天县长。也许他不熟谙官场的一套东西，但正因为不愿意尸位素餐，不肯得过且过，自己丢了性命。但他确实用他的死，让国民党政府有了借口，马上派兵镇压，这个县一股尾大不掉的势力，从此被铲除。这是一个书生用他的死换来的。也许在今天现场这些富于行政经验的听众看来，他把这个事想得很简单，但我们确实可以看到，那个时代的知识分子身上，他确实有忧民报国的真切情怀的，而且他这种情怀在史语所这样一个特殊的知识分子群体所形成的氛围中得到巩固和强化。后来我遇到一个台湾史语所的人，我问他你们那儿是不是有他的档案，他说真有这个人，说他当年搞民族语言调查的油印材料还在史语所的学术档案里，还有傅斯年批评他的文字留在上面。然后他愤而出走，愤而去当县长，然后献身。这个人的名字叫黎光明。

我们可以看到围绕史语所的这种故事，我们可以看到那个时代知识分子身上蕴藏的精神与人格力量。我觉得这些故事都还有待于进一步发掘。现在是双向的故事发掘都不够，李庄的故事要更立体更完备更符合当时的历史语境。讲故事是一回事，怎么讲这些故事，用什么样的方式，用什么样的态度讲这些故事又是一回事，这其中都大有文章。有些故事如果处理得不好，就可能像医学院的尸体解剖故事那样，可能会简单化，漫画化。讲到说故事的方式与态度，还有个危险就是，比如说怎么讲梁思成林徽因及其他人的爱情故事，也是一个问题。因为今天我们所处的消费时代，这个故事如果讲得不好，就有可能像当下很多地方一样，只热衷于把林塑造成一个被很多男人疯狂追求的人，这既轻薄了林，也轻薄了那些美好的爱情故事。我们更应该把她作为一个知识分子的建树，尤其是作为一个知识女性在那样的年代里，一个大家闺秀沦落到一个乡间妇女的日常生活的焦虑中的对家庭的倾心维系，对学术研究的坚持表达出来。她的弟弟二战中死在战场上，她是怎么对待的，而不被这巨大的悲痛所摧垮，这是什么样的精神！即便说到爱情，她病得那么重，金岳霖专门从西南联大过来为她养鸡，这故事怎么讲，今天我们的故事讲得太草率了，不庄重，逸闻化。长此以往，李庄这样一个本身可以庄重的，意味隽永的故事慢慢就会消失它的魅力。当然关于这些知识分子，这些士的故事确实是太多了，还是要深入地挖掘。这些学人的后人大多还在，其中很多还是有言说能力的知识分子，也许他们出于对前辈的维护，提供材料的同时，也会规定或影响这个故事的讲述方式。这个当然要尊重，但规定性过强，也会出现问题，这也是需要加以注意的。

到了李庄，我又有新发现，我原来都没想到，在中央博物院突然找到了一个人叫李霖灿，这个人在我做有关丽江泸沽湖的历史文化调查时遇到过，遇到过他写那些地方的文字，后来，这个人就从我的视野中消失，不知所踪了。我在丽江做调查的时候，我就查到在20世纪30年代到40年代有三个人写过丽江。其中两个人是外国人，一个叫约瑟夫·洛克。一个是俄国人叫顾彼德。洛克写的书叫《中国西南的古纳西王国》。顾彼德写的书叫《被遗忘的王国》。此外，我还找到过一本小册子，就是李霖灿写的。这是一本游记，当时散乱发表在报刊上，后来有人收集起来，出了一个小册子。那时候李是杭州美专的老师还是学生我记不起来了。学校派他到西南少数民族地区去收集一些美术资料，他就去了丽江和泸沽湖一带，在那个年代，中国人大部分还没留下那些地方的真实记录的时候，搞美术的李霖灿却写了一本跟泸沽湖跟丽江跟玉龙雪山这一带有关的大概几万字的书。至少对我有很重要的参考作用。但后来我就再也找不到这个人去哪儿了，从此再无消息，因为我觉得一个搞美术的，而在美术活动中再也不见他的名字，又没见到他继续从事文学书写，从此就断了线了。那次在张家祠，一下子见到他的名字，原来他加入中央博物院了，进了当时那么高的学术机构，就是缘于他在丽江的那段经历。在那里，他从搜集美术资料入手，进而接触到纳西族的文字，并对此发生浓厚兴趣，半路出家，转而对当地的东巴语言和文字进行研究。编撰出了汉语东巴文词典。成了中国知识分子用现代语言学方法研究中国少数民族文字的中国第一代学者，也许今天我们很多学者还在沿用他创建出来的一些方式跟方法。所以要感叹，这个世界很大，但这个世界也很小，一个在我自己研究视野当中失踪了多少年的人，突然在李庄出现，而且，这个人已经从一个搞美术的人变成为一个语言学家。因此可以见得，在当时那么艰难的条件下，他们还在教学相长，还在努力尽一个士、一个知识分子的责任，以学术的方式研究这个国家，建设这个国家。这样的精神，对今天的知识分子来讲，有多么可嘉可贵，自不待言。

前几天我刚好去眉山的彭祖山，我有一个朋友在那儿搞养老地产开发，我去彭祖山一看，在当地档案馆一查，对彭祖山最早的文化考察，对当地汉墓的考古挖掘，也是当时李济所属的在李庄的考古所的人去做的，留下了很有价值的考察报告。那时，你就不得不感慨，在那么艰难的条件下，他们还在认认真真地从事他们的学术事业，有人甚至还到了敦煌，去临摹敦煌壁画，而且一待就是一年两年，天天跟傅斯年写信要钱。傅斯年就又从李庄出发，坐船到重庆，到教育部去求人，去骂人，把钱又要一点儿回来寄给大家花，就是用这样的方式在延续文脉，不使中断。所以我觉得我们要把李庄故事讲好，这些知识分子留下来的生动的故事也要进一步挖掘要整理，而且这些整理要有更好的方式、更直观更生动的方式来呈现，今天我们可以有很多方式做出种种呈现，因为我们的博物馆学已经很发达，博物馆的方式已经有很多很多，我相信能够找到更好的呈现方法。

但是我觉得更重要的是，李庄的故事最精彩之处，就是刚才我讲的，中国的士跟中国的绅的最后一次遭逢，而这次遭逢从人文精神上绽放出这么美丽的光华。而且这在中国历史上一定是最后一次了。如果说知识分子这个阶层，士的精神还会继续在读书人中间继续存在的话，中国乡间的耕读传家的绅是永远不会再现了。

中国传统社会当中最重要的两个阶层在既是抗战时期，也是中国发生翻天覆地巨大的社会革命的前夜，绽放出来这样一种光华，呈现出来这样的历史文化现象，我相信无论我们怎么书写呈现，都绝不为过，也是具有非常特别的意义的，对我们构建我们民族文化的记忆，尤其是一个地方历史文化的记忆，这一章是非常重要的。从这个意义上讲，李庄是非常重要的，李庄是非常珍贵的，李庄是值得我们永远珍视的，因为只有在这样一个历史节点上，士和绅这样两个阶层在这样的时刻，都向中国人展示了他们品格中最美好最灿烂耀眼的那一面！所以我认为但凡对于中国文化怀有敬意，对于中国文化那些优质基因的消失感到有丝丝惋惜的人，都应该来到李庄，在这个地方被感动被熏染。

我记得老子《道德经》中有这样一句话——在我感觉中，老子是个悲观主义者，总感叹这个社会在精神道德上处在退化之中。所以，他说："失道而后德，失德而后仁，失仁而后义，失义而后礼。"他说这个世界本是按大道自在运行的，但人的弱点，人性的弱点，让人失去自然天道的依凭，而不得不讲求德，这已经不是自然状态了，只好用德这个东西来自我约束和彼此约束，只好退而求其次，"失道而后德"。但最后我们连德也守不住，就"失德而后仁"，当我们失去自我约束，所谓仁，就是我们只能要求我对别人好一点，别人也对我好一点，特别是统治者对我们好一点，我周围比我强大的人对我好一点，这也就是孔子说的仁者爱人。但仁也守不住，"失仁而后义"，说仁也不成了，就只好讲点义气。到义气就很不好了，义气就是我们这帮人扎在一起搞成一个小团体，小团体内部彼此很好，但对团体外面的人很差，我们想想中国的传统小说，《三国演义》里刘关张之间当然有义，但他们对别人就可能仁也没有德也没有了。《水浒传》里，宋江和李逵有义，宋江被抓了，李逵为救他不顾生死去劫法场，讲不讲义气？中国人觉得这个特别好，但我们看李逵从法场上救出宋江，往江边码头狂奔，一路抢起斧子就砍，砍到江边砍了多少人？对宋江有义对其他被他砍的人有义吗？用今天的眼光来看，李逵简直就是古代版的恐怖分子嘛，所以到义已经就非常不堪了。但是在李庄故事里我们回过头来看到，不管是这些知识分子，还是接纳他们的这些乡绅，我想先不说道，但至少还在德跟仁的层面上，在这个层面上我们来看到中国传统文化当中的这些因素，在不同方向上对不同层面的人都形成了某种有效的制约，使这些达成了某种人格，达到了某种今天人难以企及的境界。这种关系用今天话来讲，还是一种充满了正能量的关系。所以李庄在传统文化维度上的教育意义肯定比中国武侠小说要强。中国文化，中国的人际关系到了要靠义来维护的时候，其实已经很不堪了。但是，李庄故事不是这样的，李庄故事还会给所有人以温暖的感染。

在今天这个已经高度组织化的社会，在社会深刻转型变革的时期，在时代剧烈的动荡当中，其实讲求义都很困难。背信弃义这个词，在中国语言中存在也已经很久了。想想这个局面，真是令人不寒而栗。而在那样一个动荡的时代当中，李庄这样一个地方，还保存了读书种子，还保存了文明之光，更重要的是通过士与绅这两个阶层的结合，保存了中国传统社会当中的那种基本的道德感，基本的人性的人情的温暖，这就是李庄让人流连忘返的所在，让人觉得李庄故事了不起的地方。

（原载《十月》2016年第3期）

能不忆江南

◎ 李 舫

江南好，

风景旧曾谙；

日出江花红胜火，

春来江水绿如蓝。

能不忆江南？

"天城，在哪里？"

冷峻的风，从黑黢黢的空中刮过，沿着犬牙交错的高耸檐廊，掠过清凌凌的湖面，悄然降落在夜的深处。

这是公元1492年的秋风。

这一年，在中国是弘治五年，大明王朝经历了奸佞当道、万马齐喑的成化一朝，抖落了一路的风尘，舔舐着满身的伤口，正在喘息着，低徊着，观望着，等待期许已久的辉煌。他们也许并不知道，令人兴奋的弘治中兴即将到来，因为一个少年的诞生，这些年、这些事，注定被写入厚厚的史册。

这个叫作朱祐樘的皇帝已经22岁了。5年前，在位23年的父亲驾鹤西归，老皇帝给他留下一个糟糕无比的烂摊子。国丧之后，不到17岁的少年朱祐樘无奈地扛起了大明王朝这副沉甸甸的江山。他即位初期便遭遇天灾人祸，黄河发大水，陕西闹地震；5年过去了，天灾人祸依然不断，广西古田壮族农民起义，贵州都匀苗民起义，件件都是麻烦事。

他是明朝16个皇帝中的第9个，大明王朝的国运刚刚行进到半程，便已千疮百孔。未来，在岁月的古井里，静静地等候着他，像等候着一个力挽狂澜的巨人。很多年以后，历史，这个慈祥严厉又睿智的老人给了他一个赞许的称号：明孝宗，而这少年确实不曾辜负过他肩负的这个江山。他宽厚仁慈、勤于政事、励精图治，一次次为濒危的王朝扭转乾坤。这一年，他又要出场了。

秋，早已在不知不觉间来临。夜幕四合，夜凉如水，空落落的树林里寂静无声，倦鸟早已归巢，鼎沸的人声随着坠落的夕阳消失在黯淡的夜色里。草地上一些新黄代替了旧绿，枯叶捧着薄薄的露水，静静地散发着潮湿的气息。银杏树小扇子般张开的叶子开始由翠绿转成金黄，在夜色中熠熠发光，随即飘然四散，铺就了一地灿烂的碎金。

这是一个平平常常的秋天。夜将要走到尽头，黑而且凉。启明星那如水波跳跃的音符，如常般照亮着无数后来者的征程。在地球的另一端，欧洲的史官谨慎地记录下这个日子——1492年10月12日。

两个多月前的8月3日，意大利航海家哥伦布带着87名水手，驾驶着"圣马利亚"号、"平特"号、"宁雅"号3艘帆船，离开了西班牙的巴罗斯港，开始远航。

海上的生活沉闷单调，水天茫茫，无垠无际。过了一周又一周，水手们沉不住气了，吵着要返航。就是在这样艰难的旅途中，哥伦布率领3艘帆船，经过两个多月的航行，前方仍然是漫长的黑暗。

10月11日，哥伦布看见海上漂来一根芦苇，他高兴地跳了起来！有芦苇，就说明附近有陆地！果然，这天夜里10点多，他们发现了前面有隐隐的火光。第二天拂晓，水手们终于看到了一片黑压压的陆地，全船发出了欢呼声。

哥伦布开心极了。那时候，充满迷信色彩的欧洲，大多数人认为地球是一个扁圆的大盘子，认为海洋的尽头有魔鬼守候着，再往前航行，就会到达地球的边缘，帆船就会掉进深渊。然而，只有哥伦布坚信，海洋的尽头是一片新土地。现在，他终于用事实证明了那些传说的虚妄不经。

1492年的天空布满钢铁般的倒刺，一个伟大的时代等待着云开雾散。月牙从一团淡淡的云层后透出氤氲的白光，雾气不知不觉地包围过来，像一枚枚急驰的子弹，在海面上、在每个人的身上铸就了一层冰凉而透明的盔甲。

此时此刻，哥伦布的内心洋溢着难以言表的喜悦，因为他坚信自己已经到达了亚洲的东部沿海，坚信自己不久就可踏上梦寐以求的黄金之路——中国。

哥伦布出生于意大利的热那亚。他从小最爱读《马可·波罗游记》，从那里得知，中国、印度这些东方国家十分富有，简直是"黄金遍地，香料盈野"，只要坐船向西航行，东方的财富就唾手可得。于是便幻想着能够远游，去那诱人的东方世界。

这其实是一次横渡大西洋的壮举。在这之前，谁都没有横渡过大西洋，不知道前面是什么地方。

哥伦布也不知道。他努力控制住自己激动的情绪，站在船头，目光越过茫茫的海面，投向远方的海岸线。

他在寻找什么？

一座城市，一座马可·波罗所说的世界上最为雄伟、壮丽的城市——天城。找到了这座城市，就找到了传说中的中国！"天城，在哪里？"哥伦布自问。他满怀憧憬，甚至想象自己跨越天城里成千上万座石桥去见中国皇帝的场面……此时此刻，他浮想联翩，他不知道这座城市在哪里，在中国政治与文化中的地位，不知道它在历史上举足轻重的分量——那个时代，西方对中国了解得太少太少了。他不知道这里的百姓长什么样子，说什么语言，如何作息劳动，他不知道自己将面对什么，将看到什么，他不知道的还有很多很多。他不知道，是的，他一定不会知道，这座天城的中文名字就是——

杭州。

"岩石，岩石！汝何时得开！"

然而，哥伦布错了。

10月12日，哥伦布带领3艘帆船，终于踏上了新大陆。他认为，这毫无疑问是他找寻已久的亚洲。但是，他错了，这是美洲。那时的人们根本不知道在欧洲与亚洲之间，还存在着一个美洲——哥伦布更是压根儿连想都没想到过。

不需要再讨论——究竟是人找到了世界，还是世界找到了人。哪里有比这更亘古的传说、更痴迷的寻觅？哪里有比镌刻在人们心头更永久的仁望？苍茫的大海上，哥伦布播撒的种子已化作满天繁星，可是，怀揣着梦想的欧洲，同着四处寻找这梦想的哥伦布，又一次失望地发现，存在于他们的想象中的那个遥远的中国、那个遥远的天城，仍然是一个无比遥远的梦。

天城——杭州，几乎是可以认定是唯一曾经无数次托梦给西方、让整个欧洲为之迷醉的中国城市。

史学家从残存的史料推测，西方人将杭州称为天城，源于"上有天堂，下有苏杭"这句谚语，口口相传中的天堂，毫无疑问就在中国。

可是——杭州，在哪里？天城，在哪里？

中国，又在哪里？

中国与欧洲，分别位于欧亚大陆的东西两端，相距遥远中间还有崇山峻岭、江河湖海、戈壁沙漠。公元前6世纪在地中海地区诞生了辉煌的古代希腊文明。至少在公元前5世纪，中国所产的丝绸、茶叶已经远销到古代希腊文明的中心——雅典。尽管如此，以希腊为中心的西方，仍然对中国文明一无所知，甚至在很长一段时间，他们坚信居住在世界最东方的居民就是印度人。

公元前2世纪后期，西方人通过横贯中亚的陆上"丝绸之路"获悉，在遥远的东方有一个盛产丝绸的民族"赛里斯"；公元1世纪中期，西方人又通过海上"丝绸之路"得知东方有一个被称为"秦尼"的国家。最初，他们认为，这是两个不同的国家，古希腊科学家托勒密的《地理学》则支持了这种误判。在他的著作中，托勒密言之凿凿地写道：

从欧洲最西端越过大西洋向西航行，距东亚并不遥远。在东亚地区有"赛里斯"和"秦尼"两个国家。赛里斯在北部，被群山环绕，这里有几条大河，它的都城是赛拉城，其经、纬度分别是177°15′、37°35′，赛里斯的东面是未知的土地，它的南面则与秦尼接壤。秦尼的东面及南面都是未知的土地，西面与印度相邻。秦尼都城的位置是经度18°40′、南纬3°。秦尼的南部濒临一个"大海湾"……秦尼的海岸线沿着秦尼湾不断地向南延伸，跨过了赤道，最后与印度洋以南一个不知名的大陆相连，秦尼的著名港口城市卡蒂加拉就位于赤道以南的秦尼湾边，而这块不知名的巨大陆地西端又与非洲相连。这样，印度洋实际上是一个被陆地包围的内海。

托勒密对于中国的论述，长期影响了欧洲。就在整个欧洲为托勒密所误导、在一片黑暗知识的黯淡背景中屡屡冲破迷雾努力寻找中国的时候，有且只有一个名字，在他们的梦想中从未动摇，那就是作为"人间天堂"的天城杭州。

秦朝设县治，隋朝筑城郭，吴越建王城，南宋立国都，往事和传奇在数千年的日日夜夜中流转，层层叠叠积淀在这片土地上，累积在这座古城里。光阴像一只又一只惊慌失措的鸟，箭一般地飞向高空；然而，大地和古城却神态自若，列祖列宗在这里繁衍生息，子子孙孙在这里绵延赓续——这是一群人的力量，也是一座城的力量；这是一群人的魔法，更是一座城的魔法。

找到了杭州，就找到了中国，就找到了天堂。

西方寻找天城的行动轰轰烈烈，找到天城的故事却是悄无声息——

13世纪中期，法兰西国王路易九世的一名随从鲁布鲁克从君士坦丁堡出发，横穿黑海，在克里米亚半岛上岸，一路东行，经过俄罗斯南部草原，进入蒙古高原，终于抵达中国。中国文化令他啧啧称奇，他在日记中写道："他们用一把像漆匠用的刷子写字；他们在一个方块里写几个字母，这就形成一个字。"他试图继续向南方行进，找到长生不老的"蓬莱仙境"，然而，他失败了，但值得庆幸的是，他第一次将杭州的信息带到了欧洲，这些信息间或道听途说、真真假假，间或模糊不堪、以讹传讹，比如他说，中国有一座城市，城墙是用白银砌的，城楼是用黄金造的，而这座城市，就是古希腊和古罗马传说中的那个以丝绸著称的"赛里斯"。

半个多世纪后，一名意大利的传教士鄂多立克离开他的家乡诺瓦，从波斯湾乘船前往印度，又从印度经海路抵达中国，最后经过广州、泉州、福州最终到达杭州。此后，他沿着大运河来到北京，出河西走廊，沿着陆路"丝绸之路"到达西亚，最后返回故乡。他的身体在长途旅行中累垮了。去世前，他在病榻上将沿途所见所闻记录成书，不吝用最美的语言描述杭州："它是全世界最大的城市，确实大到我不敢谈它。它四周足有百里，其中无寸地不住满人……城开十二座大门""城市位于静水的礁石上，像威尼斯一样有运河，它有一万二千多座桥""男人非常英俊，肤色苍白，有长而稀疏的胡须；至于女人，她们是世上最美者"。

1338年，居住在法国南部阿维尼翁的教皇派出一个使团来到中国，其中一个成员马黎诺以非凡的热情记录了杭州："中国是世界上最美丽的国家，国土最为辽阔，人民最为幸福。此国有一个著名的城市，名为杭州""此城最美、最大、最富，在现在世界上的所有城市中，它是最为神奇、最为富贵、最为壮观的城市。没有见过此城的人，都认为简直难以相信，还以为讲述者在说谎。"

16世纪末，意大利传教士利玛窦来到中国，这个被大学者李贽赞誉为"到中国十万余里""凡我国书籍无不读"的虔诚教徒，着手绘制很多种影响了整个世界的中文世界地图，"明昼夜长短之故，可以契历算之纲；察夷折因之殊，因以识山河之孕"，利玛窦将其中最重要的一幅命名为《坤舆万国全图》，作为呈献给中国皇帝的礼品。在这幅气势磅礴的地图上，杭州相当准确地被标注在北纬30°的位置。

16世纪始，从大西洋绕过非洲通往东方的新航路被开辟出来，越来越多的欧洲人来到中国东南沿海，他们逐渐认识了中国，认识了杭州。在近代西方工业化以前，以丝绸、茶叶为代表的产品在国际市场具有相当的诱惑和竞争，这是中国文明辉煌的一页，也是世界近代文明的开始。然而，令人遗憾的是，此时的中国开始实行闭关锁国的政策，严守明太祖"寸板不许下海"的禁令。更多深怀遗憾远眺这块神奇大陆的人，却从未有缘踏进中国，遑论杭州？他们在内心发出无限的感喟：这真是一个不可思议的国家，但为什么就是不愿打开国门拥抱世界呢？

1574年，意大利传教士范礼安描述"中国是个秩序井然的高贵而伟大的王国，相信这样一个聪隽勤劳的民族绝不会将使用其他语言和文化的朋友拒之门外。"但是，事实让他感伤。他远渡日本，遥望中国，大声呼喊：

"岩石，岩石！汝何时得开！"

"那么，光荣应该属于中国"

一去楼台三十里，不知何处觅神州？

几场大雨之后，又一轮酷热卷土重来，那种秋雨霏霏、野草疯长的湿漉漉的日子已经很遥远，很朦胧，风干的往事因潮湿重新舒展开来——岁月是那么短，思念却总是那么长。

摩肩接踵的人潮、美丽的湖光水色，逶迤苍茫的群山，是人间的海市蜃楼是天堂的红尘景象，灯火家家市，笙歌处处楼。8000年前，跨湖桥人凭借一叶飘摇风浪的小舟、一双满是厚茧子的大手，创造了璀璨的跨湖桥文化，浙江文明史从此上推1000年。5000年前，良渚人在"美丽洲"繁衍生息，耕耘治玉，修建了中华第一城，创造了灿烂的良渚文化。而今，这座有着8000年文明史、5000年建城史的天城，骄傲地向着生命的晨曦、向着饱满的成熟走去，她的目光星辉聚敛，她的身姿摇曳生香，她的脚步坚毅稳健。明朝田汝成编纂的《西湖游览志余》记载："自六蜚驻跸，日益繁艳，湖上屋宇连接，不减城中，其盛可想矣。"东南形胜，三吴都会，端的是钱塘自古繁华，端的是天城长盛不衰！

数千年来，这座叫作天城的古城，傲岸地俯视着接踵而至的拓荒者、朝拜者、淘金者、筑梦者、远征者，他们兴师动众而来，兴师动众而去。在朝圣的故事里，杭州是——有无数个前世、却是唯一可以今夜枕梦的城市。在游子的梦呓中，杭州是——人人尽说江南好，游人只合江南老，绿水碧于天，画船听雨眠。在乡朋的宴席上，杭州是——为我踟蹰停酒盏，与君约略说杭州；山名天竺堆青黛，湖号钱塘泻绿油。在远方的客人不辞万里的驱驰中，杭州是——一叶扁舟泛海涯崖，三年水路到中华；心如秋水常涵月，身若菩提那有花。

时间行进到20世纪30年代，在遥远的不列颠群岛，年届不惑的英国生物化学家、科学技术史家约瑟夫·特伦斯·蒙特格马瑞·尼哈姆挽着他相交至深的中国女友沿着冰封的泰晤士河散步，他在日记本上用中文歪歪扭扭地写下了她的名字——"鲁桂珍"。他端详自己的杰作，发誓道："我必须学习这种语言。"接着，鲁桂珍为他取了个中文名字——李约瑟。

此后，这个有着中国名字的英国人由衷地对中国产生了兴趣，最后难以自拔地爱上了中国。出于对社会主义和中国的认知，李约瑟在激烈的反战情绪影响下，开始了他的中国研究。他在集中精力完成第二本著作——被称为"继达尔文之后真正具有划时代意义的生物学著作之一"的《生物化学与形态发生学》的同时，给英国的报刊写文章，到伦敦参加游行，并出版小册子，支持中国人民。1942年，李约瑟受英国文化委员会的资助来到中国，支援抗战中的中国科学事业。他访问了300多个文化教育科学机构，接触了上千位中国学术界的著名人士，行程遍及中国的十多个省。李约瑟认为，中国对世界文明的贡献，远超过所有其他国家，但是，所得到的承认却远远不够。

1948年5月15日，李约瑟正式向剑桥大学出版社递交了《中国的科学与文明》的"秘密"写作、出版计划。他提出，这本一卷的书面向所有受过教育的人，只要他们对科学史、科学思想和技术感兴趣；这是一部关于文明的通史，尤其关注亚洲和欧洲的比较发展；此书包括中国科学史和所有的科学与文明是如何发展的两个层面，由此，不仅提出著名的"李约瑟之问"，而且做出更杰出的"李约瑟之答"："如果真正要说具有历史价值的文明的话，那么，光荣应该属于中国。"

凡益之道，与时偕行。培根说过，黄金时代在我们面前，而不是身后。年轻的李约瑟一定未曾料到，这部卷帙浩繁的著作，不仅是中英文化交流的一个缩影，是世界文化互鉴的一个生动诠释，更是世界文明在交流、交融、交锋中走向黄金时代的伟大见证。

李约瑟用这部著作科学地证明了，中国的文明不仅是东方文明的典范，更应该是世界文明的重要组成；中国的光荣不仅属于中国，更应该属于全世界。1992年，为奖励李约瑟对于世界科技和世界文明的贡献，英国女王更授予他国家的最高荣誉——荣誉同伴者勋衔，这是比爵士更为崇高的勋号。

让我们随着时间前溯5个世纪，回到公元1492年。这一年，哥伦布发现新大陆，由此开始了欧洲的大航海时代，推动世界历史的现代化进程。这一年，一个叫作朱祐樘的少年迅速地成熟了，他的面庞依然稚气，他的内心却已无比强大。他在紫禁城漫步，沉思；回首，远望。年轻的皇帝，殚精竭虑，呕心沥血，努力尽毕生之力，推动沉重的王朝、肩负古老的中国，让她重新萌发生机，充满朝气地向前奔跑。

这是一个平平常常的秋天。夜将要走到尽头，黑而且凉。启明星那如水波跳跃的音符，如常般照亮着无数后来者的征程。

御史官铺展书卷，焚香研墨，谨慎地写下这一年的大事——明孝宗更新庶政，言路大开，凡是明宪宗亲信的佞幸之臣一律斥逐。孝宗嘉纳内阁大学士丘濬雅言，收集整理天下遗书。孝宗加总兵官，给总兵长印关防。刑部尚书彭韶等奏请问刑条例之裁定，孝宗从之。吏部尚书王恕提议停纳粟例，以免贪财害民之事由是而生，孝宗停之。洪武盐法渐坏，权贵专擅盐利，官商勾结，孝宗改开中纳米为纳银。吏部主事蔡清上言曰，贤者必用，不肖者必去，功必赏，罪必罚，此乃纪纲之大要，孝宗准奏……于是吏部尚书万安、礼部侍郎李孜省、僧人继晓等，或杀、或贬，或逐出京师；获罪较轻的或贬官放逐、或流放边地、或孝陵司香。大量起用正直贤能之士。同时，更定律制，复议盐法，革废一应弊政。

这一年的天城，正在数不清的困厄中挣扎。杭州府志载：杭州春二月，大旱；夏六月，大风雨，西山水发，大雨害稼；冬十一月、十二月，又大水，城墙崩坏，街市可乘舟而行。与此同时，仁和县虎灾数年，民饥而难。少年皇帝悯恤众生，赈济灾民，安抚百姓，并着令杭州府免征一年税粮，百姓终于得以喘息，安生。

一时间，政治清明，经济繁荣，百姓富裕，朝野称颂。

英国计量经济学家麦迪森在其出版的《中国经济的长期表现》《世界经济千年史》为这个值得回味的时代开列了一串长长的数字：公元1600年，中国经济占世界经济 GDP 的 29.2%，而在同样的时期，欧洲各国的情况分别是法国 4.7%、意大利 4.3%、德国 3.8%、英国 1.8%。无独有偶，美国历史学家彭慕兰在他的著作《大分流：欧洲、中国及现代世界经济的发展》提出：何以中国尤其是江南的富庶一度为世界所忽视？他用比较的方法得出的结论令人深思：中国文明一直保持在世界领先位置，它内在的活力恰是这种文明样式赓续绵延的动力，如何让这种动力成为世界文明继续前行的力量，这需要骄傲的西方反思。

昨天的天城——江南好，风景旧曾谙；日出江花红胜火，春来江水绿如蓝。

今日的杭州，今日的中国，抖落风霜，扬鞭奋蹄，努力找回欧洲两千余年的憧憬，找回古老东方永远不老的情怀、永远不曾变凉的热血，找回这个世界回家的识路地图。

拿破仑征战沙场数十年，创造了无数军政奇迹与文化辉煌。回顾自己的一生，他意味深长地说，世上有两种力量：利剑和思想；从长而论，利剑总是败在思想手下。诚哉斯言。

几度梦里回天城，教人怎不忆江南？

（原载《光明日报》2016年8月26日）

何谓丝绸之路——以河西走廊为例

◎叶　舟

丝绸是柔软的，它的幽雅与奇幻，色泽与纹理，代表了精致、富庶、高贵、江南、水以及摇曳斑斓的理想生活。它是古代中国的一个世俗符号，让一辈辈的先人们趋之若鹜，渴望衣锦而行，吹气如兰。丝绸也是坚硬的，当它从中国南方的蚕桑之地一跃而起，掉头北向时，一种神秘的意志与情怀便贯注其中，于是它就成了拓荒、西进、光荣、牺牲、开放和胸襟的代名词。它腋下生翼，高挂于北斗之上，由此成了我们这个民族一根生动的血管，一条脊椎般的天路，纵横西东。

谁也未曾料到过，一只卑微的蚕所吐露的内心，却在此后风沙漫天的西域，在苍茫无尽的岁月深处，结成了一条天网般的大道。——在这条路上，走来了宗教、乳香、琥珀、玳瑁、玉石、天马、植物和各种菜蔬，也走去了丝绸、铜镜、凤凰、纸张、印刷、儒典和灿烂诗篇。这条路不仅输送了贸易、技术和图案，同时也交流了思想、伦理、道德和人生观。无疑，它是人类历史上最具想象力和变革精神的一条通道，它用一匹浪漫的丝绸，将东方和西方紧密地簇拥在了一起。它是当年的全球化的逼真体现。它犹如一道灵光，让古代中国获得了神示，找见了一块"上马石"，也找见了一片能够凭倚的广袤后方，一个新的方向。

所以，当卓越的地理学家费迪南·冯·李希霍芬男爵于1877年，在他的《中国》一书中第一次造出"丝绸之路"这个词时，横亘于亚洲腹地深处的这一条天路，便逐渐掸落了灰尘，露出了它清晰的五官和婀娜的身姿。是的，丝绸是物质的，不仅可以穿衣蔽体，展示身份与地位，同时亦是能够量化的，去充当货币和军饷。但在我们民族的心灵史和成长史中，丝绸更是精神性的，它是独立、自信、富裕、和平和原创的象征。丝绸之路仿佛一组庞大而顽强的神经系统，延展于长安以远的广大西域，让那里的生民和万物谨守四序，春种秋收，迁延至今。

太庞大，也太深邃了，所以我只能选取河西走廊这一段，来探究丝绸之路的秘密奥义。

河西走廊，亦称甘肃走廊，因其位于黄河上游以西，又称河西走廊。它东起天堑乌鞘岭，西达古玉门关，绵延一千余公里。它南倚一脉千里的祁连山和阿尔金山，北靠罡风浩荡的马鬃山、龙首山与合黎山，形成了一条绿洲连绵的狭长通道。河西走廊所辖的武威（凉州）、张掖（甘州）、酒泉（肃州）、嘉峪关、敦煌（沙州），自古而来就是水草丰美、物产丰富的西北粮仓，同时又是重要的战略要地和边防要塞。在中国境内的丝绸之路上，尤以河西走廊显得底蕴深厚，波澜壮阔，一再地承载了我们民族最初的梦想和积极的作为。

2013年9月，习近平主席提出了"丝绸之路经济带"的战略构想。这一宏伟的创意甫一面世，便引来了众声喝彩，群情响应。可以想象的是，在新的全球化背景下，这一条尘封良久的贸易大道，这一条被经年忘却的荒芜英雄路，这一片曾令我们民族血脉贲张的皇天后土，将再一次抖落风尘，踏上坦途。复兴丝绸之路，重现昔日的光辉，这理所应当地属于"中国梦"最有效和最有力的一部分。未来可期，时间和实践将会给予这一战略构想以充分的证据、丰硕的果实以及黄金般的品质。

那么，在历史的肌理深处，在流沙坠简似的过往岁月中，丝绸之路究竟为我们民族带来了什么样的启蒙？怎样的开篇？这里，谨以河西走廊为例：

一、河西走廊印证了我们民族奔跑的少年时代与青春期

是的，大地说明了他们。

考察世界上任一民族的历史与发展，必须返身回向，深入她的源头，去探究她何以成为现在的全部理由。这些理由包括骨骼、血脉、经络、DNA等，也包括她童蒙的开启与稚嫩的涂鸦。古埃及人在他们成长的初期，便贡献了灿烂的金字塔、法老、面具、木乃伊和无数尼罗河的传说。古希腊和古罗马人在他们的发声阶段，捧出了神话、传奇、庙宇和恢弘的哲学，泽被了后世的文学与艺术。在耶路撒冷和阿拉伯半岛上，几个悠久的民族创立了各自的宗教，树立了圣人和规范，由此绵延千年，始终在测度着人们心灵的深度和信仰的方向。

在两河流域及波斯高原，一串阿拉伯数字，一本《天方夜谭》，一座空中花园，至今犹如天籁之水，令我们扪心倾听，获取了不竭的营养与灵感。

在我们民族的早期，也有一个抽枝发芽、表情焕然的天真童年。那时的先人们驻守晨昏，沐浴天地，身体是干净的，精神是清洁的，一派无邪的欢乐。那是《诗经》的时代。她一点儿也不逊色，她奉献出了瑰丽的诗篇、农耕、节气和对这个星球上自然万物的神奇想象。她背靠西天，在东方的土地上一个人顾影自盼，渴望淬火，求取一种庄重的成人礼。

于是，试探来了，匈奴大军仿佛一堵垮下来的高墙，催逼着她快速成长。

如今的河西走廊，呈现出了这个地球上除海洋之外的所有的地形地貌。沙漠、雪山、戈壁、草原、绿洲、冰川，以及无垠的良田，使这里成了一片成人的风景，如果你不了解她的前世今生，如果你不曾听见过风中传来的远古的呼啸，你就不会爱上她。那时的匈奴人骑在马上，显然窥见了这一片壮烈风景，他们若一阵烟尘似的席卷南下，却冷不丁地碰见了一位少年。不，是整整一群，一群长身玉立的白衣少年。

领头的少年叫刘彻。后世的人们因为他的不世之功，将其尊称为汉武大帝。

自秦至汉，我们民族的少年时代便拉开了帷幕。幸运的是，登上这个少年舞台的恰巧是一帮天纵之才，他们好奇，奔跑，血勇，独孤求败，渴望征服，每一块肌肉上都充满了力量与雄性荷尔蒙。他们一心想看遍世上的所有风景，想去追逐落日，去触摸地平线的尽头。那是一个行动的时代，是我们民族的"旧约年代"，没有废话，没有陈词，也没有羁绊。她碰巧遇上了南下的敌手，不免怒发冲冠，引刀一试。

那一刻，江山和社稷就寄在了这一群美貌少年的身上，他们的名字可以开出一个长长的单子：刘彻、卫青、霍去病、李广……他们的信念就是匈奴未灭，何以家为。他们相信自己就是一块耐火的城砖，要去奠基。他们明白自己必须做一把刀，不能躲在鞘中，自毁锋芒。对了，还有一个姗姗来迟的使臣张骞。他第一次用双脚丈量了这一条河西走廊，他踏勘，他摸排，他受难，他几乎用一己之力，像一枚尖锐的针刺破了未知的天幕，不辱使命，找见了方向和地平线，完成了这一趟"凿空"之旅。——那一刻，这个帝国在开疆斥土，在金戈铁马，上演了一幕幕浪漫主义和英雄主义的大戏。无疑，这是一出恳切而艰难的成人礼，让我们民族在燃情岁月中终于技成出徒，有了初次的飞翔。

的确，唯有大地，唯有河西走廊，才能说明这一群奔跑而壮美的少年。

也恰是在那时，我们民族才正式获得了自己的姓氏、血缘、谱系和底色，才真正拥有了自己的西部疆域、后方、屏障以及梦想的仓库。这一条千里走廊，带着她无尽的石窟、烽燧、城墙、崖壁和山脊，让一个新生的帝国不仅有了广阔的战略纵深，也有了精神的海拔与高度，真可谓敦煌日落，大漠苍黄，饮马冰河处，西认天狼。

这一时期，我们民族的属相是马。天马高蹈，长歌不绝。

一个人仅仅有了成人礼是不够的，他还需要一场青春的确立。对我们民族而言，这一场青春期的挥洒和宣喻，醉酒与狂欢，追逐和认知，则是由一群从大唐盛世里逃逸而出的诗人和释子们完成的。文章千古事，社稷一戎衣。于是，在少年刘彻之后，在西进的硝烟渐渐消失后，这个国家先后有了法显、玄奘、鸠摩罗什等人去取经，去问道，去译介，去求索，从而满足自己对天边的一切想象，用远方的养料来填充自己饥渴的求知欲。至今，矗立在凉州城内的罗什寺，仿佛仍在用一枚枚珍贵的舌舍利，诉说着当年的脚印、美和青春。

在求法僧的另一侧，于河西走廊的晨昏中，还有一群诗人们衔命出走，一路上题诗作赋，歌吟不断。他们用平仄和声律，去给大地贴标签，去命名，去记录，去寻求一种新的可能。他们给这个国家带来了新的视角、新的叙事和新鲜的道路，带来了别样的方言与风俗，也带来了一个又一个新鲜的地名，以诗入史，以史入诗。他们的诗歌和漫游，想象与书写，是那一个燃情岁月里的主旋律、畅销书和焦点所在。他们内心的律令就是西进、西进、西进，每一个诗人就是一支军团，一支猎猎远去的轻骑兵。那一刻，他们一定没有被贬谪、被抛弃、被割肉的孤儿感。因为他们是我们民族最优秀的一批先遣军，一群儿子娃娃，他们相信自己拳头上能站人，胳膊上可跑马，相信唯有旷野中才有真实、磨砺、光荣与盛名，但这些必须靠一腔血勇和青铜之骨骼才能去争取，去拥戴，去捍卫。

说到底，那时的他们，心中还保有一个伟大的信条：天下！

天下的秘诀其实就两颗字：兴，亡！但在兴亡之际，有一支笔，一卷空白的汗青，就站在你的面前逼视你，让你判断和抉择。那一刹，天下也等于一册

171

史书，菩萨心，霹雳手，你要么流芳，要么遗臭，它会一丝不苟地书写你，毫无绥靖和模糊。

天下还是一个词：天良！他们笃信举头三尺有神明；有一根尺子在测度；有一杆秤在掂量；有一盏心灯，永远不会被无辜地吹灭，像太阳。

天下另有一个同义语：苍生！

因为，那时候的江山远阔，是用来眺望和珍爱的；那时候的月亮也朴素，是用来怀想和寄托的；那时候的飞鸟有翅膀，野兽带牙齿，大地上的四季泾渭分明，是和苍生一起合唱的；那时候的一封家书蓬头垢面，足够跑垮一匹马，跑烂十几双鞋子；那时候的钱叫银子，是月亮白的，揣在怀里是沉甸甸的；那时候还有一种普天下的香草，名叫君子；那时候天上有凤凰和鲲鹏，地上有关公和秦琼，亦有剑客与死士，身上背着忠义和然诺，万人如海，不露痕迹；那时候的心也是亮的，还没有瞎掉，一睁开眼睛，就知道天良犹存，所谓的天下其实是每一位苍生的。

明月出天山，苍茫云海间，长风几万里，吹度玉门关。于是，像李白、王昌龄、岑参、王翰等诸多诗人的汗漫诗篇，一定有着她命运般的来路，同时也宣喻了她不可遏止的方向。——向西突进，经略西域，就是当年的国家叙事，也是我们民族在那一个青春年代的叙事主轴。此可谓剑影处，飞沙走石，梦功名，投笔也昂藏。英雄路，正堪回首，标汉追唐。

无疑，在这一场焰火喷涌的青春期，我们民族的属相是龙。盘踞天空，佛雨洒布。

二、河西走廊的尘封，让我们民族失却了真正的国家性格

在奔跑的少年时代和青春期结束后，我们民族俨然花落莲出，成了一个泱泱帝国，坐在沉重的龙椅上，进入了漫长而臃肿的中年。——她有了刻板的秩序与等级，有了严格的礼仪和规制。她的富裕和胃口，让身形渐渐的肥胖了起来，蜷作一团，忘了眺望和警醒。她的刀枪入库，马放南山，让其放弃了追逐与做梦。她实行了严格的海防和塞防，鸵鸟一样，令自己的版图慢慢枯干，逐渐板结，以至于内心坍塌，有了深渊般的黑洞，吸食着一切向外与扩展的冲

动，一切积极的作为。她不再血勇，也不贲张，更不凌厉，相反却学会了养生和咳嗽。她炼丹。她望气。她富态。她圆滑。她"三高"。她绘制了各种长生不老的秘籍。她开始灰头土脸的从河西走廊这一条长路上大规模地收缩了回来，埋头于宫殿与朝堂，自锢于内讧和权术，分心于茶艺及歌舞。即便蒙元和努尔哈赤像一堵堵高墙倾轧而下，她也只能衰弱无力，在精神上挥刀自宫，顾影自怜，写下一首首弱不禁风的宋词元曲和红楼遗梦。

至此，河西走廊彻底荒芜了，萧条了，干涸了。

在罡风和尘暴掩埋不住的大路两岸，迄今仍留有往昔英雄们的辙印和箭矢，仍有哀歌以及狼烟遍地的灰烬。北斗七星高，哥舒夜带刀，至今窥牧马，不敢过临洮。如此凛冽剽悍的谣唱，在后世的岁月中几近于一种传说，一首肝肠寸断的悼亡曲。

致命的是，尘封的河西走廊，让我们民族失却了一次建立真正的国家性格的机遇。

究其里，所谓的国家性格就仿佛一根带电的脊椎骨，能让一个民族挺立起来，持续地拥戴和保有她的民众、传统、文化、政治、历史与锦绣山川。在它的庇护下，家庭、社会、文明礼仪和可持续的繁荣都将成为一种常态，一种题中应有之意。国家性格不应该仅仅是一个民族的表情，也不止是一种感性的表达，更是骨骼、血脉、经络和DNA，静水深流，金沙深埋，一再地契入了这个民族的心理与肌理的最深处，凝成了一种思想和价值观，须臾不可更替，唯有不断的充盈和丰富，才能勃兴而阔大，犹如参天之树。

一根带电的脊椎骨，往往会在历史的重大关口，霹雳而下，烁烨光辉，一刹那照亮了脚下的道路和方向。但是，在河西走廊以至整个丝绸之路尘封之前，我们民族却来不及去整理、锻造和熔铸，从而失却了一个凤凰涅槃的宝贵时刻。

然而，在地球的另一壁，美利坚民族却辗转西进，抓住了一次重大机遇。

如同地中海之于希腊人，海洋和大规模的航行之于葡萄牙人和英国人，西伯利亚之于俄国人，丝绸之路之于我们民族一样，每一个边疆的确都提供了一种新的机会，新的领域，新的精神契机。这意味着摆脱旧日束缚去寻找出路，生气勃勃，重拾自信，不堪忍受且蔑视旧有的思想和桎梏，革面洗心，归纳历史。新的边疆，等同于新的经验，新的制度与活力，也是一个民族能够脱胎换骨的坛场或高炉。

与我们民族的青春期一样，行进在美国西部的那些拓荒者、牛仔、探险家、掘金者、流民、罪犯、土地测量员、律师、警官、牧师等等的，他们一个个都是激情澎湃的诗人，写下了热腾腾的诗篇和隽永流长的家书，寄往东海岸或欧洲大陆，描述着眼前这一片令人惊诧的土地："天堂似乎就在那里，显露出它最初的天然光彩""……我来到了居高临下的山巅，看见下面那富饶的平原，美丽的地面""我们现在……发现置身于移民的洪流中，旧美国似乎瓦解，而向西迁移""远行，远行，我远行越过了辽阔的密苏里河""自由之星亮又大，指向了太阳落山的地方，弟兄们""土地大得叫你走完自己的玉米地就会把你累倒了""到西部去，到西部去，到自由者的土地去，密苏里河在那里浩荡人海""……我还要说，人间要有迦南，那就在这里。这里的土地是蜜与流奶之地。"

立国之初，美国人就认为西部的存在对美国经济具有重大的作用。本杰明·富兰克林和乔治·华盛顿等人非常注意个人在西部通过土地投机而获利的机会，但也意识到了西部的尚未开发的富饶资源可以保证社会的自力更生，其特质可以使美国跃居世界上更古老的国家之前。诗人、作家和政治家们也都纷纷呼吁，一个繁荣民主的美国的希望就在这大片大片的"处女地"之上。

这些"在英国遭到命运鄙弃的人"，在此后两个多世纪的密集讴歌中，将全世界最华丽的辞藻都贡献给了西部：美丽的草原；最肥沃的土地；最大的林场；长满金黄色谷物的大片庄稼；一望无际的大牧场；第二天堂；这不是肥沃而是无比的肥沃的大地……是的，美国的西部具有多种多样的魅力，其中一个就是它广袤无垠且未开垦的处女地。在那里，棉花，玉米，大麦，小麦，野牛，黄金，甚至女人与爱情，一切都仿佛是上帝的赏赐，来得如此慷慨，如此不费吹灰之力。在冒险西进的路上，有关死亡、热病、疟疾、孤寂、挫折、累断脊骨的心酸劳作都被刻意地掩盖了，取而代之的则是阳光、海滩、美酒和新鲜的黄油。人们嗅着太平洋的海风吹来的咸腥气息，一路上丢盔卸甲，马不停蹄，去争取赢得西部，赢得一个个再生的人间天堂。于是乎，仅仅在1848年开始的两年间，便有八万多人像染上了迁徙病毒一般，蜂拥而入地杀进了加利福尼亚。他们并没有呻吟，也不曾叫苦不迭，他们在西进的道路上，渐渐感觉到这是一种"天赋使命"。

由此,"西行"和"老是搬个没完",就成了这个国家的一种命运,一种国民的习惯和精神状态了。这一时期,美国人是地球上最流动转移的人群,因为前方堆满了财富和荣誉,"几乎是毫无束缚,自由得像山上的空气"一样。

然而,恰是在这一广阔的背景下,美国人开始了对自己国家性格的奠基与塑造。

像所有的西部一样,她的辽远和赤裸,蛮荒和富庶,杀戮与生机,艰辛与成就,都仿佛一对巨大的矛盾体,横亘在每一个意欲拨马转向、踏行西去的人们面前。它既是一份致命的诱惑,亦是一番深刻的挑衅,同时它也是机会、胸襟、光荣、声名和财富的象征。西部是动态的,边疆之外,另有一重重新的边疆和新的地平线挂在天上,喝令人们去发现,去开拓,去占领。西部也是一块试金石,在她面前,所有的虚妄、自满、花拳绣腿以及假惺惺的斯文和教养都会被剥去伪装,露出最终的底牌。

于是,当西行的人们面对这一片陡峭而璀璨的天空时,一切都发生了。

这时的美国社会的现状,呈现出了一种与众不同的现象。他们相信,一个替旅客牵马拽镫的小孩也可能当上美国总统(范布伦,美国第八任总统);一个平民的子弟通过诚实的劳动,也可以拥有居所和牧场;如果胳膊够结实,腿勤快,敢于付出,倒霉的日子终将过去,蜜糖一般的生活指日可待。他们还相信,处处都有好运气,处处都有幸福在张望,只需要你心中燃起一堆烈焰,一股强烈的不停歇的热情,你终将得偿所愿。——自从脱离了欧洲之后,这块崭新的大陆所呈现出的事实,对全世界来说都是新鲜的,令人大吃一惊的。它具有如此奇特的重大意义,哪怕是凭想象和做梦都探不出什么究竟的。

这样的一天总会……来到。他们笃信无疑。

是的,因为这个信念,在美国西部出现了一种别样的沸腾景象,到处都是忙碌,奔走,奋斗。人们的脸上堆满了笑容、单纯、信任、热情、坦率、公正、厚道,以及雄心勃勃的个人主义情怀。他们蔑视经验,信赖自己的一双手胜于信赖别的一切。他们相信平等和机会。他们粗野可爱,热衷于追求物质利益,"宁可看见自己的小河上有磨坊在磨粉,也不愿意看见维纳斯或阿波罗的大理石雕像。"他们敏锐而果敢,讲实力却又喜好盘根究底,讲究实际而富于创造力，脑子快，办法多，有充沛的精力，也有着一览无余的开朗和活力，以及与大地一般与生俱来的奔放和活泼。在这一片未开垦的土地上，对生存的挑战，激励了人们自力更生和自给自足的念头，从而促进了一种对个人的价值的执守，以及对个人不分出身或教养而去承担政治义务的能力的信念。——所有这些，乃是广阔西部的美丽赐予，也是远方以远的边疆所赋予的显著特质。

可以说，美国的历史，在很大程度上一直是向伟大的西部进军的历史。西部的无限元素，构成了美国传统这个图案中显著突出的线条。它们象征了美国作为一个充满机会、社会更新和进步之邦的观念——美国观念中最基本最持久的组成部分之一。

如上所述，也是在这种西进的过程中，美国的国家性格也渐渐地凸显了出来，形成了他们民族肌理和心理深处的骨骼、血脉、经络与DNA，时至今日，仍然若源头之水，澎湃不减，一眼就能够认出来。这在汗牛充栋的西部片，在电影《燃情岁月》《肖申克的救赎》等等的一大批影视作品中毕露无遗，引人注目。

这就是美国式的史诗。或者说：美国史诗。

这样的国家性格，注定让每一个公民有了强烈的认同感和皈依感，也有了一种神圣的责任与义务。在《寻找美国的诗神》一文中，桂冠诗人罗伯特·勃莱如此写道：

悲痛是为了什么？在那遥远的北方
它是大麦、小麦、玉米和眼泪的仓库。
人们走向那圆石上的仓库门。
仓库里饲养着所有悲痛的鸟群。
我对自己说：
你愿意最终获得悲痛吗？进行吧，
秋天时你要高高兴兴，
要修苦行，对，要肃穆，宁静。或者
在悲痛的山谷里展开你的双翼。

三、开启"一带一路"战略，实则是"中国史诗"的真正开篇

狮子老了，但它毕竟是狮子。

事实上，尘封千年的丝绸之路，并不是远避一隅，也没有一时一刻离开过我们民族的文明进程。相反，在滚滚消失的岁月里，她用自己枯干的脊梁，独自支撑起了一片浩瀚西天，静候着罡风尽逝、重拾山河的那一天。她用不曾凉却下去的壮烈风景，依旧保存下了对英雄挽歌的记忆、追怀和景仰。她用流沙坠简似的诉说，仍然闪现出了昔日的燔火、杀伐与呼啸。她也用了纵贯千里的脉脉深情，吁请和平降临，来为我们民族的昨天、今天和未来恳切祈祷。她沉浸。她不语。她内敛。她一直在酝酿庄严，静待着一个拨云见日的时刻。

或者说，如河西走廊这样优美的仓库，不仅参与到了世界上唯一将五千年文明完整带入了今天的国家行动中，她还以自身的卑微存在，保存下了对早期文明的书写与珍爱。在遗址遍地的河西走廊，有关丝绸之路上的吉光片羽历历在目，俯拾皆是，比如敦煌。

我想说，敦煌如今是一个被严重误读了的概念。在一些左翼的制式乡愁式的散文中，敦煌以及她宝贵的经卷和壁画是被侵略、被掠夺的象征，是落后、贫瘠、谄媚西方的代表。在这类文化保守主义者的笔下，河西走廊以至于整个丝绸之路被再一次锁闭了，打入了冷宫，尘暴和风沙让她又一次灰土满面，无辜神伤。

敦煌不光是一座莫高窟，实际上，她是几种文化的总枢，是古代西部中国甚至中亚以远的文化首都。无论从历史、地理、军事、贸易、宗教、民族和风俗，还是从我们民族的缘起与精神气象上讲，她都有一种奠基或启示的意义。敦煌也不是因为藏经洞的发现才广为人知，成为今天的显学的，她始终占据着这一片大陆腹地深处所有文明的制高点，而像莫高窟、榆林窟、断长城、玉门关、阳关等等的遗址，仅仅是"敦煌"这个母题的一小分子。她是地标。她亦是领头羊。

在2000年出版发行的拙著《大敦煌》中，我这样写道：所谓宇宙的乡愁和广阔的忧伤，于我而言，只是穿行在北半球日月迎送下的这一条温带地域中，

它由草原、戈壁、沙漠、雪山、石窟、马匹和不可尽数的遗址构成。在一首一以贯之的古老谣风中，它更多的是酒、刀子、恩情和泥泞、灾祸、宗教、神祇、生命及牺牲，正义和隐忍提供着铁血的见证；而在人类的烽燧和卷册中，楼兰王国、成吉思汗、丝绸之路、风蚀的中国长城、栈道、流放和最珍稀的野兽，如今都成了一捧温暖的灰烬。——北半球这一段最富神奇和秘密意志的大陆，不是一个地理名词，不是一个历史概念，更不是一个时空界限。它是文化的整合，是一个信仰最后的国度。

一定的，只有在这个方向上，我们民族的龙马精神才有了根据和源头，我们民族也才能重新找回曾经的强劲脉搏，拾取过去的自信与笑脸。

是时候了，"丝绸之路经济带"的提出，不单是国家层面的审慎思考和战略选择，也是我们民族再次复兴、和平崛起的一种主动出击，更是这一条辉煌大路的再生之旅。狮子老了，但它毕竟是狮子。朱云汉先生在《高思在云：一个知识分子对二十一世纪的思考》一书中说：二十一世纪最重要的挑战就是去理解、应对中国崛起及其带来的世界秩序的重组。在过去的三百年里，只有四个历史事件可以跟中国的崛起相提并论。第一是十八世纪英国的工业革命，第二是1789年法国的大革命，第三是1917年的俄国十月革命，第四是十九世纪末到二十世纪初美国的崛起。

洵不虚言。

由此可见，重开河西走廊以及丝绸之路，就是要找回我们民族不曾消逝的少年时代和青春岁月。因为血没有变凉，梦依旧滚烫。

2014年7月，习近平主席在一次讲话中，结尾时引用了一生钟爱中国文化的美国诗人玛丽安娜·摩尔的诗作《然而》说："胜利不会向我走来，我必须自己走向胜利。"同样的情怀和热忱，也曾经出现在了康乾盛世时的诗人黄仲则的《将之京师杂别》一首中。他这样说："自嫌诗少幽燕气，故作冰天跃马行"。

而现在，重新敞亮一新、开阔包容的河西走廊乃至于整个丝绸之路，将会是我们民族复兴大业、实现梦想的"冰天跃马"之旅，更是"中国史诗"的真正开篇。

（原载《芳草》2016年第3期）

小楼大儒

◎詹福瑞

北方之大儒

韩文佑先生是最具儒者风度的学者。鲁迅20世纪30年代在广州讲魏晋风度，并不解释何谓风度，唯谈服药、喝酒，颇涉士人的生活作风。何为风度，只能神会。林语堂在复旦大学传授生活的艺术，引黄山谷一日不读书便觉"其容可憎"语，方说明人的面貌不关长相，而是指人的气韵、风采。我见韩文佑先生时，他年过七十，加之有气喘之症，已见老态。虽然身材较高，但腰微驼，行动不似魏际昌先生那样矫健。韩先生的笑，亦与魏先生大不同，多是微笑，呵呵两声，甚至不启齿，这一点有点像詹锳先生。韩先生头发稀疏，连鬓胡子却颇盛，一日不修，便觉须眉相连。但是，只要他一说话，你便知道何谓风度。那是满腹诗书所漫溢出的学者的儒雅，淡出俗世所飘出的清逸。

韩先生在1979年的青年教师助教班上，讲唐宋文学。我与韩成武老师到西湖村韩先生家听课。每次都是五十岁左右的保姆开门，沏好茶，韩先生再出来讲课。魏先生家多喝绿茶，而韩先生家是北京常喝的花茶。但应是花茶中的上品，香而不腻，且清香之气直冲脑门，开窍醒目，如同韩先生的唐诗课。韩先生是北京通州人，一口道地的北京话，声音很轻，语速也比较慢，有时感到明显的气短，但口齿极其清晰，语言极干净精当。当时"文革"刚过，书甚少，韩先生讲唐诗，用社科院马茂元编《唐诗选》，讲宋词用胡云翼编《宋词选》，但韩先生却只在讲作品时用之。对诗人和其作品，韩先生常征引诗话、词话来评价，多是顺口拈来。或有记忆不清的，则于书架上取下书来查对，也是一翻即是，令人惊叹他于文献的烂熟于心。来前，听中文系老师说，"韩先生是活词典"，此言的确不虚。对于好的诗作，韩先生常常发出由衷的赞叹："啧啧，真好。"然后再读一遍。虽如此简单，你也会受到感染，一下子体会到诗或词的微妙之处，如同禅宗的棒喝。

韩先生一生著述多散佚。"文革"后，鲜见韩先生发表学术论文，所知者两三篇而已。但是，韩先生的渊博学识，却是学界闻名的，因此被誉为"北方之大儒"。自"文革"后的研究生看来，韩先生主攻唐宋文学，因为他带的研究生就是唐宋文学方向。开山弟子刘崇德的硕士毕业论文，写的就是苏轼词订补。其后的孟保青和闫丽的论文，也是在唐宋之内。但是，据上世纪50年代上大学的老学长说，他们上学时，韩先生讲授的是《庄子》。而他80年代在《文学遗产》发表的论文，所讨论的则是元代前期杂剧名作《李逵负荆》的几个问题。由此可见，在老一辈学者那里，古代文学的教学和研究，是不分段的。所以他们应该是古代文学的通儒。

但几乎没有人谈到韩先生与现代文学的关系。作家蓝英年回忆，"文化大革命"中，他跟随韩文佑先生一起读鲁迅的杂文。从第一卷《坟》，一直读到第六卷《且介亭杂文末编》。他先读，晚上韩先生坐在宿舍前的马扎上给他讲解。蓝英年说："韩先生对鲁迅作品之熟令我惊讶。他不仅对每篇都熟，甚至能背出句子和段落来。"蓝先生的回忆，为我们揭开了韩先生渊博学识的另一角，他对现代文学的热情和熟识及研究程度，不让古代文学，甚至超过了古代文学。

顺着这个思路走下去，寻找韩先生的足迹，我看到的是韩先生的人生、教学及研究与现代文学的密切交集。韩先生1929年考入清华大学外文系，与钱锺书同班，后转入中文系，是朱自清的学生。1933年，朱自清在清华开歌谣课，选修的只有一位学生，就是韩文佑。韩先生还与朱自清是儿女亲家，此为后话。离开清华，韩先生曾在南开中学教书，同事中，有著名诗人、后来曾任社科院文学研究所所长的何其芳和"燕园三老"之一的张中行。韩先生正是在那里与张中行结为至交的。蓝英年说，韩先生除了给他讲鲁迅，还把周作人、郁达夫和徐志摩等人的作品借给他看。令蓝英年惊奇的是，韩先生所收藏的都是初版本。其实，韩先生与周作人在北大时应该是同事。不过周作人是著名教授，而韩先生则是讲师。至于徐志摩，韩先生也应该是熟识的。在诗人去世后，围绕徐志摩的评价，韩先生曾与杨丙辰有过激烈的交锋。1931年底，徐志摩遇难。吴宓主编《大公报》的《文学副刊》，于1932年1月11日刊出了杨丙辰的《大诗人——天才——徐志摩——和他的朋友们》一文，对徐志摩的为诗为人提出质疑。认为徐志摩的诗"精神萎靡不振，气势散漫无归，而意旨晦涩难明"。徐志摩也难负大诗人之誉，他是"一个'虚浮''膨胀''不深刻'的人物""一生'好玩'，态度浮动，不深刻……他的离婚，他的交朋友，他的写文章，他的作诗，都是'好玩'"。杨丙辰时任北京大学德语系主任，兼清华大学德语老师。而此时，韩先生正在清华读书。杨丙辰虽为清华兼职，论起来应是他的老师。但吾爱老师，更爱真理。韩先生读了杨丙辰的文章，著文发表于次日的《大公报》的《文学副刊》上，对杨氏评价予以激烈反驳。韩先生说："我不是徐先生的朋友"，但是我所见到的徐先生与杨氏所说恰恰相反，"他的忠于艺术，忠于人生，由他自己的书信诗文中，天下后世，昭昭可见"。文章还引了徐志摩《拜献》《这是一个怯懦的世界》《天国的消息》等诗，评论道："我们见到他对于天真与永生（其实这是一体）是如何的渴慕，如何热烈的奔赴。在他的诗里，处处见到他的对于人间丑秽与罪恶之愤怒与攻击，对于真善美的探求猛进，对于光明与永生之一心奔往。我切愿读者取来他的全部遗著，仔细地读几遍，庶几可以认识诗人的真纯与纯挚，并且视自己的天缘得到几分灵感。"又据张中行《负暄续话》，韩先生还曾发表过研究郁达夫的文章。知此，韩先生能够收藏周作人、郁达夫和徐志摩书的初版本，就不足为奇了。1951年，韩先生在《语文教学》第三期发表《鲁迅先生的〈为了忘却的记念〉》文章，可见韩先生研究鲁迅由来已久。1951年8月16日北京师范大学秘书科就聘请韩文佑为中文系副教授致中文系黎锦熙主任函件中，有"今速同议聘表及韩先生编译略目一并奉上，希填竣后与编译略目一并寄还"语，推测此前韩先生一定著述甚丰，惜无人搜集整理，故今人知之甚少，更不了解他在现代文学领域的耕耘之功。

韩先生被誉为大儒，更见于他的人格修养。张中行的《月旦集》，曾用"宽厚"二字来盛誉他的朋友韩文佑先生，并引孔子"己欲立而立人，己欲达而达人"和《庄子》里转述尧的话"嘉孺子而哀妇人"来评介韩先生。张中行在生活极为艰窘的情况下，曾经得到韩先生兄弟般的照拂，他的评价是发自肺腑的。作为他的学生，从韩先生对我们的关爱，亦可以感受到他的仁慈。进修班结束时，韩先生要我们写一篇论文，作为唐宋文学课的结业成绩。我写的边塞诗的文章，文章极稚嫩，多是诗的鉴赏之词，根本谈不上研究。但韩先生还是给了优秀成绩，呵护鼓励之意甚为明显。由于韩先生对学生爱护有加，凡是他教过的学生，都对韩先生有着很深的感情。他的大弟子刘崇德老师，与韩先生家甚至成为通家之好。

但是，凭我直感，宽厚的韩先生，还有另外一面性格，那即是他的刚直清俊。韩先生字刚羽，发表文章，曾用"韩刚"名字。可见他心中所希望的性格。与韩先生在一起，如沐春风，温煦和人，你无论如何也不会想到当年因为徐志摩拍案而起、文章咄咄逼人的韩文佑。但我与韩先生在一起，会感到他从骨子里发出来的清俊之气。讲唐宋文学，韩先生对某一个作家的评价，是极为谨慎的，哪怕是权威盛赞过的作家，韩先生也不会轻易苟同。在现实中，韩先生也并不轻易赞许人。第一届研究生答辩会上，我曾经见过他极为严肃，甚至有些峻厉的目光，使我极为震撼。在那一刹那间，我感受到了一种凛然不可触犯的人格力量，以致深深刻在我的记忆中。

在韩先生家上课，韩先生虽不开门迎接，走时却一定要送下楼。我们劝他不要送，但韩先生总是说，不是专送你们，我顺便到外面走走。他穿着蓝涤卡中山装，站在楼下，稀疏的白发，飘在微风中，目送我们走远，像一个父亲送远行的孩子。那是韩先生留给我的永远的影像。

胡适的学生

魏际昌先生面清癯，华发飘雪。携机关枪子弹壳焊接的拐杖（我一直以为那是先生的道具，而非工具），步履矫健，何时走过校园，都是一道风景。

上大学时，传闻魏先生做过傅作义的少将参议咨议，或曰少将参谋。然从所有魏先生的事迹记载，均无实证。有的学生曾就此事问过魏先生，先生大笑，却不置然否。魏先生到了老年，还写申请书，以耄耋之年入党。老一辈学者，其实有着很深的政治情结。我想，至少他们希望融入这个社会，能够被主流接受。更何况魏先生是胡适的学生。魏先生身板挺拔，行路生风。魏先生的手，冰凉干硬，但却有感染力。与人相见，先生必大步向前，寒暄，握手，左右摇晃着，握姿颇像接见外宾的周恩来总理，生动，有力，你不会想到他是八十或九十的老者。魏先生身上，的确有强烈的军人气质。

魏先生是河北抚宁人，但他二十一岁考取吉林大学，后因九一八事变，吉林大学解散，转入北京大学，所以魏先生说的是普通话。但细心的人会听得出来，他的普通话中夹杂着冀东和东北的口音。魏先生说话用后嗓，声音苍厚，但颇响亮，尤其是魏先生的笑，豪放而有感染力。

中文系旧时，有春节给老师拜年之习。魏先生家在南院七号楼四单元101室，与雷石榆先生住对面，每次拜年，多是先去101，再去102。但也有例外，有时一进楼道，听到魏先生屋里发出的笑声，就知道他那里有人了，于是向右敲开雷先生的门，先给雷先生作揖。这是我们学古典的例儿，外国文学的老师正好反向而行，先去102，再去101，给雷先生两口拜了年，再去魏先生家。八十年代的中文系，充满了浓浓的亲情。

中国的大学，从上世纪50年代到今天，都在折腾中。50年代院系调整，70年代停办、再招工农兵学员，恢复高考，八九十年代院校合并，建设211学校，几乎没有几天消停。河北大学就是折腾的牺牲品。河北大学1979年从天津迁到保定，一大批教师留在了天津，留下的教师可办另一所大学，只有少数人随校到了保定，著名教授中就有魏先生和雷先生。魏先生有一子，但无论在天津还是保定，我却从未见过。平时家中只有魏先生和师母，后来有孙女海霞在外文系读书，与他们同住，戴着一副眼镜，文文静静的，很有教养。师母于月萍先生，传为东北大户人家小姐，看上了在吉大读书的穷学生。于先生说话，给人的印象尖酸刻薄，有小姐的味道，其实是爱说真话而已。她是历史系教授，教授中国书籍史，带书籍史研究生。写有《中国书籍史》教材，可惜只有油印本，未见出版。魏先生去世后，留下一大批书，其中不乏明清善本。有北京书商上门商购，家人颇犹豫。于先生说了一句话："书有什么用！"一两万元，书就易手他人。此为传说，我一直半信半疑。于先生是治书籍史的专家，理解书的价值，恐怕无人能出其右，她怎么就会轻易打发掉魏先生和她一生的收藏？所以我相信，如果于先生果真说了此话，这句话中，一定包含了她和魏先生藏书与教书的万般悲辛。

魏先生是胡适在北大的研究生。1917年，蔡元培在北京大学设立文、理、法三科研究所，培养研究生。1932年6月，北京大学实行学院制，设文、理、法三个学院，胡适任文学院院长。魏先生1934年毕业。同年考入北京大学研究院中文系，攻读中国古代文学硕士学位，受业于胡适等人，1937年毕业并取得硕士学位。所以，魏先生的学问可谓渊源有自。但是，胡适是洋博士，中外兼通，而在我看来，魏先生虽然讲课喜欢说几句英语单词，但他老人家的功力，当在旧学。

1979年，中文系办助教进修班。我与韩成武、刘玉凯等老师到天津从詹锳、韩文佑、魏际昌、胡人龙等先生学习。此前，魏先生已经闲置多年。说闲置，也不尽然。实际情况是，魏先生"文革"中离开教坛，被贬到资料室做资料员了。到此时，魏先生才被起用。从动乱开始到此时，何止是十年！

魏先生失去的还仅仅是学术生命，有的学者失去的则是生命，甚至他们毕生追求的名山事业！裴学海先生是著名语言学家，所著《古文虚字集成》影响甚大。1949年前，裴先生教中学。他生活极简朴，所挣工资攒起来，在老家滦县买地。所以到土改时，定为富农成分。五类分子中，裴先生至少占了两类——富农和反动学术权威，"文革"时的命运可想而知。日日戴高帽，挨批斗。家也被抄，半生心血著就的手稿《古文虚字集成》的姊妹篇被人掠走。裴先生被逼上绝路，跳楼自杀。而他的手稿，至今下落不明。比起裴先生，魏先生还算"幸运"的。

詹锳和胡人龙先生在马场道河北大学旧址和平楼五楼教室上课，韩文佑和魏际昌先生则因年岁、身体原因，在河北大学另外老校址西湖村家中上课。魏先生讲《庄子》，每周一次。我们总是早上坐公交车，从马场道到八里台下车，再步行到西湖村。此时，魏先生早就备好香茶等候我们了。我当时听惯了老师课堂讲课的套路，思想内容、艺术特点一套一套地分析下来，觉得那才是现代的教学。对先生一篇一篇串讲、一字一字求义的讲法有些不习惯，颇感陈旧，甚至腹非他有些食古不化。但是当我真正接触旧学，自己从事研究时，才感到魏先生的教学是多么管用，而自己当时的想法是多么浅薄可笑。詹锳先生讲《文心雕龙》，也是此种讲法，一篇一篇讲解。因为他当时正撰写《文心雕龙义证》，所以常常会加入时人研究的新信息，研究的色调更强。但基本的路数，仍旧是传统的训诂的一套。由此我也想到，我们现在的教学，追求科学体系，强调以论带史，与老辈学者用训诂疏通文义的教学相比，对于学生的传统文化训练，哪一个更有效？其实真的难说，未必老辈学者的方法就一定落后。

听老先生讲课，除了受学，还有他们的饱学对学生的感染。魏先生讲《庄子》，每一篇都可记诵，令人钦佩他于旧学的童子功。他讲《庄子》，亦不藉注释，端一本白文，就可娓娓道来，这功夫亦非今人所及。魏先生说，不学《庄子》，就不懂半部中国文化，此话至今记忆如新。2010年，我用一年的时间读《庄子》，手抄郭象《庄子注》，满满三本，也算勉强完成了老师三十年前布置的作业。

恢复研究生制度后，魏先生与詹锳、韩文佑、胡人龙先生开始合带研究生。其后，几位导师单独带研究生。魏先生培养了李金善、方勇等研究生。魏先生的研究，在他七十岁以后，也达到了一个高峰，出版了《桐城派小史》，这是中国第一部研究桐城派历史的著作。

魏先生晚年双目几乎失明，但还常常取出书架上的线装书，坐在书桌前，一页一页地翻着，抚摸着，度过一天，墙间映上老人家孤独的身影。

不填表的学者

胡人龙先生不在"中文系八老"之内，而且是以副教授的身份退休。但是，在我的心中，他是当然的教授。

我上大学时，认识了中文系资料室张桂喜老师。她见我爱书，给了我很多方便，使我能够经常出入资料室，有机会翻到《文学遗产增刊》。正是在增刊里，我第一次认识了胡人龙先生。胡先生有两篇文章收入增刊中，一篇谈乐府《陌上桑》，另一篇与雷石榆先生合作，研究《红楼梦》中的贾宝玉形象。在学生的印象中，《文学遗产》增刊好生了得，能够收入两篇，足见胡先生的学术水平，真是未见其面，胡先生已经先声夺人了。

及至天津进修，我才见到这位胡先生。除了詹锳先生，韩、魏、胡几位先生，都属于清瘦之人，但胡先生却是干瘦的那种。偏黄的面皮，极紧致地包裹着他的脸，让人联想到武侠小说中有数十年功夫的师父。后来才知道，胡先生早年因胃病动过大手术，胃切掉了一半，从此注意养生，不能多餐，每次上课，他都要带几块饼干，在课间就着开水吃下。但是我们也颇奇怪胡先生是否真养生，因为他嗜烟之习，至死未变。从他熏黄的牙以及脸色，一下子就可以辨认出这是一杆老烟枪。看胡先生吸烟，既见他数十年老烟民的真功夫，亦可见什么是享受。因为手抖，胡先生掏出烟来，多次划火，才能点着。每次，胡先生都极为耐心，叼着烟，颤抖着双手，反复划火柴，点火，直至冒出烟来。然后运足丹田之气，一口气吸进去，待到轻轻呼出时，竟不见一丝烟雾。一支烟，如此不过三口，便只见了烟尾。我身边有许多吸烟的朋友，最凶的如中国社会科学院的张国星教授，一天至少三盒。但是无一例外，没有一个能够达到胡先生的吸烟境界。

胡先生上课，在和平楼五楼的教室。每次来，都是毫无声息地爬上楼，坐在黑板前的椅子上，点着一支烟，吸三两口，也就到了上课的时间。胡先生上课，有中间休息，吃一两块饼干，吸一支烟，再上。胡先生属于沉默寡言之人，说话很少，也不大与学生交流。有时，他会坐在你的对面半小时或更长时间，眼睛直直地看着你，一句话也不说。

胡先生讲魏晋南北朝文学。用的是旧稿，讲稿边都已发黄。但他并不完全按着旧稿讲。在几位先生的课程中，胡先生的课最有清晰的文学史观念，他的课讲下来，就是完整的魏晋南北朝文学史。但在我看来，最有心得的还是他的乐府课。那些描写底层民众疾苦，反映他们善良与智慧的民歌，是胡先生重点讲述的对象。胡先生讲课语速很慢，语调平缓，他的课，我们可以一字不落地记下来。但是，在胡先生平缓的讲述中，我常常有所感触，似乎触摸到了胡先生内心深处的一些情思意绪，即他对来自民间作品的真心喜爱，对弱小者的同情。他把这些不动声色地融入不紧不慢的讲述中。

恢复研究生制度后，胡先生与韩文佑、魏际昌、詹锳先生合带研究生。詹先生门下有葛景春、徐明，韩先生门下是刘崇德，胡先生带小蒋。硕士论文答辩时，我做答辩秘书。外请答辩委员有王达津、范宁、杨敏如、罗宗强等先生。答辩时，几位导师对小蒋的论文不甚满意，表决时几位导师全都投了反对票。令人意外的是，小蒋自己的导师胡先生也投了反对票，而校外专家却投了赞成或弃权票，结果小蒋没有拿到硕士学位。由此可见当时学风之谨严，胡先生并不回护自己的学生。此后，胡先生与韩文佑先生合作带了孟保青、闫丽等研究生。

我1991年毕业留古籍所以后，每年都去看望胡先生。那时胡先生已经不带研究生，退休在家。有时回云南住些时日，但大部分时间住在天津。见到老学生来，师母很热情，张罗着让座、倒水，然后坐下来陪着说话。有师母在旁，胡先生的话多了些，有时也会拉拉家常，谈到他的老家云南，以及他的经历，无声地笑着，笑得很和蔼。

胡先生是西南联大最后一届学生。抗日战争时期，迁往昆明的北京大学、清华大学和南开大学，合并为国立西南联合大学。当时的办学条件很差，但是却培养出一批著名的专家学者。任继愈、逯钦立、詹锳等先生都是此校毕业的学生。同出此校，论资质，胡先生当有更大的成就。但他中年得大病，影响了健康，自然也影响了他的治学。"文化大革命"后，胡先生似乎就不再著述，没有新的文章面世。中国的政治，1957年反右，此后政治运动不断，人文学者动辄因文致祸，"文化大革命"更达极致。与身体健康相比，政治高压更容易摧残人的精神，泯灭人的创造，这是不应忘记的教训。所以，我在2015年全国人民代表大会的小组发言中，建议为社会科学研究立法，保护研究者的创造性和合法权益。胡先生似乎看透了人生的一切，学校给他定教授，他不填表；动员入党，不写申请书。但在我们这些学生看来，胡先生逢此两劫，不能卓然成家，是很可惜的。

吴公馆

5月，回学校参加博士论文答辩，其间，到古籍所资料室小憩。见古籍所的图书由天津搬回保定，周转于数处、尘封于库房的书，终于得见天日，可供师生使用，感到一丝欣慰。但旋即又得到消息，马场道74号卖了。终于天津把河北大学的最后落脚点也收回了，但是它收回的仅仅是一片不足数亩的土地，人去，楼也去了，留下的只是遗憾。

人对旧宅的留恋，大概都因个人与宅子有这样那样的关系，宅子承载了个人逝去的一段岁月。我对马场道74号的感情，极为复杂。既有近八年求学于此的经历，同时也有不能保护下这个宅子的愧疚与遗憾。所以，不能不写下一笔文字。

河北大学前身是天津师范大学，有马场道、八里台和西湖村三个校区。

1969年战备疏散，搬到保定。老校产转让给天津师范大学、天津外语学院和天津中医学院，只留下马场道74号，作为留守处，上世纪80年代，又在此建立了古籍所。

1860年，五大道一带划为英租界。英商在佟楼建赛马场，于马场东修马场道。辛亥革命后的清朝遗老遗少、北洋政府的要人以及社会名流，多在五大道建公馆、别墅，因此马场道留下各种风格的欧式建筑，号称建筑博物馆，被列为天津文化遗产重点保护区域。

马场道74号，位于河北道与马场道交接的丁字路口。南邻天津中药五厂，就是生产速效救心丸的厂子，院中时时可闻到救心丸的气味。北邻天津卫戍区司令的宿舍。大门西向，粉色铁门，中间为汽车出入的两扇大门，一侧各一角门。门右侧悬挂"河北大学留守处"铜牌和"河北大学古籍整理研究所"大理石牌。进门，右手住一家四口人的老住户，左手耳房是门卫和登记室。南面临墙为锅炉房和厕所，再往里是两棵合抱粗的杨树。北面一溜平房，依次为古籍所、会计室、卫生室和食堂。院子东西稍长，南北偏短，基本方正。紧靠东面是建于上世纪60年代的两层平板楼。

此院的主建筑，是迎门的三层小洋楼。地下一层，地上二层。坐东朝西，整体呈方形，但在面西的一层，又伸出一半弧形大厅，由罗马柱支撑，花砖铺地，上面是露台。楼的正门，就在半弧形大厅的弧形顶端，门口有百年海棠，花开五色，是海棠中的珍贵品种，树高直上露台。但留守处以大厅为办公室，堵住通往中厅的门，却开北门为进出小楼的正门。楼门铺青色大理石台阶，上三层台阶，进一楼，有四米左右的走廊，左侧101室，旧时是仆人或警卫住的房间，我们在时，用为古籍所研究生的宿舍。进中厅是直通二楼的天井。中厅右面的西墙有二门，靠北面大门通半弧形大厅，应该是原来进入此楼的主通道，但被封死。靠南面门的里面是一长方形的大房间，用为外国教育史阅览室。从房子的格局看，这里旧是会客厅。有门通半弧形大厅，两扇门上还保留两幅油画，一幅画的是白桦林，一幅是秋天的枫林，色调一冷一暖，形成鲜明的对比。中厅靠左墙即东墙为螺旋楼梯，达二楼。二楼的南、西、北三面全是客房。房内红色地板，应是旧物，而白灰墙显然是后来重装过的。当年此楼应为两个进出通道。一个是北门，当是内眷出入之路；一个是西门，进半弧形大厅，再进会客厅，多半是主人接待客人的所在。中厅的一面西墙，自然把此楼分为内外两宅。

这个宅子，原为河北大学幼儿园。河北大学的老人们一直说，此院是袁世凯孙子媳妇的住宅，据说80年代，袁家还有人回来看过房子。河北大学似乎很少有人说得清此宅子的来历。

实际上，此宅的旧主乃北洋皖系军阀将领吴新田。吴为安徽合肥人，先后就读于保定北洋参谋学堂和保定陆军行营军官学堂。直皖战争后，曾被吴佩孚任命为陕南边防军总司令兼陕南镇守使，亦曾任陕南护军使。北伐战争，其部被冯玉祥改编为国民联军第十六路军，吴为总司令，后又改称国民革命军第二集团军第十六军军长。1929年初下野。吴家原住山东济南，1926年举家迁天津，购得英国人在马场道360号和366号的两座洋房，共占地八亩。360号，就是后来的74号。

小楼始建于20世纪20年代。北洋政府总理颜惠庆曾居此处。居住时间，最有可能是1926年，颜氏辞去总理，来天津隐居之初。此时，吴家刚从济南迁来天津，暂住于三井洋行楼上，尚未购得马场道房产。1935年，时任天津市长的萧振瀛也在此暂居过，那应该是借住或租住。而1946至1948年，比利时领事馆在此办公，当为后话。

吴新田下野后，一直居住此地，深居简出，直到1945年去世。但是，房产在此期间，却有变化。1942年，吴家将360号售给银行。1946年，又将366号的前院主楼出售给韩姓人家，1950年又将后楼出售给军队。这就是河北大学古籍馆北与天津卫戍区宿舍比邻而居的源头。

南边所邻天津中药厂，原为北洋政府总理张绍曾故居，其旧宅是一幢巴洛克风格的二层小楼，亦建于20世纪20年代。此宅名头亦大，而且多有故事。张绍曾是河北大城人，天津武备学堂学生，保送日本陆军士官学校第一期炮科。北洋政府时期，曾任长江宣抚使、绥远将军兼垦务督办。1914年调回北京，任树威将军。袁世凯死后，一度出任陆军总监，但不久就随黎元洪一起离职。1922年黎元洪复职，张绍曾也随之复出。1923年1月4日出任北洋政府第二十三届总理。他主张迎孙中山入京协商南北统一，直系倒黎后，被迫辞职，从此成了天津寓公。

张绍曾虽回津寓居，但仍关心国事。他了解到冯玉祥与孙中山等国民党人士有联系，和冯玉祥的来往就更加密切，与冯结为儿女亲家。在家中自设电台与冯玉祥频繁联系。张作霖对此十分不满，1928年3月，张作霖派亲信将领王琦到津，与直隶督办褚玉璞、警察局长厉大森和办公署总参议赵景云密谋，暗杀张绍曾。1928年3月21日晚，赵景云请张绍曾到天津市南市天和玉饭庄吃饭。张绍曾临赴宴，小汽车前车轮突然爆胎。张绍曾颇感此兆不祥，假言身体不适，欲辞掉宴会。然被赵景云买通的手下人百般劝说，只好换上新轮胎赴宴。宴罢，赵景云又邀请张绍曾等到南市彩凤班饮茶。8点多，有仆役样的人手持信件，说有函件面交张绍曾。张绍曾闻讯，从内走出，一边问是"哪里的信"，一边伸手去接。此时，送信人掏出手枪，迎面连射三枪，张绍曾应声倒地，血流如注，被急送回张府。可叹张氏满宅女眷，竟无一人主事送医院者。次日晨，张绍曾死于寓所，终年49岁。此案当年轰动朝野，却不了了之。张绍曾被刺杀后，此宅归达仁堂乐家所有，公私合营后，建为天津中药五厂。

我对马场道74号历史的了解，很遗憾，还是在离开河北大学之后。一段时期，因为民国文献保护工作，我对民国文献略有涉及。一个偶然机会，才得知74号的前世今生。想不到，在此十余亩的三座宅子里，竟然先后有多位民国时期的重要人物寓居。如果时间真的可以穿越的话，我们会与这些人每一天、每一刻都有密切的交集。但是当年我们对此却懵然无知。

上世纪90年代后期，我已经进入学校领导班子工作，多次研究马场道74号改造问题。按照天津城市建设方面的意见，此楼已被列为危楼，不能再使用。维修似乎也不可能，只有推倒重建的命运。即使推倒重建也很困难，因为河北大学没有土地证。这倒是其次，更主要的是，学校和河北省也都有倾向性意见，在办学经费极为紧张的情况下，不再投钱给天津。所以最后决定授权天津一家银行投资改造，给古籍所和留守处留出一部分房间，其余由投资的银行使用四十年。结果就是推倒留守处内的所有建筑，建成了两栋新楼。

拆还是不拆？最纠结的是我。毕竟在那个院子、那栋小楼里学习工作了近八年。而且，就是袁世凯孙子的宅子，也有保留的价值。所以，我关心最多的是能否保住小楼，但是，我也有顾虑，坚持保留不动，会被人说感情用事，而且一旦被旧主收取，岂不钱财两空。最终，还是一己之私超越了良知；金钱压倒了文化。

如今马场道所在的三座吴氏别墅，都已荡然无存了。在其上面，交通银行的招牌赫然在目，如果不是故人，没有几人会知道河北大学，更不会有几人晓得吴公馆，浓厚的商业气息似乎遮盖了近百年的沧桑。一日，读鸭长明《方丈记》，写宅邸与居者的无常情形，颇有感触。鸭长明说："繁华京都，铺金砌玉，豪宅鳞次栉比，甍宇齐平。无论贵贱，所居宅邸看似能世代相传，然细加寻访，可知往昔古屋留存者甚罕。或去岁遭焚，今年重建；或豪门没落，变为小户。居者亦相同……居者及宅邸无常之情形，便如牵牛花上之露。或露坠花存，花虽存，但一遇朝阳，立时枯萎；或花谢而露未消，虽然未消，然挨不过日暮。"读之，颇感千秋萧瑟，万物寂然，以时空观之，古宅和住户，皆不过过客。但是，只要宅子在，哪怕是人去楼空，必有故事流传。这当然是最好的结局。但如果人去楼夷，并记忆亦扫平了，人类终有一天会丢了文化。而那是他的根。马场道74号卖了，但愿我们的记忆不会一起出售。

与影子为邻

某年，去承德开会，安排夜游避暑山庄。虽是傍晚，游人仍然如织。我们避开宫殿区，沿着西北山边，进古木参天的森林，过绿草如茵的平原，逶迤到了水光潋滟的湖区，已经是夜色朦胧。岸边的路崎岖不平，灯影依稀，大家就放慢了脚步。办公室的女孩子们就说："讲个故事吧。"好啊，路灯昏黄，人影幢幢，湖水泛着神秘，所谓"林暗草惊风"，正是讲故事之时。我就说："林子老了有兽，宅子老了有鬼。避暑山庄的林子和房子可都有三百年的历史，虽没有猛兽，但是不乏狐狸、刺猬这样的小动物，至于鬼嘛，我们还没撞见。我就给你们讲个老宅子故事吧。"

我1986年在校本部上外语、政治等硕士生基础课，1987年到古籍所，与同年考到古籍所的三位博士生住进小楼101室，据说是仆人居室。但在我看来，也许并非如此。此室面积约四十平方米，方方正正。北面和东面窗子分内外两层，里面玻璃窗，外面百叶窗，南面墙上是壁炉，室内外的设计和装修都极为考究。也有人说是乳母与孩子所居，庶几近之。

留守处本来是个清闲的地方，平时接待学校来津出差或看病的人，因为有许多教师的户口留在天津，所以每月定时来车拉拉粮食。但是到了八十年代中期，古籍所成立，詹锳先生开始招博士生，滕大春先生的外国教育史博士点也在此招生，人一下子多起来，开了食堂，工作陡增，留守处也增加了工作人员，本来寂静的所在，突然热闹起来。

我们的研究生生活，真是少有的简单。出楼门，对面左手不到十米就是阅览室，右手不到三米就是食堂。每天三个单元的读书时间，上午八点至十二点，下午两点至六点，晚上八点到十点，周而复始。立群师兄还有晚饭后一定散步的习惯，周六或周日约人下下围棋。我和新民、瑞君二兄，几乎没有什么嗜好，不散步，也不会下棋，一天到晚只有读书一件事。唯一的消遣是在周六晚上，四个人打扑克，脸上的纸条揭了又贴，贴了又揭，底下的桌子，钻了再钻，常常到凌晨，才算把一个星期的寂寞遣尽。后来，留守处的老师看我们实在没有什么可以消遣，就在中厅放了一台电视机，但我们也只是看看新闻和体育节目而已。

詹先生对学生的要求极其严格。每天上午九点到古籍所，为学生解答问题，下午四点，再来拿报，一天与学生要见两次面。一旦有哪个人不在，一定要问清楚，到哪里去了，是否与业务有关。瑞君兄新婚燕尔，准假一周。他回来晚了两天，就遭到先生严厉批评。一天，家里打来电话，说儿子高烧不退，希望我请假回去。正好先生在收发室取报，我就把电话交给先生，说："我家里电话，要我请假回去一下。"先生接了电话，听了没几句，就说："我们这里整理李白集正紧，他要回去，工作就撂了。孩子发烧，你还是给中文系说说吧。"先生声音好大，把家里人吓得不敢再出声。当然，后来我把稿子整理出来，交到他的手上，他还是叫我回去了。那两年，正推广石家庄造纸厂的满负荷工作法。先生很感兴趣，一再讲，"我看这个办法就很好"，显然他是把这一工作法实施到了我们身上。先生学业上是严师，生活中却很慈祥。总是笑眯眯的，平时说话不启唇，声音不大，却极清晰。我和老陶是脱产研究生，助学金很低。先生知道我们生活比较艰苦，就从自己的工资中拿出钱来，每月补助我们十元。知道我睡眠有时不好，嘱咐我不要熬夜，注意阴阳平衡，把主要的精力放在白天。一次说话，先生突然问到我的母亲，知道我母亲的年龄，连连说："高寿，高寿。应该多回去看看。"

古籍所的生活，简单，踏实，但是也枯燥。充实有时难掩寂寞。尤其到了上世纪90年，三个师兄毕业离校，古籍所只剩下我一个学生。除了老师，无人可以交流。偌大的101室，由我一个人住，显然已不合适，于是调到二楼的201室。面积虽十余平方米，一个人读书起居足矣。只是到了二楼，人一下子悬了起来，更觉得楼中空空荡荡，虚得令人心悸。学校教师来天津出差的并不多，客人甚少，常常是一座小楼只有我一个人。到了周末，院子里只有一个值班的大爷，路灯似明似灭，楼中死寂死寂，可以听得见心跳。偶有病人来住，也多是重症。其中有两位就死在了我对面的房间。一位是我的老师，患肺癌，身子蜷曲成一团，眼睛茫然，不多日即去世。空洞洞的眼神直直地钻进人的心里，久久挥之不去。

一年暑假，古代文学教研室的保生老师去天津玩，要去我的宿舍钥匙，想借住几天。回来见到我，我问："怎样？"保生大叫："我的妈呀，这些年在天津你是怎么活的？"我说："咋了？"保生说："我在你的屋子住了一个晚上，就再也不敢住了。一座楼，只一个人，恐怖死了。"我就笑了，心里说，我还没给你讲郑大爷遇鬼的故事呢。

郑大爷是河北大学在津时的花工，早年学武，到了八十仍可耍九节鞭，虽然已经退休，但还时常来留守处看看。一个周六，他又来溜达，见我一人在院内，就和我聊起来，问我住二楼怎样。我说："还好吧，挺安静的。"郑大爷神秘地笑了笑说："晚上，有没有见过一个穿白衣服的女子？"我说："穿白衣服的人多了，你说的是哪位呀？""哦，不是哪一位。"郑大爷说，"有这么一件事。"

当年，郑大爷还年轻，有一天值夜班。天刚刚擦黑，就见一个穿着白衣服的女人走进大门，也不打招呼，径直朝小楼走去。他看了看背影，像个生人，就出了收发室，一边追，一边喊："喂，喂，同志。你找谁？"白衣女子不回头，也不搭声。郑大爷就急了，大步流星往前赶。他一米八以上的个子，一步小一米，可就是没赶上白衣女子，眼睁睁看着她进了楼。郑大爷再赶两步，进了中厅，楼内光线比较暗，朦朦胧胧地看到白衣女子上到二楼。郑大爷就说："同志，同志，楼上没人住。快下来。"可就在他回头找电灯开关的时候，白衣女子不见了，不知进了哪个房间。怪呀，今天没客人，二楼的几个房间都锁了，是不是哪一间忘了锁？郑大爷就上楼，一个房间一个房间地推，都锁着。他有点不放心，下楼，回到收发室，拿到钥匙，上楼，一个房间一个房间地打开，连个人影儿也没有。郑大爷立时白汗就出来了，跌跌撞撞地跑出小楼。

我本来是胆子极大的人，从来走夜路也不害怕的。但是，郑大爷的故事，还是听得人毛骨悚然。

故事讲完了，也快走到了避暑山庄的大门，路灯多了，周围一下子亮了起来。几个女孩子一句话也没说，就回了宾馆。次日一见面，她们也给我讲了一个故事。听了郑大爷的故事，她们心里很紧张。回到屋里，正议论这个故事，突然，门"咣当"一下响起来，几个人几乎是同时惊恐地叫起来，吓得谁也不敢去开门。直到听清楚是办公室的另一位工作人员时，才敢开了门。

听说吓坏了孩子们，我感到很不安，就说："人们都讲，陌生之地怕水，熟悉之地怕鬼，说明那鬼都是心中生出来的。"当时，我心里又想，这个世上，其实最怕的应该是人，而不是鬼。鬼都是人鼓捣出来的。只要人心中不黑暗，朗朗乾坤，鬼也不敢近前的。漆侠先生讲过这样一句话："鬼都怕恶人。"我想还应该改一改，鬼都怕正人。

话是这样说，听了郑大爷的故事，还是紧张数日。到了夜晚，楼里似乎多了许多声动，不是楼板响一下，就是房顶"咕咚"一声。不远不近，叫春的猫嚎出或低沉或凄厉的叫声，似乎把人扔在了四处坟茔的荒野中。于是死命读书，读到倒头便睡。后来，索性从资料室拿回《聊斋志异》，到深更半夜细读，记下许多凄美的鬼魂故事。想了想，若真有鬼的世界，与人间也没有两样，性分善恶，状呈美丑。想到此处，心一下子释然，就睡觉，想那白衣女子若在楼内，也只能进入梦中。可惜，竟然无梦，待睁开眼时，已是日上东窗。

上世纪80年代，经济大潮席卷天下，造原子弹的不如卖茶叶蛋。读书无用思潮泛滥。但是，"独有扬执戟，闭关草太玄"，就是在古籍所的这几年，是我最好的读书时期。除了毕业论文，先生不允许我们写论文。书没有读到，怎么能写出好文章呢？这就是他的观点。所以我可以一门心思读书。那几年，我按着书架顺序，一部一部读《四部丛刊》和《四部备要》里的魏晋南北朝隋唐总集和别集，也算是真正读了一点书。

如今，那座曾经记录下我们许多读书故事的小楼已经不在，古籍所的老师们，也都各奔东西了。詹锳先生1998年驾鹤西行，副所长马国良老师也得病故去。沈老师、苗老师和张老师都已退休，只有刘崇德老师还被学校返聘。没有郑大爷的消息，如果还健在的话，早就是百岁开外的寿星了。留守处改造后，我曾经回去过一次。站在面目全非的院子里，觉得往事如烟，令人伤感与惆怅。此后，有两次去天津，路过74号门口，同行者总会问我："老师，进去看看吗?"我都说："不去!"简单而又决绝，因为今天的马场道74号，已非我心中的马场道74号。

（原载《长城》2016年第2期）

物质女人

◎邵　丽

一

　　越来越沉迷于一些真实的物质。为了给一块几乎没有经济价值的石头或者木头拴一根绳，我学着打各种结，配上跑遍全国甚至从国外收集来的各种小配饰。我总有办法，让它们不同凡响。

　　几小时几小时就这样过去了。

　　我变成了一个漫无目的的手工匠人，事实上，我越来越渴望成为一个这样的人。

　　经年累月，我在这些物质里浮游沉迷，终致混沌不开。接下来，我计划做一本书，配上插图，说说它们的故事。往常，我的枕畔、书桌、座侧处处放置着的一些小物件，它们安静却又栩栩如生地活着，如同我生命的一部分。

　　物质不老。有一天我死去，它们依然活着，趄进我孩子的生活，或者一个新的主人的生活之中。

　　佛祖拈花，迦叶一笑。

　　有人写成迦叶微笑，这微笑，终不如一笑。

　　道生于一。

　　吾道一以贯之。

　　1993年，我第一次去新疆，想看看葡萄沟的葡萄和达坂城姑娘的辫子，结果被一个朋友带进一间玉器店，我在那里待了五个多小时。第二天去喀什，我直接去了又一家玉器店。无法描述当时的感觉，完整地回想起童年往事，用过的一只粗瓷青花碗，一个用餐时放筷子的瓷托——跟着母亲去朋友家做客，因为实在太过喜欢，将一只瓷白鹅筷托儿偷偷装进衣服口袋，很长一段时间，晚上躲进被窝里把玩。

童年的生活没有金银，更没有玉器，那是系统的、成规模地阉割文化时期。一片灰烬，连看过的书里都没有提及过这些物什。当我立在琳琅的和田玉之间，那种撼动，实在是情窦顿开的惊愕。

女人是精神的，但又最无法抗拒物质，何况是玉！何况是和田玉！

1993年，鸡蛋大小的和田玉籽料，大体也就三两千元的样子，白度润度均属上乘。我花五千元给自己买了一只直板平面的镯子，宽大厚重。那时，没有年轻的女性肯委屈自己戴镯子——它们已经死在旧时代，而且死了两次，都是以"解放"之名——她们宁可多花一些钱，给自己买块进口手表，或者是一条金光灿灿的手链。我的玉镯在好几年时间里，只能在枕边寂寞横陈。

陪伴久长，我的欢喜和哀伤，那只镯大抵是懂得的。重要的时刻，我惦记它的归属。远行的日子，我不断地叮嘱自己，有它在家中等我。若干年后，我曾经为它写下一首小诗。那诗道：

环佩叮当
牵着尘世的心
是一只镯
手的空隙
是我们
最绵密的留白

二十多年的工夫，新疆的和田玉涨了上百倍。青海玉和南阳的独山玉，价格都涨得惊心。当初我并不懂得收藏，多有斩获亦无非随心所欲，结果却是无心插柳，样样细致。就有朋友羡慕嫉妒恨，赚了啊，怎么就有那长远的眼光呢？

心突然有点凉痛，如果仅仅因为价值，眼光是长还是短了？对这些石头的怜爱，也全然变了味道。谁能拿自个儿的骨头称重呢！

到了今天，无论翠玉，无论沉香，无论蜜蜡，无论碧玺，还有南红、珍珠、珊瑚，绿松石——不知不觉中，我以自己的生命书写的石头记，倒也有了些谁解其中味的沧桑。种种故事，一唱三叹；个中滋味，欲语还休。

极有可能，我散失过许多贵重的物件，留下的恰是不具价值的那些。我仍觉欢喜，这是我与它们的缘。

价格对于喜好，并不是充分条件；人们依照自身的好恶，给各种物质标上价签，可它们依然是它们，它们难道不还是它们吗？

给物质标上价格，其实就是给欲望标价。但我只能在森严的欲望的罅隙里，伺机而动，始终能避开昂贵的物件。真心为着它们的品质，而不是它们的价签。如果生活落魄到要靠变卖首饰度过，于我，肯定心比身先死。

我写下这些文字的时刻，窝在手心里的，是一只被称作水沫子的镯子。它漂亮的程度，不亚于翡翠，且仿佛是那种飘着蓝花的极品翡翠。从去年，我开始寻找一种生长在戈壁滩里的石头，做成叫戈壁玉的饰品，精美的程度堪比白玉。

它们都被欲望冷落。

我用各种石头和木头做项链和手串：菩提根，椰子壳、小叶紫檀、南国生的红豆、橄榄核——有时候难免暗自窃喜，它们以自己的生命为我的生命扩容，我岂不是也是用自己的生命为它们背书？我要将我与它们的每一件故事写下，那在暗处缓慢生长起来的力量，忽然之间是如此庞大和耀眼！

一年一年地，这些被琢磨出来的生命的光亮，安静地陪伴着我，不会因为我的衰老和迟滞减损丝毫精致。为着它们，我也奋力地让自己光彩起来。

二

我相信，对物质没有价值观念从我母亲时代就开始了。

我出生在豫东南部，一个三省交界的小城镇。父亲在那里做党政主官。小镇给我留下的最清晰的记忆，是关于一个叫张老万的大地主的故事。张家富甲一方，方圆百里无人能出其右。新中国成立前夕，这家人举家迁往香港，独一个姨太太带着儿子留了下来。原因不明，不可胡说乱道。据说，后来这个女人是改嫁做了张家车夫的老婆，这差不多是事实。关于他们家的传说，件件都是神秘的，但又没有任何一件事情是有头有尾的，好像都悬在半空中，即使灰尘扑面，也迟迟不肯落下来。这对于我们小孩子来说，就更增加了神秘感，总觉得会有什么事情发生。

张老财的孙女儿比我大上几年，独来独往，想必是美貌的。惶惑中见过，她穿着整齐得体的棉布衣，安静地走在边道上，没有想象中的地主崽子那样的猥琐和畏葸。枯枝败叶的冬天，她穿着那种深蓝色的带帽子的棉袄，白里透红的脸庞在寒冬里煞是鲜艳，像是《红楼梦》里的妙玉。妙玉是什么样子我当然不会知道，只是觉得与她相像。她从不和人讲话，声音想必是娇嫩的，应如那娇嫩的脸蛋。满镇子的人都称呼她风雪帽。她住在什么地方？生活得怎么样？我一无所知，但又充满着好奇。

我这么详尽地讲述一个财主是有原因的，青石铺地的一整条街都是张家的宅邸，政府的各个办公机关占据了每一处院落——那是革命和解放最耀眼的徽章。作为革命者的父母及孩子们，享受了政府机关内部的一个四合院，那正是张老万的家居之所。房间并不阔大，三间正房，东西各两间厢房。青砖灰瓦，廊檐肃然，门楣和窗框上各有精致的木雕砖雕，朴实整齐的北方建筑。

我要讲述的重点到了。一屋子的家具摆设，全是黄花梨木，做工之精致，场面之气派，现在想来真是不可思议。但当时的感觉却有点怪怪的，说不清楚是混沌、困惑、迷茫、忧伤、温暖、喧闹、肃静。大一点，读《红楼梦》，书中虚构的人和事，我似乎总能触摸到现实的质地。这些年，我常常思量，我们兄妹，多有绘画的天赋；我和小哥，后来还成了作家，这些与童年那样的生活环境是否有关？

正屋的当间，贴墙靠着长长的条几，几面滑若凝脂。周遭尽是繁复精美的雕饰，各色人等，器宇轩昂，煞有介事却又互不相干，好像每个人都有自己的心事或差事。条几东西展开，两边做成圆润的拱边，似是画幅的卷轴。紧挨着条几的，是一张方方正正的八仙桌，纹理清晰却又面如明镜。只是不知何时被何人落下几处划痕，瞬间升起怜惜之心。有几处深色的圆疤，问我母亲，她说是装了开水的搪瓷茶缸烙下的烫痕。从此凡是温热的东西，再也没靠近过桌子。东家以及尊贵的客人，大抵是要在桌上膳食的，恐怕常常是满桌子的山珍海味。不过那全是凭自己的想象，何为山珍？何为海味？只有天知道。现实的占据者，不过是母亲的瓶瓶罐罐，开始的小心翼翼，终被清寒粗粝的生活磨去了耐心。繁华散尽，精致不再，六只配套的圆凳在寂寞中随处散放。桌的两边安放着两把沉重的太师椅，我父亲不爱坐那椅子，他也没闲暇的时间坐。倒是我的两个哥哥，爬上爬下充装大人，正襟危坐时，竟也有威严富贵模样。

父母带着我住在正屋的东间。屋里箱柜齐全，高低有致。母亲的衣服极少，铺盖也都团在床上。大柜子基本都空着，很快变成了道具，供孩子们藏躲玩耍。靠北墙，安放着一张满工雕花的拔步床——这个名称，当然是后来我在资料中查找到的——从床顶、床柱、床帮到床腿，天上飞的，地上长的，人物花草，飞鸟走兽，绵密得让人透不过气来。那种铺天盖地的感觉，现在还能让我感受到压迫，可见当时我那幼小的感官，曾经经受过怎样的冲击！每当母亲坐在床边给我们做鞋服的时候，就会感叹道，纳一只鞋底就要这大半天，这一床架子的活计，不知木匠要花几年的功夫！

六岁那年，父亲被一纸命令调到另一个县城任职，一辆空荡荡的解放牌卡车，拉走了我们全部的家。一个完全未知的去处，小小的孩童的梦幻世界，刚刚打开一扇门，突然被粗暴地关上。没有铺垫，也没有解释，就像忽然被从一个深沉的梦中猛然拉起。那时我还不懂得哭，可能也不敢哭，只是惊愕，还有深深的、到现在都有的失爱之痛。

爱，用在这里，一点都不铺张。

后来我才知道，那满屋子的家具是可以带走的，公家是估价过的，三百元。后来的后来，我曾经无数次责问母亲，为什么我们不买下呢？母亲说，那时穷，哪里有三百元的闲钱买家具？终于有一天，我不再追问了。纵使有闲钱，我的母亲也断乎不会买一顶巨大的雕花大床，因为，那是地主的家什！仅此一项，就足以让我父亲从台上跌下来，让他儿女们陷在无休无止的羞辱中。当然，对于他们，这些职业革命者而言，睡什么样的床，也仅只是睡觉而已。我母亲说，天明忙到天黑，累狠了才躺着。睡着了，哪还顾得上睡在啥样的床上！

几年前，我先生遭遇一场波折，我独自一人守着一套拥挤而寂寞的屋。我想，房子再大点，它仍然会是拥挤的。整个世界压迫着我，我只想有一个更小、更安全、更静的空间。陡然想起，原本商定好的要换一张新床。这个想法不知道是让我欢欣还是悲哀，但我被这个念头鼓舞着，花了一整天的时间逛家具市场，买下了一家店铺里价格最贵的一张床。第二天，再去逛床品商店，购置了一套富安娜顶级被单床罩。银灰色，细碎的黑色纹路，高贵而端庄。我和我的母亲想法不同，毕竟人生在床上，死在床上，况且有三分之一的生命，是要在床上度过的。既然如此，怎能不顾及睡在啥样的床上！

三

好久不见的一位朋友来访，说他最近正埋头学茶。一时竟无语。茶艺或曰茶道可以学习，茶却是既需要功夫，也需要工夫的，要不怎么叫"功夫茶"呢？"功夫茶"其实也是"工夫茶"，是经年累月，一口一口地咂摸出来的。

我大约喝了二十余年茶，仍然不敢妄谈茶，总是怕露出破绽。有时候，也仅仅是凭了口感，心底里知晓茶的好坏而已。有几个朋友，知道我喜欢茶，常常赠茶与我。但要说到茶的价格，如何金贵，我却不肯轻易相信。茶道亦世道，鱼龙混杂，泥沙俱下，非价格所能厘清。遇一二知己，坐下来喝几道，反复品咂，方才有了优劣定论，也未必准。

这些年，攒下几个做茶的朋友，每每受邀尝茶，虽可吹嘘试过世间百味，但终究讳莫如深，甚至守口如瓶。毕竟，口味是越来越刁，但嘴巴却少了刻薄，多了厚道。夏虫不可以语冰，与善辩者饶舌，倒不如与善饮者默契。既然已经惯坏了舌头，很难遇到可心之物，倒不如省了认真，不走心，不表态度。而且，逆旅之中，饭饱酒足之后，所谓喝茶，不过儿戏，当不得真。大多是半推半就，拂了茶意，顺了人情，解渴亦解乏，两相自得。

我曾极力为吃货辩护，好吃之人，大多厚道。太多的心思用于饕餮，整日里花大量时间思想，吃什么，如何吃，又每每被美食撑胀得五迷三道，心满意足。不消说再有害人之心，回击害人者的心思都在酒足饭饱后消弭。能吃饱喝足，便天下安平，还有什么不可原谅的人和事！

如今再说起茶人，毕竟不是陆羽东坡的时代，能扑下身子喝茶者，应该多是爱惜自己之人——或形象，或身体，或名声。以我偏见，比较起南北方的民众，北方农人不善喝茶，纵然厚道，也是不拘小节，行止无当，多粗犷不羁。南方人善饮，劳力之人亦有雅像，有茶的底子。围着琐碎的茶叶子，仔细地冲泡之间，那火候、时间、程序、品味……都是一个用心的过程，终致人渐渐细腻有加。

前年去泉州采风，收获意外惊喜，发现客家人的村庄里，竟然有专门的煮茶老人，负责给闲暇时扎堆的村人煮茶。"煮茶"这词儿，横亘中国文化几千年，那意境，该为仙风道骨者所独享。现在即使文化人，也很难把它挂在嘴上。但在山野之间，却被大喇喇地说着，甚是意外的痛快！不过，说是煮茶，只是在山脚下平出一块场地，将瓦罐用几块石头支离地面，用柴火烘着，放一把天然的野生粗茶进去，并没有什么仪式感。我被带去体验，看到那铁观音常常陈放了好些个年头，虽然面相老旧，且味道涩苦了些，却意外地回甘无穷。毕竟，是地地道道的高山茶，且用了新鲜的山泉水，物料地道。后来才知道，烧燃的柴火，竟是四处寻来的棺材板子，朽糟沤烂的那种，一根火柴就能点燃。据说这种木头烧煮的茶，更有滋味——我约莫着，这滋味情感大于口感。想起小时候在乡下生活得来的经验，但凡挖到古墓，很多乡下人都去抢那棺材里的衬布，说是小孩子穿了好，估计与此一脉相承吧。茶文化茶文化，想来煮的喝的多半是文化——周围喝茶的多是老人，生死契阔，风轻云淡，无异茶烟。因此，说起话来，神仙一般从容，哲人一般淡定。

吃茶，当配此心态。

再说城市里的滚滚红尘之中，能神闲气定地坐下来喝茶者，多少应是有些出息的。茶让人的节奏缓下来，细想一些来不及思考的问题。欲杀人解恨者，暂时放下利器，找个茶馆，吃一阵功夫茶再行，喝出一身的冷汗也未可知。待汗下去了，心中之怒也放下大半。

说起南方人，我们常常以阴盛阳衰哂之。其实，盛，往往是虚火，成事不足，败事有余；而衰，倒是文明之功课，是修谦谦君子之正途。

说穿了，我们的拼搏，无非是为了出落得有面子些；喝茶本来就是一件体面的事，诸事搅扰着的身心，被几杯茶安抚，说是福报，是功德，是缘分，都没错。

这些年，细嚼慢品过来，攒了几款好茶。但人前不敢说好，只是私下里认为合适我的脾胃。红的绿的，生的熟的；十年二十年的有，新茶也藏；红茶，白茶，伏砖，大致有三五十种。这两年又流行陈年的铁观音，也收了一些。闲来便阅兵一般地欣赏，遇着个懂茶的，更是如逢知己，装做漫不经心，其实心中风吹般得意，——请出来炫示。其实这些年，性情越来越孤僻，不肯让人到家里来。不期而至的生熟客人，最多是一杯清茶，或者干脆白水。不是吝啬，匆匆行事者，喝什么样的茶都不会走心。若人心不在茶里，岂不是冒犯了茶？

喝茶的仪式感，我觉得不亚于茶。出差带了杯具，断不肯让别人染指，宁可被人骂作强迫症，一定要亲力亲为才可。独一人在家中，烫壶温杯，一步都不肯少。既然是喝茶，便要换了合适的衣裳，洗手净口，烫杯温壶，一道一道地悉心品味。我家的先生，虽然是个老茶客，但常常粗枝大叶不拘小节，一杯浓烈的绿茶，亦能对付半晌。有时唤我泡茶，自己却满屋子忙着别的事情，刹那间就坏了兴致，断不肯陪他敷衍了事。

一起喝过酒的朋友，我大多记不得。一起喝过茶，特别是上品的茶首，感受过、感慨过，赞叹过。这些茶事，差不多都会烙在心中。

遇到最好的茶事，是在一位兄长家中，节日里团聚，酒足饭饱，仍然觉得兴致盎然。兄长撤去壶中上品的正山堂，说他尚有好茶。去了好大一会儿，方拿出一粒普洱小坨，陈年的生茶。接过来闻一闻，暗香慢来。再打开看，指肚大的包装纸上，有私人的钤印，果然精致异常。兄长说，此茶是某大领导的专茶，转送给另外一位大领导，偶然的际遇，这位领导转了几粒给他。

闻听此言，兴致顿时矮了很多。我自视段数高，也从不信所谓领导之烟酒茶有多好之类。但兄长为人低调内敛，更不喜借人肩膀抬高自己。所以，将信将疑，淡淡地看他一一将程序走完。衔杯入口，果然不俗，再入口，甚是香味夺人。茶的绵厚馥郁，竟一时无法言说。这无法言说，既有不得不说之意，也有不能多说之意，且对这道茶的感受，断不是一个好字所能概括。如此琢磨：这大领导中，也有真正的茶君子呢。

有一年的4月初，中国作家协会组织全国著名作家到信阳采风。正是摘茶季节，鸡公山的泉水冲泡新炒出的信阳毛尖，鲜到令人销魂。组织者安排我们采茶，一二十人，分发了竹编的帽子和筐子，迤逦上山。开始还觉得好玩儿，毕竟是游戏，惟觉浪漫。不久大伙儿就暗中卯了劲儿比试，都想争个第一第二。谁知两个小时下来，肩酸背痛，哀鸿遍野。收拾起所有良莠不分的叶子，竟然不足两斤。问那炒茶的师傅，师傅说最多能做出三四两粗茶；真正的好茶，要有六七万个芽头，也就是说，要采六、七万下，四斤多鲜叶子，才制得一斤好茶。一片咋舌，那一回，所有的参与者，自此对茶肯定都会存了敬畏之心。

常常光顾茶城、茶馆、茶会所，一两一两地买，一斤一斤地攒，竟然学会那茶东家的啬鬼样儿，爱惜每一根茶棒，每一泡茶都要喝到乏，惜汤如金。

春节贪了口愉，假期过完竟重了几公斤。咬牙吃得素淡一点，竟致饥肠辘辘。这时寻了茶来喝，竟然款款寡淡。离开美食，茶大致也终是无趣的。由此想到东坡居士，先生是饮茶的高人，却又时时大啖红烧肉，美食佳茗相伴，自不待言。但先生即使"贫病苦饥"，需要"撑肠拄腹"之时，仍然"但愿一瓯常及睡足日高时"，却是我辈望尘莫及的。由此想到南方人爱吃肉，年关家家杀猪，为了便于存放，就腊了、熏了。没有冰箱的年代，可以吃上大半年。山人说，不吃肉没力气，不喝茶没精神。南人好吃肉，这大约是因为饮茶的缘故；善饮茶，也是吃肉所致。茶水刮肠，肠胃里积蓄了油水，才好饮茶。此消彼长，相生相克，由此看来，茶道真真就是世道。

四

四十岁之前，几乎是不染酒的，一是不喜欢，二是没理由。快乐、忧伤、欢庆、孤独……喝酒的理由甚多，可是这样的时候，我总是排斥酒，与它距离着。

蹉跎人生，很多事始料未及，终致某一天与酒劈面相逢，但不知深浅，一下就喝大了。那次醉酒的滋味，至今想起来痛苦万状，针扎一般地刺激，翻江倒海般地难过。但说来也怪，越是难以拿捏的事物，越是对我有吸引力。自从之后，慢慢地，竟然与酒有了默契。而且，喝得多了，方才有了自觉，哪怕是为了麻醉自己，也要缓缓地来，清醒地把握住感觉，喝到微醺，人慢慢快乐起来。有时也会哭，酒是催泪水，委屈瞬间来袭。不过，酒带给更多人的还是愉悦，莫名地兴奋，喝点酒抑制不住话多，复读机一样，一件相同的事情，可以反复絮叨无数遍。

也难以苛责，毕竟像我们这些凡夫俗子，喝大一次，营造一个与现世不一样的世界，并在里面沉浸片刻，用以抵御严酷的生活，也不能算是苟且。过去，我父亲就是这样，清醒的时候极其严厉，喝了酒性子就变得柔和，好像酒能返老还童似的。国人的酒文化，历来酒场就是战场，是商场，也是情场，酒桌上谈事，比正经场合还正经，虽然往往是谦恭有礼地开场，狼狈不堪地收场。但大着舌头说出的话，总比一本正经地说出来的有效。

白酒的香醇，常常是经历了一次次的疼痛和伤害之后，苦尽甘来的感知。所谓会喝酒与不会喝酒，会，应是千锤百炼过来的，是好了伤疤忘了的痛。有狼狈，也有收成，因为诸事涸在酒里，也因此有回味。

这些年，往国外走了不少趟，总觉得西方人喝酒完全是为了取悦自己，很少见人扎堆儿喝酒。那些绅士们，旁若无人地沉浸在自己的酒里，巨大的高脚水晶杯，一点点的酒水，一整个晚上就那么擎着，想来那姿态就是他们的生活。更让人不解的是，他们将酗酒者视为病人，尤其对中国人类似集体自杀般的拼酒方式大惑不解。其实，东西方文化，何必讲优劣长短？理性固然好，但一辈子理性也很寡淡，"醉里乾坤大，壶中日月长"也未必真那么丑陋。上面我说过，在逼仄的生活缝隙里，活色生香地辟出一段飘飘然的经验，很见可爱。对在酒精里躲避苦难烦恼的人，尤不能苛责，得过且过，亦是人生。况且，对于很多国人来说，酒是一种药，既可以治疗身病，又可以治疗心病。因此，酒文化这东西，文化应该在前，酒在后。

过去我对酒知之甚少，不过是闲暇时作为尝试，先是节假日朋友小聚，开酒助兴。后来两夫妻闲暇时，也开一瓶，慢慢地咂，竟也喝出一点酒的美意来。酒这东西，很多时候很像狗，你对它好点，它都会回报你。

好朋友开了红酒行，常常一本正经地被邀请去品酒，为的是让给酒写写酒评。时间长了，倒也练出些功夫，尝一口，就能知道酒的品格好坏。后来，喝得多了，写得多了，周围的朋友有好酒，总是要拉上我凑热闹，俨然成了一个品酒师。那时拉菲刚成规模进入中国市场，口碑是不错的，也的确好喝。关键是当时生存状态好，诸事顺遂，酒也显得格外好。

渐渐地，我的书架被各式的酒瓶填充，喜欢的，有故事的，就留一瓶收着，仍然不为收藏。哪一天高兴，或者有不期而至的朋友，就开一瓶。酒不曾入口，已经被情绪渲染得晕乎乎的。因为是一瓶一瓶攒起的，非寻常，自然是看得金贵。有一瓶置放了十多年的50年老装茅台，前些日子我外出，被先生拿给不知道什么劳什子人喝去了，气得杀人的心都有了，几乎要拿离婚说事。

好品质的红酒未必是价格贵的，那年去杭州参加笔会，宴请者用的是一款智利干红，不同寻常地好喝。留意拍了图片收藏。过了一段时间，在北京机场候机，机场的洋酒专卖店里看见这种酒，标价420元人民币，遂买了两瓶。年轻的售货员小姑娘告诉我，可以邮购，并给了名片。赶了一个梨花开的日子，邀朋友们尝了，评价甚是好。于是给那女孩打电话，未接；再看那名片下面有总店的电话，于是直接打过去，接电话的仍是一女子，似是更高一级的经理。说明意图，只是随口问可能优惠。实在未料想，女经理爽快地说，你们整箱邮购，就按批发价发货，260元一瓶。这差价？惊得眼珠子险些掉下来。遂把这事情当故事讲，一做西餐的朋友便要了名片去。过了几日，朋友打电话来，说他买了几箱，价钱已讲成160元。接下来口口相传，朋友的朋友再要了名片去，后来购了十箱，每瓶120元。

一直比较喜欢智利酒，总之是与这次酒事有关。

其实是我们自己宠坏了法国、意大利的酒，无非取其贵。在澳洲，新世界的酒，品质很不错，价格也就大约100元人民币左右。据说澳洲酒口感新鲜，但不适宜长时间存放，也没考究真假。倒是我有一大学同学，移民去了澳大利亚，因为喜欢红酒，因为常常帮朋友带酒，索性就做了代理。据说仅卖酒一项，便成了千万富翁。因缘巧合，难有定数。虽然懂得正经场合别拿酒说事儿，但也别不把酒当事儿。

五

年纪渐长，对食物的要求愈加精细，在外吃饭，总是怕食材不好，怕蔬菜清洗不干净，更怕地沟油损害了身体。说到底，是性格孤独了，煎熬不住热闹的场面，宁可自己在家中随心所欲。时间总是不够用，大部分又总是被吃喝占去了，常常为一锅土豆烧牛肉，一顿老鸭汤烩面，把一个上午的时间就搭进去了。这倒也没多大错，食色，人之大欲存，早就有圣人背书。

有一回，开车去北京。司机是个对烹饪感兴趣的，聊起菜，从郑州一直说到京城。下车时小伙子打趣说，不开车了，回去开饭店，光我一路上传授给他的几十道菜就能独撑门面。

我颇自负，天生是个做厨子的料，有的菜式是我日常做熟了的，有的却是被人家拎出的食材所迫，临时在脑子里虚构，但做出的东西大致是不会太离谱的，间或还有小创新。

还有一回在北京，女儿一定要去某办事处吃麻辣小鲍鱼。偌大的一盘子辣椒碎，埋了几只可怜的鲍鱼仔，几百元一份，因可惜路途遥远之盘费，常常要吃双份。我划拉一下佐料，不外乎是那几样。回到家便要家里的小姑娘去海鲜市场买来活鲜鲍，以清水养上一日，滚水活烫，收拾干净后切片，姜葱加新鲜的青花椒，辣椒一定要选鲜红的。准备完备，下锅翻炒，五分钟后即可出菜，色香味俱佳。厨师的关键当然是火候把握得当，吃过我这道菜的人，神情一定是偷吃了国宴那样子的。

北方人喜面食。包子饺子，但凡带馅的食物，我一定要自己亲手调配，食材一点不肯马虎。有天一位朋友打电话，说想吃饺子，又怕麻烦，准备去饺子馆买一份。我告诉他，去楼下菜铺子里买一撮细韭菜，越细小越出味道。韭菜洗净切碎备用，在煎锅里用橄榄油旋两张鸡蛋皮，一把泡发的干虾仁，几颗香菇，切碎混合。其他调料都不用放，只要一点麻油和细盐。朋友在我的指导下操作，大赞此物非人间寻常。其实，此物寻常到家，他也只是尝试了一种，新鲜的荠菜、笋瓜、荆芥，皆可用来做馅。不消一个小时的工夫既得美味，尤其是做的过程，依然是一种享受。

我非常享受制作食物的过程，对于一个写作者，未必不是一种生活体验。著名作家龙一曾经与我交流过这方面的心得，他更甚，为了写饥饿状态下吃皮带的感受，自己在家中做实验，试了N种工序，最终证明了皮带确实是可以吃的。这个妇男，家里吃什么盐他都要经管，常常给我发微信，介绍淘宝上某种不含碘的盐，对身体有诸般好处，或者一种小牛肉的制作工序，鸡丁的另外一种做法，云云。

为熬煮一个汤，要用几个小时的工夫，可那几个小时享受到的幸福可真是无与伦比。炉火上，砂锅慢炖，香气四溢，主人候在餐桌边读一本书，那一刻，对生命充满着感激。由此再读孔圣人的"食不厌精，脍不厌细。食饐而餲，鱼馁而肉败，不食。色恶，不食。臭恶，不食。失饪，不食。不时，不食。割不正，不食。不得其酱，不食。"更是"夫子言之，于我心有戚戚焉"！

我是个晚上习惯熬夜的人，而且大多也是为着那一餐美味的宵夜。先将中午的剩饭裹一个鸡蛋炒出半碗，就着炒锅，丢几颗扇贝放一碗清水煮上片刻，切进半个西红柿，一朵香菇，出锅时加几片黄瓜或者几片鲜菜叶，一碗鲜汤就成了。我教导女儿的原则是，饭可以不做，但不可以不会做，懂得做才能真正懂得吃。这样的女人，任何状态下，都不会委屈自己。

朋友的女儿从澳大利亚归国，在我家小住两天，我便变了花样做给她。几天饕餮的日子过下来，走时真是恨不能借了我的手去。临出发，非要再喝一碗我熬的土鸡汤，险些误了飞机。回去不无调侃地发来微信：阿姨，你每天吃的饭，比月子餐都精致。

最能安慰自己的，当属吃货，当然也常常为好吃者辩护。常常有人称赞谁谁身材好，皮肤细腻。我思忖，如果没有好吃与吃好这档子事，哪来的好身材和细腻的皮肤？

我婆婆是个乡村妇女，她一生靠自己的双手把五个孩子送进了大学。她不识字，对生活的最高要求就是吃好穿好。在最饥馑的年代，她依仗自己的裁缝手艺，硬是土里刨食，撑过了灾年。手中但凡有一点余钱，便买些鸡鸭鱼肉补贴伙食。四邻八坊的都瞧不上她，说，这样的女人不是过日子的，早晚得吃穷！好吃的婆婆，从不喜欢节俭的孩子，说，这样的人一辈子没出息！她也是这样实践的，一路吃过来，日子倒是越过越红火。如今，婆婆儿孙绕膝，儿女们生活在天南地北好几个城市里，都是小有成就的人物；孙辈里还有几个在西方国家生活和发展。当年笑话她的那些邻居，大多依然生活在乡下，依然节俭度日，依然寒瑟。婆婆每次回去，还都要去看他们，回来又跟我们絮叨，嘴里抠食，靠筷子头儿是省不成富人的。算起来她今年已经88岁了，跟着做律师的小儿子在海口生活。如今她只关心吃饭这一档子事儿了，一天几只鸡蛋，吃鱼还是吃鸡，她得说了算。坚持每天散步，锻炼身体，然后就去逛超市，推着一车子食材招摇过市。每天晚上睡觉前，要把次日的生活仔细谋划好，所需的材料必须亲自置办。我想，她快九十的人了，耳聪目明，寝食皆安，估计跟梦里梦外的那么多食物有关。记得她常常教育我们说，人像一盘磨，睡着不渴也不饿。那不渴不饿，肯定还是吃出来的。

仔细想来，有必要把我婆婆养生的秘密武器公开一下，每天早晚两顿饭，必得有粥，河南人叫喝稀饭。稀饭可以是米糊糊，也可以是面汤。无论春夏秋冬，无论主菜多么稀奇金贵，哪怕刚在外面吃了大餐回来，若是没有喝口稀饭，对她来说就不能算是吃饭。就连坐月子期间，她也要强迫儿媳妇喝这种面糊。不过，一碗面糊里差不多要卧上十来只荷包蛋。据说大婆姐生孩子的时候，每天三顿饭均是稀饭卧荷包蛋，每顿二十几个蛋，一口气儿吃了四十多天，想想都瘆人。对这种方式，婆婆的儿女们早已习惯并欣然接受，我与后来加入的弟媳颇以为然。然而，几十年过去了，我发现自己也染上了这个习惯，偶有不适，也会做这种鸡蛋穗面汤，早晚喝上一碗，肠胃的确舒服了许多。

　　婆婆做鸡，不红烧，也不白灼。自己去市场上挑一只当年的嫩鸡，收拾好拿回来切成鸡块，拿盐和作料腌一会，用面粉裹了，先在锅里煎至两面焦黄，加汤炖煮，炖时稍微放一点醋，半个小时可食。她的理论是，醋嫩肉，肉离骨则骨头好啃。我一直拿这种做鸡的方法当笑料，看着黏糊糊的汤汁就倒胃口。跟她在一起的时间长了，却也慢慢喜欢上那种味道，许久不吃甚是想念。可见，多年的媳妇熬成婆绝非妄言。实在忍无可忍，就去买来嫩鸡，依法炮制，效果难以想象的好。只是，我把醋换成黄酒，加入更多的调料，是为改良菜系，取名"婆媳面鸡"。前年偶尔翻看开封民间食物谱，发现自宋代起就有这种做鸡的方法，谓之"面炕鸡"，自是中国文化之一种，不禁哑然失笑。

　　上世纪80年代初期，不记得在什么书上看到过这样的文字：负责任的家长，每周要带孩子到品质好的饭店吃一餐饭，培养孩子的社交礼仪和生活品位。我大为惊讶，那个时期，中国人还没有去餐馆吃饭的能力，每周到铺有桌布、配有餐巾的餐馆去吃一餐饭，简直就是梦。也就十年八年的工夫，普罗大众就进入了梦境。好的饭店，特别是一些品牌餐馆，常常人满为患，带孩子去的父母也不在少数。感受的过程亦是学习的过程，我就认为味觉是身体的第一感受。全世界的美食，各个省份各个民族的特色，多大的学问啊！古人行万里路，无非也就饱眼福口福而已吧？

　　当下，是一个以瘦为美的时代，全民减肥。俊男美女们说到吃，都退避三舍，明星们更恨不能把自己饿成木乃伊，主食不能吃，肉食不能吃，水果蔬菜都不能放开了吃。有一个新说法：想要美丽，什么难吃吃什么。这些高大上族群，在味蕾最好的青壮年时期，味觉尽失。关于美食，有一天会不会变成一种传说呢？

食色，人之大欲存焉，而且民以食为天，食更在色之上。想吃的时候就放开了吃，别到哪天吃不动了，想吃也成为一种奢望。凡是上帝给予的，一定有它的道理，别用一己之私，去拂逆神的一番好意。所以我说，只有吃货靠神祇最近。

六

又到了乱花渐欲迷人眼的季节，若是不担心荷包，索性就咬咬牙，买件看得入眼的品牌衣裙。我觉得，衣食二字与女人的生命等长，舍此还有欲望，似乎就过了界。一件有品质的大衣，可以穿二十年，仍旧不会落伍。倒是那种经年的旧意，折叠着风云故事，更让人觉得有一种沉淀很久的尊贵。记不得唐人是谁的诗了，其中一句倒是让人念着旧衣的好，"衣上泪痕和酒痕"，有点伤感，有点浪漫，还有点小颓废。而且，这些都是我喜欢的。

一次和朋友一起出差，路途上她突然说一句，这次出来感觉特别舒服，就因为脖子里围了一条羊绒围巾。一条围巾能给旅途带来如此大的愉悦？我尝试她那种感觉，真的是柔软了许多，无时不刻被暖融融地包围着，如婴儿般放松。女人需要被温暖和呵护，是精神的，也是物质的。

多年以来，我一直保留一个很好的习惯，买衣服一定要三思而行，不能让衣柜一下子满起来，一年一年地攒。冬天的大衣，夏天的连衣裙，十年前的我仍然在穿。每年买一两件，十几年下来，挂起来甚是可观。而那些品质精良的衣服的款式和色彩，似乎比我们更自信更持久，始终不会让人心生厌倦。

当然，好东西也未必全是价格昂贵的，有时候碰巧遇见一块质地好的棉布，花色也漂亮，自己也会动手做一条休闲的裙子。偶尔在某一个城市某一个小店买的一件格子衬衣，朋友送的一套喜欢的睡衣裤，这些被自己洗濯得柔软的贴心之物，搬几次家，清理多少次衣柜，仍然是保留着。衣服浸染了身体的味道，就变成了另一张皮肤，贴身也贴心。

我在文章里多次写到我的母亲，她一辈子都习惯穿自己缝制的衣物。母亲八十多岁了，她年轻的时候正赶上穿衣纯粹靠手工的时代。她养育了四个儿女，都是靠自己的一针一线把他们包裹起来。仔细想想，那个时代的女人有多辛苦，白天满怀激情地干革命，晚上还要不辞劳苦地为一大家子人做衣衫鞋袜。回忆起往事，偶尔她会说，睡到半夜听见起风了，看看外面，树叶子扑簌扑簌落在地上，就赶紧爬起来，把大人孩子的棉衣都找出来，一件一件絮好，不然穿出去会让人笑话了。她的话点落在怕人笑话上，虽轻描淡写，然想来却十分心酸。即使在那样瓜菜代的年代，不管多清贫，人们希望的也还是生活得体面些。童年的记忆中，女人的持家本领，是可以从一家人衣饰上打量出来的。遇到人家的孩子，总是要看看鞋子，胸口盘的纽扣什么的。看到做得周正的鞋子，还会追到人家去讨鞋样子。

母亲退休后，经济条件自然是很好了，可她仍然坚持穿自己缝制的衣衫。我每年帮她买几件好衣服，她要么关在柜子里，要么拿出来送亲戚。她晚年跟妹妹一家在深圳生活，我抱怨她，住在高端社区，穿得太不像样，会让人觉得儿女不孝敬——这岂不是跟母亲年轻时的想法一样，不过是怕被人笑话。可是母亲却说，管人家干嘛啊，自己穿着舒服就行，况且二十年不买衣服都有得穿，人要懂得惜福。母亲至今都是亲力亲为，总是把自己简单的棉布衣饰洗得干干净净，头发剪得短短的，指甲修得干净整齐。她性格好，对任何人都和颜悦色，所以小区里的人都喜欢她，也尊重。这样的母亲，她的体面，都是在骨子里。

小时候，母亲做一双鞋子要花好几天的工夫，所以每穿一双新鞋子，她总要告诫我们，走路的姿势一定要周正，要会看道儿，女孩子更不能踢踢打打的。这种教导，其实是让我们有了一种自然的教养。我从小就爱惜东西，鞋子只有穿小了、穿旧了，很少有穿坏的。一直到今天，我仍然是爱惜每一双鞋子，悉心地打理呵护，总要穿上十年八年的。所以，选鞋子的时候，我尽力选择品质好的。好品质的鞋子是有生命的，你费心爱惜它，它都懂得，也会回报你。这样的鞋子能穿很多年，搭配不同的衣服，总有不同的韵味儿，耐看。走路的时候，选择一双旧鞋子，那种舒适，脚会告诉你。

这几年，除了自己动手做几件休闲的服饰，我还常常逛一些布衣店。那些简单的棉质布料，做工精良让人感叹，选好了，能穿出非同寻常的效果。

我还差不多是个围巾控，收藏的围巾有一百多条，各种价位、各种款式、各种面料，卷在一个透明的整理箱中，换季的时候，挑拣出一些摆在床边箱柜上，是为赏心悦目。更欢喜着这每一个换季的时节，一件一件整理服饰时的熨帖，心都跟着香艳。

我以为，穿得体面，是对身边人的一种尊重，也会换回别人对自己的敬意。有时候，穿着丝绸长裙，踩着高跟鞋去小店打包一份热干面。店里吃饭的客人会顷刻之间安静了许多。厨子会停下来，耐心地询问你的需求。老板娘说话的声音也低了下来。这是我的亲历，若是不信，你不妨可以试一试。时常觉得，换洗衣服、保养皮肤、护理头发，是自己一个人的需要，其实和悦的是周围的世界，别人会因为你的出现而感受美好。穿衣的进步，应是人类文明重要的组成部分。

女儿小时候，我对她的穿着从来不肯马虎，哭闹也不妥协，不肯任她随意。还没几年的工夫，女儿开始和我调了个儿，教导我如何穿着打扮，什么合适什么不合适。女儿成人了，母亲可不就变成了老人？女儿说，你自己不把自己当老人，你就永远不会是老人。她让我看她的钢琴老师，七十多岁的中央音乐学院的教授。发如银丝，皮肤纵然有了小皱纹，却也细腻光亮。当她穿着碎花连衣裙，声音甜美，快乐地指导学生上课的时候，你觉得她就是一个少女。老师说，她每天晚上坚持给脸部敷面膜，早晨起床第一件事就是梳洗化妆，几十年她都坚持穿连衣裙、长筒丝袜和高跟鞋。在家里给学生上课，从来不懈怠对自己的修饰。我觉得她教会孩子的不仅仅是钢琴的技能，更是教会了她们做女人的气质。

女人的精细和奢华并没有必然的关系，有时候，偶尔窥视到一个外表朴素的女子，内衣却极为整洁严肃，让人忍不住心存敬意。反而是对外表奢华，肯几百几千地为自己添置外套，内里却粗俗不堪的女人，有一种说不出的嫌恶。这种人，进入私人空间就蓬头垢面，没有不带洞的袜子，褪色的内衣裤胡乱地堆放。不知道她是怎么想的，舍得买价格昂贵的羊毛外套，却不肯换一件贴身的背心。这说明，她们只会取悦别人，而从不取悦自己，这样的女人虽然有钱，却没有尊贵。在西方电影里，常常看到落难的贵族女子，简单的衣饰，一定是整洁干净的，即使生存在破旧的房子里，每天都要清洗头发和身体，睡觉前把衣服整齐地叠放在枕畔。这样的女子，身处什么样的恶劣环境，她们的心灵都足够尊贵优雅。甚至可以说，贵族的尊贵，放在优渥的环境里并不觉得有什么，只有在逼仄的环境里，才真正显现出来。尤其是当一个人独处时的优雅，才是真正的优雅，尽管可能是用孤独打的底子。

七

前年随团去墨西哥访问，在印第安人的手工作坊，我发现了一直心心念念想要的桌布。黑黄交织，虽醒目也不显张扬。黑是纯粹的黑，黄是明黄，大胆的图案设计，华美的配色、朴拙而又尊贵的质地，样样都让人爱不释手。二十美元，我毫不犹豫地买了两块。因为过于厚重，行李箱塞不下，手提一个大购物袋在国外长途奔波，狼狈之相可以想见，至今想起来还忍俊不禁。幸而同团的两位男士体恤，一路不辞辛苦出手相助，终于遂了心愿。

地毯、桌布、床单、披巾，这些好像无关紧要的物品，对我却一直有着无法遏制的魅惑。

对于家居摆设，我喜欢简洁明快的风格，所有的物什都强调简单，但客厅地板上若置放一块羊毛地毯，感觉一下子就起来了。若要用一个词儿形容这感觉，却又说不得，很难表达到位，就是既很洋气，又很浪漫那种，很像过年穿新衣新鞋那样的感觉。平面直角的餐桌，木制的，笨重的，看上去很闷，若是铺一块雅致的餐桌布，效果立刻就不同寻常了。坐在餐桌前的人，亦会不自觉地端庄了许多。一碗面，或者素白的米饭，在铺开的桌布上享用，能感觉到别样的滋味。更甚之，泡一杯茶，坐在临大窗的餐桌前看一本书，时间过得从容而优裕。

对房子的装修，我似乎没有更多的要求，用环保的涂料粉刷墙壁，柜子直接拼接在墙上，寥寥几幅朋友的字画。窗帘是纱质的，即便是合上也能有微光透入。我喜欢这样的感觉，夜间关上灯，仍能感受到城市之光和她的温度。我唯一固执的，就是对地板的苛刻。木地板给我一种安全感，阻隔了与钢筋水泥的直接面对，在很大程度上缓解了情绪的焦虑。我也喜欢养狗，狗肆意地卧仰，总觉得活动在木地板上的狗是舒适的，身体更健康。有时候，我也会坐在地板上看书，当然，也是在大窗下，一本一本地摊开，四周全是书，想起谁写的"我坐在一大堆阳光和书中间"，那种满足感瞬间爆棚。

我始终拒绝在卫生间阅读，所有的书都不允许家庭成员携带入厕。纸质书是吸味的，沾了杂味的书籍如何能再安然阅之？

我喜茶，其实泡茶无需繁复，只需一套简单的杯具。不过，说来简单，喜茶的人，总是会喜欢茶具，尽管每次都抑制住自己的冲动，但总还是忍不住添置一些茶碗和玻璃茶器，只是觉得赏心悦目。天长日久，茶碗倒是成了一道景观。

不管什么样的居住状况，清洁一定是必须的。经常会有朋友倾诉，两夫妻为做家事而怨愤。我十分诧异，做家事对女人不是一种享受吗？你想啊，偌大的一个世界，仅有这一片是属于自己的私人空间，悉心地打理，一桌一椅慢慢拂拭，如对话般体贴，不是像赏宝一样心怡吗？

少年时，常和院子里一个叫小咏的女孩儿玩。他们一家子过去在长沙，父亲从部队转业回到北方家乡，全家人都带了回来。母亲是一个丰腴漂亮的少妇。外婆气质也不凡，一眼就能看得出是在城市生活惯了的人。第一次吃到盐渍的话梅就是外婆给的，只一颗，放在小手心里，轻声叮嘱：握住，不要掉落了。想想我姥姥给孩子们发糖果，从来不这样，她总是抓上一把，胡乱地塞进人家的口袋。因此心中格外诧异，觉得那外婆不凡，既小气又洋气，而这洋气因此而霸气，怪不得我们在她跟前绝对不敢造次。

有时我去找小咏玩，她会突然嘟着嘴说：我妈妈说了，想出去玩可以，必须先抹了房才能去！好奇心一下子被吊得高高的。抹房？房子如何抹得？立在人家的门口看，见那孩子拿了沾水毛巾，在屋子里认真擦拭。小小的个子，纵不过十来岁的年纪。我一个人甚是无趣，便学了她的样子，自回家去，打一盆清水，找来一条旧毛巾，上蹿下跳地折腾，且越干越来劲，直到一个陈旧的家，被我弄得亮堂堂的。母亲下班回来，自然猛烈地赞扬。自此，像一个辛勤的童工，打扫卫生的活计就归了我。若是小咏唤我玩耍，我也极为郑重地告之，我得抹了房，才可以去玩。

好习惯和坏习惯，但凡养成，都能跟人一辈子。每次出差住宾馆，也会不自觉地整理房间，退房时，一定会飞快地把卫生间清洁干净。几乎变成一种强迫症，总担心给别人留下不好的印象，纵使是不相干的人。去年冬天，在北京鲁迅文学院待了三个半月，我想我会是做保洁的大姐最喜欢的学员。晨起的第一件事，就是把小屋子整理干净，连地板和卫生间都仔细地擦出来。每天看见大姐，她总会一脸灿容，笑得花开一样，说，若是都像你，我们可就轻省了。

我从不要求我家的先生给我送花，这样也让粗枝大叶的他省心。送花只是一种仪式，未必所赠之花又有多大的用途。我隔三差五会到花市上逛一逛，有时单买几株喜欢的闲花野草，有时看到刚从南方空运过来的玫瑰，极为新鲜，如同买菜一样，一整捆掂回家去，再细细地择了，弄大大的一束，插在阔口的瓶中，不用任何缀饰，美得怡然大方。待花瓣掉落，收进玻璃碗中，下面添了水，漂在水面上的花瓣，比起一枝枝的玫瑰，更加绚丽。净色的床罩上，放一朵玫瑰，一间卧室都喜气洋洋的。干玫瑰花瓣，用布袋子装起来，置放在床头，无论多久都会散发出异香——呵呵，原本不值得一说的故事，不知不觉竟说得如此香艳！

其实，把花事摆弄好，也是生活。尤其是在北方的冬天，万木凋零，满眼都是破败的气象。这时买两盆半开的蝴蝶兰，就等于换了季，又换了心情。我喜爱深紫色的，或者红粉相间的蝴蝶兰，悉心照护，能开四五个月。再配几盆绿色的植物，忽然间就对人生没有了苛责。这周遭有很多葱葱郁郁的生命，在我们的忽视里无怨无悔地生长和凋零。

（原载《作家》2016 年第 7 期）

守住秘密的舞蹈

◎韩少功

总统的尴尬

飞行三个半小时，转机等候四小时；

再飞行十四小时，转机等候五小时；

再飞行九小时……差不多昏天黑地两昼夜后，飞机前面才是遥遥在望的安第斯山脉西麓，被人称为"世界尽头"的远方。

随着一次次转机，乘客里中国人的面孔渐少，然后日本人和韩国人也消失了，甚至连说英语的男女也不多见，耳边全是叽叽喳喳的异声，大概是西班牙语或印第安土语，一种深不见底的陌生。但旅行大体还算顺利。只是机场不提供行李车，行李传送带少得可怜，以致旅客们拥挤不堪热汗大冒，一位机场人员还把我和妻子的护照翻来翻去，顿时换上严厉目光："签证？"

我有点奇怪，把美国签证翻给他看，告诉他数月前贵国早已开始对这种签证予以免签认可。

他似乎听不懂英语，又把护照翻了翻，将我们带到另一房间，在电脑上噼里啪啦查找了一阵，没查出下文；翻阅一堆文件，还是没找出下文，最后打了一个电话，这才犹犹豫豫地摆摆手，让我们过了。

这哥们儿对业务也太生疏了吧？

这几个月里他就没带脑子来上过班？

接待我们的S先生听说这事哈哈一笑，说智利的空港管理已属上乘，拉美式的乱劲儿应该最少。想想不久前吧，中国总理前来正式访问，女总统亲自主持的迎宾大典上也大出状况，音响设备播放不出国歌。有关人员急得钻地缝的心都有。中国总理久等无奈，只好建议，不要紧，我们来唱吧。女总统于是事后向歌唱者们一再道歉和感谢：你们今天真是帮了我一个大忙啊。

这一类事见多了也就没脾气。临到开会了会议室还大门紧锁，钥匙也不知在何处。好容易办妥了留学签证和入学手续，上课一天后却不知去向。约会迟到不超过半小时的，已是这里最好的客户。领工资后第二天还能在酩酊大醉中醒来上班的，已是这里最好的员工。你能怎么样？一位在墨西哥打拼多年的广东B老板还说，有一次，几个有头有脸的墨方商业伙伴很想同中国做生意，他把他们带到广交会，特地设一豪宴，替他们联系了局长、副市长什么的，但等到最后也没等来求见者。更气人的是，事后问他们为何失约，为何关手机，他们在夜总会玩得正爽，笑一笑，就算是解释了。

B老板说，笑笑还是好的呢，不然他们会搬出九十九个理由来证明自己根本没错，比如中国人为什么要做金钱的奴隶？

其实拉美人不都是这样粗枝大叶、吊儿郎当、寻欢作乐甚至好吃懒做，不都是"信天游""神逻辑"的主儿。但放眼全世界，连智利这样高度欧化的国家也有盛典上的离奇尴尬，其他地方掉链子的还会少？

军人政权频现大概也就事出有因。在过往的百年动荡里，大凡后发展国家都挣扎于农业文明溃烂过程中的贫穷和愚昧，面对社会"一盘散沙"的难题。要聚沙成塔，要化沙为石，要获得一种起码的组织化和执行力，如果不倚重政党和宗教，大概就不能不想到军人了。当混乱与高压的两害相权，总得挑一个轻的。当自由与温饱无法两全，光在理论上把它们捏拢了搓圆了，又管什么用？军队是一道整齐而凌厉的色彩，具有统一建制、严格纪律以及强制手段，配以先进通信工具，还有大多数领军人的较高学历。一旦遭遇社会危机，这道色彩便最容易在各种力量的竞争中脱颖而出，成为碎片化社会最后的应急手段。于是，城头变幻大王旗，炮声是最有效的发言，"右翼"的布兰科（巴西）、翁加尼亚（阿根廷）、阿马斯（危地马拉）、阿尔瓦雷斯（乌拉圭）、德弗朗西亚（巴拉圭）等，"左翼"或偏"左翼"的贝拉斯科（秘鲁）、卡斯特罗（古巴）、阿本斯（危地马拉）、贝隆（阿根廷）等，都是穿一身戎装走向国家政治权力巅峰。

中国人所熟悉的切·格瓦拉，记忆中定格为头戴贝雷帽的那位现代派耶稣，日后被流行文化不断炒卖的那位正义男神，献身于玻利维亚山地战场，其实也是这众多故事中未完成的一个。

与格瓦拉不同，智利前陆军总司令皮诺切特得到了美国中情局的支持。他用坦克攻下了国防部，然后下令两架英国造的"猎鹰"战斗机升空，至少向总统府所在的莫内达宫发射了十八枚导弹，一举剿灭了民选总统阿连德——这件事曾在中国广为人知。这一幕狂轰滥炸，我在四十多年后聂鲁达博物馆的小电影上才得以目睹。播映厅里突然浓烟四起。观众面前的飞机俯冲尖啸。当时头戴钢盔的总统拒绝投降，操一把AK—47，率几十个官兵正在做最后抵抗，再一次留下现代骑士的悲壮身影。作为他的密友，获得诺贝尔文学奖的社会主义者，聂鲁达却帮不上什么忙。他所能做的，就是坐在我眼下抵达的这个海滨别墅，这个著名的船形爱巢，在政变的十二天后郁郁而终。他留下了第三任漂亮的妻子和桌上大堆的革命诗和爱情诗。

有意思的是，皮诺切特以密捕和暗杀著称，欠下了三千多（另一说是近两万）条人命的血债，日后受到国际社会几乎一致的谴责。但他的经济政策在智利一直陷入争议。至少很多人认为，正是他治下十七年的强制改革，使自由化行之有效，赢得了经济提速，奠定了日后繁荣的基础——这样说，是不是不够"政治正确"？是不是涉嫌给恶名昭昭的军人独裁洗地？其实危地马拉人评价他们的前总统阿本斯也是如此。尽管很多人厌恶那位"左翼"军头的土地改革、没收买办资产、反殖反美的外交政策，恨不能将其批倒斗臭，但大多数还是承认，至少是私下承认，他左右政局的十年（1944—1954）算得上该国历史上最为光辉的十年——这事又能不能说？

眼下，无论"左翼""右翼"，将军、少校们的背影都逐渐远去，太多往事成了一笔糊涂账。很多当事人已不愿向后人讲述当年。何况流行的这主义那主义，已把往事越说越乱，越说越说不清了。

"谁是皮诺切特？"一对智利青年男女面面相觑，没法回答我的问题，只能在酒吧里继续玩手机。

"甲级联赛里没一个这样的球星啊。"另一位睁大眼睛。

我没法往下问。

莫内达宫在窗外那边一片清冷，早已消除了墙垣上的弹痕累累，只有一群鸽子腾空而起悠悠地绕飞。

群楼的天际线那边

飞机降落哥伦比亚首都波哥大，夜幕缓缓落下了。时间还早，但这个700万居民的大都市已静如死水，连中央闹市区的街面也空荡荡，除了昏昏路灯下三两黑影闪现，大概是流浪汉或吸毒者。商家们都已关门闭户，到处一片黑灯瞎火，连吃个三明治的地方也没法找。我们没备随身食品，看来今天得苦苦地饿上一夜了。

一个特别漫长和寂静的夜晚。

受饿的原因不难猜想。第二天一早，发现宾馆大门以紧锁为常态，保安大汉须逐一验明客人身份才放行出入。几乎每个小店都布下了粗大的钢铁栅栏，用来隔离买卖双方，以致走入店铺都有一种探监的味道。陪同我们的S女士感叹，哥伦比亚诞生了文学巨匠加西亚·马尔克斯，却以毒品和犯罪率闻名于世。不要说街头抢窃，就是入室打劫，我的妈，她刚来两个月，就有幸领教过一回。

在她的指导下，我们绷紧神经，全面加强戒护，但百密难免一疏，躲过了初一没躲过十五。到麦德林的第三天，时时紧捂的挎包还在，单反相机等也一五一十安然无恙，但就在挤上轻轨车的瞬间，导游的手机还是不翼而飞。

他是热心前来带我们观光的一位前外交官。

我们觉得很对不起他。

我们由轻轨转乘缆车，很快就腾空而起，越过屋顶和街市，进入了麦德林楼群天际线的那一边。恍若天塌地陷，轰的一声，浩如烟海的棚户区突然在眼前炸开，顺着山坡呼啦啦狂泻而下，放大成脚底下清晰可见的贫民窟，一窝又一窝，一堆又一堆，一片又一片，似乎永无尽头永无尽头。砖头压住的铁皮棚盖，摇摇欲倒的杂货店，戏耍街头的泥娃子，扭成乱麻的墙头电线，三五成群的无业者，还有随处可见的污水和垃圾……梅斯蒂索（混血群体）的妖娆脸型和挺拔身姿，就是高鼻、鬈发、翘臀、长腿的那种，出入这一片垃圾场，注解了欧洲血脉的另一种命运，足以让很多中国人恍惚莫名，也惊讶不已。

据联合国机构估计，超过四分之一的拉美城市居民住在这种建筑的"矮丛林"，构成了包围一座座城市的贫困海洋，其中以里约热内卢和墨西哥城的巨大规模最为壮观。照理说，巴西和墨西哥，两个地区强国被很多拉美人一直视为"次等帝国主义"，够风光的，够牛气的，它们尚且如此，麦德林这一角又算得了什么？连阿根廷这个二战结束时的世界经济十强之一，拉美的白富美和高大帅，也野蛮地逆生长，从一个发达国家一路打拼成发展中国家，一度下探年人均产值两千多美元（2002），麦德林又能怎么样？

显而易见的是，失败的农业政策抛出了失地农民大潮，虚弱的工业体系又无法将其吸纳，只能把他们冷冷地阻挡在此。各种相关的改革半途而废。说好的"涓滴效应"并未显灵，利润并未自动得到扩散和分享，至少未能越过城市群楼的天际线。都市资产阶级这匹小马，"还未发育就已经衰老"（加莱亚诺语），怎么也拉不动贫民窟郊区这辆大车。

一座摩登建筑光鲜亮丽，鹤立鸡群，冲着我们放大而来。导游说，这并非本地贩毒集团的善举（这样的善举有过一些），而是欧洲某国援建的一座图书馆。这事当然值得鼓掌和献花——教育扶贫不失为国际会议上的高尚话题。但图书馆情怀可感，一尊高冷的知识女神却有点高不可攀，与四周棚户区的生硬拼贴让人困惑。想想吧，当西方强国数百年来强立各种城下之盟，把拉美脆弱的国家主权像钟表零件一个个拆卸，靠一种低价购买资源/高价倾销商品的简单模式，包括用炮舰和奴隶制开启这种模式，用银行家、技术专利、跨国公司、国际货币基金组织延续这种模式，从这里吸走了海量的土地、黄金、白银、矿石、蔗糖、石油、木材、咖啡之后，再戳几个孤零零的情怀亮点，是否更像富人的道德形象工程，不过是捐赠者玩一把情怀自拍？

几个图书馆真是法力无边，能释放神奇的爱和知识，一举化解掉这遍地黑压压脏兮兮的经济发展废料？

即使它们能哺育出来一些大学生，谁能保证他们不会再一次迅速流失，不过是为强国及时供应的小秘或"码奴（程序员）"？

"中等收入陷阱"，就是最先用来描述拉美的流行概念。这种含糊的说法常把板子打在穷国自己身上，只说其一不说其二，似乎并未揭破事情的最大真相。很多拉美人不会忘记，获过诺贝尔和平奖的美国总统西奥多·罗斯福曾自豪地宣告"我拿到了运河"，引来美国听众们的如潮欢呼。这话的意思是，他成功地肢解了大哥伦比亚，实现了巴拿马的分离，获得了一条连接两大洋的战略性通道。作为对受害国的补偿，美国只是支付了2500万美元。

差不多也就是一个图书馆的价格。

西蒙·玻利瓦尔（1783—1830）被誉为南方的"华盛顿"，以一生见证了拉美的旧痛新伤，一次次资本盛宴留下的满目疮痍。这位被委内瑞拉、秘鲁、哥伦比亚、厄瓜多尔、玻利维亚、巴拿马六国所共尊的民族之父，眼下已化为广场上神色忧郁的雕像。他曾目睹油田和矿井积尘弥漫，街道满是泥泞，商店已成瓦砾，旧楼房千疮百孔。一些失业者携带钢丝锯潜入臭水潭，把废弃的油管或井架一节节锯下来，当废铁变卖以聊补生计。一座座掏空的矿区陆续坍塌，把美丽山峰塌得面目全非，只剩一个空架子。据说每到风雨之夜，人们就能在这里听到往日机器的震天轰鸣，听到当年神父为死亡奴工们做弥撒的呼号，看到天空闪电中一张张布满血污的脸。

孤独的雕像当年还看见了复活节前，原住民在游行队伍中演示一种奇怪仪式，一种恐怖的集体受虐狂热。他们背负沉重的十字架艰难前行，用鞭子猛烈抽打自己，抽得自己全身皮开肉绽，似乎在渴求死神早一点降临。"太好了！我感到天越降越低，末日要降临了！我信仰虔诚！我盼望接受审判！"一个印第安后裔喜极而泣地这样呼喊。

民族之父闭上了眼睛，临终前对一位叫乌达内塔的将军说：

"我们永远不会幸福。"

"永远不会！"

似乎是印证雕像的那一预言，很多拉美人日后不幸沦为罪犯。有人说，法律在拉美"得到尊重，但不必执行"。在正义和罪恶之间，一些游击队形象模糊，出没于山地或丛林，用血与火发泄深仇大恨，偶尔或经常地靠毒品交易支撑财务（有些政府也如此）。"大猩猩中尉""讨厌鬼""秃鹰""红皮人""吸血鬼""黑鸟""平川让人恐惧"……他们的首领绰号也大多这样，更像是出自于神话、梦幻以及醉酒，有怪力乱神之风。不用说，随着全球思潮的转向，随着政府军逐渐增添了震爆弹、直升机、卫星制导技术，流寇们不大容易成气候，有关故事正越来越少。

如果"自由主义""民族主义"这些外来词不好使，多少有点水土不服，总是用着用着就串味，那么天主教当然是更便捷的思想资源。天主教在拉美树大根深。1968年第二届拉美主教会议正是在麦德林召开，其文件中首次出现"解放"一词，涉及和平、公义、贫困、发展主义等尖锐话题，形成了"解放神学"的起点，亦为三年后古铁雷斯神父《解放神学》皇皇巨著的先声。这种神学强调穷人立场和社会行动，无疑是一种贫民窟的神学，宗教中最有现实关怀的一脉，最接近当代人文社会科学的一脉，其影响波及非洲和亚洲。梵蒂冈教廷后来也对其给予部分包容。"可怜的人，亲爱的兄弟姐妹，你们不要害怕自己经受那么多痛苦。贫穷只是伤害了你们身体，你们的灵魂却永远是自由的。"一位麦德林的神父曾如此善诱循循，"有那么一天，相信吧，你们也能飞往幸福的天堂。"

显然，他的"解放"仍在天堂而不在人间。

政教分离的传统毕竟在那里。神父们披挂长袍，能抗议，能济贫，能抚慰众生，但他们能分身无数天地通吃，具体处理好金融危机、铁矿贸易、IT技术、英阿两国争夺马岛之战这样的俗事？或者，能助产一种强大的社会思潮和社会运动，像当年新教伦理那样，助产"资本主义精神"（马克斯·韦伯语），进而翻开整个世界历史新的一页？

南北渐行渐远

尤卡坦半岛的平原天高地阔，墨绿色热带丛林一望无际。常常是数百公里之内渺无人烟，也没有公路服务区和加油站。长途大巴不但要备足燃油，还须自备厕所，因为乘客一旦离开车厢，哪怕只走出七八步，也会立刻遭遇毒蚊的包围和攻击——看似宁静的风景里其实杀机四伏。

如果中途抛锚，唯一的脱险办法就是打电话，等待警方的拖拽车。

玛雅文化遗址奇琴·伊察就坐落在这片丛林。这里有金字塔、天文台以及环形足球场。如果说医学曾领跑古老的印加文化，那么玛雅文化的强项无疑是天文学、建筑学以及艺术了。足球场的声学结构至今成谜。也就是面对石砌的四方看台，不知得助于何种巧妙的建筑设计，裁判位置上发出的人声，竟能清晰地传达给远远的球员，丝毫不输北京天坛的回音壁，相当于原始的扩音器。

玛雅先民们的赛制也惊世骇俗：经过多番苦战后，当球队队长将球踢进高高的石圈，胜负决出，全场欢呼，这位明星队长得到的最终奖赏，竟是戴上花环后旋即被砍头——众多被砍下的头颅已雕刻于石碑，组成了漫长碑廊，至今仍在昭示荣耀和幸福。

那一种幸福观，那一种逻辑和文明，只能让大多现代人惊疑。

玛雅有过巨大而繁荣的城市，但与印加文明、阿兹特克文明的命运相似，这一切长期被湮灭，直到很久后才得以部分发现。这也许是因为有关典籍和文物流散，也许是掩盖历史更有利于反衬外来殖民者的救世功德。确实，殖民者来了，从海平面那边来，带来了奇异和高效的犁、玻璃、火药、轮子、滑膛枪、大帆船，同时也带来了无情的战争屠杀，还有意外的生物灾难——据巴西人类学家达西·里贝罗在《印第安人与文明》中估计，由于对新的疾病没有任何抵抗力，近半数印第安人在接触白人后就苍蝇般的一堆堆死去。

不过，五千万（另一说为六千万）印第安人的消失主要发生在北美——否则，南边就不可能留下这么多混血的后代，不会流淌着这么多褐色面孔。一位读过《马桥词典》的读者说，这里有关混血的命名特别多。描述白男配褐女有一个词，描述白女配褐男又有一个词。描述混血二代配一褐另有其词，描述混血二代配一白也另有其词。还不够烦琐是吧？他们描述混血三代配一白或一褐，居然还是各有其词……他说，这与你那书中提到的海南岛渔民涉鱼词汇量特别大，可谓异曲同工。

据《全球通史》指认：殖民者在拉美杀人，比北美那边杀人相对要少。这一点值得重提。相对于培根、孟德斯鸠、休谟等新派精英一脸的冷傲，拒绝承认自己与新大陆"卑贱的人"同类，坚持三六九等人种分类的"科学"，倒是保守的梵蒂冈有点看不下去。教皇保罗三世于1537年发布圣谕，称印第安人为"真正的人"，建议以归化代理杀戮——这似乎对天主教所覆盖的拉美影响甚大，也戳痛了启蒙新派的一根软肋：几乎给殖民暴力铺垫过理论依据。不出所料，后来有人怀疑这一圣谕的真实性，甚至怀疑相关说法不过是出于天主教对新教的嫌隙与成见，一如所有批评资本主义的言论，只要是出自梵蒂冈，都可能被疑为别有居心。怀疑者以此维护"启蒙VS保守"的标准化现代史观。但无论如何，档案馆里的天主教传教士们（如卡萨斯等）的信件，载有对新教人士暴行的明确痛斥，却是事实。上述有关混血的词汇遗存，也不失为相关证据。

在这种情况下，一个混血的拉美，一个浅褐色加深褐色（为主）的拉美，与地图上那个白色（为主）的北美，逐渐形成了令人惊心的明显色差。哪一方杀人更多，眼下往摩肩接踵的大街上随便一看便知。

好吧，多杀和少杀都是杀，两大教派的道德总账也许不必细算。有意思的是，还是依《全球通史》的说法，有其利必有其弊，正因为南方殖民者杀人相对少，获得了大量廉价的劳动力，于是更容易远离劳动，更容易生活腐败。这真是又一次历史之手的戏弄。当北美十三个殖民地热火朝天胼手胝足大生产之际，拉美的富人们在这里却有太多的黄金和白银，太多热带的肥田沃土，而且身处印第安人稠密区，有太多仆役可充当"白人的手和脚"……承蒙主恩，这样的好日子，当然只剩下闲逸、玩乐、艺术了。对于他们来说，改革和开拓不是什么急需，"技术女神不讲西班牙语"也没什么了不起。他们在深宅大院里花天酒地，看日升日落，看秋去春来，浑然不觉南北人口的明显色差，正一步步转换为南北经济的落差。

两个美洲从此分道扬镳，渐行渐远。

哥伦比亚安第斯大学P教授对我愤愤地说："技术？这里有什么技术？统统没有！"我以为自己听错了，后来才知并无大错。对方的意思是，拉美看上去越来越像"西方"的一大块郊区。在这一片文盲充斥的广阔地域，几十个国家捆在一起，其科研投入总量也仅及美国的1/200。地区经济巨头阿根廷，研发支出占国内生产总值的比重也不及韩国的1/6。就大部分国家而言，工业还处于初级加工的低端，大学里的理工科系很不像样，或干脆就没有。巴西的钢铁、汽车、飞机一直领跑拉美经济，但也挡不住来自美国、德国、日本、韩国的进口品大规模覆盖，从天上到地下，眼看就要占领消费者们的全部视野。

但这并不妨碍人们穷且快活着，散漫且浪漫着。事情也许是这样，浪漫的另一面本就是散漫？闲得无聊、远离俗务、意乱情迷从来就是艺术的小秘密？好了，不管怎么说，拉美算得上五光十色的激情高产区。这是一个吉他的拉美，伦巴舞和桑巴舞的拉美，诗人帕斯的拉美，秘鲁领巾和巴拿马大草帽的拉美，麦当娜和嘻哈音乐的拉美，盛装狂欢节的拉美，魔幻现实主义小说人才辈出的拉美……墨西哥在多次民调中，还显示出全球最高的国民幸福感指数。没错，在这里走错路都能撞上美女，见识她们各种动人的线条，以致世界性的历届选美活动中，来自委内瑞拉和波多黎各的冠军频现。在绿茵场上，贝利、罗纳尔多、梅西等巨星所带来的拉美旋风，一再让全场球迷们热血沸腾，鼓号齐鸣，声震如雷，天崩地裂，似乎不把球场折腾出东倒西歪之感，那就不叫看球；看球后不去鼻青脸肿口吐血沫地打一架，那也不是真正的球迷。干，干，干，往死里干，你大爷来了就得这样干……他们所拥戴所欢呼的光辉雄性们，那些肌肉奔腾的豹子，因此屡屡得手，至少拿下国际足坛半壁江山（还未算上同有拉丁文化背景的西班牙、意大利、法国那些球星）。

涂鸦也是一种典型的散漫行为。它源于美国纽约的布朗克斯区，不过那个破街区恰好属于拉丁裔居民，就文化版图而言，相当于拉美的延伸——出于历史的原因，拉美有不少大大小小的文化/血缘飞地，遗落在美国那边。出入那里的臭小子们，简直如同原始人，随处涂画已成恶习，居然把象牙塔艺术从高贵的画院和博物馆里一把揪出来，放归草根大众，变成即兴的、不要钱的、狂放不羁甚至暴力的色彩。他们操着油彩喷枪探头探脑，喷出各种猥亵的、欢乐的、神秘的、天真的、愤怒的、恐怖的、绝望的、淫荡的、忧伤的匿名墙绘。巨鳄与精子齐飞，骷髅与鲜花共舞，骂娘与圣谕对飙。奇怪的是，这种放大版的"厕所艺术"，近乎艺术黑社会帮派的勾当，竟很快风行全美洲，传染到全球各地，几乎改变了所有都市的景观。一些惯犯还暗中联络，划定战区，分头出击，速战速决，一夜之间把某座城市的主要墙面全部重新涂鸦一遍——此之谓All City Bomb，他们得意扬扬地"炸街"！

看这些墙绘，不免想起墨西哥的马科斯——其实也是一个"炸街"高手。这位哲学教授，曾醉心于毛泽东和葛兰西的理论，出任萨帕塔解放军"副司令"，却从不说司令是谁，留下一个空白的符号。接下来，他蒙面、戴墨镜、挂耳麦，披挂子弹袋、操几种流利的外语，擅长使用儿童画和民谣，自称同性恋者的后冷战时代的共产党，又留下一个迷彩的符号。他领导了墨西哥恰帕斯州的原住民起义，于2001年3月12日那天一度攻入首都，引来十多万民众欢呼，狠狠地"炸"了一次街，"炸"了一次世界。连总统也不能不对他客气三分。但他的子弹袋里全是假弹，战士们手里也全是些木头刀枪，简直是一场起义秀的道具。用观察家们的话来说，用国际文化界最流行的概念来说，那不过是冲着万恶的资本主义世界，打了一场后现代主义的"符号战争"。

在纪录片《有一个地方叫恰帕斯》中，他回忆自己到达恰帕斯的第一天：

> 就像降落在另一颗行星。语言，环境是新的。你好像是外部世界的局外人。每一件事情都告诉你：离开。这是一个错误。你不属于这里。而且是以一种外语说的。但是他们让你知道，这里的人民，他们的行为方式；这里的天气；它下雨的方式；这里的阳光；这里的土地；它变泥泞的方式；这里的疾病；这里的昆虫；思乡病。你被告知，你不属于这里。如果那不是噩梦，那是什么？
>
> 这就是我们的日子，死者的日子。

几乎是魔幻现实主义作家们的语言。

事实上，他就是一个作家，出版过小说《不宁的死者》和诗歌散文集《我们的词语是我们的武器》。也许很多人不习惯这种语言，听不大明白，不易进入艺术化的政治，即那种博尔赫斯化或马尔克斯化的政治。但从墨西哥城万人空巷的盛况来看，从国内外媒体和艺术家们血脉偾张的激动来看，很多当地人倒是特别能听懂这种语言，与他灵犀相通。

虽然这种语言与政治家缜密和冷冽的思考相去甚远，与严密的组织、周密的谋略、可持续的政治运动相去甚远。

最终也未能争回多少原住民的土地。

故事从拉丁欧洲开始

德国学者韦伯曾把欧洲一分为二，在《新教伦理与资本主义精神》这本书里，称"几乎没有什么例外地可以发现这样一种状况：工商界领导人、资本占有者、近代企业中的高级技工、尤其是受到高等技术教育和商业培训的管理人员，绝大多数都是新教徒"。与此同时，"天主教徒很少有人从事资本主义的企业活动"。

他的前一句，指向北方的英国、德国、瑞士以及北欧地区；后一句则指向南方的意大利、西班牙、葡萄牙、大部分法国等地。毫无疑问，在他的眼里，一条线画过去，前一个是"新教欧洲"，其优势是"理性化""理性化""理性化"（重要的事情说三遍），多见"集中精神""律己耐劳""责任感""严格计算""讲究信用""精明强干""冷酷无情的节俭"等人格特点，因此成为了现代资本主义的伟大源头。至于后一个"天主教欧洲"，怎么说呢，完全是另外一回事了。

考虑到他的"天主教欧洲"与拉丁语族和拉丁文化的覆盖区大面积重合（爱尔兰等地除外），这一地域大概也可称为"拉丁欧洲"。

不妨暂且这样约定。

很多东方人习惯于把欧洲打包处理，不注意韦伯的这一划分，就像很多西方人分不清中国的儒家和道教，分不清京剧和越剧，分不清山东人和广东人的脸型。这样的"西粉"或"中国通"都委实太多。韦伯大概最恼火这种混淆。事实上，从总体来说，新教欧洲一开始就压根儿瞧不起拉丁欧洲，甚至敌视这些无纪律、缺乏自觉性、只知寻欢作乐的懒汉，一些既不懂洛克（政治学）也不懂斯密（经济学）更不懂康德（哲学）的家伙。看看那些夸夸其谈情绪不定的破落骑士吧，多血质，好冲动，异想天开，只会"信天游"和"神逻辑"，充其量只配泡在剧场或酒店里玩一把激进艺术。那真是艺术吗？西班牙的《堂吉诃德》和意大利的《十日谈》，早已透出了这种没落社会的气息。美酒、狂欢、奢侈品、巴洛克风格等，不过是这种精神衰亡的回光返照。在英、美输出的知识谱系里（见诸百度百科所列"字典上的解释"），弗拉明戈不仅仅被定义为西班牙歌舞，还被贬为一种可疑的人生态度："追求享乐，不事生产，放荡不羁""生活在法律边缘"——新教人士的嫌恶感已呼之欲出。可以想象，如果不是发现了新大陆，突然有了一大块缓冲空间，北方那些勤奋而冷峻的工业家，总有一天忍无可忍，肯定要把这些拉丁佬逐出欧洲——就像双方曾在共同的十字架下，横扫环地中海地区，联手把伊斯兰教成功地挤压出去。

历史没有出现那一幕，也许纯属偶然。

1588年，英国大败西班牙。1815年，英国大败法国。法国代办事后还在酒会上被英国外交大臣当面羞辱："好了，胜利的荣耀属于你们，不过随之而来的灾难和毁灭似乎毫无荣耀可言。恰恰相反，工业、贸易以及与日俱增的繁荣肯定属于我们！"

法国代办吞下了整个拉丁欧洲的羞辱。

此时欧洲人正在一窝蜂不断拥向新大陆。新教人群主要向北，拉丁人群主要向南，两个欧洲搞了一次分头对口输出。大体情况就是这样。新教人群胸怀上帝优等子民的使命感，还有实现理想的满满自信，在北方杀出了一片空荡荡的天地。即使买来一船船的非洲黑奴，人手还是明显不够。人工价格随之一直居高不下。依某些史家的说法，没有比美国人更爱发明机器的了，没有比美国人更爱劳动的了，其重要原因之一就在这里。"劳动是最好的祈祷。"新英格兰人确实是这样说的。无耻的乞讨必须禁止，富人再有钱也必须自己动手干活，《英国济贫法》和《基督教指南》（巴克斯特著）就是这样分别规定的。在这种情况下，新移民的生活图景逐渐别具一格。牛仔裤——打工仔的工装裤，后来几乎成为全民流行服，大败旧贵族的口味，却洋溢着劳动的自得和光荣。总统穿上它去盖房子，议员或教授穿上它来割草，都特别方便合适。高脚凳——适应一种半站半坐的姿势，一种没打算全身放松和持久放松的匆匆状态。喝一杯廉价啤酒或杜松子酒然后就要去干活的大忙人，最习惯这种屌丝支架，使之很快流行于各地酒吧，然后进入美国的大学、电台以及政府机构。还有快餐，特别是汉堡包——网上曾有一个段子如此调侃，"舌尖上的美国"无非就是大汉堡、小汉堡、圆汉堡、长汉堡、厚汉堡、薄汉堡……这说得很损。不过美国人的口味确实不能恭维。法国、意大利人眼中的这种"狗食"（笔者的一位法国朋友语），居然一吃两百年，吃得一年四季一个样，吃得全国到处一个样，居然还吃得兴高采烈。哪怕身家万亿的大亨，比尔·盖茨和扎克伯格的那种，一口气裸捐了万贯家财，富得同钱结了仇似的，也能把这单调得不能再单调的干粮吃得津津有味。唯一的解释：他们在这里不仅是吃汉堡，而且是吃习惯，吃性格，吃文化，吃人生信仰，吃"天职"情怀，吃先民们"冷酷无情的节俭"（韦伯语）传统，吃新教伦理和资本主义精神的生理遗传——还能有别的解释？

韦伯并不否认新教欧洲与天主教欧洲之间文化的相互渗透，逐渐变得北中有南，南中有北，你中有我，我中有你。他也不否认资本主义正在被骄奢纵欲所败坏，一步步打了折扣。但"理性化"加上"劳动狂"，显然是他眼中新教伦理的价值核心，圣徒式资本主义的最大秘密。

在这个意义上，美国发生于19世纪的南北战争，不过是两个欧洲的故事上演2.0版，是双方披上新马甲，在新大陆换一个场地再度交手。此时的美洲南北已分化为两个截然不同的世界。虽然李将军手下军官们的素质明显胜出，但骑士时代已经过去，代之而起的是经济学家们深思熟虑的历史新篇。新英格兰地区以强大的工业资本和经济产能，最终击溃了南方各州的冒险家、投机商、封建庄园主。战争的结果，是工业资本主义以关税法、宅地法以及幸运搭车的废奴法案，完全主导了美国的历史进程。不仅如此，这还无异于从墨西哥那里夺得加利福尼亚、内华达、犹他、科罗拉多、亚利桑那、新墨西哥以后，新教美国以制度和文化的胜利，确证了对拉丁佬们的全面优势，迅速巩固了南方的新边界。

墨西哥大幅度南移边界，得到的补偿只不过是1500万美元，战胜国另外放弃了325万美元的债务。

再度交手的结果早有定数。

眼下，站在美国的南方海岸，一步跨到茫茫大海那边似乎也很容易，就像电子信号和喷气飞机去哪里都容易。墨西哥的坎昆，就是一个美国人常去的地方。一个以前的小渔村，转眼已变身为灿烂的国际旅游城市，宾馆区高楼静立，差不多上千家一望无际，顶级品牌的酒店五光十色应有尽有。更有一些会员制的休闲庄园禁制森严，深不可测，豪车出入，一般的奔驰和宝马在那里都有点拿不出手。作为美国的"后花园"，美式英语是那里的通用语，白人们搭载着邮轮或私人飞机蜂拥而去，塞满了海滩、餐馆、大街、高尔夫球场。褐色的本地人当然有，但几乎都是小心翼翼的侍者，迅速闪避的保安员、清洁工、行李员、服务员、司机、船工，一旦碰到你的目光，便会友好地摇手和微笑。

生意这样火，旅游经济形势大好，他们为什么不笑？

比起很多失业者，他们得到小费后为什么不笑？

不过那种笑的规格统一，来得太密集和太迅速，不像是出于好客的天然，倒是出自某种训练和规定，不能不让人略有迟疑。也许，笑不应是单向的，不能是职业化的，得有些具体理由才对。在一般情况下，他们最好也把自己当成VIP，从邮轮或私人飞机上走下来的世界公民，轻松一些就好，平和沉静一些就够。遇到冒犯时大睁圆眼，用印第安土语大发一顿脾气，可能更给人亲切之感。

那样的南方其实更让人开心。

我心里这样说。

不要为我哭泣

"谁是皮诺切特?"

谁是洛克、斯密、康德……以及那个马克斯·韦伯?说那些老帮菜烦不烦——很抱歉,女士们先生们,提到这些名字不合时宜,令人扫兴。很多人不会对这些感兴趣,不觉得这与他们所热爱的西方有一毛钱关系。

恰恰相反,在他们看来,事情很简单,太简单,"西方"就是不累人的好事,就是好事呀好事呀好事。西方就是摩天楼,就是豪华别墅,就是夜总会,就是D罩杯性感妞,就是动作大片,就是戴上墨镜去旅游,就是时尚消费杂志,就是最新款的平板电脑和智能手机,就是戴一顶华丽帽子的巴黎女郎感觉,束一条名牌领带的伦敦绅士感觉,喷几个顶级乐团的赫赫大名然后有登上世界文明顶峰的感觉。网上已有女大学生贴出广告,她愿意应召援交,价格可以面谈,服务一定超值,原因是她要买一部苹果6。

我无话可说。

拉美人一定觉得这种小广告似曾相识。我知道,在很多欠发达地区,或前殖民地区,或文化低理性地区,或这三种状况叠加的地区,都有西方阴影下的众多梦游者。有些小资、文青、学渣一旦想"开"了,走出这一步并不难。越穷就越想消费,越消费就越觉得自己穷。西方那个广告中的五彩天堂都快把他们逼疯了。非洲曾有一个词Been To(到过),戏指那些最爱同西方攀点关系的小新派,因为他们嘴里最多出现I have been to(我曾到过)这样的句子,炫一下自己在欧美的游历。我也特别想发明一个词,一个缩合词,像英语中的China(中国)与America(美国)合成为Chimerica(中美国),来描述某种半土半洋、又土又洋、内土外洋、土穷酸洋时尚的夹生状态,一种对西方气喘吁吁两眼红红的爱恨交加。

这话的意思是,一部西方史很大程度上已被他们误解,被他们鸡零狗碎地捣糨糊。西方最好的东西,或者说现代西方文明的价值核心,即韦伯眼里的"理性化"和"劳动狂",正被他们齐心合力地扼杀——且不说这两条是否留下了重大盲点,即便照韦伯说的办,小新派们也最像一伙反西方分子,"到过"

们、"看过"们、"听过"们是隐藏最深的西方文明掘墓人。

因为他们恰恰是不理性，不劳动，厌恶理性，厌恶劳动。

他们甘冒学业荒废的风险、性病和艾滋病的风险，也要一部苹果6。这个账怎么算也万分奇离。

接下来的事不难想象。不需要太久，当他们发现自己挤不上现代化快车，失败者最方便的心理出路，就是去神秘兮兮的雨林、天象、传说、术士、荣耀祖先、哈里发神学那里寻求抚慰，然后揪出一个不可或缺的魔头，对眼下糟糕的一切负责。作为一种韦伯眼中失去灵魂的资本主义，消费迷狂已如美妙的吸毒、华丽的自杀、声威赫赫的虚无，不仅制造出太多失败者，不仅放大了他们的失败感，而且正大批量培育他们的冷漠、无知、浮躁、偏执、绝望……为事态的另一个前景做好准备。英国作家奈保尔早就注意到，很多伊斯兰极端分子其实够摩登的，至少是曾经够摩登的，满脑子时尚资讯不少，对新潮电器熟门熟路，刚去宾馆开房以便偷窥泳池洋妹，流出世俗化的哈喇子，一转眼却可能变成虔诚教徒和蒙面杀手。这样的瞬间变脸耐人寻味。据媒体报道，前不久巴黎的"11·13"恐袭案中，主凶之一哈斯娜"对伊斯兰教义其实毫无兴趣"，倒是喜欢牛仔帽，喜欢好烟好酒，经常挎上新男友在夜店里瞎混。另一主凶阿巴乌德接受过私立教育，可见不怎么差钱，也是经常出手阔绰，是个在酒吧和夜总会生了根似的"花花公子"。

中国成语：学好三年，学坏三天。很明显，夜店消费主义离夜店恐怖主义只有一步之遥，都是三天之内可以轻易上手的业务。换句话说，金钱并非有效的防暴装置。事情倒像是这样：消费主义的虚火有多旺，恐怖主义的势能其实就有多大。在瞬息万变的生存竞争中，不需要太多的条件和机缘，极端贪欲最容易变为极端空虚，狂热谄媚最容易变为狂热怨恨，西方的铁粉最容易成为西方的仇寇——区别可能仅仅在于：

前者还混得下去，后者混不下去了。

前者对弱者冷漠，后者开始把冷漠范围覆盖强者——并且碰巧（也是必须）为冷漠找到了一个神圣的名义，比如宗教或民族的名义。

就宗教和民族而言，拉美与西方多少有些亲缘关系，打断骨头连着筋，因此再闹翻也像是某种内部人的分裂，离血腥的"圣战"稍远——正如他们在历史上一次次远离了世界大战。这当然是幸运，但对于某些梦游者来说也是痛醒的一再延迟。在我抵达拉美的半年前，爱德华多·加莱亚诺先生去世了。他的一本《拉丁美洲：被切开的血管》，喷涌出对现实炽热的反思和批判，对"拉美化"这种全球最严重贫富分化的痛切剖示。这本书曾在波哥大长途汽车上被一个姑娘诵读，先是给女友读，然后给全体乘客大声读。作为一本禁书，在军政府大屠杀的日子里，它还曾被一个圣地亚哥的母亲偷偷珍藏于婴儿尿布之下，偷偷带给更多的读者。在布宜诺斯艾利斯，一个没钱买书的大学生竟在一周之内跑遍附近所有书店，寻找尚未卖出的这本书，一段段接力式地读完它，直到自己缩在墙角读得泪流满面……这也是拉美，让人屏住呼吸的一个褐色板块，一种逼近的梦醒。当A女士对我说她最自豪于哥伦比亚人的"精神"时，我想到了这一切。

回头看去，他们所传承的拉丁语族，一种源远流长的文化巨流，至少曾孕育过1789年的法国大革命，1936年西班牙共和保卫战，还有几个世纪来拉美此起彼伏的民族解放斗争，没有任何理由低估这种文化的血性和能量。

没有任何理由低估这一切对人类的启迪。

Don't cry for me—Argentina!

飞机越过安第斯山脉，其时耳机里正传来麦当娜的歌唱，电影《贝隆夫人》的主题曲，曾在电影拍摄现场让四千多名围观民众泪光闪闪的一缕音流：

> 阿根廷，不要为我哭泣，
> 事实上我从未离开过你。
> 在那段狂野岁月中，
> 我一直疯狂拼争。
> 我信守我自己的诺言，
> 不要将我拒之千里。
> ……

贝隆夫人出身卑微，小时候绰号"小瘦子"，是一个穷裁缝的私生女，十五岁那年当上舞女，从此成为社交场所知名的交际花，直到遇上贝隆将军，后来的改革总统。贝隆推动了国家工业化，抗拒英、美强权，为下层民众力争社会福利，得到她的全心支持。即便丈夫后来下台蹲进监狱，她也决不言弃，仍奔波于全国各地，为平等和民主呐喊，为妇女争取投票权，为失业者、单亲家庭、未婚母亲、孤寡老人、无家可归者维权抗争，被誉为"穷人的旗手"。但正是这一切触怒了上流社会，"婊子贝隆""艾薇塔婊子"等词曾经充斥大小媒体。"婊子！""婊子！""婊子！"……贵族男女和无知市民们一次次投来香蕉皮和鞋子，要把她轰下台去。

直到三十三岁她永远倒下的那一天。

阿根廷，不要为我哭泣。她擅长舞蹈，熟悉华尔兹和狐步，也是弗拉明戈的"阿根廷玫瑰"。源于西班牙安达卢西亚地区的这种舞蹈，眼下经常跳成了一种俗艳的商业表演，一种单薄的欢乐或色情诱惑。其实，这种舞是复杂的、纠结的、撕裂的、尖锐的，热情又痛苦，敞开又隐秘，倾诉又沉默，目光中交织了鼓励和禁止。舞者们并无芭蕾的清纯，也无华尔兹的高贵，往往是耸肩，昂首，眼神落寞甚至严厉，与舞伴忽远忽近，若即若离，手中响板追随靴跟踏出的铿锵顿挫，用令人眼花缭乱的眉梢、指尖以及腰身回望内心沧桑。按一位中国作家的说法，真正的弗拉明戈很难看到，从不会出现在剧场，只有经过朋友私下联络，才可能进入夜幕下某处不起眼的小巷小门，在一个不太大的房间里，坐在少许"内部人"中，听直击人心的吉他声砰然迸发，地下宗教仪式般的肢体暗语已扑面而来。

舞者通常是中年妇人。黑裙子突然绽放遮天之际，她们的命运就开始了。

她们假定你读懂了暗语。

（原载《十月》2016年第2期）

在红场闲逛

◎汤世杰

恰初夏六月，得空能在莫斯科红场作悠闲踱步，随心蹓跶，或还真算得上一件幸事。时逢周六，游人不多不少，阳光绚烂却不炫目，建筑的暗部历史的阴影似都已遁往远方。很安静。广场很安静。没有喇叭。没有喧哗。没有叫卖。也没有广场鸽。偶有一两声笑声飞过，转眼便如鸽子般腾入云霄，不见踪影。莫斯科河在离广场不远处流淌，不闻水声，倒能觉出日子如水没山岩般悄然流淌，漫漶淋漓，平静自在。走着走着，心头突然一愣，自问我来这里是要干吗？想想还真没什么堂皇的目的，闲逛而已——所谓旅行，其实就是闲逛。闲逛自然哪里都行，区别只在熟悉或陌生，熟悉处有熟悉处的会心，陌生处有陌生处的新奇，而红场于我，却既陌生又熟悉，两种感觉的奇异叠加，方造就了那段短暂亦悠长的时光。

想去红场作一次闲逛，仿佛是头晚陡然萌发的念头，细想又像是早年读契诃夫时，便深藏于心久远到近乎忘却的宿愿，犹想当时，觉得天远地远的，也就做个梦吧，哪想到会真有那么一天？我去的那天，离契诃夫1904年7月在德国辞世，恰恰111年。那天早晨，我从头晚住的莫斯科郊区一家酒店乘车而来，其时，一个地道的"莫斯科郊外的晚上"刚刚过去，回想半生往事，居然有些恍兮惚兮。记得从机场到酒店路上，已见路边有几小片白桦林，在夕阳映照中窈窕地一晃而过，心中便有一些歌声隐约响起，歌者到底是叫娜塔莎还是冬尼亚，已无从忆起，更无法分辨——念中学时，教授俄语的先生曾让一帮青涩少年学着用俄语给远方写信，说最好能交个苏联朋友，好像还真写过，也收到过回信，只记得是个女孩，然世道陡变，往事如云，一点缥缈的记忆也早已杳若黄鹤。如杜拉斯所说："好像有谁对我讲过，时间转瞬即逝，在一生最年轻的岁月、最可赞叹的年华，在这样的时候，那时间来去匆匆，有时会突然让你感到震惊。衰老的过程是冷酷无情的。"就在那会儿，我倒想起了契诃夫。

算起来，幼时读过的苏俄作品还真不算少，尽管多是囫囵吞枣。那得益于初中、高中的两位班主任老师，都是教语文的。那样的年代，他们居然能想到叫我们课外读些苏俄文学，想想怎么也是幸运了。一晃五十年过去，既到了莫斯科，该想起也可以想起的苏俄作家，自可数出一大串，列夫·托尔斯泰，高尔基，屠格涅夫，甚至马雅可夫斯基，肖洛霍夫，但我最先想到的却是契诃夫，那似与身在其中的那个广场无关，倒与那天既明亮亦沉郁的天气有关。自打读过契诃夫，我才对俄罗斯有了真正意义的亲近，而地图上那片辽阔得让人咋舌的疆域，才变得稍稍可以感性地触摸。当其时也，野草般生长在长江边一个小城的一帮孩子，三步两步，转身就到了郊外乡野，注定了如今已垂垂老矣的我们，根本无法掩饰我们与麦子、玉米一样的出身。而就在那时，我读到了契诃夫。"契诃夫给我们讲述的故事是俄国乡村发生的故事，那是非常遥远偏僻之地。当我们读契诃夫的小说时，我们就仿佛是从那里来的一样。瞬间这些故事就变成了我们自己的故事。"多年后读到以色列作家阿摩司·奥兹的这段话，方明白一个好的作家，就有这种本事，总会让你觉得他就在你身边，甚至就在自个熟悉的一群人中间，似乎只要一抬脚，就能跨进他所描述的那片情境，去体味他以一支笔抒写的那些欢乐与忧郁，那些酸甜苦辣……

信步而行，脚下就是那个著名的广场。早已想好，不必专意去仰望少年梦中闪耀过的红星，亦无须去瞻望神圣缥缈如在云中的水晶棺和检阅台，远远在无名战士墓不熄且通红的祭火前默看了几眼，再转身去克里姆林宫对面华丽的古姆百货大楼溜了一圈，出来便开始了信步由缰的闲逛。其实我并不了然，契诃夫是否与那个广场有过什么关联，至少我至今也没读到过他直接涉笔那个广场的文字，但不知怎么的，在我心中，契诃夫似乎就在那个广场上，甚至，很怪异地，仿佛他就是那个广场，他的那些作品，一字一句所营造的，也正是那个宽阔却充满了不幸、沉郁却不乏生机的生活之场。

如此，走在红场那样一个真正的广场上，就没法不去想到底什么叫广场，广场究竟意味着什么了。

这世上，不知有没有一部《广场史》？据说，一个城市的广场，当是那个城市的公共客厅。而另一个说法是，这个世界的许多重大事变，也都与广场相关。用前苏联著名文艺理论家巴赫金的话来说，所谓广场，指的就是"集中一切非官方的东西，在充满官方秩序和官方意识形态的世界中仿佛享有'治外法权’的权力，它总是为‘老百姓’所有的。”这是个有些绕口的怪异判断。但细究任何一个广场，它的前世今生，倒真都暧昧得叫人无法深味，也复杂得叫人失去探究的耐心。起初，它往往是片空地，继而慢慢演变成了集市、商场，从早到晚，都充斥着市井的叫卖声与寻常民众的摩肩接踵。一个通常意义的广场，其源头，自当是自由无羁的生发地。而权力，则早就在暗中觊觎着这样的空旷、拥挤与繁杂，其实那正是权力需要且赖以存在的对象和人众。于是不知从何时起，广场的周边耸立起了许多皇家和宗教富丽堂皇的建筑，使之既有了宣谕颁旨之肃穆，也有了砍头行刑之血腥。前者用以宣示权力的至高无上，后者则用来警示对权力不忠的后果之惨烈。"红场"的一端，在瓦西里升天大教堂前，有个圆形平台，俗称断头台，正是当年宣读沙皇命令和达官贵人向民众说教的地方，也曾是个令人惊悚的执行极刑之地，台上刚刚宣读完处死令和犯人罪状，行刑便在台下堂而皇之地进行。可见，一个自然形态的广场，原本是个近乎大杂烩的所在，是个人人可到，与人人有关亦无关的地方，变异则是后来才发生的。如果原始意义的广场，只是普通民众的聚会、狂欢之所，进入现代，一旦被权力占领，广场则暗生异变，成了炫耀威权、武力的场所，在某种意义上，甚至成了普通人的禁忌。那个巨大的、空空荡荡的空间旁，往往耸立着帝国的入云尖顶、王朝的巍峨宫殿，一个普通人行至其间，会时时生发作为个体生命草芥般渺小的感叹，满怀无以名状的不安甚至恐惧。

广场虽与政治、宗教相连，但广场的初衷，到底还是人们聚会、交往的场所，由此也注定任一广场，最终都要由神圣走向世俗。恰如我正行走其间的红场，也早已超越了那样的时代，成了一个现代意义的广场。它曾是以前的沙俄，后来的苏联，现在的俄罗斯举行各种大型庆典及阅兵活动的中心地点，并由此而成了世界著名的广场之一。二战期间，当德国军队已然兵临城下，正是莫斯科红场举行的那一场盛大阅兵，显示并鼓舞了俄罗斯战至必胜的决心。当时行经红场的士兵和战车，接受过检阅，便立马连夜开赴前线。对于士兵本身，那样的检阅，究其实就是一场既辉煌又悲凄的生离死别，最终的结局，无非男儿马革裹尸还。在各种各样的记载中，那场喧赫一时的大阅兵，都被渲染得无比庄严豪迈。我曾经被那样的慷慨赴死弄得热血偾张，情难以禁。以致以往，我总以为红场是个无边无际的神圣巨无霸。直到那天闲逛才发现，其实它比我想象的那个广场要小得多。

　　是的，走在那个广场上，我的头一个感觉是，红场与传说和想象中那个巨无霸广场相比，与可容千军万马浩荡前行，甚至可让巨型战略导弹战车轰然驶过的影视形象相比，实在太小，太小太小。那么小的一个广场，真无法与我们熟知的那些大广场相提并论。其实不仅红场，欧洲许多同样叫做广场的广场，诸如去过的柏林格兰登堡门广场，古罗马凯撒广场，威尼斯的圣马可广场，都非我们印象中的巨无霸，无非一块空地，中间有点什么雕塑、纪念碑之类，周边是些或大或小的咖啡馆或商店。在威尼斯圣马可广场上，如今已到处都摆满了咖啡馆的遮阳伞和座椅，干爽的桌布，铮亮的刀叉，伫立的侍者，随时都在恭候即将到来的客人。行走其间，除了想到悠闲，何曾会有其他？而在广场旁的一幢旧楼里，爬上五层陡峭的旋转楼梯，我曾亲睹一场烧制玻璃器皿的现场秀；而从那个古老作坊的窗户看出去，正是圣马可广场上那座著名的，高高耸立的教堂钟楼。那样的广场，其形而上的存在似乎远大于它的实在空间，但看上去却早已没有什么庄严感，或曾经有过，已然风光不再。如今的红场，除了无名烈士墓和克里姆林宫入口有士兵值守，人们尽可随意停留，纵情嬉戏。如果有座椅，老人便可以在那里斜倚而眠，情侣可在那里大秀亲密，孩子们也可以在那里追逐打闹，不一而足。那天，在面对克里姆林宫的古姆百货大楼一个入口前，包括一位身着茜红色套装的漂亮女士在内的一排俄罗斯男女，一直在潇洒地手持烟卷喷云吐雾；稍往中间一点，临时搭建的雨棚下，一场书市正在不紧不慢地进行；而靠近瓦西里升天大教堂一个临时搭建的舞台前方，一溜的充气沙发中间，一个身着红衣的肥硕女子，就在那里呼呼大睡，睡得那么深那么甜，或正陷落于一个美梦之中。对于她，广场想必是宁静又宁静的。转过去一点，背对着瓦西里升天大教堂，一对手持鲜花的新人正在拍照留念，他们的一众亲人站在一旁满脸笑容地注视着他们；并不怎么英俊的新郎，一身深黑的西装，远逊于美貌莎娃的新娘，一袭雪白的曳地长裙。她们微笑着。拍照者只用手势指点着他们，听不到任何喊叫、喧哗与狂笑——整个红场尽管不是毫无动静，细听，虽也能听到大凡那样的地方必有的嗡嗡声，但我仍可断言，那是个宁静的广场。

　　我所说的广场的宁静，并非说那里完全没有声音，更多的倒是指那种出于人们内心的宁静，那样的宁静，只在某片可以称之为"幸福"的土地上，才会生长。想想那对新人，到底是有多幸福，才会笑得那样温馨，那样灿烂！而那个睡得昏天黑地的女人，究竟是有多心宽，才能在大街上睡得那么熟！可以想象的是，她梦中巧克力般的香甜与缠绵，正与历史深处曾弥漫在瓦西里升天大教堂前断头台上的恐怖血腥交织在一起，就像古姆百货大楼里缓缓而行的购物者，与大楼前姿势优雅的吸烟者群像，正与无名烈士墓前的静穆混杂在一起，临时书市散发出的缕缕书香，与守护在列宁墓前肃立的卫兵满脸的威严互为映衬。前者作为日常生活透出的幸福而又慵懒的气息，似乎完全无视后者标示的权威与庄严，正自由自在肆无忌惮地舒卷弥漫。那样的气氛真迷人极了。但那些吸烟者，那个呼呼大睡者，那对被幸福浸泡得几乎鼓胀起来的新人，与那些曾经在广场上接受完检阅却再也没有归来的士兵们，到底有着什么样的秘密联系呢？历史早就跨越了那段时光，也跨越了那个广场，人间对亡灵的超度也不知进行过几回，但联系肯定是存在的，只是在那一刻，他们不自知或知而忘记而已。在超过半个世纪的时空里，广场以一种无语的方式，明示出了那种日常生活的深与广。足见作为空间意义上的广场之"广"，不惟所占空间的大小，更在它的气度，它的包容度，它是否能容纳各各不一、摇曳多姿的生活——这一切，则从另一个维度上，近乎无限地扩展了一个广场的深度和广度。

真的，对于我，在如今的红场闲逛尽管轻松惬意，但细细想来，开头倒也并非如此。打年少言必称"老大哥"的时候起，漫漫岁月，也曾无数次在想象中走进这个以"红"命名的广场。年少懵懂，我猜那或与1917年那场革命有关，那样的命名，把一片寻常不过的土地与一场夹杂着枪炮声硝烟味的历史巨变，紧紧联系在了一起。其实大谬——当然，那是我后来才知道的。恰如普鲁斯特在《斯旺的道路》写到的："历史隐藏在智力所能企及的范围以外的地方，隐藏在我们无法猜度的物质客体之中。"就连"红场"这个名字，也如此。红场虽名之为"红"，其实此"红"并非彼"红"，1517年，原来的广场发生过一次大火灾，因此也曾被称为"火灾广场"。它原名"托尔格"，意为"集市"，其前身是15世纪末伊凡三世在城东开拓的"城外工商区"，面积达9.1万平方米。直到1662年，方改称"红场"，意为"美丽的广场"——那与革命、权力、军威、统帅等等，都毫无瓜葛。

而那样一个广场，真会与契诃夫毫无关系吗？走在红场上，无论如何，契诃夫一直都在我心中挥之不去。而直到那时，我还没读到过契诃夫有关红场的文字，但我猜想，如果他要真写到过红场，恐怕不会有什么像样的言不由衷的颂词。这个有良知的作家，他的那支笔，从来都不是用来歌颂权力的。契诃夫的所有文字都在向我证明这一点。他以一个作家的方式，颂扬美好，抨击虚伪与卑鄙，抨击滥用的权力对普通人的无耻欺凌。众生皆苦。在契诃夫笔下，那些普通人正如红场上的那成千上万块石块，一直都在遭受着历史的踩踏。由此我才想到，其实，广场真正的主人，除了逝者如斯夫的时光，从来都是那些匍匐于地的石块。而正是它们，无论白天黑夜，都占据着那个巨大的空间，也充盈于契诃夫整整一生的文字书写。

　　我脚下那个著名广场的地面，是用略显长方形的石块铺成的，应该就是所谓的"面包石"吧，中间稍许有点鼓凸，一如俄罗斯人俗称的"列巴"。年深日久，那些来自大自然的石块，已被人世的时光磨得像锻制过的铁块，即便在尘土与垃圾碎屑之中，也显得乌光锃亮。每块石头都静默无声。在已然逝去的时光里，王公贵族，铁血武士，市井平民，远方游人，都曾从那里走过。不同的脚步，走在那个广场上，自会发出不同的响声。没人会指望，一个胸前挂满勋章，脚蹬高统皮靴，鞋底装着马刺的将军，或一队荷枪实弹迈着正步的士兵，会像一个普通老百姓那样悠缓而行。自然，不同的脚步，也会给那些石头留下不同的印记，但再强大的印记，也禁不住时光的磨洗，会慢慢变得稀松寻常，变得无法辨认，无足轻重，最终以至于无。难道不是吗？权贵者可以把历史改写得面目全非，却无法改变一块石头的记忆。

　　那天，红场的中心位置，正在举办一个规模不小的书展。展位显见是临时搭建的，就像在国内通常看到的那样，却井井有条，显见并非头一次举办。各种开本各种装帧的书，静静地躺在那里，等候着读书人的光临。那时我再次想起了契诃夫，要是能买到一本契诃夫的书，即便看不懂俄文，也可留作纪念——世上有那么多大人物，文学的，思想的，艺术的，等等。在那么多人物中间，你须找到你自己的亲人，找到精神上的血统。走到一个展位前，从我学过俄语却早已忘得精光的脑子里，勉强搜索出了"契诃夫"和"一个"、"书"这三个单词，书摊的主人似乎听懂了我的意思，转身从身后的简易书架上，一下子搬来十多本精装书，大开本，深红烫金封面，摞在一起，足有两尺厚。书摊主人满脸笑容地用俄语跟我说着什么，可惜我一句也没听懂。那时我真后悔怎么会把当年学过的俄语完全给丢了。但带着那样一套契诃夫的书，对我后续的长途旅行，实在太重了。我一再用俄语说"一"本，但主人听了只是不断地摇头——到底是不肯拆零销售，还是怎样，我至今也没想明白，最终只好带着遗憾离去。但我并非没有收获：至少我知道了，契诃夫还在广场上，还在俄罗斯人的心里，没有离去。

至此，我终于明白，我是但又不完全是来看那个叫"红场"的广场，那个叫做"红场"的实在空间的。红场提供的，只是一个真正的广场的样本。我只是在那里随便走了走，想了想，什么叫做广场，明白了一个叫做广场的空间究为何物。契诃夫曾说，一句话只有一个最好的说法。恕我愚笨，对于广场，我至今也没找到那个最好的说法。我知道，红场是美的，是那种日常甚至庸常的美，就像契诃夫笔下那些不乏可憎却更多可爱的芸芸众生。如此，不妨说，契诃夫毕其一身的所有作品，营造的正是一个那样的广场。他让我们看到的，是广场上的那些石头，那些被践踏过也被擦亮过，接受过雨雪冰霜，也接受过汗水鲜血的石头，是生活广阔而惊人的真实，是无奈中如远方夜灯般的希望，也是沉默中隐忍的坚实。只是，一想到那个广场的曾经和当下，正如契诃夫在他的小说《美人》中写到的："我的美的感受有点古怪。玛霞在我心里引起的既不是欲望，也不是痴迷，又不是快乐，而是一种虽然愉快却又沉重的忧郁心情。这种忧郁模模糊糊，并不明确，像在梦里一样。"如此而已。

（原载《北京晚报》2016年8月4日）

乌斯怀亚式的乡愁

◎孙小宁

乌斯怀亚是个奇怪的地方，奇怪就奇怪在，很多人明明万里跋涉，第一次到达，却好像，迅即就感染上了它的乡愁。那种无来由的、晃里晃荡的乡愁。像这里的空气一般透明，又像它一样无着无依。它简直，就是怀乡之镜。一眼触到那几个字母——Ushuaia，你的心里就涤荡起那要命的东西。

就说我。临走前还特地又看了一遍《春光乍泄》，多年前买的老盘，字幕还是粤语。我照旧是囫囵着看下去，也并不想追究每一句对话台词。我最关心的是张震，怎么说出那个全世界王家卫迷都能背出的台词：1997年1月，我终于来到了世界的尽头……他的身影朝向一座海上灯塔，后面的台词是：再过去就是南极。而此时的他，想回家了。

可不是么？乌斯怀亚就是这样一个临界点。人抵达这里，要么一路南极而去，要么折返。而前者，当然不是想去就去的。在乌斯怀亚，每天都潜行着一些深谙各种行走秘笈的背包客，四处打听从乌斯怀亚到南极的船票。据说在这里买比提前预订还便宜，因为肯定已经是船方抛出的尾票。但也并非，每艘船，都会释放这样的信号。如果没有运气，你向南的脚步就止于此地。接下来还有什么？无非是像张震那样，掉头回去。

乌斯怀亚说到底，不是用来安住的。那种淡淡的旅愁在你稳下心神住下时就会阵阵袭来。而之前，你或许会有小小的兴奋——此生，也算来到世界尽头了。只记得，飞机在乌斯怀亚上空盘旋、落地，那传说中木质结构的机场，果真小得只有拿托运行李的回转空间。拿到了就急奔出去，不是冲着来接送的大巴车，而是朝向不远处的雪山。飞机上就看到了。安第斯山脉，乌斯怀亚正位于它的一侧。洁白的雪线、近乎透明的冰川。它们此时就倒映在眼前展开的水域当中，带着冰雪的寒意与凛冽。马尔克斯小说中长长的句子就蹦出了：

"多年以后，面对行刑队，奥雷里亚诺·布恩迪亚上校将会回想起父亲带他去见识冰块的那个遥远的下午……"

你看，这就是乡愁的起始曲。某些地方，并不因为你此前到过，而是一眼望去，会有一些熟悉的情感、记忆、场景被它激活。

但乌斯怀亚式的乡愁，这还只是第一种。

在乌斯怀亚的酒店住下，已经人困马乏，但大脑皮层仍然兴奋，便想逛逛这个小城。载我们的大巴车一路行来，已经让我们熟悉它的格局。这是个如山城一样依坡度而建的城市，同时又有着港口小镇才有的单纯清新。没有高楼大厦。任何一层建筑的高矮，都不会气昂昂地把上面一层给遮挡了去。层层叠叠，其实也是各种色彩的叠加——这里的人，竟然愿意将自己的建筑涂抹得五颜六色？慢慢才知道，我们视线所及之处，都不是住家，而是旅馆、餐厅、纪念品店和户外用品店。主街只有圣马丁大街一条，主街当然也是商业街。有住家的地方似应在更高处的街巷里。但去过的同行者都说，那些住家也已经设了民宿。

一句话，你在这里找不到当地居民，也就感受不到那种自然生活的气息。和你在街上交错而过的，也大多是旅人，各种肤色、说各种语言。而那些商店的货品，在阿根廷的机场也见识过，除了印着乌斯怀亚风光的明信片外，绝少本地特色。在此工作的人倒是有的，一批人正在街头罢工。男男女女，就集聚于圣马丁大街，一个可能是政府机关所在地的门口。他们搭起帐篷，打出横幅，当然也架起烧烤架，弹起吉他。就这样从中午到晚上。黄昏时，又有了新娱乐，一瘦一胖两个女子，开始在音乐中起舞，跳者观者，皆一副欢乐沉醉的表情。这是个欢乐PARTY秀？还是个抗议集会？

不懂，还是不懂。说到底还是语言隔离了我们与这个地方最真实的联系，也让我们错过了一个去处——同样是在圣马丁大街。在街面上行走，就能看到一些蜡身人像从二楼探出半个身子来。好奇地想进去，工作人员却对我们叽里呱啦一通说，听不懂，因此就退了出来。这其实是最该去的地方，一家博物馆，展示的历史恰和乌斯怀亚有关。看不到深处的历史，圣马丁大街还剩下什么？一时间只觉得它太短太短，除了看房子的颜色、墙上的涂鸦，好像也没了什么。

的确，比起乌斯怀亚的小镇街区，比格尔水道沿岸更有意思一些。我们在走完圣马丁大街之后，更多时间是在这里消磨。

站在水边回看高处那些建筑群，正好是和比格尔水道平行而建。我因此开始想象，或许乌斯怀亚首先是因为有水道、港口，之后才形成这座城市。比格尔水道是比格尔海峡的一部分，比格尔这个命名，来自于当年达尔文考察此地所乘的船的名字。而更早来过此地的，是伟大的航海家麦哲伦。当年他环球旅行，经过了麦哲伦海峡，肯定也经过了它。因为它是从大西洋到太平洋必经的水道。有些知识点是回来恶补的，但如果不亲身来此地，这些知识点，在脑子中就形不成印象。

只要想想，当年那个一上地理课就打盹儿，时时盼着下课铃声响起的小女孩，就会觉得此生多么不可思议。那时的你怎会预知，脚会在某一天踩在地球的另一端，一个离你最远的所在？

是的，阿根廷是离中国最远的地方，而此地，离阿根廷的布宜又比离南极洲还远。世界的尽头，在此不再是个比喻。而次日参观的火地岛国家公园，正好告诉我们，一百多年前，阿根廷政府放逐囚犯，目的地就是这里。离首府3200公里的里程，不怕你会逃回去。如此就把这里变成阿根廷囚犯的西伯利亚。一个饱受思乡之苦的流放之地。

在乘坐过火地岛国家公园那些运载囚犯的小火车之后，我开始回想这里挥之不去的乡愁。也许那正是当年那些苦囚们灵魂里郁积的。这个城若说原住民，应该是他们。是他们用双手建起了这座城，也建起了属于自己的监狱。这样的乡愁，大概是几代也无法释怀，自然也会浸染进这里的一砖一瓦，空气乃至水域里。

所以，比格尔水域虽然看起来很美，远处泊着的几艘邮轮，也是色彩缤纷，与高空的云呼应，倒映于水中，多么天然的一幅画。但是，你看着看着，就能生出孤寂。

连同那些水边长椅上坐着的人。看似他们组成了当今世上令人羡慕的慢生活图景，但是慢一阵之后，心头就会百无聊赖起来。我突然理解了张震想回家的那种感觉。乡愁有时就是抬头的一刹那，看到天空中那镶了金边的云。它那么优美地翻滚着，放射出道道光芒，但又那样高不可及，让你明白此时此刻，你就是个过客。

而正是在此时，真正的困意袭来，同行者这时也说：困了，回去睡一会儿吧。

这一睡，竟然是足足的四小时（下午三点到七点）。晚餐依旧是圣马丁大街那个BABOO餐厅。中国人开的，自助餐，还有羊肉烧烤。后者吊足了一些同行者胃口，而我只能迅速解决战斗——吃不了羊肉啊，还能怎么办。跑堂的不是中国伙计，但也端着中国茶壶，但又说，沏给我们的是马黛茶。好吧，马黛茶，在这样的心情下，我没法品出它的特别。

用完餐，天已阗黑。沿着圣马丁大街走回酒店，集会的人群仍没有散去。还多出一群外国人，在街头纵声高歌。如此的亢奋，依旧不知缘由。

乌斯怀亚，我所到的第一天，所见所闻即是如此。我还做了一件事，也是很多人到这里的规定动作，就是寄了一张乌斯怀亚的明信片给自己。是在圣马丁大街街角一家纪念品商店寄的。那里就立着小小的邮筒，有各种图案的邮戳任你加盖。做这件事让每个人都有小小的兴奋。回来搜微博，发现只要去的也都这样做了。寄明信片，也是同"世界的尽头"一样被植入的观念。

同行的摄影师比我们多一个收获，他做了一组乌斯怀亚街拍。其中一张画面是，街角的一家商店，一个行人正打此经过。此时的街角，正被正午的阳光打出一抹暖黄的色调，正需要一个穿蓝毛衣的旅人来做映衬。他于是在街角等着，终于等来这样一个女孩……

再没有比这张照片，这个行为，更能代表乌斯怀亚式的乡愁。你在这里，总有各种事物在互相映照，一点一点提示你，成为自己想象中的旅人。

（原载新华网"思客"专栏稿）

敬　告

　　由于编选时间仓促、工作量大，未及与所选作者一一取得联系，请见谅。

　　现仍有部分作者地址不详，为及时奉上稿酬，请有关作者与责任编辑赵维宁联系。

地址：沈阳市和平区十一纬路25号

邮编：110003

电话：024—23284306

E-mail：249972579@qq.com

辽宁人民出版社

2016.12